आपके भीतर का जादू

अल कुरान

आपके भीतर का जादू

अल कुरान

EBD
EMBASSY BOOKS
www.embassybooks.in

आपके
भीतर
का
जादू

BRING OUT THE MAGIC IN YOUR MIND

First published in India 2014

Published in India by :
Embassy Book Distributors
Great Western Building,
Maharashtra Chamber of Commerce Lane,
Kala Ghoda, Fort, Mumbai - 400 023.
Tel : (91-22) 22819546 / 32967415.
Email : info@embassybooks.in
Website : www.embassybooks.in

ISBN : 978-93-83359-31-8

Printed in India by Decora Book Prints Pvt. Ltd.

CONTENTS

प्रस्तावना

सात साल की उम्र में ही मुझे यह पता चल गया था कि मेरे पास वह छठी इन्द्रिय है जिसने मुझे आज *'दुनिया के सबसे महान माइंड रीडर'* और *'दुनिया के सबसे बेहतरीन मनो जादूगर'* जैसे खिताब दिलाए हैं।

उस कच्ची उम्र में भी, मैं बता पाता था कि मेरी आंटी की बहुत सालों पहले खोई हुई अंगूठी कहाँ है, क्योंकि मैंने 'देखा' था, वो उन्ही की ड्रेसिंग टेबल की दराज़ में रखी है।

स्कूल मेरे लिए नई परेशानियाँ ले कर आया, क्योंकि अब तो मेरा पूर्वानुमान इतना परिपक्व हो गया था, की गणित की कक्षा में मैं सवाल को बिना हल किये ही उसका जवाब जान जाता था। मेरे प्रिंसिपल ने मुझे बहुत सी परीक्षाओं में बिठाया, पर हर बार उन्हें केवल सही उत्तर ही मिले। फिर मेरे माता-पिता और अध्यापक को एहसास हुआ कि उनके सामने कोई आम लड़का नहीं था, और इस तरह मेरी इस असाधारण योग्यता को प्रोत्साहन मिला।

जादू, तिलिस्म और रहस्य के बारे में मैं जितना पढ़ सकता था मैंने पढ़ा और 15 साल की उम्र में मैं 'मैजिशियन्स क्लब' का सबसे छोटा सदस्य बना। इस प्रकार इतिहास बनाने के बाद, मैंने अगले साल अपना नाम एक बार फिर इतिहास के पन्नों में दर्ज कराया। इस बार मैं इस जादूगरों के क्लब की सालाना प्रतियोगिता में गोल्ड मैडल जीतनेवाला सबसे कम उम्र का सदस्य बन गया था।

इसके बाद, मैंने बहुत से स्टेज शोज में शिरकत की, और साथ ही ज्योतिष शास्त्र, मनोविज्ञान और (उस समय देश से बाहर रहनेवाले) एक तिब्बती सन्यासी से योग की शिक्षा

भी प्राप्त की। इन सब के बाद मुझे एहसास हुआ कि जादूगरी मेरा भविष्य नहीं है, बल्कि मेरा कर्म क्षेत्र मानसिक चमत्कार की दुनिया है।

बहुत बार मैंने अपने मन की आँखों की मदद से ऐसी भविष्यवाणियाँ की हैं, जिनसे आम जनता भौचक्की रह गयी। मीडिया की दी हुए एक दावत में मैंने अगले दिन के अखबार की सुर्खियाँ लिख दी थी, और *मैं सही था*। एक कैफे में अपनी कलाके प्रदर्शन के दौरान मैंने ब्लैक बोर्ड पर चुनाव के नतीजों की घोषणा से पहले ही नतीजा लिख दिया था। *और मैं सही था।* एक बार टी.वी. पर मैंने दो हफ्ते बाद होने वाली एक महत्वपूर्ण घुड़-दौड़ के विजयी घोड़े और उसके साथ-साथ दूसरे और तीसरे नंबर पर आने वाले घोड़ों के भी नाम लिख दिये थे। और मैं, एक बार फिर, *सही था*।

मैंने बहुत लोगों के मन को पढ़कर बताया है कि वे छुट्टियों पर कहाँ जाने वाले हैं, उनके घर में कितने लोग है, उनका नाम क्या हैं, उनका जन्मदिन कब है और ऐसी बहुत सी बातें। *मैं हमेशा सही होता हूँ।* वह टीवी हो या स्टेज, देश हो या विदेश, करोड़ों लोग, मुझसे मिल कर, भौचक्के हो जाते है। और करोड़ों सोच में पड़ जाते हैं।

मैं उनका मन कैसे पढता हूँ? मैं ये कैसे करता हूँ और मैं वो कैसे करता हूँ ? जादू? तरकीबें? मन को पढ़ना? या.... जादू !!!? या शायद दर्शकों के बीच मेरे कुछ सहयोगी बैठे हैं? या बस हाथ की सफाई है ये ? आखिर, राज़ क्या है?

मैं उन्हें हर बार एक ही उत्तर देता हूँ: यह *पूर्णतः मनोविज्ञान* है। मुझे अपने काम में किसी भी किस्म की सुनियोजित मदद पसंद नहीं है।

इसी के साथ मैं मुद्दे की बात पर आता हूँ। सारी दुनिया से लोगों ने मुझ पर चिट्ठियों, तारों और टेलीफोन के ज़रिये सवालो की बमबारी कर रखी है। हर शो के बाद वो मुझसे सवाल करने स्टेज के पीछे तक आते हैं। अब मुझे अपने घर का पता भी गुप्त रखना पड़ता है। मेरे दोस्त भी नहीं जानते कि मैं कहाँ रहता हूँ। यह ज़रूरी है कि मेरी निजी ज़िन्दगी में मुझे हर मोड़ पर ऐसे लोग न मिले, जो सिर्फ किसी सट्टे को जीतने के लिए मेरी मदद चाहते हो।

मैं अपनी शक्ति का बहुत आदर करता हूँ और कभी इसका इस्तेमाल गलत काम के लिए नहीं करूँगा । मैं कभी ऐसी दौड़ पर दाँव नहीं लगाता जिसे जीतने वाले का नाम मुझे पता न हो और न ही मैं दूसरों को कोई बाज़ी लगाने की सलाह देता हूँ।

लोग मुझसे मिन्नतें करते हैं कि मैं उन्हें कोई खजाना दिला दूँ, कोई ऐसा जुआ जीता दूँ जो उनके लिए एक आनंदमय, चिंता-मुक्त भविष्य के द्वार खोल दे।

लोग लॉटरी क्यों जीतना चाहते हैं? क्या वो बस इन सब से कहीं दूर चले जाना चाहते हैं? क्या वह अपनी सारी ज़िन्दगी सिर्फ किसी सुन्दर स्थान पर, द्वीप या समुद्र के किनारे,

आराम करना चाहते हैं? या फिर शायद उन्हें पहाड़ों की शुद्ध हवा और दिलकश नजारों के बीच जीने की तमन्ना है?

शायद वो चाहते हैं कि उनका घर बड़ा और आलीशान हो और सेवा करने के लिए बहुत से नौकर हों। वो थक गए हैं। अगर वे औरत हैं, तो शायद वे खाना बनाने, कपड़े धोने, खरीदारी करने और लम्बी-लम्बी लाइनों में खड़े रहने जैसे झमेलों से थक गयी हैं। अगर वे आदमी है, तो वे शायद अपने रोज़मर्रा के काम से, और उससे मिलने वाले तनाव और थकान से उकता गए हैं।

थके हुए, झल्लाए हुए, तनाव-ग्रस्त और दुखी लोग ! बीमार लोग जो बस इस चक्र से निकलना चाहते हैं, छुटकारा पाना चाहते हैं।

इस किताब को लिखने का कारण यही है। इसका उद्देश्य है, आपकी समस्या हल करना, आपको यह साबित कर के कि जिस चमत्कार का इंतज़ार आपको है, वह आपके मन में ही हैं। बस इन्तज़ार है कि कब आप उसका उपयोग करेंगे। मैं आपको बताना चाहता हूँ कि आप स्वयं अपने सपने कैसे सच कर सकते हैं।

अधिकतर लोगों और देशों के साथ वो घटता है, जो वो नहीं चाहते। *मैं, आपके मन की चमत्कारी शक्ति को उभारूंगा और फिर जो आप चाहते हैं,* आपके जीवन में केवल वही घटित होगा।

यदि बस एक बार मन के जादू की शक्ति जाग गई तो आपके पास होगी वह चमकती गाड़ी, वह शानदार बंगला, वह सपनों का हॉलीडे टूर। घोड़ों और ताश के पत्ते पर दाँव लगाने में क्यों व्यर्थ समय गँवाते हैं? बिना पैसा या समय खर्च किये आप वो अतुल्य धन पा सकते हैं। और आप के लिए वह और भी संतोषजनक होगा। जब आप अपने मन का जादू चलाएंगे तो हर दिन उत्साह भरा और खुशनुमा होगा।

भूल जाओ घोड़ों और पत्तों को। तुम्हारे पास अलादीन का चिराग है। इस गतिशील शक्ति में सोने की खान जितना धन छिपा है, ज़रूरत है तो बस इसके इस्तेमाल को समझने की। यह किताब, आपके इस जादू भरी राह पर चलने का पहला कदम है।

1 आस्था का जादू

"मम्मी, वो क्या है जो लोगों को होशियार बनाता है? क्यों कुछ लोग दूसरों से ज्यादा होशियार होते हैं ? मम्मी, क्यों कुछ लोग बड़े होने से पहले ही मर जाते हैं? मम्मी, अगर जहर खाने से लोग मरते हैं, तो फिर उसे बनाते ही क्यों है? क्यों कुछ लोग अच्छे होते हैं और कुछ बुरे ? एक बार कि बात है की तीन भालू थे ? क्यों, मम्मी, क्यूँ?? तीन ही क्यूँ?..."

बचपन में मेरा दिमाग ऐसे ही ढेरों सवालों से घिरा रहता था। मैं हमेशा सवाल करता रहता, अपनी जिज्ञासा के सहारे उन सब रहस्यों को सुलझाने का संघर्ष करता, जिन्हें मुझसे कहीं बड़े लोग भी नहीं समझ पाये थे।

अलग तरह से ही सही, परन्तु मुझे लगता है कि मेरी जिज्ञासा इतने सालों तक मेरे साथ ही रही है। बहुत सी पुरानी गुत्थियाँ तो सुलझ गई हैं, पर अब उनकी जगह नए सवालों ने ले ली है। यही राह है मनोचिकत्सकों कि! यह राह है हर उस व्यक्ति की जो मन की जादुई शक्ति के बारे में तहकीकात करता है। जिज्ञासा का बीज, एक बार अंकुरित हो जाए, तो फिर आपके साथ सारी ज़िन्दगी रहता है, फिर चाहे आप जहां भी हों। जिस तरह से मन काम करता है, चाहे वह आपका हो या दूसरों का, वह प्रणाली बहुत जटिल है। पर इस गुत्थी का अध्ययन इतना मजेदार है कि यदि आप एक बार इस रहस्य को कुरेदना शुरू करें, तो आपके अचंभित होने का सिलसिला कभी रुकेगा ही नहीं, एक से बढ़कर एक अजूबे सामने आते ही जाएँगे। फिर चाहे वह बूढी औरत हो जिसने एक ताम्बे के कडे को पहनकर अपने गठिया का इलाज ढूँढ लिया है या फिर फिजी द्वीप के वो कबीलेवाले जो बिना अपने पैर जलाए जलते अंगारों पर सहज ही चल लेते हैं... सभी आपको समान रूप से अचंभित करते

जाएँगे। उत्तरी अमरीकी आदिवासियों के वर्षा का आह्वान करने वाले नृत्य का नज़ारा उतना ही अद्भुत लगेगा जितना कि फ्रांस के ल्यूडर्स शहर में जाते हज़ारों लोगों की भीड़ होती है।

आस्था की शक्ति के ये सब नमूने, कम से कम मेरे लिए तो, समान रूप से अचम्भे और जिज्ञासा से भरे होते हैं। मेरी तरह, आप भी उन बूढे आदमी-औरतों को किसी धार्मिक स्थल तक पहुँचने के लिए पहाड़ों पर चढ़ता देख, सोच सकते हैं कि 'क्या है जो इनसे ये करवा लेता है?' उसी तरह से आप तब भी आश्चर्य करेंगे जब देखेंगे कि इसाई धर्म में दीक्षा प्राप्त करने के उपरान्त लोग ठंडे पानी में डुबकी लगा कर भी प्रफुल्लित हो भगवान के गुणगान करते हुए बाहर आते हैं, फिर चाहे उनके दाँत किटकिटा रहे हों और शरीर ठिठुर रहा हो !

आज भी, जब अपनी माँ से पूछे गए उन अनगिनत सवालों को याद करता हूँ, तो सोचता हूँ कि क्या वह जानती थीं, आनेवाले सालों में जैसे-जैसे उनका लड़का बड़ा होगा उसकी यही कभी न खत्म होने वाली जिज्ञासा उसे कई वैज्ञानिक, अध्यात्मिक और तांत्रिक सभाओं तक ले जाएगी। और यही जिज्ञासा होगी जिसके कारण यह लड़का इतिहास की महान हस्तियों के बारे में पढ़ कर, उनके मन में भी झाँकने की कोशिश करता रहेगा। क्या माँ को यह अंदाजा भी हो गया था कि, मैं अपने समय में भी, हर किस्म की असाधारण हस्तियों से मिल कर अपने जवाबों की तलाश ज़ारी रखूंगा? किस सवाल का जवाब? यह सवाल कि वह क्या है जो इन लोगों को शिखर तक पहुंचाता है?

चलिए, मैं आपको सीधे से ही बता दूँ कि मेरी जिज्ञासा और मेरी जवाबों की तलाश ने मुझे किस महान खोज तक पहुंचाया है। उन सब लोगों में 'कुछ' था जिसने जादू चलाया, और वह 'कुछ' था आस्था। आस्था का जादू हर व्यक्ति के लिए अदभुत परिणाम ले कर आता है जो इसे अपना लेता है। आप जहां भी जाना चाहते हैं आस्था आपको वहाँ रॉकेट की गति से पहुंचा सकती है। एक करोडपति ने मुझसे कहा था, ''बिस्तर से उठने से पहले, मैं हमेशा कहता हूँ मैं आस्था रखता हूँ! मैं आस्था रखता हूँ! मैं आस्था रखता हूँ! 'तीन बार, बिलकुल इसी तरह! और यह कह कर मुझे कभी भी अपनी उड़ान से डगमगा कर गिरने का डर नहीं होता!

अधिकारिक आंकड़ें बताते हैं कि ल्युडर्स (धार्मिक स्थल) में आज तक 6000 लोगों को उपचार मिला है। ढोंगीपने की गुंजाइश दूर करने के लिए, हर चमत्कारी उपचार की ठीक से जाँच की जाती है। लोग बसीलिका (चर्च) को विस्मय से बस देखते हैं और नत-मस्तक हो जाते हैं, और उसमें *आस्था रखते हैं !*

मैं आपको गेब्रियल गरगम के बारे में बताता हूँ। गरगम की रीढ़ की हड्डी में गंभीर चोट आई थी और कमर से नीचे, पूरे शरीर में लकवा मार गया था। डॉक्टर जानते थे कि उनके

पास इसका कोई इलाज नहीं है। गरगम किसी भी तरह से बस थोड़ा हिल पाने के लिए संघर्ष करता रहता। पर हर बार असफल हो जाता। डॉक्टर केवल निराशा में सिर हिला देते थे।

फिर गरगम की माँ ने कहा, ''बेटा, मैं चाहती हूँ कि तुम ल्युड्र्स जाओ।'' गेब्रियल जाना नहीं चाहता था।

पर उसकी माँ ने जिद्द की, फिर वो ल्युड्र्स पहुँच गया, गेब्रियल की नर्स को डर था कि यहाँ आने का कोई फ़ायदा नहीं होगा।

फिर अचानक, सब को अचंभित करते हुए, गेब्रियल गरगम अपने पैरों पर खड़ा हो गया। 24 घंटों के अन्दर-अन्दर गेब्रियल ठीक से चल पा रहा था। 60 डॉक्टरों ने फिर गेब्रियल की जांच की और सबने पाया कि गेब्रियल पूरी तरह ठीक हो गया था। इस बात का कोई विज्ञानिक कारण नहीं दिया जा सकता था। घर लौट कर, गेब्रियल ने फिर से नौकरी करना शुरू कर दी।

इस चमत्कारी बदलाव का कारण था क्या ?

अचानक, गेब्रियल के मन में *आस्था* आ गई थी।

बहुत से वाक्ये हैं, जो इतने ही अदभुत हैं।

अपने मन के जादू को जगाने के लिए, सबसे पहले ज़रूरत है *आस्था को जगाने की*।

एक जवान लड़का आर्थिक मुश्किलों से गुज़र रहा था। उसने अपने अमीर भाई से थोड़ा सा पैसा उधार माँगा। उसके भाई ने गुस्से में जवाब दिया, ''जा, जा कर किसी पुल से कूद जा!''

बड़े भाई को छोटे भाई में आस्था नहीं थी, इसलिए वह मदद नहीं करना चाहता था। उसकी नज़र में यह मदद की पुकार बस उसके पैसा हड़पने का तरीका था। दुनिया के सबसे महान मनोचिकत्सक (ईसा मसीह) ने उस पल भी मानवता पर से आस्था नहीं छोड़ी थी, जब पेड़ से बनी सूली पर उसे चढ़ाया जा रहा था।

आपको केवल स्वयं में ही नहीं, बल्कि दूसरों में भी आस्था रखनी होगी। मन के जादू को जगाने का कोई और रास्ता नहीं है।

भीतर की आध्यात्मिक आस्था बाहरी दुनिया में भौतिक परिणाम उजागर कर सकती है।

एक व्यस्त गृहिणी का उदाहरण ले लीजिए। वह एक सुबह उठती है और उसे इतनी थकान महसूस होती है जितनी शायद इस दुनिया में किसी को न हो, दिन भर की सफाई का ख्याल भर भी उसे दहशत में डाल देता है। फिर उसे याद आता है वह एनर्जी टैबलेट जो उसकी सहेली ने दिया था, इस वादे के साथ कि थकान का यह जादुई इलाज है। वह सोचती

है, दवा तो अब भी मेरी जेब में ही है, फिर वह जेब टटोल कर दवा निकालती है और खा लेती है। कुछ ही मिनटों में वह काम शुरू कर देती है, अब सफाई तो जैसे उसके लिए बच्चों का खेल हो। सफाई ख़त्म करती है, फ़र्श चमकाती है और खिड़कियाँ भी साफ़ कर देती है। उसके लिए ज़िन्दगी खूबसूरत है। बस एक दवा की वजह से।

फिर वह अपनी जेब में हाथ डालती है और देखती है कि... *दवा तो अब भी उसकी जेब में ही है!* सुबह उसने नींद में अपने बच्चे की एक पुरानी टॉफी खा ली थी।

देखा आपने? यह उस औरत की *आस्था* थी जिसने जादू चलाया और उसका दिन बदल दिया, और उसकी थकान भी दूर हो गयी। उसने केवल *आस्था* को जगा कर, अपने मन के जादू को जगा लिया!

कुछ साल पहले जब मैं एक हॉस्पिटल में था, तब मेरे पास वाले बिस्तर पर एक आदमी था जिसके हाथ पर बहुत से मस्से थे। डॉक्टर उन्हें एक-एक कर काट रहे थे। फिर एक दिन वहाँ एक मरीज़ आया और उसने उस आदमी से पूछा, ''क्या तुम चाहोगे कि मैं तुम्हारे हाथ के सारे मस्से गायब कर दूँ?'' मेरे पास लेटे आदमी ने उत्तर दिया, ''हाँ! प्लीज।''

''मैं बस इन्हें गिनूंगा और ये गायब हो जाएँगे।''

उसने ये किया और हमने फिर इस बात के बारे में और विचार भी नहीं किया। लेकिन एक हफ़्ते बाद ही सारे मस्से गायब हो गए। *यह है आस्था का जादू*।

मैंने यह कहानी एक दिन कुछ डॉक्टरों को सुनाई और मेरी एक महिलामित्र से अपनी प्रतिक्रिया व्यक्त करते हुए कहा, ''क्या बेतुकी बात है!''

उस महिला के पास आस्था नहीं थी।

एक डॉक्टर ने हाल ही में एक मेडिकल जरनल में बताया कि उसने बच्चों के मस्से, कुछ 'पैसों में खरीद कर' दूर कर दिए और बच्चों से कहा कि कुछ ही दिनों में दाग भी गायब हो जाएँगे । आइटकेन ने लिखा कि परिणाम 'बहुत आश्चर्यजनक' रहे। ज़ाहिर है कि यह भी केवल आस्था का खेल था।

बहुत से पढ़े-लिखे आदमी और औरत अज्ञान वश *'सोच की शक्ति'* को नकार देंगे। यह विचार पूरब का है, और हम ठहरे पश्चिम के वासी। ऐसा कर ये आस्थाहीन लोग सफलता के अवसर को उसी तरह गँवां देते हैं, जैसे की पश्चिमी दुनिया ने बहुत पहले तिब्बतीसाधुओं के प्राचीन जादू को नकार कर किया था। जिस चीज़ को एक बेवकूफ सीख नहीं सकता, वह उसकी खिल्ली उड़ाता है। वह केवल इसीलिए आस्था नहीं रख पाता, क्योंकि आस्था का प्रकाश बहुत दूर, पूरब दिशा से आ रहा है।

फिर भी पूरब के जादूगरों के घर हमारी कल्पना से भी अधिक सुन्दर है। क्योंकि जानते हैं कि प्रकृति के नियमों को कैसे प्रयोग में लाना है। कहते हैं कि उन्हें खोई हुई सभ्यता एटलानटिस के प्राचीन रहस्यों का भी ज्ञान है। इन रहस्यों की जानकारी ही हो सकती है, जिसके कारण उन्हें अद्भुत धन प्राप्त है।

यह रहस्य, यह नियम, अभी खोए नहीं है। आज भी वे हर रोज़ पूरब से पश्चिम लाए जाते हैं, उन लोगों के लिए, जो इन्हें अपनाना चाहते हैं।

अगर आपकी ज़िन्दगी में सुख और समृद्धि नहीं है, तो अभी बहुत देर नहीं हुई है। इस समस्या का जादुई उपाय है। आस्था।

किसी को भी कहिए कि आप ये पाने की उम्मीद रखते हैं और उसे जादू से पा लेंगे, और वह आप पर फौरन ठंडा पानी फेंक देंगे। वो आप पर हँसेंगे और आपको पागल कहेंगे। आपकी राह में वे शंका के बीज बो देंगे और आपके आस्था के दरवाज़े पर ही नकारात्मक शब्दों के रोड़े डाल देंगे।

दो हज़ार साल पहले भी बिलकुल ऐसी ही स्थिति थी। दुनिया का सबसे महान मनो चिकित्सक भी, यह जानता था। वह जानता था कि यह ज्ञान केवल उन्ही के लिए है जो इसे अपनाने को तत्पर हैं। इसीलिए, जब शिष्यों को केवल आस्था के बल पर चमत्कार करने की सीख दी जाती थी, तो उन्हें एक चेतावनी के साथ, लोगों के बीच भेजा जाता था:

''जाओ, *पर किसी आदमी को अपना रहस्य न बताना!*''

जब आप अपना राज़ दूसरे लोगों को बताते है, उसी पल आपकी समस्याओं का सिलसिला शुरू होता है।

वे आपको चिढ़ाते है, आप पर हँसते हैं, आपका मज़ाक बनाते हैं और आपकी योजना की सफलता की राह में हर मुमकिन रुकावट भी डालते हैं।

आपको यह विज्ञान सौंपते हुए (जो आपको इस जानकारी के साथ दिया जाता है, चाहे आप इसका इस्तेमाल कैसे भी करें, आप को परिणाम अवश्य मिलेगा), मैं आपको एक चेतावनी भी देता हूँ। इस जादू को कभी भी हानिकारक या बुरे उद्देश्यों के लिए इस्तेमाल न करें। मानव जाति के जन्म से ही, दो शक्तियां इस संसार में काम करती आई हैं: अच्छाई और बुराई। अपने-अपने इलाकों में दोनों ही अत्यधिक शक्तिशाली हैं। मैं इस बात पर जितना ज़ोर दूँ कम ही है। यदि आपने अपनी शक्तियों का इस्तेमाल हानिकारक या बुरे उद्देश्य से किया, तो ये शक्ति पलट कर, आप ही को तबाह कर देगी। यह केवल शब्द नहीं हैं। यह बहुत गंभीर शब्द हैं। काला जादू और सफेद जादू दोनों ही एक ही मूल्य पर काम करते हैं।

एक शक्तिशाली आस्था से अपने मन के जादू को जगाइए। मेरे पास आस्था है, नहीं होती तो मैं हर कोशिश में असफल होता।

मैंने एक बार पत्रकारों के लिए एक प्रदर्शन किया था, वैसा ही प्रदर्शन जैसा मैंने बहुत बार स्टेज पर भी किया है।

छिपने के लिए न तो स्टेज की चकाचौंध थी, न बहुत से दर्शकों की भीड़, भ्रम को सच् में बदलने वाला कोई भी पर्दा नहीं था जो उस माहौल में होता हैं जहां लोग केवल मनोरंजन की तलाश में आते हैं। मुझे मंझे हुए, शक्की पत्रकारों के सामने एक प्रदर्शन देना था और मैंने यही किया।

तीन जाने-माने पत्रकारों की उँगलियों से मैंने तीन सोने की अंगूठियाँ लीं, उन्हें एक पेंसिल में पिरोया और आप 'कुरान' कह सकें इससे पहले वे तीनों अंगूठियाँ उस पेंसिल में ऐसे लटकी थीं जैसे एक चेन हो।

सबने अपनी अपनी अंगूठियों की पहचान की और फिर वो अंगूठियाँ सही सलामत उनके मालिकों को लौटा दी गई।

मैंने यह कैसे किया ? मैं नहीं बताउँगा। पर मैं इतना ज़रूर कहूँगा कि मैं ऐसा कुछ भी करने की कभी जुर्रत न करता अगर मेरे पास आस्था न होती। सभी जादूगरों के पास आस्था होती है, वरना वे सबके सामने खुद को बेवकूफ साबित कर देगें । जादू जगाने के इच्छुक किसी भी व्यक्ति के लिए सबसे ज़रूरी भाव हैं: *आस्था।*

2 आस्था कैसे काम करती है

कुछ लोगों की बहुत बुरी आदत होती है, हर चीज़ का विश्लेषण करना। आप उन्हें बता सकते हैं कि फलां तरकीब काम करती हैं, पर उनके लिए ये काफ़ी नहीं होगा। किसी भी चीज़ को मानने से पहले, यह ज़रूरी है कि उस बात का विश्लेषण हो, उसके टुकड़े-टुकड़े कर, उसका अंग-अंग अलग कर दिया जाए। उन्हें तब तक आस्था नहीं होती, जब तक उन्हें 'दिखा न दे' की आस्था कैसे काम करती है। ये वो लोग होते हैं, जो गाड़ियों के नीचे झाँक कर देखते हैं, जो घड़ियों को खोल कर देखते हैं और हर मुमकिन मौके पर अपना चीर-फाड़ के लिए माइक्रोस्कोप लिए तैयार रहते हैं। ये कैसे काम करता है? उन्हें इस प्रश्न का उत्तर दे दीजिए और वो आस्था रखने लगेंगे।

तो फिर सबसे पहले, चलिए स्वयं का ही *विश्लेषण* करते हैं। आप क्या हैं? आप बस बिजली का ही तो संकलन हैं। अँधेरे में जाइए और अपने बालों में बार-बार कंघी कीजिए। अगर आपका स्वास्थ्य अच्छा है, तो आप किरकिराहट साफ़ सुन सकेंगे और चिंगारियां भी उड़ती देख पाएँगे। ये आपके अन्दर की बिजली है।

पूरा संसार इस ऊर्जा से भरा है... चुम्बकीय पदार्थ हैं हम सब।

एक लाल मोती लीजिए और उसे तीव्र गति से अपनी हथेली पर मलते रहिए। आप इतनी बिजली का उत्पादन कर लेंगे कि यह लाल मोती आस-पास के कागज़ के टुकड़ों के लिए चुम्बक बन जाएगा। इसी तरह से अगर किसी भूरे पन्ने को आप कुछ देर आग के सामने रखने के बाद, दीवार के पास ले जाएँगे तो वो सहज ही उसकी सतह से चिपक जाएगा।

क्यों? क्योंकि आपके द्वारा जिस बिजली का उत्पादन हुआ है, उसने उस पन्ने को चुम्बकीय बना दिया है।

अब इस बात का आपके मन के जादू को जगाने से क्या वास्ता है? देखा जाए तो इस तथ्य का *केवल इसी बात से वास्ता है !*

बिजली आकर्षित करती है, आपको चुम्बकीय बनाती है और चीज़ों को आपकी ओर खींच लाती है। यदि बिजली को सोच-समझकर जगाते हैं, तो एक नई नवेली गाड़ी के सामने खड़े हो जाइए और वो आप के जीवन में स्वत: ही खिंची चली आएगी। इस विज्ञान के और भी प्रयोग संभव हैं। मैं केवल आपको यह एहसास दिला रहा हूँ कि बिजली महत्वपूर्ण है। यह उन चीज़ों का एक बेशकीमती हिस्सा है जो आपके मन के जादू को जगाती हैं, और इस जादू की मदद से आप जो चाहे पा सकते हैं। कुछ लोग जो बीमार हो कर बिस्तर पर पड़े होते हैं, उनसे कहा जाता है कि एक बिल्ली पालें और उसे सहलायें, यह उनके उपचार में मददगार साबित होगा। फिर उनकी पालतू बिल्ली को बिस्तर पर लिटा दिया जाता है और वो उसे सहलाते रहते हैं, सहलाते रहते हैं और सहलाते ही रहते हैं। असली बात तो यह है कि बिल्ली को सहलाने से वह बिल्ली के शरीर की कुछ बिजली अपने में खींच लेते हैं और वह उन्हें स्वस्थ होने में मदद करती है।

आकर्षित करने की शक्ति आपके भीतर होती है, पर उसका स्वामी बनने के लिए आपको उसके प्रति जागरूक बनना होगा। आपकी जागरूकता अथवा चेतना, निरंतर व स्थिर होनी चाहिए। आपका यह जानना आवश्यक है कि कैसे इसका प्रयोग आकर्षित करने के लिए किया जाए, दूर हटाने के लिए नहीं, और अब मैं आपको यही बताऊँगा।

धरती के उत्तर और दक्षिण ध्रुवों को जोड़ती हुई रेखा दरअसल चुम्बकीय हैं, चाहे आपको यह बात पहले से पता हो या नहीं, ये ही तथ्य है। इसी प्रकार, मानव शरीर भी चुम्बकीय है।

बहुत तरीके हैं जिनसे इस चुम्बकीय ऊर्जा को जगाया जा सकता है। एक तरीका ये है की सोते समय आपका सिर उत्तर दिशा में रहे, ताकि आपका शरीर धरती के पोल से समानांतर रहे, न की आड़ा पड़ा रहे। यह बहुत ज़रूरी है, क्योंकि इसी तरीके से चुम्बकीय लहरें सिर से पाँव तक दौड़ेंगी और आपको उनके पूरे प्रभाव का एहसास होगा। पोल से समानांतर नहीं होंगे तो फिर इस शक्ति का प्रभाव केवल आपके शरीर के एक हिस्से पर ही होगा। कुछ लोग अक्सर विचार करते हैं कि, क्यों वो इतने बेचैन रहते हैं और बहुत बार ठीक से सो भी नहीं पाते। उनकी समस्या का शायद ये ही हल, वो गलत दिशा में सो रहे हैं।

उत्तर और दक्षिण छोरों का ये चुम्बकीय नाता इतना महत्वपूर्ण है की कुछ लोग जो सचमुच कुछ जादुई कर गुज़रते हैं (क्योंकि वो प्रक्रिया से वाकिफ़ हैं), कोई भी शक्तिशाली

विचार केवल उत्तर की दिशा में ही मुंह करके व्यक्त करते हैं) यह मज़ाक की बात नहीं है, मेरा विश्वास कीजिए, कुछ लोग है जो धरती की चुम्बकीय शक्ति के साथ सदा समानांतर ही रहना चाहते हैं, ताकि उनकी निजी चुम्बकीय ऊर्जा भी जगी रहे और बढ़ती रहे।

आप कहते हैं कि यह पागलपन है? यह बात तो गले ही नहीं उतरती? पर जो हमारी नज़रों में बेवकूफी है, वो ही तिब्बत्ती लोगों की नज़रों में ज्ञान है।

आप मुसकुरा रहे हैं। आप के मन में अब भी शंका है। यह सब बात नई और ख्याली पुलाव सी लग रही हैं।

शंका और कुछ नहीं, बस अधूरी जानकारी है। एक तरह से देखें तो ये आत्महत्या है।

नोवालिस नाम के एक कवि ने कहा है, ''यदि हमारा किसी सत्य से अपूर्ण परिचय हुआ है, तो फिर हमारी ही आस्था में कमी रही होगी।'' इसीलिए आपके लिए अब भी उम्मीद ज़िंदा है।

ये बातें समझने में मुश्किल हैं? इन पर आस्था करना और भी मुश्किल है ? *2000 साल पहले भी ये बहुत मुश्किल था।*

'एलिस थ्रू द लुकिंग ग्लास' (एक किताब) में 'व्हाइट क्वीन' नाम की नायिका ने भी नामुमकिन पर यकीन किया था। हर दिन नाश्ते से पहले वो 6 नामुमकिन चीज़ों पर यकीन करती थी।

सकारात्मक रहिए। आस्था रखिए।

एक बार एक मालिश करनेवाले ने मुझे बताया कि वह ब्रह्माण्ड में फैली चुम्बकीय लहरों को देख सकता है। किसी-किसी दिन ये लहरें बाकी दिनों से अधिक गतिसे दौड़ती हैं। काली और सफेद धारियों सी दिखती हैं ये, और आसमान से बारिश की तरह गिरती है। फिर उसने मुझे बताया कि उसके कुछ क्लाइंट्स भी इन लहरों को देख सकते हैं।

वो हमेशा अपने मालिश के बिस्तर का सिर उत्तर दिशा की ओर रखता था। इससे ये चुम्बकीय लहरें मालिश में उसकी मदद कर पाती थी। उसकी एक क्लाइंट तो इस उत्तर और दक्षिण की दिशा को ले कर इतनी संवेदशील थी, कि यदि बिस्तर उत्तर दिशा से कुछ इंच भी दूर हो तो वो भांप लेती थी, कम्पास देखने पर भी हर बार वह सही साबित होती थी।

जिस तरह धरती *सदा ही* चुम्बकीय रहती है, उसी तरह आपको भी सदा ही इस ऊर्जा के प्रति जागरूक रहना होगा, जिससे आपके शरीर में सदा इस उर्जा का संचार होता रहे। क्या आप नहीं जानते थे कि इस दुनिया में एक शक्तिशाली ऊर्जा है जिसे वैज्ञानिक विद्युत-चुम्बकीय ऊर्जा कहते हैं? क्या आप नहीं जानते कि संसार में हर वस्तु अथवा जीव विद्युत-चुम्बकीय है? और उसी ऊर्जा के माध्यम से आकर्षण और प्रतिकर्षण नियम काम करते हैं।

यदि आप अपने मन के जादू को जगाना चाहते हैं, तो इस बात को याद रखना बहुत महत्वपूर्ण है। खुद को किसी किस्म के धोखे में मत रखिएगा, आस्था का जादू तब तक काम नहीं करेगा, जब तक आप इस बात को नहीं समझेंगे कि आप में आकर्षण की शक्ति है और इस शक्ति को और परिपक्व करने के लिए आप के वश में जो भी है, वो आपको करना ही है।

क्या आप अपने जीवन से पूर्णतः खुश है? क्या आप जीवन को पूरी तरह से जी पा रहे हैं? क्या आपको ज़िन्दगी में वह सब कुछ मिल रहा है, जो आप चाहते थे ?

आप किस तरह से आराम करते हैं, इन बातों पर बहुत कुछ निर्भर करता है। क्या आप अपनी टांगों को एक दूसरे के ऊपर रख कर बैठते थे? क्या आप अपने हाथों को बाँधे रखते हैं? क्या आपके हाथ हमेशा जुड़े रहते हैं? यदि हाँ है, तो ये जानलेवा आदतें है। इस तरह से आप *अपने शरीर में ऊर्जा को आने से रोक रहे हैं* और नकारात्मक बन रहे हैं। यदि रख सकते हैं, तो याद रखिए कि कभी भी एक टांग के ऊपर दूसरी रख कर, हाथ बाँध कर या जोड़ कर ना बैठें। हमेशा इस बात के प्रति जागरूक रहे कि आपको क्या चाहिए, और उसे पाने के लिए आपको किस किस्म की ऊर्जा अपने ओर आकर्षित करनी है। कभी-कभी ऐसा वक़्त ज़रूर आता है, जब आप चाहेंगे की सामने से आने वाले नकारात्मक प्रभाव को रोक दें, जैसे कि तब जब कोई समझ-बूझ कर आपसे झगड़ा करने का मन बना लेता है। ऐसे बेतुके विचार आपके लिए नहीं है और इस बुराई को रोकने के लिए अवश्य ही अपनी टांगों को एक दूसरे के ऊपर रख लीजिए और हाथों को बाँध लीजिए।

यदि आप एक विश्लेषण-प्रिय बुद्धि के स्वामी है, तो आप विद्युत ऊर्जा के सत्य के बारे में और जानना चाहेंगे।

बाइबल पढ़िए। इसमें इस ऊर्जा का बहुत बार जिक्र किया गया था। जब दुनिया का सबसे महान जादूगर पानी पर चला था, तो चारों ओर रोशनी चमक रही थी। वह जब भी नामुमकिन बनाते थे, तब एक महान आभा से घिरे रहते थे, यह थी *विद्युत-चुम्बकीय ऊर्जा।*

पुनरुत्थान का वो मसीहा जिसका चेहरा *बिजली सा* चमकता था, उसकी एक झलक ने ही रोम के चार-पांच द्वारपालों को भयभीत कर दिया था। इस बिजली में कुछ इतना शक्तिशाली था, जिसकी एक झलक से ही ये मंझे हुए जांबाज़ सैनिक डर गए। *वह बिजली थी।* एक तारा बदल सकता है, पर रोशनी की एक किरन कभी नहीं बदलती। वो जाती ही जाती है, आपके विचारों को संग लिए, ब्रह्मांड को भी पार कर जाती है, न कभी उसकी गतिबदलती है, न कभी वो ध्वस्त ही होती है। रोशनी की अनंत यात्रा जारी रहती है। ऐसी गतिशील होती है बिजली, वह बिजली जिसका उत्पादन आप ही के भीतर होता है।

धरती का उत्तरीय चुम्बकीय छोर सकारात्मक होता है, और दक्षिणी छोर नकारात्मक।

जब भी आपके विचार और शब्द नकारात्मक हों, *आप स्वयं को विद्युत-चुम्बकीय आकर्षण से दूर कर देते हैं।* एक सकारात्मक अवस्था सदैव चुम्बकीय होती है, एक ऐसी अवस्था जो सोये जादू को जगाती है।

आस्था एक सकारात्मक शब्द है, और इसीलिए आस्था एक सर्जनशील शक्ति है। जो कुछ भी सकारात्मक है, वो जीवित है और काम करता है। जो भी नकारात्मक है, मृत है और उसके पास सर्जन की शक्ति नहीं है। नकारात्मक का अर्थ है ठुकराना, हटा कर रख देना, इस्तेमाल न करना।

आपको भी अपने विचारों और शब्दों को एक ध्रुव से दूसरे ध्रुव तक ले जाना होगा। इसका अर्थ है की आपको सोचने और बोलने का एक भिन्न तरीका सीखना होगा। नकारात्मक से आपको पूर्णत: सकारात्मक बनना होगा, *'मुझे नहीं पता किस पर आस्था रखूं' से आपको 'मुझे आस्था है' तक आना होगा।*

आप को लगता है कि इस बात का कोई सिर-पैर नहीं है?

आज़मा कर देखिए।

जब लोगों ने एडिसन से पूछा था की बिजली क्या है, तब एडिसन भी समझा नहीं पाए थे, उन्होंने जवाब दिया.... आज़मा कर देखिए।

चलिए अब वापस चलते हैं फिज़ी द्वीप और वहाँ अंगारों पर चलने वालों की बात पर। आग पर कैसे चल लेते हैं वो लोग ? जादू ही तो है!

अंगारों पर चलने से पहले, वो लोग 10 दिन की शुद्धिकरण रस्म से गुज़रते हैं, और इस रस्म में सांस लेने की प्रक्रिया पर ख़ासा जोर दिया जाता है। वो लोग बाहर जाते हैं, अपने हाथ ऊपर करते हैं और एक गहरी सांस लेते हैं। फिर ऐसा प्रतीत होता है, कि वो किसी अदृश्य 'चीज़' को हाथों में पकड़ते है, जैसे की बड़ी शिद्दत से विद्युतचुम्बकत्व को पकड़ने की कोशिश कर रहें हों। फिज़ी-वासियों की नज़र में गहरी सांस भरने और हवा को बाहों में समेटने की बहुत एहमियत होती है। ये कोशिश हेती है, अपनी आत्मा को आम सांसारिक स्तर से ऊपर उठाने की और मुझे लगता है कि ये कोशिश सफल रहती है।

ज़ाहिर है, अंगारों पर चलने के लिए केवल, गहरी सांसें लेना काफ़ी नहीं है, पर मैं इस सांस लेने की विधि पर ज़ोर डालना चाहूँगा।

और क्या करते हैं फिजी द्वीप के निवासी? वो आत्म-अनुशासन का पालन करते हैं। ये उनकी तैयारी का हिस्सा होता है। जब ये 10 दिन की प्रक्रिया पूरी हो जाती है, तो अंगारों पर चलने वाले बीमार लोगों का उपचार कर पाते हैं, बाँझ औरतों की कोख भर पाते हैं, और बहुत से अन्य चमत्कार भी कर पाते है। अंगारों पर चलते समय ये लोग परम-आनंद

का अनुभव करते हैं। अगर अचानक अंगारों में से आग की लपटे भी उठने लगे, तो भी ये अपनी रस्म जारी रखते हैं। और अगर आस-पास से इस रस्म को देखने वाले रस्म के अंत में, इस में भाग लेने वालों के पैर देखने की इच्छा व्यक्त करें, तो फिजी के लोगों को ये बात बचकानी लगती है। वो लोग कहते हैं, ''क्यों न हम जीवन से भौतिकवाद को थोड़ा कम कर, परम शक्ति को देखने के कोशिश करें।''

शुद्धिकरण इस रस्म का सबसे महत्वपूर्ण हिस्सा है, अंगारों पर चलने की कोई भी कोशिश तब तक मुमकिन नहीं है जब तक ये लोग स्वयं को शारीरिक और नैतिक रूप से शुद्ध नहीं कर लेते। इस बारे में हम और चर्चा बाद में करेंगे। यह 'परम शक्ति', यह विद्युत-चुम्बकत्व ऊर्जा, यह आस्था कि वो अंगारों पर बिना जले चल सकते हैं, यह सब वह जादू है, जो हर व्यक्ति कर सकता है, यदि वह *'स्वयं को शुद्ध कर'* ले। यह बहुत बड़ी बात है, और आस्था भी !

तो क्या करना होगा आपको ? अंगारों पर चलने वालों, योगियों और तिब्बति लोगों की तरह तुम्हें भी स्वयं को इस 'शक्ति' से भरना होगा, इसका एक तरीका है नियमित रूप से गहरी सांसें लेना। यदि मुमकिन हो तो खुली हवा में जा कर गहरी सांस लें, या किसी खुली हुई खिड़की के पास भी सांस ले सकते हैं। प्राणवायु या ऑक्सीजन में काफ़ी चुम्बकीय गुण होते हैं और तुम्हें उनका अच्छा प्रयोग करना है। बिना प्राणवायु के तुम्हारी बैटरी चार्ज नहीं हो सकती। हल्की सांसे लेने से निष्फलता पनपती है। अपने मन के जादू को जगाने के लिए ज़रूरी है की आप समझ-बूझ कर *निरंतर प्राणवायु का सम्पूर्ण सेवन करें।* (इस बात को आप अपनी डायरी में लिख लीजिए।)

जब कोई दुर्घटना हेती है, तो क्या होता है? दसियों लोग न जाने कहाँ-कहाँ से आ कर बेचारे पीड़ित के इर्द-गिर्द झुण्ड बना कर खड़े हो जाते हैं। तभी कुछ आदमी या औरतों की आवाज आती है, ''अरे, सांस तो आने दो इसे। हवा आने दो!''

हवा, वो जादुई चीज़ है, जो ज़िन्दगी और मौत के बीच का फ़र्क है।

जब तक कोई और चारा न हो, सड़कों की दूषित हवा से दूर ही रहें। पहाड़ों की अद्भुत औषधीय हवा भी तो है। समुद्र के किनारे की नमकीन हवा भी है, और यदि आप इन शुद्ध हवाओं के करीब रहते हैं, तो आप बहुत भाग्यशाली हैं। फिर एक हवा है जो सबसे अलग, सबसे निराली है, आकाश की हवा। मुमकिन हो तो किसी हेलीकॉप्टर में सफर करें, या एक ग्लाइडिंग क्लब ज्वाइन कर लें, स्काई डाइविंग भी अच्छा विकल्प है। अगर आपको पर्वतारोहण का शौक है, तो किसी पहाड़ पर चढ़िए और बहुत ऊपर तक जाइए (चोटी तक पहुंचना आवश्यक नहीं है), यहाँ हवा बहुत शुद्ध होती है। वो महान मनोचिकित्सक भी अक्सर आराम करने के लिए पहाड़ों पर जाया करता था, बहुत लम्बे समय के लिए।

गाँव की हवा का भी ख़ास महत्व है। यदि आप अपनी गहरी सांस लेने की प्रक्रिया का अभ्यास वहाँ करेंगे, तब आपको एहसास होगा कि आप बहुत बेहतर महसूस कर रहे हैं। यह तथ्य है। अगर आप बेहतर महसूस करेंगे, तो आप ज्यादा आसानी से अपने मन के जादू को जगा पाएँगें। आप साफ़ सोच पाएँगें, और उस सोच का सहज पालन भी कर पाएँगें।

क्या आपने कभी हवाई जहाज़ में काम करनेवालों के बारे में सोचा है? प्राणवायु की कमी हो, तो वो मानसिक रूप से सतर्क नहीं रह पाते। उन्हें प्राणवायु का ख़ास ख्याल रखना पड़ता है। यह अत्यंत अनिवार्य भी है क्योंकि, इन लोगों की सतर्कता पर ही यात्रियों की सुरक्षा निर्भर करती है। जब ये लोग आसमान में 10,000 फीट की उंचाई पर होते हैं, तो आवश्यक हो जाता है कि अपनी साँसों पर ध्यान दें, वरना ये मानसिक रूप से कमज़ोर पड़ जाएँगे और अपना काम ठीक से नहीं कर पाएँगे।

आस्था का असर देखने के लिए नियमित रूप से गहरी सांसें अवश्य भरें। एक बार एक अध्यापक ने मुझे बताया था कि हमारे मस्तिष्क में 72,000 तंत्रिक बिंदु होते हैं, जो केवल विद्युत–चुम्बकीय संचार के लिए कार्य करते हैं। इन में से हम केवल 5,000 तंत्रिकाओं को ही प्रयोग में लेते हैं। गहरी सांसें लेने से हम अपने मस्तिष्क का बेहतर उपयोग कर पाते हैं। सोचो क्या जादू चलेगा अगर हम अपने मस्तिष्क का पूरा प्रयोग कर पाएं! और क्यों नहीं ? ये 72,00 बिंदु हमारे मस्तिष्क में बेवजह नहीं है।

विद्युत चुम्बकत्व की गहरी सांसें भरो, आज़माओ इसे, जियो इसे, प्यार करो इससे, अपना लो इसे। ये फ़िक्र मत करो कि ये है क्या, बस इसका प्रयोग करो।

ये वो अनिवार्य पदार्थ है जिसमें हम जीते हैं, चलते हैं और अपने पूरे अस्तित्व की रचना करते हैं, इस पदार्थ का तुम्हारे लिए तब तक कोई अर्थ नहीं है, जब तक तुम्हें इसकी असाधारण शक्ति का एहसास नहीं हो जाता और तुम इसके जादू का प्रयोग नहीं करते।

विद्युत एक पदार्थ है और हम सब उसमें डूबे हुए हैं। मैं उष्णदेशीय (ट्रॉपिकल) मछलियाँ पालता हूँ। जिस तरह से पानी में रहनी वाली मछलियों को भी ये एहसास नहीं होता कि वो पानी में रह रही हैं, वैसा ही हाल मानवों का भी है। ये पदार्थ बहुत ही नाज़ुक है और बड़ी आसानी से प्रभावित भी हो जाता है। जब भी आप को कोई विचार आता है, वो इस पदार्थ में 'दर्ज' हो जात है, और आपके मन से निकली तरंगों की प्रबलता के अनुसार, आप के पास कभी न कभी लौट कर ज़रूर आता है। एमरसन ने कहा था: ''ध्यान रहे की आपका मन किस पर आ रहा है, क्योंकि अब आपको वो अवश्य ही मिलेगा।'' और किसी और ने कहा था; 'जब इस ग्रह पर कोई सोचने वाला निकल पड़ता है, तो सावधान हो जाओ, कुछ होने वाला है!''

कुछ भौतिकवाद में फंसे लोग है, जो इस बात की खिल्ली उड़ाएँगे की विचारों की भी तरंगें हो सकती है, पर याद रहे कि संचार की तकनीक कितनी विकसित हो गई है। वो तरंगें ही तो होती है जो दीवार, धातु और हर चीज़ को पार कर हमारी बात, दुनिया के एक छोर से दूसरे तक पहुंचा देती हैं।

विचार के प्रसारण की प्रक्रिया समझने के लिए तालाब में एक पत्थर फेंकिए। आप देखेंगे की पत्थर फेंकने के बाद ताबाल में कुछ लहरें उठती हैं। वे चारों ओर फैलती हैं और अंतत: किनारे तक पहुँच जाती हैं, जहां ऐसा प्रतीत होता है कि वे थम गई हैं। अब तालाब में हम दो पत्थर फेंकते हैं, एक बड़ा और एक छोटा। दोनों पत्थरों से अलग-अलग लहरें उठेंगी, जब ये लहरी मिलेंगी तो इनमें संघर्ष होगा। बड़े पत्थर की लहरें हमेशा जीत जाएँगी। आप जितना बड़ा सोचेंगे। आपकी सोच की तरंग उतनी ही शक्तिशाली होंगी, और मुमकिन है कि आपकी छोटी सोच की तरंगों पर हावी भी हो जाए।

जब हम अपने इस वायु मंडल में किसी विचार का संचार करते हैं, तब उससे भी लहरें उठती हैं, और सकारात्मक विचार की लहरें ज्यादी बड़ी, तेज़ और असरदार होती हैं।

जब विद्युत ऊर्जा के इस समुद्र में आप अपने सकारात्मक विचार अर्पण करते हैं, तो वो बाकी सभी विचारों को परे हटा देते हैं। अपने लक्ष्य के बीच आने वाली हर बाधा को वो हटा देते हैं, क्योंकि सकारात्मक विचार हमेशा उस बड़े पत्थर की भाँति होते हैं, उनकी लहरें बड़ी होती है।

क्या होगा अगर आप आस्था रखें? ये सवाल उन लोगों के ज़ेहन में भी आता है, जो खुद को समझा चुके हैं कि आस्था रखने से कुछ नहीं होगा। प्रयोगशालाओं में विचार तरंगों पर प्रयोग किये जाते हैं, और वहाँ ये प्रमाणित भी हो गया है कि जिन विचारों पर हम अपना ध्यान केन्द्रित करते हैं वो एक आकार ले लेते हैं। एक आदमी ने एक मशीन के सामने बैठ कर दो सेकंड के लिए एक चाकू पर अपना ध्यान केन्द्रित किया। ऐसा करने से चाकू की छवि का एक चित्र मशीन पर उभर आया। फिर एक दूसरा आदमी आया, जो इस प्रक्रिया में कोई आस्था नहीं रखता था, उसने भी चाकू के बारे में सोचा पर चूँकि उसके पास आस्था नहीं थी, उसके ध्यान से बना चित्र अत्यंत धुंधला रह गया, और उस पर चाकू जैसा कुछ भी नहीं दिख रहा था। इसी प्रकार से विचारों का ग्राफ पन्ने पर अद्भुत परिणामों के साथ उतारा गया है।

एक बार साधारण नल के पानी का फोटो लिया गया, और फिर धार्मिक प्रक्रिया से शुद्ध किये गए पानी का चित्र लिया गया। नल के पानी में बहुत कम विकिरण दिख रहा था, परन्तु धार्मिक जल में बहुत *अधिक विकिरण* देखा जा सकता था। इसलिए मानो या न मानो, उस शुद्ध जल में कुछ बात तो थी।

हम सबके लिए हमारी आस्था हमारा सबसे अनमोल धन है। वो लोग जिनके पास आस्था कम है, या नहीं है, हमेशा आपको भटकाने की कोशिश करेंगे और अगर आप उनकी बातें सुनेंगे, तो आप भी अपने मन के सत्य भुला देंगे और धीरे-धीरे इस ज्ञान की यादें भी धुंधली पड़ जाएगी।

कुछ लोग उम्मीद करते हैं, बिना उनकी तरफ से किसी भी प्रकार के परिश्रम के, उन्हें भाग्य चांदी की तश्तरी में परोस दिया जाए ।

आपको सीखना है कि कैसे मानसिक और नैतिक रूप से अपने पैरों पर खड़े होना है, और हर उस चीज़ को जिसे आप अपने जीवन में नहीं चाहते, उसे 'न' कहना है। आप ही को विद्रोह करना होगा और कहना होगा, *"इस बुराई को मैं और नहीं झेलूँगा!"* तभी इस त्रासदी का अंत होगा।

यह सच है कि आपको आलोचनाओं और कुछ छोटी-मोटी तकलीफों का सामना करना पड़ सकता है, परन्तु यदि आप डट कर खड़े रहेंगे और अपनी हर चिंता के खिलाफ विद्रोह करेंगे, तो आपके पहले कदम के साथ ही बुराई हारने लगेगी। दृढ़ निश्चय में चुम्बकीय गुण होता है। जब आप चिंता को त्यागने का निश्चय करते हैं, उसी पल एक चुम्बकीय प्रक्रिया शुरू होती है जो आपकी भलाई के लिए कार्य करती है।

वो वाट (भाप ऊर्जा के आविष्कारक) और उसकी केतली के ढक्कन पर भी हँसे थे। पर वाट ने परवाह नहीं की। उसने *आस्था* रखी, और अपना काम करता रहा और उसने दुनिया को रेलगाड़ियों का तोहफा दिया।

वो मैक्रोनी पर भी हँसे थे मैक्रोनी के पिता तक मैक्रोनी पर हँसे थे। वे चाहते थे कि मैक्रोनी अपनी आकांक्षाओं को भुला कर, एक सज्जन का जीवन बितायें और संगीत की शिक्षा ले। पर मैक्रॉनी को स्वयं में *आस्था* थी, और उसने संगीत सीखने की बजाय छत के कमरे में बिजली के उपकरणों के साथ प्रयोग करना जारी रखा। उसके पिता ने उसे एक से ज्यादा बार धमकी दी कि यदि वो बाज़ नहीं आए तो वो उसके उपकरण खिड़की से बाहर फेंक देंगे। पर मैक्रोनी ने दुनिया की परवाह नहीं की, और वो क्रिस्टोफर कोलम्बस के बाद दुनिया का सबसे महानतम आदमी बन गया। उसने आकाश की शक्ति को मानव की सेवा में लगा दिया।

फोर्ड, एडिसन, मैक्रोनी और अन्य महान लोग, इन सब ने अपनी उपलब्धि की शुरूआत मन से की थी। ऐसा कोई लीडर जिस पर लोग कभी न कभी हँसे नहीं हो, न है, न था। इसलिए हताश मत होइए। महान लोग आस्था रखते हैं, सकारात्मक रहते हैं, और दुनिया भर की खिल्ली भी उनके जादू को चलने से नहीं रोक पाती।

अपनी आस्था के ऊपर विचार करना हम में से प्रत्येक व्यक्ति की ज़िम्मेदारी है। बाज़ीगरों

की शानदारी, बहादुरी के किस्से याद कीजिए और कहिए, *"मैं कर सकता हूँ और करूँगा।"*

ये सुन्दर शब्द याद रखिएगा, "और मैं, जब मैं ऊपर उठता हूँ, सभी मानवों को अपनी ओर खींच लूँगा।"

आपकी आस्था, आपके मन की आस्था को जगा सकती है। यदि लोग आप पर और आपकी महान सकारात्मकता पर हँसे, तो याद कीजिएगा की 2000 साल पहले भी यही हुआ था।

"और, उसने उनकी अनास्था पर आश्चर्य किया !" (मार्क 4। 2-6)। अपनी बात को संक्षेप में दोहरा दूँ, मैं सुनिश्चित करना चाहता हूँ कि आप मेरी बात को भूलेंगे नहीं: आपका शरीर बिजली से बना है। चूल्हे की आग कि तरह इस बिजली को केवल सुलगाने की देर है, फिर ये स्वत: ही पूरी प्रचंडता से जगमगाने लगेगी।

इस बिजली को आप किसी दुकान पर नहीं खरीद सकते। यह आपका वह हिस्सा है, जो विकसित होने का इंतज़ार कर रहा है।

यदि आप प्यासे हैं, तो पानी आपकी जान बचा सकता है, पर यदि आप सावधानी नहीं बरतेंगे तो वो आपको डुबा भी सकता है। बिजली पर भी यही बात लागू होती है, यदि इसका इस्तेमाल भले के लिए करेंगे तो जादू चलेगा, नहीं तो मौत मिलेगी। *यह आवश्यक है कि आप शक्ति के इस्तेमाल को समझें।* मैं कोशिश करूँगा। आपको बताने की कि ये कैसे करना है। जितनी बिजली का आप उत्पादन कर पाएँगे, आपकी आस्था उतनी ही मज़बूत होगी और आप उतने ही शक्तिशाली बनेंगे।

ब्रायन मैथीयूस ने, लन्दन से नवम्बर 1930 के प्रसारण में दर्शाया था कि कैसे मानव शरीर से *बिजली की तरंगे* निकलती हैं और इन्हें शरीर के अलग-अलग अंगों में पहुंचाया जा सकता है। उन्होंने मानव शरीर से ही एक वाल्ट के 20वें भाग जितनी बिजली का उत्पादन किया, और एक बल्ब जलाने में कामयाब हुए।

एक पल के लिए चार्ल्स और गिब्सन की किताब *'बिजली की आधुनिक धारणाएं'* (मॉडर्न कनसैप्शन्स ऑफ एलेकट्रीसिटी)' के बारे में विचार कीजिए। उसमें लिखा है: 'अब हम जानते है कि हर वस्तु बिजली से बनी है।'

"बिजली ही आकर्षित करती है... हम बिजली से बने हैं।"

बिना बिजली के हम नहीं होते। यदि आपकी बिजली उड़ गयी, आप इस धरती पर दिखना भी बंद हो जाएँगे, क्योंकि इस शरीर का बिजली से परे कोई प्रकाश नहीं है।

जब भी आप किसी विध्वंसकारी सोच को ब्रह्मांड में भेजते हैं, आप स्वयं को इस विद्युत ऊर्जा से दूर कर देते हैं, जैसे कि आपने कोई बटन दबाया हो और बिजली चली गई हो।

गरीबी के नकारात्मक विचार, बीमारी, कमियों के विचार, सब आपको आपकी अपनी ही ऊर्जा से दूर रखते हैं। आपका जीव-प्रकाश धुंधलाने लगता है, क्योंकि आपने उससे नाता तोड़ लिया है। यदि आप स्वयं अक्सर इस नकारात्मक शक्ति से वार करेंगे, तो फिर एक दिन आपकी बिजली उड़ ही जाएगी, सदा के लिए। आप ख़त्म हो जाएँगे।

अपनी बैटरी को सकारात्मक विचारों और शब्दों से चार्ज कीजिए।

कवयित्री एलिज़ाबेथ बैरैट विकलांग थीं। वह चल नहीं सकती थी। लेकिन जब उन्हें कवि ब्राउनिंग से प्यार हुआ, तो क्या हुआ? उन्होंने दृढ निश्चय किया कि वो चलेंगी। रोबर्ट, एलिज़ाबेथ से बहुत ही सकारात्मक रूप से बात करता था और इस प्रोत्साहन के सहारे वह बहुत जल्द, चलीं भी। बहुत दूर से चल कर वह सीधा रॉबर्ट की बाहों में आ गयी। ये शुरूआत थी एक सुन्दर प्रेम कहानी की। एलिज़ाबेथ ने प्यार किया था, *आस्था* रखी थी, इन दो शक्तियों की मदद से उनके मन का जादू चल गया।

यदि आप आस्था रखते हैं कि आप आसानी से अपना हाथ अपने सिर तक उठा सकते है, तो आप आसानी से ऐसा कर लेंगे। परन्तु, यदि आप को आस्था नहीं है, तो आपका हाथ हिलेगा तक नहीं, मन में शंका होगी तो जादू नहीं चलेगा। अनास्था के होते हुए, जादू कभी नहीं चलेगा।

आप चारों ओर से भयानक मुश्किलों, बीमारियों, गरीबी, दर्द, डर, और नफरत से घिरे हो सकते हैं। लेकिन इन सब को आप हरा भी सकते हैं, यदि आपके पास आस्था हो।

''हमारी शंका ही हमसे हमारी किस्मत छीन लेती है।'' ये शेक्सपियर के शब्द हैं। क्या आपको कभी ये ख्याल आया है ? क्या आप स्वयं ही खुद से गद्दारी कर रहे हैं?

यदि ये सत्य है (और ये हैं!) की हमारी शंका और नकारात्मक विचार ही हमें हमारी कामनाओं से दूर रखते हैं, तो क्या आस्था करना समझदारी नहीं है? जो आदमी दृढ़ता का प्रदर्शन करता है, वो स्वयं में *आस्था* रखता है।

आप में वह शक्ति है कि आप अपनी दुनिया, अपने माहौल और अपने व्यक्तित्व की *नई रचना कर सकते हैं।*

मानसिक शक्ति से ही आप अपने लिए एक नई दुनिया का निर्माण कर सकते हैं। केवल एक सकारात्मक कल्पना के सहारे ही आप एक नई दुनिया बना सकते हैं। जिस भी भविष्य में आप *आस्था* रखेंगे और जिसका भी आप अपने दिमाग में *मानसिक चित्रण* करेंगे, वो ही आप पा भी लेंगे। राह में आने वाले किसी भी रोड़े को या तो आप पिघला सकते हैं, या उसे पार कर सकते हैं। यदि आपकी उपलब्धि के रास्ते से मुश्किलें हट नहीं रहीं, तो फिर आप अपनी शक्ति का प्रयोग नहीं कर रहे हैं।

आस्था आपको बहुत दूर ले जा सकती हैं। आस्था से आप असंभव व अद्भुत को सच कर सकते हैं... जैसे मैंने किया है।

मैं मध्य पूर्व में सैनिकों के मनोरंजन के लिए गया था। ट्राइपोलि में मेरा सामना एक चुनौती से हुआ। एक सज्जन मेरे पास आए और उन्होंने अपना परिचय *सन्डे गिब्ली* के सम्पादक और मालिक के रूप में दिया (वहाँ का इकलौता अंग्रेजी साप्ताहिक अखबार)।

उन्होंने बताया कि कैसे मेरे माल्टा से आने से पहले उन्होंने मेरे बारे में सूचना पढ़ी थी, पर उन्हें मेरे दावों पर विश्वास नहीं हुआ।

इसीलिए उन्होंने मेरे सामने एक चुनौती रखी। पुलिस चीफ के दफ्तर में एक सील बंद स्टील का डब्बा था। वे मुझे उस डब्बे का निरीक्षण करने की अनुमति दिला देंगे, *पर उसके बाद मुझे उन्हें बताना होगा कि उस डब्बे के अन्दर क्या है।*

मैं पुलिस चीफ के पास गया, वे मिस्त्र के रहने वाले थे और उनका व्यक्तित्व काफ़ी रौबीला था। उनकी तिजोरी में एक डब्बा था, उन्होंने उस *सील* बंद डब्बे को बाहर निकाला।

कुछ पलों के लिए मैंने उस डिब्बे को अपने हाथों में लिया।

''तो,'' उन्होंने पूछा, *''क्या है इसके अन्दर?''*

''इस डब्बे को आज आप मेरे शो में ले कर आ जाइएगा,'' मैंने जवाब दिया।

''मुझे तसल्ली हो गई है। *मैं जानता हूँ इसमें क्या है।''*

फिर उस रात, वह डिब्बा पुलिस की निगरानी में मेरे शो में लाया गया। उस डिब्बे के खोले जाने से पहले मैंने स्टेज पर खड़े हो कर एलान किया, *मैं जानता हूँ इस डिब्बे में क्या है। इस में एक चैक है।*

मैंने बताया, ''इस चैक की कीमत 10 पाउंड है। इसे लन्दन के मेयर के नाम लिखा गया है, और ये बाढ़ राहत के लिए दिया जा रहा है।''

सब अचंभित रह गए, जब वो डिब्बा खोला गया तो उसमें वही चैक उपस्थित था।

सब ने मेरी लाखों-बार तारीफें कीं और मुझसे बड़ी गरमजोशी से हाथ मिलाए गए। चैक को फाड़ कर फेंक दिया गया और उससे दुगुनी रकम का एक और चैक तैयार किया गया।

ट्राईपोली में इस छोटे से जादू ने सनसनी फैला दी, क्योंकि ट्राईपोली शहर प्राचीन चमत्कारों और जादू के तट पर ही बसा हुआ है।

आप भी इसी तरह अपने मन के जादू को जगा सकते हैं।

3 चमत्कार मानसिक चित्रण का

मानसिक चित्रण क्या होता है? इसकी की सबसे पुरानी कहानी बाइबल में है। बाइबल में आप पढ़ेंगे कि जेकब को रेचल से शादी की अनुमति पाने के लिए चितकबरे मवेशियों की ज़रूरत थी।

तो उसने क्या किया? उसने पास के पेड़ों की छाल से छोटे-छोटे टुकड़े काटे और उन्हें एक साफ़ नहर के तले पर बिछा दिया। इस नहर में रोज़ गाय आदि पानी पीने आती थी। जब भी वो पानी में देखती, उनके मन में हर रोज़ 'चितकबरों' का चित्र बनता था, और परिणाम स्वरूप उनके बच्चे भी चितकबरे पैदा हुए।

मानसिक चित्रण की एक और कहानी है, एक काले आदमी जोसफ कैनेडी की, उसका काम था तांगे ठीक करना और ज़ाहिर है उसकी जेब में पैसे ज्यादा नहीं रहते थे। जोसफ ने किश्तों में आयरिश स्वीपस्टेक (घुड़-दौड़) का टिकट खरीदा। उसने उस टिकट को बाइबल में रखा और हर दिन अपने मन की आँखों से देखा कि उसने लौटरी जीत ली है। रोज़ वह अपने धन को अपने पास आते देख सकता था। उसे इस बात में कोई संदेह नहीं था कि यह बात सच् होगी। उसे आस्था थी।

फिर एक दिन उसने डर्बी के प्रसारण में सुना कि कामेरोनीयन घोड़ा जीत गया है, और उसने ढेरों पैसे जीत लिए हैं। उसी समय वह रेडियो के सामने, अपने घुटनों के बल बैठा और उसने भगवान को धन्यवाद दिया।

मानसिक चित्रण ने उसके मन के जादू को जगा दिया, और अब वह एक अमीर आदमी बन गया था।

जब आपकी जेब में भी कम पैसे थे, तब क्या आपने भी मानसिक चित्रण किया था?

उस महान मनोचिकित्सक ने कहा था, ''जाओ और फिर से धरती का दामन भर दो।''

पर देखिए दुनिया को, देखिए हमारे अस्पतालों को, इस तरह से भरा है मानव ने धरती का दामन ! जब भी आप अपने मन का प्रयोग रचना हेतु करते हैं, तो आप एक मानसिक चित्र बनाते है जो तुरंत सत्य का रूप लेने लगता है। उस आदमी की तरह जिसने प्रयोगशाला में चाकू का मानसिक चित्र बनाया था। क्या आप साफ़ मानसिक चित्रण कर रहे है, या फिर केवल एक धुंधली सी तस्वीर बना रहे हैं ?

अपने मन को, जादू को जगाने का और अपने मन की हर आरजू को पूरा करने का सबसे तेज़ तरीका है : अपनी कामना के मानसिक चित्रण का अभ्यास करना। चीज़ें स्वत: ही आपके जीवन में आने लगेंगी। जैसे-जैसे इस अभ्यास में आप प्रगति करेंगे, आप पाएँगे आपका जीवन *धीरे-धीरे परिवर्तित* हो रहा है।

जब किसी सुहाने दिन पर आप बाहर जाते हैं, तो सड़क पर कई खूबसूरत गाड़ियां दिखती है और आप खुद से कहते हैं, ''इतनी सुन्दर गाड़ियाँ कैसे खरीद लेते हैं लोग ?'' मानो कोई पुरानी गाड़ी तो गुज़रती हुई दिख ही नहीं रही !

चलिए, अब आप भी एक महंगी गाड़ी पा सकते हैं। आप ऐसी गाड़ी के हक़दार हैं। तो क्या करना होगा उसे पाने के लिए?

यदि आपको सचमुच वो गाड़ी चाहिए तो आपको अपने अन्तर्मन को एक सकारात्मक आज्ञा देनी होगी। आप उस गाड़ी को पा सकते हैं, क्योंकि प्रकृति के नियमानुसार जो कुछ भी संभव है, वो सब आपका अन्तर्मन आपके लिए ला सकता है।

पहला कदम: जो भी आपको चाहिए, उसे बारीकी से जान लीजिए, आपको दरअसल क्या चाहिए? और कब चाहिए? आपको गाड़ी चाहिए, पर क्या आपको एक पुरानी फोर्ड चाहिए या एक नई नवेली कैडिलैक? या शायद आपको जैगुआर चाहिए? ठीक से बताइए, अपने अंतर्मन को साफ़ शब्दों में बताइए की आपको किस मॉडल, किस कंपनी की कौनसी गाड़ी चाहिए, और कब चाहिए। जब अपनी अंतिम सांस गिन रहे होंगे, तब नई जैगुआर पा कर क्या करेंगे आप ? इसीलिए ये स्पष्ट रखें, कि आप को क्या चाहिए और कब।

अगले पांच मिनट के अन्दर-अन्दर की एक नई जैगुआर की मांग भी मत कीजिए, क्योंकि आपकी बुद्धि तुरंत कहेगी, ''पांच मिनट में ऐसी गाड़ी मिलने की कोई उम्मीद नहीं है।'' और परिणाम स्वरूप आपको वह गाड़ी मिलेगी भी नहीं। इसलिए अपनी 'बुद्धि' को आपकी आस्था में आस्था रखने के लिए थोड़ा समय दीजिए। अब बात ये है कि आप बिलकुल नहीं समझ पा रहे कि आपकी वर्तमान तनख्वाह के सहारे नई जैगुआर आप तक आएगी कैसे, पर और भी तो बातें है जो इस गाड़ी के आगमन का कारण बन सकती हैं। हो सकता है, आपको अचानक बहुत से पैसे मिल जाएँ। हो सकता है कि किसी मजेदार प्रतियोगिता में आप बम्पर इनाम जीत जाएँ। हो सकता है बहुत से पैसे कमाने की बारी अब आपकी है ! मुमकिन और नामुमकिन का फ़र्क आप मत कीजिए। ये सब अपने अन्तर्मन पर छोड़ दीजिए, आपका आदेश मिलते ही वो अपना जादू खुद चला लेगा।

आपको नहीं पता कि आपको ये गाड़ी कहाँ से मिल सकती है? आपको नहीं पता कि मिल गई तो आप इसे रखेंगे कहाँ? आपको ये भी नहीं पता कि पेट्रोल का खर्चा भी आप निकाल पाएँगे या नहीं? हे, आस्थाहीन प्राणी ! इन सब बातों की फ़िक्र मत कीजिए। ये सोचना अब आपके अन्तर्मन का काम है। आपका अन्तर्मन है ही इसलिए कि आपका ख्याल रखे और आपकी समस्याओं का समाधान दे। एक पल के लिए भी ये सोच कर मत रुकिएगा कि आपको 'समझ' नहीं आ रहा कि इतनी खूबसूरत चीज़ आप तक आएगी कैसे? जाइए, गाड़ियां देखिए, ख़ास तौर पर जैगुआर को देखिए (यदि आपको जैगुआर ही चाहिए) और अपने मन में वो आनंद महसूस कीजिए। भावनाएँ बहुत मायने रखती हैं। भावनाएं ही तो है वो राज़! जब अन्तर्मन पर काबू करने की बात आती है, तो भावनाएं बहुत महत्वपूर्ण भूमिका निभाती हैं। आप जब चाहे तब तक जैगुआर पा सकते हैं, इस बात से उभरने वाली हर भावना को महसूस कीजिए। जब आपको वो गाड़ी मिलेगी आप ज़िन्दगी का आनंद उठाएंगे, इस भावना को महसूस कीजिए, अभी! अपनी कामना को पाने का तरीका ये है, कि ऐसा महसूस करो कि तुमने उसे अभी से पा लिया है।

''ये अल कुरान तो पगला है, पगला!'' यही सोच रहे हैं न आप ? नहीं, दोस्त! यही चाबी है मानसिक चित्रण के जादू से रचना करने की, अपनी कामना की, एक साफ़ तस्वीर अपने मन में बसा लीजिए। उसकी एक–एक बारीकी पर गौर कीजिए। इससे भी अच्छा होगा अगर आप अपने लिए एक किताब खरीद लें और उसमें उन सब चीज़ों की तसवीरें चिपका लें जो आपको चाहिए। उसके पहले पन्ने पर जैगुआर चिपकाइए। आपको लगता है कि यह मानसिक चित्रण बेतुकी बात है, हैं ना ? सही बात, आपने बिलकुल सही पकड़ा ! इसे बेतुका कहा जा सकता है, पर बेतुका होकर भी ये सच् हो सकता है।

''दूरदर्शिता के अभाव में ख़त्म हो रहे हैं मेरे लोग! 'आस्था न रखना कितनी बड़ी बेवकूफी है। आई एम टॉकिंग अबाउट जुरासलेम (मैं जुरासलेम की बात कर रहा हूँ), नाम के नाटक में उसके लेखक अर्नाल्ड वैस्कर ने अपने दो किरदारों को ये संवाद दिए थे:

डेव: दूरदर्शिता का रोना मत रो ! तुझे पता नहीं क्या? पूर्वानुमान कैसे काम करता है? बच्चे... तेरी दूरदर्षिता काम नहीं करेगी!

रौनी: काम करेगी ! और अगर काम नहीं भी करेगी तो भगवान के लिए ऐसा जताओ की वो काम कर रही है... वरना कुछ भी काम नहीं करेगा !

देखा ? मैं यह कहना चाह रहा था; जो चीज़ आपको चाहिए वो आपको अपने मन की आँखों से 'देखनी' होगी और यह मानना होगा कि आपके मन की रचना शक्ति (आपके जादू की शक्ति) के ज़रिये वो आ रही है। ऐसा जताइए जैसे कि आपके मन में आस्था है।

यदि आपको घर चाहिए, तो उसका चित्र अपने मन में बनाइए। आपको वह घर, उसका फर्नीचर, परदे, मेज़ पर रखा फूलों का गुलदस्ता, सभी कुछ साफ़ दिखना चाहिए। आपको पता होना चाहिए कि आप को कैसा घर चाहिए, और आपको उसे हर बारीकी से जानना

होगा। और फिर ऐसा जताना होगा जैसे कि वह घर आपको मिल गया है। जाइए और अपने घर के लिए कुछ खरीद लीजिए, चाहे कितनी ही छोटी और सस्ती चीज़ क्यों न हो, पर खरीदिए ज़रूर, चाहे वो एक फूलदान हो या आपके आतिशदान के लिए कोयले सुलगाने वाला फावड़ा, या फिर बस एक पोंछा, ''भगवान् के लिए, ऐसा जताइए कि आस्था काम कर रही है...। वरना कुछ भी काम नहीं करेगा!''

ये तिब्बती साधुओं का ज्ञान है। यही वो ज्ञान है जिसका अध्ययन संत और ऋषि जीवन भर करते हैं। यह कोई नया प्रयोग नहीं है। यह बस एक अब तक न अजमाई गई धारणा है। मानसिक चित्रण करें। चित्र देखें। अपनी सपनों की किताब को हर रोज़ देखें और इन सपनों में आस्था रखें।

जब कुछ लोगों की कामना जल्दी से पूरी नहीं होती, तब वो सोचते हैं की शायद जो हुआ अच्छे के लिए ही हुआ। पर यह ख्याल आपको बांधे रखेगा।

शायद लोग कुछ अलग करने के लिए अब उतने उत्सुक नहीं रहे, जितने पहले थे। टी।वी। ने लोगों को आलसी बना दिया है, लोगों में पहल करने का जज़्बा कम हो गया है। लोग बस जीवन के 'दर्शक' मात्र बन कर रहना चाहते हैं। अब वो महसूस नहीं करते, बस ताकते रहते हैं। उनके जीवन का सारा उत्साह और रोमांच तो उनके आगे परदे पर ये काल्पनिक किरदार जी रहे हैं।

ये एक नाकारात्मक और डरपोक सोच हैं। ऐसे जीवन का कोई सिर-पैर ही नहीं है। बस टी।वी। देख कर ज़िन्दगी बिताना ऐसा है, जैसे मौत का इंतज़ार करना, जैसे अब जीवन में पाने के लिए कुछ बचा ही न हो।

ऐसे लोगों का मन सड़ जाता हैं, उनका जीवन नीरस हो जाता है। वे जीवन की उन सब भौतिक सुविधाओं से भी दूर रहते हैं, जो वो सही सोच के साथ पा सकते थे। किसी चीज़ को आप को इतनी शिद्दत से, इतना ज्यादा चाहना होगा, कि आपको लगने लगे कि उसके बिना आप जी हीं नहीं सकते। अपने अन्तर्मन से उस चीज़ की मांग कीजिए। यदि आप उसका मानसिक चित्र बना सकते हैं, तो उसे पा भी सकते हैं। इस बात से कोई फ़र्क नहीं पड़ता कि आप अच्छी सेहत चाहते हैं या धन। इस बात से भी कोई फ़र्क नहीं पड़ता कि आप वाशिंग मशीन चाहते हैं या एक म्यूजिक प्लेयर। आप बस अपने अन्तर्मन से मांगिए, यदि आप उसे देख सकते हैं और उसमें आस्था रख सकते हैं, तो आप उसे पा भी सकते हैं।

इस बात को समझ लीजिए। इस बहुत बड़ी बात को समझिए कि जादू के इन कुछ शुरूआती नियमों के पालन भर से ही आपको अद्भुत सफलता मिल सकती है, और आप अपनी कल्पना से भी अधिक प्रसन्नता का अनुभव कर सकते हैं। तुम्हारे शब्द और विचार बहुत शक्तिशाली है, परन्तु इनसे भी अधिक शक्तिशाली है तुम्हारी भावनाएं। जो आप देखते हैं, जो आप महसूस करते हैं। भावना ही दिल है। उस चीज़ को पाने में आपको अपना पूरा दिल लगाना होगा, नहीं लगाया तो फिर और कोई कोशिश करना व्यर्थ है। आप जादू और

अपनी हर एक कामना को तब सच नहीं कर सकते, जब तक आपकी भावनाएँ मज़बूत नहीं होंगी। अपनी कामनाओं को पाने की राह, खतरों से भरी नहीं है। और जो भी आपको कहता ही की यह राह कठिन है, वह आपको एक अंधेरी गली की ओर धकेल रहा है। जब आप मानसिक चित्रण करेंगे, तब आपको ये महसूस भी करना होगा कि आपकी कामना पूरी होगी, फिर आपका अन्तर्मन इन चीज़ों को पाने से खुद को रोक नहीं पाएगा। जो आप किसी–किसी दिन करते हैं वह मायने नहीं रखता, मायने वह रखता है जो आप हर रोज़ करते हैं।

देखना और महसूस करना अनिवार्य है।

प्राचीन काल की ग्रीक सभ्यता मानसिक चित्रण का सबसे अच्छा उदाहरण है। उनके लिए 'देखने' के एहसास की बहुत एहमियत थी। उनकी ख़ूबसूरती और सेहत का कारण, बहुत हद तक यही था। जब कोई ग्रीक महिला गर्भवती से होती थी, वो उसके कमरे में वीनस और अपोलो की मूर्तियाँ रखते थे, ये जानकर कि जब इन मूर्तियों की छवि निरंतर मन में बनती रहेगी, तो इस मानसिक चित्र का असर उस औरत की कोख पर भी होगा और उसके बच्चे को भी इन्ही देवी–देवताओं की दिव्यता मिलेगी।

अब ज़रा रुकिए और मानसिक चित्रण की एहमियत के बारे में विचार कीजिए। पूरे दिल से इस प्रक्रिया के प्रति समर्पित हो जाइए। सच्चे मन से कोशिश कीजिए। हर दिन अत्यंत आनंद के साथ इसका अभ्यास कीजिए। अपनी सोच को सकारात्मक ही नहीं, बहुत सकारात्मक बनाइए और साहसी कल्पनाएँ कीजिए। फिर अगर आप चाहें, तो अफ्रीका से भी अपने लिए रोल्स–रॉयस को खींच ला सकते हैं।

पर एक नकारात्मक सोच भी आपको इस जादू से काट सकती है। एक मज़बूत आस्था का बीज बोइए, पूर्णत: सकारात्मक बोइए, फिर आप इस अदभुत जादू को आज़ाद कर पाएँगे। एक बेहतरीन सकरात्मक सोच को जन्म दीजिए।

हर रात सोने से पहला मानसिक चित्रण करें। बिस्तर पर लेटे समय मानसिक चित्रण करें। नाकामी के बारे में मत सोचिए। अगर कोई मुश्किल आये तब भी, याद कीजिएगा हरबर्ट कैसस्न को, इन्होने कहा था: "एक सपने में मैंने देखा एक बाज़ीगर, तेज़ रफ्तार से चला जा रहा है, अपना सिर ऊपर उठाए, उस ऊँची–नीची मुश्किल राह पर चले जा रहा है, और मेरे देखते ही देखते, वो खुशी से चीख पड़ा।"

"हुर्रे," उसने कहा। "एक और मुश्किल दो मुझे।"

मुश्किलें तो कुछ थी ही नहीं उसके लिए। उसने उन्हें यूँ ही हल कर लिया। वो उन पर हँस रहा था।

जब भी आप अकेले और शांत भाव से, अपने कमरे में बैठे हों तो स्वयं का थोड़ा अध्ययन करें। आपको एक नया और अद्भुत अनुभव का मार्गदर्शन मिलेगा।

जो चीज़े आपको चाहिए, उनके नाम बार–बार दोहराइए। दोहराना अनिवार्य है। अपने मन पर निरंतर ठप, ठप, ठप करते रहिए। अपनी कामना का नाम लीजिए। उसे देखिए और

अपने अन्तर्मन से कहिए कि उसे आपके लिए ले कर आये। जो आपकी नजर में मात्र इत्तेफ़ाक है, वो दरअसल एक डोर का हिस्सा है, वो डोर जिसे आपने अपने मानसिक चित्रण के साथ बुनना शुरू किया है।

एक बार, एक औरत को पियानो चाहिए था। उस महिला ने चित्रण की शक्ति को अजमाया। उसने पियानो खरीदने जितने पैसों का चित्र नहीं बनाया। वह जानती थी कि अगर कहीं से पैसा आ भी गया, तो उसका पति उसे पियानो पर खरचने की अनुमति नहीं देंगे, क्योंकि उनके परिवार की अन्य अहम् ज़रूरतें भी थीं। इसीलिए उसने अपने मन में सीधा एक पियानो का ही चित्र बनाया। उसने अपने ड्राइंग रूम में जगह बनायी, और हर रोज़ बाकी फर्नीचर की सफाई के साथ-साथ, वो ऐसा जताती कि अपने काल्पनिक पियानो को भी चमका रही है। ऐसा कर उसे एक अद्भुतसी उत्सुकता का अनुभव होता था। (ये वो 'भावना' है जिसके बारे में मैं आपको बता रहा था।) इस आम परिस्थिति को उसने बहुत भावनात्मक बना दिया। उसके लिए, तो मानो किसी भी दिन आस्मां से एक पियानो टपक कर, घर में आने वाला था।

चार हफ़्ते बाद, एक यात्री उसके घर आया और पूछा क्या आपको पियानो चाहिए? उस यात्री ने कहा कि जब वह उस घर के सामने से गुजरा तो उसे आभास हुआ कि यहाँ किसी को पियानो चाहिए। वो हंसी और उसने कहा हाँ मुझे चाहिए। पर वो पियानो ले नहीं पायी, क्योंकि उसके पास पर्याप्त पैसे नहीं थे।

फिर कुछ दिन बाद एक और पियानो बेचने वाला आया, और उस औरत ने खुश हो कर सोचा, ''मेरी सोच ज़रूर काम कर रही होगी। इन पियानो वाले आदमियों का बार-बार मेरे घर में आना एक संकेत हैं, मेरे विचार असर दिखा रहे हैं।'' वह और उत्साहित हो गयी, और हर रोज़ पियानो की सफाई कर, उसे और भी अधिक उत्सुकता का अनुभव होने लगा। वह काम करते-करते भी गुनगुनाती रहती थी। उसके लिए ज़िन्दगी खूबसूरत थी। खूबसूरत! हर दिन वो उस कमरे में अपने पियानो को देखती थी।

फिर एक दिन एक भीड़ वाली बस में उसने अपनी सीट एक बूढ़ी महिला को दे दी। वो दोनों एक ही स्टॉप पर बस से उतरीं। वो एक दूसरे को जानते नहीं थे, इसलिए उन दोनों ने बात नहीं की। पर बूढ़ी महिला का छाता गिर गया और इस महिला ने उसे उठाकर दे दिया, यही से उन्होंने बातें करना शुरू किया।

और सुनिए आगे क्या हुआ! बूढी औरत ने कहा, ''तुम किसी ऐसे परिवार को तो नहीं जानती होंगी जो कुछ दिन के लिए मेरा पियानो रख ले? हमें कुछ समय के लिए विदेश में रहना है और पियानो के रखरखाव की एवज़ में मैं उस परिवार को उसे तीन साल तक इस्तेमाल करने की अनुमति भी दूंगी।''

जो औरत इतने दिनों से अपने पियानो की कल्पना कर रही थी, वह तो मंत्रमुग्ध ही रह गई। प्रकृति का कानून काम कर गया था। उसे एक खूबसूरत पियानो मिल गया। वो भी

मुफ्त! तीन साल बाद जब उसे उस पियानो को वापस करना पड़ा, तब तक मानसिक चित्रण की इसी शक्ति से वो औरत अमीर बन गई थी और अपने लिए एक नया पियानो खरीदने में सक्षम थी।

यदि उसकी चेतना और बड़ी होती, तो वो पहले से ही एक नया पियानो खरीद पाती। इस बात का एहसास उसे बाद में हुआ। जितनी बड़ी बालटी ले कर जाओगे, उतना ही तो पानी भर पाओगे। यदि आपको पाव की जगह किलो भर सपने सच करने हैं, तो फिर अपनी बालटी को भी बड़ा करना होगा। यदि आपको ज्यादा तनख्वाह चाहिए, तो कल्पना किजिए की आपकी तनख्वाह का लिफाफा नोटों से भर गया है। अपने उद्देश्य को पाने से पहले आवश्यक है कि उसे आप अपनी मन की आँखों से देख लें।

पियानो वाली महिला ने इस ख्याल को जन्म दिया था कि वो किसी और का पियानो अपने घर में रख सकती है। इसीलिए आकर्षण के नियम के अनुसार, वो एक ऐसी बूढी महिला से मिली जो उसका ये सपना सच कर सकती थी। बेहतर होता कि अगर उस महिला को ये भी एहसास होता कि इस दुनिया में करोड़ों पियानो है, और उसे आसानी से नया पियानो भी मिल सकता है। पर उसे वो ही मिला, जो वो चाहती थी।

जब अन्तर्मन आपकी कामनाओं को पूरा करने में लगा हो, तब आपको सब्र रखना चाहिए। अपने ही तरीके से आपको वह ला कर देगा जो आपको चाहिए। अचानक, जिस भी चीज़ की कामना आप करेंगे वो आस्मां से टपक कर आपके पास आ जाएगी, या फिर आपको वो मार्ग दिख जाएगा जिस पर चल कर आप अपनी कामना को सच कर सकते है। इस राह पर फौरन, बिना कोई सवाल पूछे चल पड़ियेगा। हलकी सी भी झिझक अनावश्यक है, क्योंकि आपका अन्तर्मन हमेशा सही होता है। न दिमाग पर कोई जोर डालना है, न झिझकना है। आपको फौरन अपने मन की बात माननी है। आज्ञाकारी तरीके से छोटे से छोटे निर्देशों का भी पालन कीजिए, और जल्द आप देखेंगे की आपकी कामना सच हो गई है।

फिर जब आप पीछे मुड़ कर देखेंगे, तो पाएँगे कि आपके मन का हर आदेश आपको एक तर्क–संगत राह पर चला रहा था, जिसकी मंजिल थी: आपका सबसे प्यारा सपना।

एक आदमी था, जिसे एक लड़की से प्यार हो गया और वो उससे शादी करना चाहता था, पर उस समय वो लड़की किसी और को ज्यादा पसंद करती थी। क्या उस आदमी ने निराश हो कर हार मान ली? नहीं। उसने बार–बार ये कल्पना की, कि वो उस लड़की के पास जाता है और घुटनों के बल बैठ कर, उसकी ऊँगली पर अंगूठी पहना देता है। फिर वो दिन भी आया जब ये कल्पना उसकी ज़िन्दगी के परदे पर सच बन कर सामने आई। इस जादू की शक्ति की वजह से उसका सबसे बड़ा सपना पूरा हो गया था।

"ये मेरी सबसे अच्छी हैट है, इसे मैं आज नहीं पहनूँगा," और "ये मेरा सबसे प्यारा सूट है, इसे आज नहीं पहनना चाहिए।"

क्यों नहीं ? यह सोच कर कि यदि ये कपड़े खराब हो गए तो बहुत समय तक नए कपड़े

नहीं आएँगे, आप स्वयं को सीमित रख रहें हैं। यदि आप देख सकें, आप यदि मानसिक चित्रण के द्वारा देख सकें कि अगले हफ़्ते आपकी नई हैट कहाँ से आ रही है, तो आप आज ही पूरी शान से तैयार होंगे और इस से आपको ख़ुशी भी मिलेगी।

पर आप देख नहीं पा रहे। यही तो अफसोस की बात है। आप में दूरदर्शिता नहीं है।

आज ही अपने सबसे अच्छे कपड़े पहनें और जानिए कि आपको और भी बहुत सी नई चीज़ें मिलने वाली हैं.... बहुत जल्द। बस ये सोच लीजिए कि आपको किस किस्म और रंग के कपड़े चाहिए। अपने मन में उसका चित्र बनाइए। बहुत जल्द, आप इसे पा भी लेंगे। ये आपका होगा। कैसे? ये सोचना आपके अन्तर्मन का काम है। आप फ़िक्र मत कीजिए। यदि कोई विध्वंसकारी सोच आपसे कहे कि ये सब बेवकूफी है, तो फौरन कहिए, ''निकल यहाँ से, बहकानेवाले प्रलोभन मत दे। मेरे दिमाग में अब तेरे लिए कोई जगह नहीं है।'' जब आपको अपना बटुआ इतना पतला दिखे जैसे कोई हाथी उस पर बैठ गया हो, वो है बहकानेवाले प्रलोभक। आप को गलत दिख रहा है। आप एक झूठ को देख रहे है। अधिकार से कहिए, ''नकारात्मक सोच मेरे पीछे से हट। यहाँ से चली जा!'' खालीपन पर भी आशीष है उसका, क्योंकि रिक्त ही तो भरता है। अपने खाली बटुए को भरता हुआ देखिए।

मानसिक चित्रण ही होता है, जो आपके मन की शक्ति द्वारा रचना करता है। गरीबी की स्थिति भी इसी प्रकार जीवन में आती है। आप ही के दिमाग में इसका ख्याल पनपा होगा, वरना यह स्थिति कभी नहीं आती। आप ही ने स्वयं को गरीब देखा होगा, आप ही ने गरीबी की कल्पना की होगी, वरना आप कभी गरीब नहीं होते। कभी गरीबी की बात नहीं करते, तो कभी हाथ खाली नहीं होते। अन्तर्मन उसी की रचना करता है जिसकी हम कल्पना करते हैं। यदि आप गरीबी के बारे में सोचेंगे, तो जादू कभी नहीं चला पाएँगे। यदि ऐसे ख्याल मन में रखेंगे, तो इस धरती पर कोई भी शक्ति आपकी मदद नहीं कर पाएगी। और आकर्षण के नियम के ज़रिये आप अपने आस-पास बाकी सब को भी इसी दरिद्रता में खींच लेंगे।

वह सारी ऊर्जा जो आपने नकरात्मक विचारों और चिंता में लगा दी थी, क्या ये दुखी परिस्थितियां उसका उचित मूल्य हैं? आप भी किस्मत को कोसने का वही बेवकूफी भरा खेल खेलना चाहते हैं, जो आपके मित्र और पड़ोसी खेलते हैं? ये सोचना कि 'मैं अमीर हूँ' क्या उतना ही आसान नहीं लगता? और देखिए कितना फ़र्क है दोनों विचारों में! देखिए क्या मिलता है आपको ! आपको खज़ाना मिलेगा, अपने मन के जादू के ज़रिये।

आपको जानना होगा कि आपको क्या चाहिए। इस दुनिया में आपको क्या चाहिए ? ज़्यादातर लोगों को कोई अंदाजा ही नहीं होता की उन्हें क्या चाहिए। वे किसी खिलौने की दुकान में घूमते बच्चों की तरह होते हैं, जो खिलौना दिखता है तो पुराने वाले को छोड़ कर नए खिलौने की ओर भागते हैं, और फिर उसे किसी और चीज़ के लालच में फेंक देते हैं। अंतत; ये नादान बच्चे दुकान से खाली हाथ ही वापस आ जाते हैं। फिर वे किस्मत पर दोष डालते हैं, जब कि दोष तो उन्हें स्वयं को ही देना चाहिए। आपको अवश्य ही पता होना

चाहिए की आप क्या चाहते हैं।

अपने मन की आँखों से देखिए, बारीकी से जान लीजिए कि आप क्या चाहते हैं। उसके बारे में निरंतर सोचिये। अपनी कामना को शब्दों में व्यक्त कीजिए। फिर आपको बस उसे जादू से सच होते हुए देखना है।

यदि आप बेहतर परिस्थितियों को निमंत्रण देंगे तो उन्हें आना ही होगा। आपको यह सोचने की आवश्यकता नहीं हैं कि कुछ नामुमकिन है। आपको सोचना होगा कि अच्छे दिन आ रहे हैं। अच्छे दिन बस रास्ते में ही हैं, बस आपको अपने अन्तर्मन को, उन्हें निमंत्रण देने का एक सकारात्मक आदेश देना है।

और इस शक्ति के लिए शुक्रगुजार रहें। जो भी कुछ आज आपके पास है, उसके लिए शुक्रगुज़ार रहें। अपनी ज़िन्दगी से घृणा मत कीजिए, अगर ज़िन्दगी में जो चाहा वो नहीं भी मिले तो गुस्सा मत कीजिए। अपनी वर्तमान स्थिति को भी दुआ दीजिए। जब आप अपने आस–पास के माहौल को जीत लेंगे, जब आप सब कुछ छोड़ कर भागेंगे नहीं, तब ज़िन्दगी एक खूबसूरत, मीठा गीत होगी और जादू बहुत जल्द दिखने लगेगा। साहसी होने का निर्णय लीजिए। सहनशील बनिए, शांत रहिए, अपने मन में एक जगमगाती आस जगाइए। ये ज़िन्दगी जीनी होगी आपको, यदि आप अपने जीवन में जादू लाना चाहते हैं। बहुत आसान होता है यह सोचना कि हम अकेले ही काफ़ी हैं, हमें ध्यान लगाने की आवश्यकता नहीं है, बस अपनी कामना को दोहराना ही काफ़ी है। कुछ समय के लिए तो हम अपनी ऊर्जा पर दौड़ सकते हैं, पर कुछ समय बाद हमारी रफ़्तार कम होने लगती है, नकारात्मक आदतें फिर जन्म ले लेती हैं, हम बूढ़े और अकेले हो जाते हैं, और लगता है कि सालों पहले जितने गरीब और दुखी थे, उतने ही आज भी हैं। साधना करना, अपने मन की बात सुनना और अपने अन्तर्मन से बातें करना, ये सब एक सीधे–साधे वार्तालाप से अधिक महत्वपूर्ण हैं। इन चीज़ों का अभ्यास आपको और आपके अन्तर्मन को एक चुम्बकीय डोर से बाँध देता है, आपको ऊर्जा देता है और आपकी सबसे महत्वपूर्ण ज़रूरतों को पूरा करता है। इस अदभुत संचार को शुरू करने के लिए आपको किसी दर्द का इंतज़ार करने की ज़रूरत नहीं है, ये तो स्वतः ही आपके आम जीवन का हिस्सा होनी चाहिए। हर रोज़, चाहे आपकी परिस्थितियाँ कैसी भी हो, चाहे आप खुश हो या दुखी, साधना अवश्य कीजिए।

अपनी ज़रूरतों को इस दुनिया से ऊपर उठाइए। खुश रहिए।

जादू शंका की धुंध को नहीं भेद सकता। जादू के आगमन के लिए आपको जगमगाना होगा, उत्सुकता दर्शानी होगी, उम्मीद लगानी होगी। यदि आपको लगता है वह पाना नामुमकिन है जो आप चाहते हैं, तो फिर आपने अपनी शक्ति को कमज़ोर कर लिया है, जो आपके पास अभी है आप उसे ही कमज़ोर कर रहे हैं। बाइबल में भी इस नियम का ज़िक्र हैं, "उनके पास जो हैं वो भी उनसे ले लिया जायेगा।" ये बात अजीब है, पर सच है और इस बात को दस बार अंडरलाइन करना चाहिए।

जो आपके पास हैं, उसे आपको कृतज्ञतापूर्वक अपनाना होगा।

काम करते और सोचते समय हँसते गुनगुनाते रहिए। एक बच्चे को जादू को अपनाने में और करने में कोई मुश्किल नहीं आती, एक बच्चे को मानसिक चित्र बनानें में कोई कठिनाई नहीं होती। बच्चा अपने सिर पर एक डब्बा रख सकता है, एक ऐसा डब्बा जिसमें आँख और मुंह की जगह छेद किये गए हों, और स्वयं को अंतरिक्ष यात्री समझ सकता है। उसके लिए एक पहिया लगा डब्बा गाड़ी बन जाता है, जिसमें बैठ कर वो सड़क पर दौड़ लेता है। पर जब हम बड़े होते हैं, तो हम इस ज्ञान को खो देते हैं, नामुमकिन में आस्था रखने की अपनी काबिलियत को खो देते हैं।

फिर एक छोटे बच्चे सा बन जाना... क्या हमारे जीवन का उद्देश्य यही नहीं है ?

आप चाहे तो किसी कैरावैन गाड़ी में भी रह सकते हैं, पर जब आपको पानी लाने रोज़ दूर जाना होगा, जब सब्जी इत्यादि की खरीदारी के लिए पैदल बाज़ार जा कर भारी सामान उठाना पड़ेगा, जब हर रात आग जलाने के लिए कोयले तलाशने होंगे, तब आप अपनी इसी आज़ाद ज़िन्दगी से चिढ़ने लगेंगे। आप अपनी राह को अपनाएंगे नहीं, और यदि आप इसी तरह जीवन से घृणा करते रहे तो सारी जादुई चुम्बकीय शक्ति को स्वयं तक पहुँचने से पहले ही रोक लेंगे। आप कभी भी अपनी सोच को ऊँचा नहीं उठा पाएँगे, आपको कृतज्ञ होना ही होगा, वरना आपके जादू को शक्ति नहीं मिलेगी। छोटे विचार और तुच्छ जीवनशैली को परे हटा दीजिए, ये जान जाइए की अब आपकी सोच ऊँची हैं। जादू की दुनिया में केवल यही मायने रखता है।

शांत बैठिये और आज जो कुछ भी आपके जीवन में है उसे पूरे दिल से अपना लीजिए। धन्यवाद दीजिए। जब एक बार आप अपनी परिस्थितियों को अपना लेंगे, तब आपके जीवन में बदलाव आने लगेगा। जब आप समझेंगे की आप कहाँ तक आ गए हैं, तभी आप साफ़ मन से एक बेहतर जीवन की ओर हाथ बढ़ा पाएँगे। यदि आपके मन में हलचल और परेशानी रहेगी, तो आप अपने अन्तर्मन से कैसे बात कर पायेगें? स्वयं को चुम्बकीय शक्ति प्रदान कीजिए। कृतज्ञता में बिताया गया हर पल, आपके व्यक्तित्व को चारों दिशाओं में विकसित करता है, और जब ऐसा होने लगे, तो समझिये की जादू भी हो रहा है।

दिलचस्प विषय हैं, है ना ? आपको सदैव ऐसा ही महसूस करना है। याद रखिए, जीवन जीने के दो ही तरीके हैं: या तो आप जीवन से प्यार कीजिए, उसे अपनाइए, उसे मान्यता दीजिए, उसका आनंद लीजिए, नहीं तो बस हर दम शिकायत करते रहिए। अकृतज्ञता और अज्ञान से छुटकारा पाइए, और जीवन में जादू की नदी बहाइये।

स्वयं को बताइए की आपको इस दुनिया में कुछ भी नहीं रोक सकता। ये अनिवार्य है की आप स्वयं को ये बताएं, इसमें आस्था रखें। देखिए, जितनी जल्दी आपका अन्तर्मन समझेगा की आप बदलना चाहते हैं, आपके लिए उतना ही अच्छा है, क्योंकि उतनी ही जल्दी आपकी कामनाएं सच होने लगेंगी। इस चित्र को अपने मन की आँखों में बसा लीजिए। स्वयं को खुश

और कृतज्ञ देखिए। चाहें तो शीशे की मदद ले सकते हैं। शीशे में ऐसे देखिए, जैसे अपने अन्तर्मन को आदेश दे रहे हो। स्वयं को एक मुसकुराते हुए, कृतज्ञ व्यक्ति के रूप में देखिए। शीशे की मदद से आपके विचार और प्रचंड हो जाएँगे। हज़ारों साल पहले लोग तालाब के पास जा कर, पानी में अपनी छवि से बातें करते थे।

पहले आप गुस्सा हो सकते थे और उससे कुछ ख़ास फ़र्क भी नहीं पड़ता, लेकिन अब इस बात से फ़र्क पड़ता है। अब आप अपना जादू चलाना चाहते हैं, और उस चौथे स्तर तक पहुंचना चाहते हैं जहां जादू सच होता है। आपको अपनी आकर्षण की शक्ति को और प्रचंड बनाना होगा, अपने गुस्से और लालच पर काबू कीजिए, और दान करना सीखिए।

अपनी तुच्छ सोच को अनुशासित कीजिए, और पहले जिन बातों के बारे में सोचते थे, उनके बारे में सोचना बंद कीजिए। एक तरह से आपको ज़िन्दगी से हटना होगा, इस दुनिया में रहिए, पर केवल इस दुनिया के बन कर मत रहिए। मन की बातों से अपना नाता जोड़िए, और अपने बर्ताव को उत्तम बनाने के प्रयास कीजिए। ऐसा करने से आप अपनी स्वेच्छा से अपने मन को तुच्छ परेशानियों से ऊपर उठा पाएँगे। इस शरीर से बहुत बंधे मत रहिए, क्योंकि ऐसा करने से आप सम्पन्नता कि राह में रोड़े डालते हैं। यदि आप अपनी कामना का मानसिक चित्रण नहीं करेंगे, तो आप नकारात्मक सोच और शायद-नहीं-मिलेगा वाले ख्याल में जकड़े रहेंगे। इस तरह जादू की हर आशा को आप मार देंगे। जब आप इस बारे में फ़िक्र करना शुरू करते हैं कि वह गाड़ी आपको मिलेगी या नहीं (या फिर जिस भी कामना का आपने मानसिक चित्र बनाया हो) आप उस कामना के रास्ते में रोड़े डाल रहे है। अपने अन्तर्मन को काम करने दीजिए, और ऐसा करने का सबसे अच्छा तरीका है चिंता त्यागना, मिलेगा या नहीं इसकी फ़िक्र मत कीजिए, कुछ पाने के लिए उसे भुलाना भी ज़रूरी है। जब आप परेशान हो कर फ़िक्र करना बंद कर देते हैं, आपके अन्तर्मन का रास्ता साफ़ हो जाता है। जैसी आपकी सोच होती है, वैसा ही आपके अन्तर्मन की कार्यशैली होती है। यदि आपकी सोच घृणा, कृतघ्नता असंतोष, जलन जैसी भावनाओं से दूषित रहेगी, तो आपकी आभा भी हर दिन और धूमिल होती जाएगी। और फिर एक दिन, आपका ही जादू आप तक ही नहीं पहुँच पायेगा।

जब भी नकारात्मक विचार मन में आएं, स्वयं से बात कीजिए। ये विचार आपके शरीर का विनाश करते हैं। आपका बटुआ खाली करते हैं। अपनी कब्र से उठिए, मरे हुए ख्यालों को पीछे छोड़ दीजिए और अपने मन से उसके जाद के दुरूपयोग के लिए माफी माँगिए। आप में शक्ति हैं जादू चलाने की, पर जब आपकी गर्मजोशी से कम होती है, तब इस शक्ति का संचार ठंडा पड़ जाता है। आप अपने ही साम्राज्य से बाहर बैठे हैं। आपने ही स्वयं को यह देश निकाला दिया है। हर पल, आप इस बात का फैसला करते हैं कि आप क्या बनेंगे। यदि गरीबों की सेवा करेंगे, तो गरीब बनेंगे। यदि सेहत को पूजेंगे, ता सेहतमंद बनेंगे। यदि धन की सेवा करेंगे, तो धनवान बनेंगे। यदि केवल शारीरिक सुखों के भोग में ही लगे रहे, तो अपने

मन के दूसरे पहलूओं तब कभी नहीं पहुँच पाएँगे, चौथे स्तर पर नहीं आ पाएँगे, आपका मन जादू नहीं चला पाएँगे। शारीरिक ज़रूरतों की पूर्ति तो कर लेंगे, पर आप हमेशा कारण और प्रभाव के चक्र में बंधे रहेंगे। अपने हर गलत काम की कीमत चुकानी होगी आपको। इस नियम को तोड़ा तो मिलेंगे दु:ख और परेशानी, इसी कारण से सोच के अन्य स्तर भी बनाएं गए हैं, जिससे सही नज़रिए का चुनाव करने की आज़ादी हमारे पास ही रहे। जादू को जगाने के लिए आपको मानवीय चेतना से परे जाना होगा।

जो लोग स्वयं को गरीब कहते हैं, वह बीमार हैं। पूरी तरह बीमार। चाहे तो वे लोग आँगन में एक गड्ढा खोद कर, उसे ही अपनी कब्र मान कर उसमें लेट जाएँ, क्योंकि वो पहले से ही मृत है। वे संघर्ष पर संघर्ष करते हैं, शिकायत पर शिकायत करते हैं। इस दुनिया में यह चलन सा बन गया है, शायद इस मसीह के समय में भी ऐसे लोग रहे होंगे, जिन्होंने रोटी और मछली के चमत्कार के दौरान शिकायत की होगी, 'ये मछली तो अच्छी नहीं है' या 'ये रोटी तो बासी है।'

आपके पास खाने और पीने के लिए जो भी है, उसे कृतज्ञता स्वीकारे। अपने जीवन और जीवन स्तर को अपना लीजिए। अपने मन में इससे भी अच्छे खान-पान का चित्र बनाइए। अपने मन में एक नए सुन्दर घर का चित्र बनाइए। जैगुआर, पानी का जहाज़, अपनी हर कामना का मानसिक चित्रण कीजिए। परन्तु जो है उससे शिकायत मत कीजिए। ये वो सोच है जो आपकी कामनाओं को सच होने से रोकती है। कोई भी जादूगर जादू चलाने से पहले, आबरा-का-डाबरा बोलता है (इसका अर्थ है आशीश दीजिए)। जिस भी परिस्थिति में आप है उसे आशीष दीजिए उसे, जो आपके पास है उसे दुआ दीजिए, तभी आपका जादू चल सकता है।

क्या मैं भी मानसिक चित्रण करता हूँ? हाँ। हर परफॉरमैन्स से पहले मैं चित्रण करता हूँ, कि लोग टैक्सी बुला रहे हैं, बस में बैठ रहे हैं, अपनी कार निकाल रहे हैं, सब मेरी ओर आ रहे हैं। मैं 'देखता' हूँ कि लोग रिजर्वेशन के लिए फोन कर रहे हैं, टिकेट खिड़की पर लाइन लगा रहे हैं, हर जगह से लोग मेरे शो के लिए आ रहे हैं। मेरा हर शो हाउस फुल जाता है। मेरा मानना है मैं अपने लिए जो कल्पना करता हूँ, मुझे वही मिलता है।

इसी तरह से मैं 'देख' रहा हूँ कि लोग इस किताब को खरीदने के लिए भी लाइन में खड़े होंगे। मैं 'देख' रहा हूँ कि दुकानदार और किताबों के लिए मेरे प्रकाशक को फोन करेंगे। अपने मन की आँखों से मैं जहां भी देखता हूँ, मैं उन लोगों को देखता हूँ जो मेरा लिखा पढ़ने का इंतज़ार कर रहे हैं, और फिर मेरे शो पर आ रहे हैं, एक बार नहीं, बहुत बार!

मैं अवश्य ही मानसिक चित्रण करता हूँ। ''आप नहीं करेंगे?''

4 अन्तर्मन की शक्ति

आपके मन का जादू भी उन्ही मूल्यों पर चलता हैं जिन पर स्टेज का जादू चलता है। स्टेज के ऊपर जो होता है, वो सब दरअसल स्टेज के *नीचे से* नियंत्रित होता है।

मानिए मैं एक रेशम की टोपी लूँ। मैं उसके एक किनारे को अपने हाथ में लूँ, अब उस टोपी के नीचे कुछ छिपा है। मैं अपनी उलटी टोपी के ऊपर हाथ फिराऊंगा, और मुस्कुराकर कहूंगा *आबरा-का-डाबरा*। और अगले ही पल मेरी टोपी से एक खरगोश निकलता है, और उसके बाद शायद रेशम के रुमाल और एक चिड़िया भी निकलती है! जादू टोपी के *नीचे से निकला।*

'नीचे से निकला': इस बात को याद रखना बहुत महत्वपूर्ण हैं। आपके अन्तर्मन पर भी यही नियम लागू होता है, आपका अन्तर्मन वो है जो आपकी चेतना के नीचे हैं। उसे भूत, वर्तमान और भविष्य का सारा ज्ञान है।

आपका अंतर्मन जानता है कि कैसे आपके दिल को निरंतर धड़कते रहना है, फेफड़ों को सांस लेनी है और पाचन क्रिया को काम करना है। आपकी चेतना वो है जो रोज़मर्रा के काम, सोच और बातों में आप इस्तेमाल करते हैं। चेतना रचना नहीं करती, उसे आपके अन्तर्मन से ही जीवन मिलता है। वह केवल नक़ल उतार सकती है।

जादू तो दिमाग *के नीचे से आता* है (आपके अन्तर्मन से) और इस बात के प्रति आपको सदा *जागरुक* रहना चाहिए। इस बात को कभी मत भूलिएगा। इस जागरूकता को बनाए रखने का तरीका है, इससे निरंतर कुछ न कुछ कहते रहना। आपका अन्तर्मन आप ही के आदेश पर चलता है। आपने आज तक जो कुछ भी कहा, महसूस किया या किया, आपका अन्तर्मन

सब का बहीखाता रखता है। उसकी शक्ति की सीमा को कोई नहीं जानता। वो कभी सोता नहीं है और ये मुश्किलों में आपका सहारा बनता है, ये आपसे वो भी करवा लेता है जो पहले नामुमकिन लग रहा था। यदि इसका उचित उपयोग किया जाए, तो ये काम कर सकता है।

फकीर और योगी इसी अन्तर्मन को नियंत्रित कर, अपनी शारीरिक क्रियाओं को नियंत्रित करते हैं। इसी के सहारे वो हिमालय की बर्फ में भी शरीर को गर्म रख पाते हैं। अपने शरीर पर नियंत्रण होने के कारण ही वो अदभुत चमत्कार कर पाते हैं।

क्या है ये शक्ति ? ये है आपका अंतरमन।

योगी के बदन पर कोड़े भी पड़ें, तो खून नहीं आता। ऐसी होती है अन्तर्मन की शक्ति।

ऑस्ट्रेलिया के कबीलों के लोग अपने सिर के नीचे मौत की हड्डी रख कर सोते हैं, जिससे इस बात की छाप उनके अन्तर्मन पर पड़े। इसी जागरूकता के सहारे वो काला जादू कर पाते है। पश्चिमके लोग अपनी कामना को एक पर्ची पर लिख कर अपने तकिये के नीचे रख लेते हैं, इस बात कि छाप भी उनके अन्तर्मन पर पड़ती है और उनकी कामनाओं को गति मिलती है। अंगारों पर चलने वाले, अपनी कामनाएं कागज़ पर लिख कर उसे अग्नि को समर्पित करते हैं और फिर उसी अग्नि के अंगारों पर चलते हैं। एक मशहून स्वीडिश अदाकारा ने कहा है कि जब उन्हें फिल्म की स्क्रिप्ट याद रखने में परेशानी होती है, तब वो उसे रात को अपने तकिये के नीचे रख कर सो जाती है और अगली सुबह तक उन्हें सब याद हो जाता है।

अपने अन्तर्मन को आदेश दीजिए। आपका अंतर्मन हर आदेश का पालन करता है, यदि आपका निर्देश साफ़ शब्दों में, दृढ़ता से दिया गया हो। और उसे भावनापूर्वक तरीके से व्यक्त करना भी आवश्यक हो। आप किसी चीज़ के बारे में जितनी ज्यादा भावना रखेंगे, वो चीज़ आपको उतनी ही जल्दी मिलेगी।

एक भयंकर वर्ष की आंधी इस बात की सच्चाई को उजागर करती है। एक आदमी ऐसी ही आंधी में फंसकर, ठण्ड से मर रहा था। वो इस अवस्था में एक युवा दंपत्ति को मिला, महिला ने इस आदमी के अन्तर्मन से घंटों तक बातें की और उसके पति ने मदद की गुहार लगाई।

उन्होंने देखा था की वो आदमी अपनी गाड़ी से उतर कर, दिल के दौरे के कारण बीच सड़क पर गिर गया था। वो उसे अपनी गाड़ी में लाए, उस पर कम्बल डाले और अपनी कुत्ते को उसके पास लिटा दिया, जिससे उसका शरीर गर्म रहे। रात के 3 बजे वो उठा, उसने कहा, 'मैं मरने वाला हूँ,' और फिर बेहोंश हो गया।

फिर उस महिला ने इस आदमी के अन्तर्मन से बातें करना शुरू किया। वो उसे निरंतर बोलती रही, "तुम्हे जीना होगा! तुम्हे जीना होगा! *तुम्हे जीना होगा।*"

अगले दिन 12 बजे वो इस बीमार आदमी को ले कर एक सराय में पहुंचे और वो

महिला तब भी दोहरा रही थी: *तुम्हें जीना होगा* ! इस तरह उस आदमी की जान बच गयी। उसके अन्तर्मन के जादू से!

कुछ समय पहले अखबारों में एक खबर आई थी, श्रीमती ग्लोवर की। वो अपने सात साल के बेटे पॉल के अन्तर्मन से आठ महीनों से बातें कर रही थी। और सुझाव की शक्ति से ही उन्होंने उसका दमा पूरी तरह ठीक कर दिया। एक मैगज़ीन ने भी हाल ही में ऐसी ही खबर छापी थी। अन्तर्मन के लिए अपने आदेश दोहराते रहना ऐसा है, जैसे रेल गाड़ी की वो चूं-चूं होती है जो उसे पटरी पर दौड़ाती रहती है। यदि कोई महिला चाहती है उसका बच्चा कविताओं से प्यार करे तो सोते समय, बच्चे के कान में धीरे से कविताओं को दोहराएँ, इससे बच्चे के दिमाग पर असर होगा। जो उस मन के भीतर भेजा गया है, वो देर-सवेर बाहर आएगा ही।

इसी तरह से एक माँ अपने बच्चे को संगीत-प्रेमी बना सकती है, उसके बिस्तर के पास गाने बाजइए। वैसा ही संगीत उसे सुनाइए जैसा कि आप उसे पसंद करवाना चाहती है। जब मैं अस्पताल में था, तब मैं स्वयं से सेहत की बातें दोहराता था।

कहते हैं, बुद्धि का केवल 10 प्रतिशत भाग ही सोच-समझकर इस्तेमाल किया जाता है। ज्यादातर समय, हमारा अन्तर्मन ही कार्यशील रहता है। एक बच्चा अपने मन की अवस्था को समझ नहीं सकता, इसलिए उसके माता-पिता, उसके मन को प्रभावित करने के लिए बहुत कुछ कर सकते हैं। एक मन का दूसरे मन पर असर होना, *उतना ही साधारण* है जितना चाँद और सुमद्र की लहरों का रिश्ता।

दक्षिणी अफ्रीका में एक कबीले के आयोजन में कुछ लोग ऐसे थे जिन्होंने अपने गाल में बड़ी-बड़ी सुइयाँ चुभा रखी थीं। मछली पकड़ने वाले हुक जैसी चीज़ें भी उनकी कमर से लटकी हुई थी। और इस पर, वो कीलों पर भी चल रहे थे। फिर भी, दर्द या खून का कहीं कोई निशाँ नहीं था। ये चिर-परिचित तथ्य है कि खून का बहाव भी अन्तर्मन के ही अधीन होता है। सम्मोहन विद्या के जानकार, अक्सर आत्म-सम्मोहन के दौरान अपने हाथ में सुई चुभा कर इस तथ्य का प्रमाण देते हैं। कहते हैं कि रैसप्यूटिन ने एक बीमार लड़के के खून का बहाव केवल उसके अन्तर्मन को आदेश दे कर रोक दिया था। यह लड़का रूस की रानी का बेटा था। डॉक्टर उसका खून बहना बंद नहीं कर पा रहे थे, पर अन्तर्मन ने फौरन अपना जादू चला दिया।

चाहे तो अपने अन्तर्मन को आदेश दें कि वो आपको सुबह 5 बजे उठा दे, और देखिएगा आप सही समय पर उठ जाएँगें । मैंने यह बहुत बार किया है, ख़ास तौर पर जब मुझे किसी यात्रा के लिए जल्दी निकलना होता है।

लियोनार्डो डा विन्ची न केवल एक महान कलाकार थे, बल्कि एक महान इंजीनियर और

वैज्ञानिक भी थे। जब भी उन्हें नए विचारों का अभाव महसूस होता, वो राख के ढेर को देखते थे। इस तरह से वो आत्म-सम्मोहन की गहरी अवस्था में चले जाते थे और इस अवस्था में उन्हें वो प्रेरणा मिल जाती थी जिसका उन्हें इंतज़ार था। देखा जाए, तो जब-जब डा विन्ची अपने अन्तर्मन से मदद मांगते थे, तभी वो अपनी योग्यता का प्रयोग कर पाते थे।

ये मुमकिन है की मूल्यवान सुझावों के सहारे आपका अंतरमन, जीवन के प्रति आपके नज़रिए को बदल सकता है, दुःख को खुशी में, और खालीपन को परम-आनंद में परिवर्तित सकता है।

आप चाहें तो स्वयं को नींद में चला सकते है (इस अवस्था कि आविष्कार मारकिस अर्मोद द पुयसेग्युर ने किया था, ये एनटोन मैसमर के शिष्य थे।) और इस अवस्था में आप स्वयं को निर्धारित समय पर निर्धारित कार्य करने का आदेश दे सकते हैं, और आप ऐसा आज्ञापूर्वक कर भी लेंगे।

आपका अन्तर्मन किसी भी परिस्थिति की जानकारी पा सकता है।

क्या आपको कोई समस्या है? अपने अन्तर्मन से उत्तर माँगिए और सब्र रखिए। आपका अन्तर्मन आपकी सारी चिंता को जुटाएगा और फिर अपने तरीके से आपकी समस्या का हल आप तक ले कर आएगा। धीरे-धीरे, विचार और योजनाएँ बनती जाएँगी। आपकी समस्या का समाधान आपको समझ आ जाएगा और सही रास्ता भी उजागर हो जाएगा। इस राह पर आपको फौरन निकलना होगा और अंतिम पड़ाव तक पहुंचना होगा।

उन लोगों को देखिए जो कुछ ताश के पत्तों, एक क्रिस्टल बॉल और आपकी हाथ की लकीरों के सहारे आपका भाग्य पढ़ते हैं। वो आपको उत्सुकता से बताएँगे, "मैं देख रही हूँ की एक काली औरत आपके घर आ रही है, हाथ में एक बड़ा लिफाफा है... ओह, कितना बड़ा लिफाफा है ! दो से तीन दिन में ही वो आपके घर आ रही है। और मैं आपके लिए एक ख़त भी देख रही हूँ, उसमें पैसे हैं।"

"सच में?" आप पूछेंगे और अपने कान खड़े कर लेंगे। एक ख़त, जिसमें पैसे होंगे ! आप उसका इंतज़ार नहीं कर रहे, पर फिर भी *वो आ रहा है* और आप सोचते हैं, "कौन भेज रहा है उसे? किसके पास से आ सकता है वो ?"

आप नहीं जानते। क्यों ? क्योंकि जब अन्तर्मन फोन करता है, आप रिसीवर पकड़ कर सो रहे होते हैं! आप की गाड़ी पटरी पर नहीं है। अपने मन के जादू के प्रति आप जागरूक नहीं है। यदि आस्था रखें और उसे खोने न दें, तो ज़ाहिर सी बात है कि आप तक एक पैसों भरा लिफाफा पहुँच जाएगा।

हो सकता है राशिफल में लिखा हो कि यह साल आपके लिए *बड़े बदलाव* ले कर

आएगा, अच्छी खबर मिलेगी और अचानक खूब सारा पैसा मिलेगा और यात्रा के भी संकेत हैं। इसमें आस्था रखिए। आपको कोई बदलाव दिखे या नहीं, आस्था कीजिए कि वो होंगे। आप इस पूर्वानुमान को सच कर सकते हैं।

आपका अन्तर्मन भूत, वर्तमान और भविष्य जानता है (मैं ये पहले भी कह चुका हूँ) और आपको हर खतरे से सावधान कर सकता है। मुझे एक पूर्वानुमान हुआ था। मैंने अपने मैनेजर से कहा की मुझे ऐसा लग रहा है, आज की रात मेरे लिए भाग्यशाली नहीं है। हम मेरी कार में कहीं जा रहे थे, और मुझे एक आभास हो रहा था। इसीलिए मैं अपनी गाड़ी बहुत धीरे चला रहा था। इसी पूर्वानुमान के कारण हम दोनों की जान बच गयी। मेरी गाड़ी दुर्घटनाग्रस्त हो गयी, पर अन्तर्मन से मिली चेतावनी के कारण मैं धीरे चल रहा था और इसी कारण से हम दोनों की जान बच गयी।

कुछ लोग ऐसी घटनाओं को बस इत्तेफाक का नाम देते हैं। कहते हैं, की हम तो बस भाग्यशाली थे, यह नहीं मानते की उन्हें पहले से चेतावनी मिल गई थी और वो गाड़ी धीरे चला रहे थे। ऐसे लोग कभी किसी चीज़ में आस्था नहीं रखते, और दुनिया ऐसे लोगों से भरी हुई है। मेरा शौक है अँधेरी सड़कों पर स्पोर्ट्स कार दौड़ाना और मुझे पूरा विश्वास है कि मैं कभी किसी दुर्घटना का हिस्सा नहीं बनूँगा। पर इस विश्वास के बावजूद, मैं दूसरों की जान ख़तरे में नहीं डाल सकता। यह बस एक अन्तर्ज्ञान है और अन्तर्ज्ञान कहाँ से आता है? अन्तर्मन से अन्तर्मन आपको प्रभावित करता है। जब निर्देश मेरे भीतर से आते हैं, तब मैं कोई गलती नहीं करता।

आप अन्तर्ज्ञान और ख्याली पुलाव में आसानी से अंतर बता सकते हैं। जब आप रोज़ साधना करेंगे, तब आप अन्तर्ज्ञान को पहचानने लगेंगे। इस अंतर को शब्दों में नहीं व्यक्त किया जा सकता, पर आप इसे फौरन *पहचान जाएँगे*, गलत विचार आपको प्रभावित नहीं कर पाएँगे । लोग अक्सर कहते हैं, "किसी ने मुझसे ऐसा करने को कहा...।" या फिर "कुछ था जिसने मुझे ऐसा करने से रोका..." ये सब अन्तर्ज्ञान ही तो होता है। आप उस आवाज़ को सुन नहीं सकते, पर आप समझते हैं कि कुछ कहा जा रहा है और आपको उसका पालन करना ही होगा। शायद, अन्य लोगों की तरह आप भी यही सोचते हैं, कि आपके जीवन में जो कुछ भी होता है उस के लिए आप ज़िम्मेदार नहीं हैं। पर आप हैं! यदि आपने साधना में बैठ कर, रोज़ अपने अन्तर्मन की बात सुनी होती, तो आपको और भी चेतावनियाँ और मदद मिलती। आपके पास कोई मार्गदर्शन नहीं है, कोई दिशा नहीं है। पर कल बीत गया है। अभी के लिए, उसे भूल जाइए। जब आप मेरी बतायी सारी बातें समझ जाएँगे, तो अपने बीते हुए कल का भी बिना किसी पछतावे के इस्तेमाल कर पाएँगे ।

चलिए मैं आपको बताता हूँ की 2 मई, 1954 को *'सन्डे ग्राफिक'* नाम के अखबार ने मेरे लिए क्या लिखा था:

''10 मिलियन लोग जिन्होंने कल रात टी।वी। पर बोतल का करिश्मा देखा, वो इस पल भी खुद से पूछ रहे हैं: क्या ये सबसे बड़ा स्टंट था या फिर सबसे बड़ा अन्तर्ज्ञान?

36 साल के अल कुरान, वो आदमी जिसने पिछले रविवार दौड़ से चार दिन पहले ही नतीजों की सही भविष्यवाणी कर दी थी, ने हमारी मुलाक़ात के दौरान माना की दर्शकों का ये सवाल वाजिब है।

जब तक आप अचंभित है, और कौन नहीं है ! ...। कुरान खुश है। और ये छोटा सा, सख्त दिखने वाला आदमी, जिसके बाल समय से पहले सफेद हो गए हैं, कसम खा कर कहता है की ये केवल अन्तर्ज्ञान था।''

इस बात पर गौर कीजिये: अन्तर्ज्ञान ! अब आगे पढ़िए...

''तो फिर कुरान ने अपने पूर्वानुमान अनुसार सट्टा लगा कर, ढेरों पैसे क्यों नहीं जीते? उसके पास इसका भी जवाब है। देखिए, कुरान को एक और अन्तर्ज्ञान हुआ: यदि उसने सट्टा खेला तो उसकी भविष्यवाणी सच नहीं होगी।

चलिए, कुरान साहिब, बस भी कीजिए। एक अन्तर्ज्ञान मैं मान सकता हूँ, पर पहले अंतर्ज्ञान के बारे में एक और अन्तर्ज्ञान ! हज़म नहीं होती बात !''

देखा आपने ? यदि आप दुनिया से अन्तर्ज्ञान की बात करते हैं, तो आपको किस विरोध का सामना करना होगा ? मैंने अब तक इस किताब में जो भी कहा हैं, उस संक्षेप में कैसे कहूँ? मैं नहीं कह सकता। मुझे बस इतना पता है कि मुझे अपना अन्तर्ज्ञान का पालन करना है। अपने अन्तर्मन की बात पर अमल करना चाहिए, अन्तर्मन हमेशा सही होता है। मेरा दूसरा अन्तर्ज्ञान मुझे याद दिला रहा था कि दौड़ का परिणाम जानने के बाद भी अगर तुम इस घोड़े पर पैसे लगाओगे, तो ये उन लोगों को धोखा देना होगा, जिनके पास तुम जैसा ज्ञान नहीं है। दूसरे शब्दों में, तुम चीटिंग करोगे। मेरे मन में मेरी शक्ति के लिए बहुत आदर है। यदि मैं इसे ही धोखा देने लगा, तो फिर शुद्ध विचार मन में कैसे आएँगे ? कोई बेवकूफ ही होगा जो ऐसी शक्ति को गंवाना चाहेगा ! यदि आप भी धोखा दिए बिना खेलते रहेंगे, तो आप पर भी शक्तियों का आशीष बना रहेगा।

इसीलिए मैं अपने अन्तर्ज्ञान का पालन करता हूँ और जैसा कि मैंने पहले कहा, आप को अपने अन्तर्मन से क्यों, कैसे जैसे ज्यादा सवाल नहीं करने हैं। आपको बिना सवाल किए, आस्था रखनी है और उसका पालन करना है।

एक अन्य अखबार ने मेरे बारे में लिखा था:

''याद है अल कुरान, वो जादूगर जिसने कुछ हफ्तों पहले दौड़ का नतीजा टीवी पर घोषित किया था ? मानिए या मत मानिए, पर 'व्हाट इज़ माय लाइन' पर आने से पहले,

कुरान बहुत से स्टेज वालों के दरवाज़े खटखटा चुका था और इनमें से बहुत से दरवाज़े उसके मुंह पर बंद कर दिए गये थे। पर अब वही लोग उसे फोन कर, उसका एक शो अपने स्टेज पर पहले से भी ऊँची कीमत पर बुक करने को उतावले हो रहे हैं। उसने कहा:

''सच तो ये है... कि ये बस पूर्वानुमान था... मैंने इस अन्तर्ज्ञान के सुझाव, पर अपना सब कुछ दाँव पर लगा दिया।''

आगे इस लेख में बताया गया था मैं एक नाई था। मेरी मनोचिकित्सक शक्तियों ने मुझे शोहरत और पैसा दिलाया, और अब मेरी उस समय में वापस लौटने की कोई इच्छा नहीं हैं। यदि आप भी अपने अन्तर्ज्ञान पर अमल करेंगे, तो आपकी उपलब्धि की भी कोई सीमा नहीं होगी। यदि आप अपनी शक्ति का उपयोग दूसरों को धोखा देने के उद्देश्य से नही करते हैं, तो सफलता पोटलीयाँ भर कर आएँगी। और यदि आप सफल हो जाते हैं तो ये उम्मीद मत कीजिएगा की लोग आपका विश्वास करेंगे या आपकी प्रशंसा करेंगे। कुछ लोग अवश्य करेंगे, पर इस दुनिया में कुछ लोग ऐसे भी है जो हमेशा जलन और बुराई की भावना से ग्रस्त रहते हैं। कोई बात नहीं, आप ऐसे लोगों से भी प्यार कीजिए। आपको एक मशहूर चित्र याद होगा। इस तस्वीर में, प्यार को एक औरत के रूप में दर्शाया गया था, जो इस दुनिया के ऊपर आँखों पर पट्टी बाँध कर बैठी है। प्यार का अंधा होना आवश्यक है। जब आप भी दुनिया की उंचाई तक पहुँच जाएँगे, तो इस तस्वीर को याद रखिएगा, और जलने वालों की बुरी भावना को अनदेखा कर दीजिएगा।

मई 2, 1954 के ही एक रविवार संस्करण की सुर्खी ये थी: *अल कुरान आपके साथ चाल चल रहा था।*

''... और यदि आप अब भी मानते हैं कि अल कुरान के पास मनोचिकित्सक शक्ति है, क्योंकि उसने उस दौड़ का पूर्वानुमान लगा लिया तो आप भी बेवकूफ बन गए हैं...''

हंसी आती है, है ना ? बहुत लोग है जो सालों तक मनोविज्ञान का उस तरह अध्ययन नहीं करना चाहेंगे, जिस तरह मैंने पढ़ा है। जैसे ही जीवन में जादू छाएगा, लोग भी आ जाएँगे, आपका मजाक बनाने। वो महान जादूगर, जिसने पानी को वाइन बना दिया था, उसे भी इसी कठनाई का सामना करना पड़ा था। जैसे कि आपकी बुराई होने लगे, जैसे ही लोग आपकी नई गाड़ी, आपके हीरों इत्यादि से जलने लगें, तो समझ जाइए कि आपको आगे क्या उम्मीद रखनी है। ये संकेत हैं कि आप सही राह पर हैं, दुनिया के ऊपर बैठी प्यार की देवी की तरह आप भी अपनी आँखें बंद कीजिए और इस बेवकूफी को अनदेखा कर दीजिए, बस आगे बढ़िए दूसरी जीत की ओर, शिखर की ओर!

शायद आपने बचपन में हान्स एनडरसन की कहानी पढ़ी हो : ''*बुज़ुर्ग जो कहते हैं हमेशा*

सही होता है!'' मैं आपको याद दिला दूँ *कि मन जो कहता है वही सच होता है।*

मन बहुत अद्भुत है और उसका अध्ययन और भी अदभुत। इसे समझेंगे तो आपको एहसास होगा कि हर कदम के साथ सब कुछ साफ़ हो रहा है, यदि आपने सब सही किया है तो नतीजा होगा : जादू ! अगर आपके सपनों की नीव आपके अन्तर्मन में है, तो इन सपनों के दुर्ग कभी गिरेंगे नहीं।

एक और अखबार का लेख पढ़िए, यह शनिवार, अगस्त 25, 1951 में छपा था:

''यकीनन भ्रांतिपूर्ण था: एक सुर्खी जिसमें लिखा था कि 34 साल का मन पढने वाला अल कुरान खबर आने से चार दिन पहले ही उसकी भविष्यवाणी कर देगा।

यह बात पिछले सोमवार शुरू हुई, तब कुरान ने कहा वो उसी दिन शिविर की सुर्खियाँ बता सकता है। हमारे सम्पादक ने उसे एक पन्ना दिया, जिस पर हम में से कुछ लोगों के हस्ताक्षर थे।

कुरान ने सबकी नज़रों से छिपा कर पहले पन्ने की पहली सुर्खी उस पर लिखी, उसे मोड़ा और उसे एक लिफ़ाफ़े में रख दिया। हमने इस लिफ़ाफ़े पर भी हस्ताक्षर किए थे। इस लिफ़ाफ़े को एक टिन के डिब्बे में रख दिया गया।

डिब्बा बंद था, उस पर रिबन बंधा था, और उसे हमने एक और बड़े डिब्बे में रख दिया। उस बड़े डिब्बे को एक सील-बंद, गत्ते के डिब्बे में रखा गया। इस डिब्बे को फिर ऑफिस में ताला लगा कर सुरक्षित रख दिया गया।

शनिवार की रात, मैं इसे जादूगरों की सोसाइटी के सालाना जलसे में ले कर गया। मैंने उस डिब्बे को खोल कर अन्दर से वो टिन का डिब्बा निकाला।

कुरान ने उसे मेरे हाथों से छीन कर, फौरन दर्शकों को दिखाया और फिर उसे मुझे वापस सौंप दिया, खोलने के लिए।

डिब्बे के अन्दर मुझे यह सुर्खी दिखी:

औइल ट्रूप्स रिसीव ऑर्डर्स!

आपको शनिवार के पेपर की सुर्खियाँ याद हैं? वो थी :

औईल ट्रूप्स गैट ऑर्डर्स!

हम सबके हस्ताक्षर किया हुआ कागज़ वहीं था। डब्बे के साथ भी किसी ने छेड़ छाड़ नहीं की थी।

कुरान ने कहा: ''मैंने सिर्फ अन्तर्ज्ञान पर अमल किया।''

और मैंने... देवियों और सज्जनों, मैंने हार मान ली!

अपने अंतर्ज्ञान की बात सुनिए। आप कभी गलत नहीं होंगे।

5 शान्ति और साधना

मन के जादू को जगाने के लिए महत्वपूर्ण है स्थिरता। आज दुनिया में भ्रान्ति और अराजकता है। इस पागलपन और निरंतर चलते अस्तित्व के संघर्ष को ही हम *जीना* कहते हैं। यह जीना नहीं है।

दुनिया हमारे साथ कुछ ज़्यादा ही रहती है। ज़्यादातर लोगों का जीवन तेज़ गति से बीत रहा है, दिन में भी वे अपने काम और आने वाले काम की संभावना से घिरे रहते हैं। *एकांत* पाना बहुत मुश्किल है और शायद ज्यादातर लोग उसे पा कर दुखी भी होंगे। फिर भी यदि आपको, अपने मन के जादू को जगाना है, तो आपको अवश्य ही शान्ति और साधना को जीवन में लाना होगा।

साधना क्या है ? साधना अभ्यास है: जागरूक और सजग रहने का ! साधना आपके *मन का रवैया* निर्धारित करती है।

आज के तनाव और खिंचाव भरे माहौल में जीवन रॉकेट की गति से आगे बढ़ रहा है। दुनिया लाउडस्पीकर लगा कर दिन रात हमारे कान में चिल्ला रही है। और हमारे अन्तर्मन की आवाज़, इस शोर में कहीं खो गई है।

हममें से कुछ लोग कुछ मिनटों से ज़्यादा न तो शांत माहौल में रह पाते हैं, और न ही अकेले रह पाते हैं। इस रवैये को फौरन बदलना होगा। किसी शांत जगह के गहरे सन्नाटे का अनुभव हममें से ज़्यादातर लोगों ने कभी किया ही नहीं है। फिर कैसे हम अपने ही अन्तर्मन की आवाज़ सुन सकते हैं? हम नहीं सुन सकते।

एक शांत जगह का होना आवश्यक है और यदि आपके पास ऐसी जगह नहीं है, तो फिर आपको अपनी दुनिया बदलनी होगी। इससे काम नहीं चलेगा। शोर आपकी ऊर्जा को खींच लेता है। शोर आपके जादूगर बनने की संभावना को ख़त्म कर देता है।

हम सभी कभी न कभी शोर की वजह से 'पागल' हुए हैं। गाड़ियों के स्टार्ट होने का शोर, हर कैफे में गानों का शोर, हम जहां भी जाते हैं पीछे कुछ न कुछ शोर होता ही है।

महान लोग भी, समय-समय पर, अन्य आदमियों और औरतों के साथ से कुछ देर के लिए दूर चले जाते हैं। वे अकेले समय बिताते हैं, अपने कमरे में या फिर किसी पहाड़ पर जहां वो एकांत में साधना कर सकें।

आप भी अपने लिए कोई ऐसा अध्ययन कक्ष तैयार कर लें, जहां आप सब से 'दूर' आ सकें, ये कक्ष आपकी छत का छोटा सा कमरा भी हो सकता है। नियमित रूप से अपने इस 'आश्रय कक्ष' में आइए। यदि यह नहीं कर सकते, तो किसी पहाड़ पर जाइए, जहां आप अकेले बैठ सकते हैं। हर दिन कुछ समय के लिए अपने बारे में सोचना आवश्यक हैं।

आपको इस सारे शोर से दूर जा कर, अपने अन्तर्मन की आवाज़ सुननी होगी, जादू की पुकार सुननी होगी! आप हमेशा अपना रवैया 'सुनने वाला' बनाएं रखें, जैसे कि कुछ सुनने की अपेक्षा में बैठे हों। जब तक दुनिया के बारे में सोचते रहेंगे, एकांत नहीं पा सकेंगे। आपको अपनी सोच को *शांत* करना होगा। अपने मन को खाली करना होगा।

आज तक आपने अपने मन में किसी भी विचार को किसी भी वक़्त आने दिया है, अब आपको अपने मन को नियंत्रित करना होगा। यह अनिवार्य है। आपको अपने मन को बाहरी दुनिया से दूर करना होगा।

हर दिन तब तक अभ्यास करना होगा जब तक आप कम से कम आधे घंटे तक शांत न बैठने लगे। एकांत में जाइए और *सुनिए*, हर दिन ऐसा ही कीजिए, जब तक आप इस मुद्रा में घंटा भर, या उससे भी अच्छा, दो घंटों तक ना बैठ सकें। अपनी छठी इन्द्रिय को विकसित करने का यही तरीका है। आज आपका मार्गदर्शन आपका विवेक करता है, फिलहाल आपको अपने हर फैसले को तर्क की कसौटी पर रखना पड़ता है। पर यदि आप अपने अन्तर्मन की बात सुनने लगें, *और उस पर ध्यान देने लगेंगे*, तो आप बिना तर्क-वितर्क के ही फैसला ले पाएँगे और आप हर बार सही होंगे।

अपने पूरे दिल से कहिए, "रिद्धि-सिद्धि का विस्तार हो!" या "स्वास्थ्य का संचार हो!" या जो भी आप चाहते हैं, और देखिएगा फिर कैसे आपके जीवन की सभी कामनाएं सच होने लगेंगी।

हर दिन का एक भाग आपको एकांत और साधना को समर्पित करना होगा। ऐसा क्यों? क्योंकि ऐसा करने से आप स्वयं की ज़रूरतों और स्वयं के अन्तर्मन के बीच का 'संचार केंद्र' बन जाते है। किसी और से वार्तालाप की कामना मत रखिए, हर मसला केवल आपके और आपके अन्तर्मन के बीच बातचीत से सुलझ सकता है।

आप कह रहे होंगे कि आपके पास घर में, समाज में, दुकान पर, फैक्ट्री में या दफ्तर में बहुत काम है। और इन सब कामों को पूरा करने के लिए आपको दिन-रात मेहनत करनी पड़ती है। हालाँकि आपको फिलहाल ये काम ही अपने समय का सबसे अच्छा उपयोग लग रहा है, पर ऐसा है नहीं! समय-समय पर काम को विराम देते रहिए। स्थिर हो जाइए। और एकांत का संगीत सुनिए। आपका बोझ कम हो जाएगा। आप देखेंगे कि कैसे काम करने का सबसे उत्तम तरीका होता है, बिना कोई ज़ोर डाले काम ख़त्म करना। ज़्यादातर अरबपति ऐसा ही करते हैं। वह कुछ देर के लिए अपने दफ्तर में अकेले बैठते हैं, और उस दौरान किसी से भी नहीं मिलते। यह उनके लिए एकांत में साधना करने का समय होता है, इसी के सहारे वे आगे बढ़ते हैं और अरबपति बनने में सफल होते हैं। क्या मैं भी घर पर या स्टेज के पीछे किसी से भी नहीं मिलता, फिर चाहे मुझसे मिलने कोई कितना ही उतावला क्यों न हो। स्टेज पर जाने से पहले मैं एकांत में अवश्य बैठता हूँ, ख़ास तौर पर तब जब मैं लोगों के मन पढ़ने वाला होता हूँ।

जादू की किसी भी सफल क्रिया के लिए, स्थिरता आवश्यक है। जब तक आत्म-अनुशासन बंधित ये एकांत स्थापित नहीं हो जाता, किसी भी जादू की कोशिश करना व्यर्थ है। आपको बताया गया है कि कैसे वो महान मनोचिकित्सक, जो सबसे ज्यादा गतिशील जादू दिखाता था, अक्सर लम्बे समय के लिए एकांत में साधना कर, अपनी आस्था को फिर से मजबूत करने हेतु किसी पहाड़ पर चला जाता था।

एकांत में कुछ समय बिताने के बाद आपको अचानक अनुभूति होगी कि आप सुन रहे है। ये आवाज़ बहुत धीमी होगी, फिर भी आपको यकीन होगा कि आपने एक फूसफुसाहट सुनी है। लेकिन पूरी आस्था नहीं हो रही। स्पष्ट है तो केवल इतना ही अचानक आपका मन हो रहा है कुछ करने का, कहीं जाने का या किसी से मिलने का। आप मार्गदर्शित करेंगे। इस मार्गदर्शन का पालन करें। आपको अन्तर्ज्ञान की प्राप्ति हुई है, एक पूर्वाभास हुआ है, और अब आपको इस पर अमल करना ही होगा। आप विपरीत परिस्थितियों का सामना कर पाएँगे और आप मुश्किलों को पार कर पाएँगे, आपको निर्देश मिल गए हैं। आप स्वयं अपने रचियता बन गए हैं।

अपने अध्ययन कक्ष में पहुँच कर या किसी पहाड़ पर अकेले बैठ कर, आपको सबसे पहले अपने अन्तर्मन की आवाज़ सुनने का प्रयत्न करना है। जो भी ख्याल आते हैं उन्हें एक नोटबुक में लिखते जाइए, ऐसा न हो की बीच-बीच में कोई अप्रिय ख्याल आया तो उसे आपने लिखा नहीं! *इन सब ख्यालों* की मदद से अपने मार्ग की तलाश कर सकते हैं। इस मार्गदर्शन का पूर्णत: पालन कीजिए आपको कहीं जाने का, या कुछ करने का सुझाव मिलेगा। कमान पूरी तरह से अपने अन्तर्मन के हाथों में सौंप दीजिए। फिर ये आपको उन लोगों से मिलवाएँगा जो आप को भविष्य में मार्गदर्शन देंगे, या फिर आपको किसी समय पर किसी जगह पर जाने का सुझाव मिलेगा। एक आदमी ने ऐसा ही किया, और इस प्रकार उसकी पुराने परिचित से मुलाकात हुई, जिसे उसने कई सालों से नहीं देखा था, इस परिचित ने उसी पल उस आदमी को महाविद्यालय में लेक्चर की सीरीज के लिए बुक कर लिया। वह आदमी अध्यापक था और उसके लिए इस ऑफर का मतलब था बहुत से पैसे। सुनिए और आप जान जाएँगे कि आपको इस पद को पाने के लिए कौनसे अखबार पढ़ने हैं, कौनसी मैगज़ीन या किताबें लानी हैं ! यदि आप मार्गदर्शन का पालन करते रहेंगे, तो इन सबमें आपको कुछ न कुछ उपयोगी बात मिलेगी।

किसी भी महफिल या सम्मेलन में जाने पर, कमरे में प्रवेश करते ही, अपने अन्तर्मन से पूछिए कि आपको किस के साथ बैठना चाहिए, और आपको 'उत्तर' मिल जाएगा आप देखेंगे की आप किसी ऐसे व्यक्ति के पास बैठे हैं जो आपकी मदद कर सकता है, या जिसकी मदद आप कर सकते हैं। मैंने ऐसा बहुत बार किया है, और हर बार निशाना ठीक लगता है।

आपके कमरे के एकांत में आपका अन्तर्मन आपको, 'विपरीतों के जोड़े' (अच्छाई और बुराई) से ऊपर ले जाएगा और फिर आप केवल अच्छाई को ही जानेंगे और उसी का पालन करेंगे। आपको केवल मछली की आँख दिखेगी, आप केवल सकारात्मक पहलू ही देखेंगे और किसी भी प्रकार की नकारात्मक बात, आपकी दृष्टि में नहीं आएगी। साधना आपको सही दिशा दिखाएगी। चिंतन करने से आप अंगारों पर चलने वालों की तरह शुद्ध हो जाएँगे। किसी भी तुच्छ विचार को कहने या उसके पालन करने पर आपको शर्मिंदगी महसूस होगी, बुराई से आप पीछे हटेंगे। आप बड़े उद्देश्य की प्राप्ति के लिए प्रेरित होंगे।

जितना आप अपने साधना कक्ष में ज्यादा जाएँगे, उतना ही आपको वो अच्छा लगने लगेगा। जितना कम जाएँगे, उतनी ही आपको उससे चिढ़ होगी। बाहरी दुनिया के लिए अपनी आँखे बंद कर लीजिए, रोजाना अभ्यास के सहारे स्वयं को जादू के आगमन के लिए तैयार कीजिए। अपने अन्तर्मन से समझ माँगिए। अपनी नकारात्मक सोच का शोक मनाइए। अपने

ज़मीर को जगाइए, और अपनी पूरी शक्ति लगा कर उसे पाक बनाइए।

अन्तर्मन की भाषा होती हैं चित्र। यदि साधना के दौरान आप स्वयं को सफल व समृद्ध देखेंगे, तो यह चित्र आपके अन्तर्मन में गहरी छाप छोड़ देगा, और यदि ये छाप पक्की हुई तो ये स्वतः ही बुरी और नकरात्मक इच्छाओं पर विराम लगा देगी।

इन सब बातों का आपके मन के जादू को जगाने से क्या वास्ता है? आप चरित्र निर्माण में दिलचस्पी नहीं रखते, आपको तो बस जादू जगाकर अपने मन की कामना को पूरा करना है।

मैं फिर से दोहरा दूँ: कभी भी अंगारों पर चलने वालों को मत भूलिएगा, जादू तभी चलता है जब *शुद्धिकरण* पूर्ण हो जाता है।

साधना के दौरान अपने अन्तर्मन की बात सुनें। हो सकता है, आपको कहा जाए कि नए जूते खरीदने की जगह आपको पुराना उधार चुकाना है। चाहें तो वो उधार चुकाने के बाद, आप अपने अन्तर्मन से नये जूते मांग भी सकते हैं। या तो आप अपने अन्तार्मन की बात सुनें, मानें और उसका तुरंत पालन करें, वरना फिर आप अन्तर्मन और उसके जादू को अकेला ही छोड़ दें। केवल अपनी पसंद की चीज़ें करने से आप जादू नहीं चला सकते।

आपको लगता है, अगर आप जादू चलाना जानते हैं तो आप बिना कुछ दिए ही, सब कुछ पा सकते हैं?

आप कभी वो नहीं पा सकते जो आपने कमाया नहीं है, फिर कीमत चाहे आपके अच्छे कर्म हो या चरित्र।

मैं एक औरत को जानता हूँ जो एक बहुत बड़ा ट्रेलर खरीदना चाहती थी। उसने अपनी इस कामना के लिए साधना की। उस ख्याल ने उसको इतना प्रभावित किया कि उसने अपने ट्रेलर के लिए छोटी-मोटी चीज़ें खरीदना भी शुरू कर दिया। उसने आग संभालने के लिए छोटा सा फाँवड़ा लिया, बड़े ट्रेलर में आने वाले मेहमानों के लिए एक तोलिया लिया, और एक नया पोंछा भी लिया। ऐसा करने की प्रेरणा उसे साधना के समय ही मिली थी, इसलिए वो जब भी बाज़ार जाती तो वो अपने ट्रेलर के लिए सामान खरीदती थी। जल्दी ही चमत्कारी रूप से उसके जीवन में वो ट्रेलर भी आ गया। उसकी खरीदारी ने उसके अन्तर्मन को आश्वस्त कर दिया कि वह ट्रेलर पाने के लिए उतावली है, और उसके इसी उतावलेपन को सही साबित करने के लिए अन्तर्मन ने एक ट्रेलर प्राप्त करने की प्रक्रिया आरम्भ कर दी।

ऐसा ही हुआ एक आदमी के साथ जो एक अच्छी सी गाड़ी खरीदना चाहता था। उसने कुछ ऊन खरीदी और अपनी गाड़ी के लिए हाथों से एक दरी तैयार की, क्योंकि साधना के समय यह ख्याल उसके मन में बैठ गया था। उसने इस पर अमल किया। बहुत जल्द गाड़ी

भी घर आ गयी, हालांकि दरी बनाते वक़्त उसे कोई अंदाजा नहीं था उसके पास गाड़ी कैसे आ सकती है।

आपके निर्देश स्पष्ट होने चाहिए। उस औरत की तरह नहीं जो गोल्ड फिश का गोल एक्वेरियम चाहती थी। उसने अपने अन्तर्मन से मछली की एक कटोरी मांगी, इस कटोरी के लिए उसे दिन प्रति दिन साधना की।

बहुत जल्द उसके दरवाज़े पर एक पड़ोसी ने खटखटाया।

''मैं तुम्हारी लिए एक कटोरी मछली लायी हूँ।'' पड़ोसी ने कहा। ''फ्रेड ने आज इतनी मछली पकड़ी हैं कि हम सब उन्हें खा कर ख़त्म नहीं कर सकते!'' और फिर उसने प्लास्टिक की कटोरी में दो मरी हुई मछलियां महिला के हाथ में थमा दी।

तो उसकी मांग पूरी हो गई थी! हर तरीके से, कटोरी भी थी और उसमें मछली भी थी!

अब अगर इस महिला ने एक शीशे की कटोरी में दो जिंदा मछलियों मांगी होती, तो उसे वही मिलता जो वो सच में चाहती थी।

साधना करें, और ठीक से करें। गाँव में एक चर्च की आखिरी बेंच पर एक बूढ़ा किसान बैठा था। मैंने उससे पूछा, ''किस चीज़ का इंतज़ार कर रहे हो?'' उसने उत्तर दिया, ''मैं उसकी ओर देख रहा हूँ और देख रहा हूँ और वह मुझे देख रहा है।''

इस बात पर ध्यान दीजिए। निश्चय कीजिए की अब आपके जीवन में कोई भ्रान्ति नहीं होगी, अब किसी चीज़ की कश्मकश नहीं होगी। अपने मन को ऊँचा उड़ने दीजिए, सितारों से भी ऊँचा और साधना कीजिए। ऐसे एकांत में जाइए जहां आपको अपने हाथ पर बंधी घड़ी की टिक-टिक भी साफ़ सुनाई दे।

तिब्बती साधु भी आपके और आपके अन्तर्मन के बीच विचारों के इस संचार को पहचानते हैं। दिन के आखिर में वो अपनी सब्जियों के लिए भी शान्ति की प्रार्थना करते हैं, हर ज़िदा, जीव-जंतु के लिए शान्ति की प्रार्थना करते हैं, हर मृत चीज़ के लिए भी शान्ति मांगते हैं, सब के लिए शान्ति का आह्वान करते हैं।

आप जितने शुद्ध होंगे विचारों का संचार उतना ही स्पष्ट होगा, क्योंकि उस पल आप ऊँची तरंगों पर भी अपने विचार का संचार कर सकते हैं। शांत साधना के दौरान जो तरंग उत्पन्न होती है, वो शब्दों से कहीं अधिक शक्तिशाली होती है, और कहीं ज़्यादा दूर तक जाती है। कभी-कभी दो लोग बिना कुछ कहे ही बहुत सी बातें कर लेते हैं। शान्ति, शब्दों से अधिक स्पष्टता से आपका सन्देश व्यक्त कर सकती है।

साधना कीजिए। आपको एकांत में तल्लीन होना ही होगा। हवाईजाहज भी आसमान से

ज्यादा वक़्त ज़मीन पर ही बिताते हैं। स्थिरता! अपने नकारातमक कल से खुद को ऐसे अलग कर लीजिएगा, जैसे ऑपरेशन के दौरान बीमार अंग काट कर अलग कर दिया जाता है।

"सच कह रहे हैं? मुझे शांत रहना होगा, शांत, एक दम *शांत*?"

यह सच है, मेरे दोस्त।

वह लोग जो साहसी और महान कार्य करते हैं, वह सब साधना करते हैं। वो अपने अन्तर्मन की आवाज़ सुनते हैं। रीयर एडमिरल रिचर्ड बर्ड, अमरीका के अन्टार्टिक मिशन पर जाने वाले एक महान एक्स्प्लोरर हैं, दुनिया के छोर पर जाने से पहले उन्होंने ये शब्द कहे थे:

"उस लम्बी शांत रात में अकेले रखवाली करते समय ही मैंने सीखा कि एकांत में क्या शक्ति होती है। जब मैंने सुनना शुरू किया तो जीवन के सभी मूल्य और समस्याएं सुलझ गए..."

देखा, मैं क्या कहना चाह रहा था ?"

मैंने कभी अन्टार्टिक का अध्ययन नहीं किया। मैं मन का अध्ययन करता हूँ। और यदि आप जानना चाहते हैं कि यह करना मैंने क्यों शुरू किया तो मैं आपको बता सकता हूँ। जंग के दौरान मैं एक पैरा-ट्रूपर था और मुझे तीन बार गोली लगी थी। मैंने एक साल अस्पताल में बिताया, और किसी भी इलाज का मुझ पर कोई असर नहीं हो रहा था, पर फिर मैं स्वयं अपने स्वास्थ्य का स्वामी बना और फिजियोथेरेपी और मनोविज्ञान की मदद से मैंने अपनी सेहत वापस हासिल कर ली। अस्पताल में मुझे मनोविज्ञान की किताबों का ढेर दिया गया। मैं बिस्तर पर बैठा-बैठा उन्हें एक के बाद एक पढ़ता गया, मैं मंत्रमुग्ध था, इनमें लिखी हर बात मुझे समझनी थी। अन्तर्मन में मुझे ख़ास दिलचस्पी थी, और इस विषय पर मुझे जितनी भी किताबें मिली मैंने सभी पढ़ी। सितम्बर 6, 1957 को मैंने अखबारों से निम्न शब्द कहे थे:

"अन्तर्मन की आवाज़ किसी के भी शरीर की सबसे बड़ी शक्ति होती है, यदि लोग इस शक्ति का प्रयोग सीख जाएँ तो वो जो चाहे वो पा सकते हैं। बशर्ते वो पहले से मन में जानते हो की उन्हें क्या चाहिए, और उनकी चाहत से प्रकृति के नियमों के अंतर्गत संभव हो।"

"उन्हें अपनी कामना की कीमत चुकानी पड़ सकती है, पर यदि वो अन्तर्मन को मार्गदर्शन की अनुमती दे दें तो संभावनाओं की कोई सीमा नहीं हैं। दीवारें तो हमेशा ही होंगी, पर उन्हें पार करने का कोई न कोई जरिया भी होगा।"

आप सोच सकते हैं कि ये सब बस ख्याली पुलाव है, इतने सुहावने ढोल सच हो ही नहीं सकते, पर *मैंने उस दीवार को पार किया है, और मैं अस्पताल से बाहर आया हूँ* ! एक शक्ति है, जिस के आगे सब संभव है: आस्था !

12 महीने तक मैं अस्पताल के बिस्तर पर था, साधना के लिए मेरे पास बहुत समय था। सदमे में होना बहुत बुरी बात है, और मैंने बहुत बार स्वयं से पुछा, ''यह मेरे साथ क्यों हुआ?'' एकांत में आपको हर उत्तर मिलता है। मैं जानता हूँ साधना से आराम मिलता है, परेशानी में सहारा मिलता है और वह आपके जीवन में जादू लाती है। मैं जानता हूँ...। ये बात अदभुत है, सच्ची है।

6 प्यार का जादू

मिश्र में आदमी के सिर वाली शेर की मूर्तियाँ हैं, जिन्हें स्फिंक्स कहते हैं, इस आदि काल की मूर्ति पर प्रेम की परिभाषा लिखी पाई जाती है: *''जीवन का रहस्य है प्रेम!''* ''शिनाय पर्वत की एंकराईट गुफाओं में लिखा है, *''ज्ञान-पूर्वक प्रेम जीवन का रहस्य है।''* इसी तरह डीअर, पेटराइया के पास बड़े पत्थर के द्वार पर भी लिखा है: *''जीवन की मशालमें प्रेम का तेल ही अर्पित होता है!''*

डॉ। वोरोनौफ हमें बताते हैं की यह प्रेम ही है जो एक अदने से जुगनू को रौशन करता है। और वे हमें याद दिलाते हैं कि विक्टर ह्यूगो ने अपने पोते जॉर्ज को क्या सलाह दी थी: *''प्यार! प्यार तलाशो, प्यार लोगों को बेहतर इंसान बनाता है। तू प्यार ज़रूर करना, अच्छा प्यार करना... जीवनभर!''*

प्रेम आपके मन के जादू को जगा सकता है, और आप जिससे भी मिलते हैं उनके मन के जादू को भी जगा सकते हैं। सर जेम्स बार्री ने कहा था, ''वह कुछ थोड़ा ज्यादा, कितना ज्यादा होता है! ''क्यों हम लोगों से थोड़ा और प्रेम नहीं कर सकते, क्यों हम उनकी थोड़ी और मदद नहीं करते, क्यों हम थोड़ा और नहीं देते ? बार-बार स्वयं से कहिए, ''मैं हमेशा प्रेम में डूबी रहने का प्रयास करूँगी/ करूँगा। ''हर चीज़ से प्रेम कीजिए। जब आप ज़िन्दगी से मुहब्बत करते हैं, तब आप कह सकते हैं, ''आज मेरा ख़ुशी वाला दिन है।''

यह ज़िन्दगी जिसे लोग नीरस और संजीदा कहते हैं, वही प्रेम के आने के बाद दिलचस्प लगने लगेगी। एक चमकते सितारे की ऊर्जा आ जाएगी। आम भी ख़ास लगेगा और जो ख़ास है तो हज़ार गुना और खूबसूरत लगेगा।

''ओह डीयर, कितना प्यारा है, ''ये शब्द नसीब होते हैं 20 मिलियन में से किसी एक फूल को, किसी एक सुनहरी किरण को, किसी एक ब्रेड-मक्खन के सैंडविच को... ! खिड़की के पास गुनगुनाता भंवरा भी संगीत रच रहा है, एक झरना, एक वायलन... ये दुनिया ख़ूबसूरत चीज़ों से भरी हुई है। यदि आप इस धरती के रंगों को देखें बिना ज़िन्दगी बिता कर संतुष्ट है, यदि आप कभी आनंद की ओर हाथ बढाते ही नहीं, तो फिर आप इस जादुई, अदभुत दुनिया के योग्य ही नहीं हैं।

एक स्टाइक साधु ने निर्देश दिए थे, ''जो भी आपके साथ घटता है, उससे प्रेम कीजिए!''

मैं जो कर रहूँ, मुझे उससे प्यार है। मुझे स्टेज पर जा कर जादू करने या किसी का मन पढ़ने से बहुत प्यार है। मुझे कैमरा के सामने आना बहुत पसंद हैं। हाँ, सच में! मुझे इस किताब को लिखने से भी प्रेम है। (और उम्मीद है की इसे पढ़ कर, आपको भी इससे प्यार हो रहा है!)

मुझे हर दिन के हर पल से प्यार है। प्रेम आपके जीवन का एक अभिन्न अंग होना चाहिए। जीवन का सामना करने के इस नए तरीके को आप भी अपना सकते हैं, यदि आप ऐसा करने का दृढ निश्चय करें ! प्रेम आपको इस दुनिया से ऊपर उठाता है, और यही आपके जीवन का उद्देश्य भी है!

मुझे अपने दर्शकों से प्रेम है, मुझे अपनी कार, अपने घर, अपने परिवार, अपनी मछलियों और अपने कुत्तों, सभी से प्यार है।

मुझे पहाड़ों से, म्यूजियम से, संगीत से, फूलों से... सभी से प्यार है! आसमां कभी इतनी नीला नहीं होता, चिड़ियों का संगीत कभी इतना मधुर नहीं होता, हमारे दोस्त कभी इतने अच्छे नहीं होते, जितना कि तब, जब हम प्यार में होते हैं।

प्यार आपको उस ऊँचाई पर ले जाता है, जहां पहुंचना आम तौर पर नामुमकिन होता है, इस अवस्था में आपका जादू सहज ही चल सकता है।

यह मनोवैज्ञानिक नियम है कि आप स्वयं को कभी अपने लोगों से अलग नहीं कर सकते। जब आप स्वयं को अपने साथी मनुष्य से भिन्न मानते हैं, तब आप इस नियम का उलंघन करते हैं। इतिहास कहता है कि ये ख्याल हमें 5000 साल पहले आया, पर यह तथ्य है, ऐसा तथ्य जिसे अनुभव ने सच साबित किया है।

यदि आप जादू को जगाना चाहते हैं, तो अपने पुरानी सोच और मान्यता को दूर फेंक दीजिए। इसी पल उन्हें समुद्र में फेंक दीजिए। जादू का एक ही सर्व महत्वपूर्ण नियम है, और वह है प्रेम। चींटी और फरिश्ते में कोई फ़र्क मत कीजिए, गोरे और काले में कोई फ़र्क मत कीजिए। समुद्र को देखिए, लहर को नहीं। हम सब एक ही दुनिया का हिस्सा हैं। हर कीड़ा, नाज़रीन का भाई है।

सबको गले से लगाने वाला यह प्रेम हर जीव के अस्तित्व की समझ से उत्पन्न होता है, चाहे वह आदमी हो या कनखजूरा, सभी का नियम प्रकृति के नियमों के अधीन है।

"जैसे मैं हूँ, वैसे वो भी हैं, जैसे वो हैं, वैसा मैं भी हूँ।" हमें हर जीव में अपनी छवि देखनी होगी और किसी भी जीव को मारना या दुःख नहीं पहुंचाना चाहिए।

बुद्ध धर्म में इसे *मेत्ता* कहा जाता है। हर जीव की भीतरी इच्छा होती है – खुश रहना व दर्द और दुःख से दूर रहना।

आपके मन में प्रेम का सैलाब आना चाहिए, ऊँचा-नीचा, कुरूप-सरूप, पाप-पुण्य, सभी से समान रूप से प्रेम कीजिए। यह तभी संभव है, जब आप सही सोच को अपना लें। जब तक स्वयं को उत्तम नहीं बनायेंगे और ये रवैया नहीं अपनाएंगे, तब तक जादू की सभी कोशिशें व्यर्थ हैं। यह सब *शुद्धिकरण* की प्रक्रिया का ही हिस्सा है। जादू को जगाने के लिए, और उसे जगाए रखने के लिए, आपको एक प्रेम करने वाले मन का स्वामी बनना होगा। जितना आप इस प्रकृति को अपनाएंगे, उतना ही आप अपनी महत्वकांक्षाओं के करीब आते जाएँगे। आपके पास अदभुत शक्ति होगी। इस पल में जादू और चमत्कार आपके जीवन का भाग नहीं है, पर बहुत जल्द, यदि आप मेरी कहीं बातों का पालन करेंगे तो, तो आप अपने हर सपने को सच कर पाएँगे। आपकी आभा का प्रकाश, आपके चरित्र की खूबियों से उत्पन्न होता है। आप जितने बेहतर, जितने शुद्ध बनते हैं, यह प्रकाश उतना ही प्रचंड होता जाता है और चमत्कार करने की आपकी क्षमता इसी प्रचंडता पर निर्भर करती हैं। जादू की दुनिया के पासपोर्ट के लिए आपको केवल एक ही काबिलियत चाहिए: जानकारी के लिए सच्ची जिज्ञासा! और मैं आपको यह जानकारी दे रहा हूँ।

आपको हठ/ज़िद पकड़नी होगी ! जादू करने की काबिलियत पाना आसान नहीं है, पर इतना पक्का है कि इस काबिलियत को पाना मुमकिन है, यदि आप हार न माने तो! इस किताब में आपको इस राह के हर पड़ाव की जानकारी मिलेगी। साहसपूर्वक आगे बढ़िए, धीरज रखिए, हिम्मत बनाए रखिए, नियमित साधना कीजिए। शांत रहिए, और चाहे कुछ भी हो, प्रेम करते रहिए। ज्ञान का परिणाम है मुक्ति, जब आपको इन सब बातों का ज्ञान प्राप्त हो जायेगा, सब कुछ आप ही का हो जायेगा। जानकारी का परिणाम है प्रेम। प्रेम विजेता है। प्रेम हर ताले की चाबी है। प्रतिदिन, प्रति पल, प्रेम का बीज बोइए।

इस सोई हुई शक्ति को आपको जगाना होगा, यही वह मूल सिद्धांत जो हर जादुई घटना का कारण है। आपका जीवन जादू की सच्चाई का प्रमाण बन सकता है।

हज़ारों में से कोई एक होता है जो उत्तम बनने का प्रयास करता है। और इन प्रयास करने वाले हज़ारों में से भी कोई एक होता है जो सचमुच जादू कर पाता है। जो स्वयं पर संदेह करते हैं, विनाश की ओर जाते हैं। जादू के लिए आत्म-नियंत्रण और आत्म-अनुशासन आवश्यक है।

क्या आप अपने काम से प्यार करते हैं? मेरी बात के उदहारण के रूप में एक कहानी पढ़िए:

माइकल फेयरलेस की किताब में एक किरदार ने कहा, ''कितने समय से यह काम कर रहे हो, जो इतनी जल्दी में हो ?''

उसने जवाब दिया, ''चार महीने।''

''तुमने कभी इससे अच्छे दिन देखे हैं?''

''कभी नहीं,'' उसने ज़ोर दे कर कहा।

''तुम कहना चाहते कि तुम्हे किसी और बेवकूफ के खोदे गड्ढे को भरने के लिए ये कमबख्त पत्थर तोड़ना पसंद है?''

उसने हाँ में सिर हिला दिया।

''अब इस का तो कोई जवाब ही नहीं! मैंने तो इससे अच्छे दिन देखे हैं, बड़ी शराब की भट्टी पर काम किया है मैंने ! और अब देखो, कमबख्त पत्थर तोड़ रहा हूँ, वह भी थोड़ी सी रोटी और तम्बाकू के लिए! इससे काम नहीं चलता, यार...''

यहाँ आपने देखा दो आदमी एक ही काम कर रहे हैं। पर वें दोनों अलग-अलग लोग हैं। एक खुश है और अपने काम से प्यार करता है, दूसरा शिकायत कर रहा है और असंतुष्ट है। दोनों के रवैये में अंतर है। और आप जानते है कि इन दोनों में से कौन, अगर चाहे तो, जादू कर सकता है।

क्या आप अपने पड़ोसी से प्रेम करते हैं, चाहे वह कितना ही गरीब क्यों न हो? एक और कहानी पढ़िए। यह कहानी है दो बहुत गरीब औरतों की, जो झुग्गी झोपड़ी में रहती थी। एक के मन में प्रेम था, दूसरी का मन नकारात्मक विचारों से भरा था। दोनों के घर के पीछे के दरवाज़े आमने-सामने खुलते थे, एक दिन उस नकारात्मक महिला ने अपने आँगन को धोते समय, इतनी जम कर झाड़ू लगाई कि सारा गंदा पानी दूसरी औरत की चौखट से उसके कमरे तक चला गया। यह नकारात्मक महिला या तो दूसरी औरत को पसंद नहीं करती थी या शायद किसी कारण से उससे जलती थी, और उसने अपनी भड़ास इस प्रकार निकाली।

अब उसकी पड़ोसी ने क्या किया? क्या वह अपनी पड़ोसिन पर इस नीच हरकत के लिए चिल्लाई? क्या उसने कोई बुरी-बुरी गालियाँ दी?

नहीं। वह एक सकारात्मक महिला थी और उसके मन में प्रेम था।

वह ख़ुशी-ख़ुशी जीवन जीती थी और वह उस दिन भी अपने छोटे से कमरे में बैठी रही, उसकी पड़ोसिन के मन में जो आया उसने उसे करने दिया। पूरे समय वह बस यही सोच रही थी: इस औरत का भला हो! भला हो!

कुछ देर बाद बहुत ज़ोरों की आंधी आई, दूसरी औरत के कपड़े बाहर सूख रहे थे। तेज़ हवा के आगे, कपड़ों पर लगी चिमटियाँ भी बेअसर थीं।

उस भली औरत ने, जिस के साथ अभी-अभी इतना बुरा बर्ताव हुआ था, देखा कि कपड़े जल्दी ही उड़ने वाले हैं। वह जिस कमरे में बैठी थी, वहां से भाग कर बाहर गई और अपनी पड़ोसी के धुले-धुलाये कपड़ों को उसके गीले आँगन में गिरने से बचा लिया।

जब नकारात्मक महिला ने देखा कि उसकी पड़ोसिन ने उसकी नीच हरकत को अनदेखा कर, उसकी मदद की है, तब वह अचंभित रह गयी। उसे अपनी आँखों पर विश्वास नहीं हो रहा था। पर प्यार की उस छोटी सी क्रिया ने उस बुरी औरत को भला बना दिया। वे दोनों औरतें बहुत अच्छी मित्र बन गई।

देखा आपने? जिस औरत के मन में प्रेम था, वह इतनी बड़ी थी कि कोई उसे चाह कर भी दु:ख नहीं पहुंचा सकता था।

यदि कोई आपके एक गाल पर थप्पड़ मारे, तो दूसरा गाल भी आगे कर दीजिए।

यदि एक आदमी आपको मारता है और आप पलट कर उस पर वार नहीं करते, तो यह दर्शाता है कि आपके मन में दूसरे आदमी के मन से अधिक प्रेम है।

यदि कोई आपका कोट चुरा ले, तो उसे अपना दूसरा कोट भी दे दीजिए।

कहिए : "तुम्हें मुझसे यह चाहिए था तो लेलो और मुझे अपनी और मदद करने दो! मैं तुम्हे सहारा देना चाहता हूँ।" वो चोरी केवल परीक्षा थी, ये देखने के लिए आपके मन में इंसानियत के प्रति कितना प्यार है। जिस तरह से आप इस अनुभव का सामना करते हैं, उसी से साबित होता है कि आप प्यार को समझते हैं या नहीं। यदि आपने स्वयं को प्रेम के काननू के अधीन कर दिया है, तो आप जानते हैं कि अंत भला ही होगा। आपने अच्छा चरित्र अपना लिया है। आप जानते है कि हर आदमी आपका भाई है और आप जो सोच रहे हैं अपने भाई की भलाई के वास्ते ही तो सोच रहे हैं।

यदि आप हिसंक प्रतिक्रिया व्यक्त करते हैं, अगर जैसे को तैसा देते हैं, तो इससे पता चलता है कि आप भी जादू से उतने ही अनजान है, उतने ही दूर हैं, जितना की आपका भटका हुआ भाई।

अपने कोट के चोर से कहिए: "क्या तुम्हें मेरा दूसरा कोट भी चाहिए? चोरी क्यों कर रहे हो तुम?" हो सकता है उस चोर की कहानी आपको अचंभित कर दे।

अपनी प्यार की परीक्षा में उत्तीर्ण हो जाइए। आपका मन स्वत: ही जादू चला लेगा।

लोगों को आपको दु:ख देने की कोशिश करने दीजिए। उन्हें आपको गुस्सा दिलाने के प्रयास करने दीजिए। करने दीजिए उन्हें कोशिश, आपसे ज़िन्दगी बुराई करवाने की ! *पर इन कोशिशों को कामयाब मत होने दीजिए।*

कभी शिकायत न करें। अपनी तुच्छ सोच को दूर फेंक दे, अपने महान मन को उसकी जगह पर विराजित करें। ज़िन्दगी को अपना लें। आपके साथ घटती हर घटना से प्रेम कीजिए, क्योंकि उस अनुभव ने आपको मौका दिया है खुद को साबित करने का ! इस अनुभव ने

मौका दिया है आपको, अपने मन के जादू को जगाने का !

मैं आपको एक कहानी सुनाता हूँ! एक 13 साल की लड़की थी, जिसके नन्हें कन्धों पर पूरे परिवार के पालन पोषण की ज़िम्मेदारी थी। फिर वह बीमार पड़ गयी। थकी हारी, वो अस्पताल के बिस्तर पर लेटी थी, तभी उससे मिलने चर्च से कोई आया। उसने उस नन्हीं लड़की से सबसे पहला सवाल ये पुछा, ''क्या तुम्हारा दीक्षा संस्कार हो गया है?''

लड़की ने उत्तर दिया, ''नहीं।''

फिर चर्च के कर्मचारी ने पूछा, ''जब भगवान से मिलोगी तो क्या कहोगी?''

उस बच्ची की आँखों की शान्ति को भंग करना मुमकिन नहीं था। उसने सहज ही जवाब दिया, ''मैं... मैं... उन्हें अपने हाथ दिखा दूंगी।''

उस बेचारी बच्ची के हाथ ही उसके प्रेम का सबूत थे। उसने अपना सारा जीवन दूसरों की सेवा में अर्पित कर दिया था। अपनी सेहत की परवाह किये बिना, उसने अपने हर अच्छाई दूसरों को दे दी थी। उसने कोई ख़ास चुन कर, या कुछ सोच कर प्यार नहीं किया था, उसने तो सबसे समान प्रेम किया था।

यदि आप अपने कुछ चुनिन्दा दोस्तों से ही प्यार करते हैं, और कुछ अप्रिय लोगों और उन्हें जिन्हें आप दुश्मन समझते हैं अपने प्रेम से वंचित रखते हैं, तो आप नहीं समझ पाएँगे की प्रेम शब्द से मेरा क्या तात्पर्य है। प्रेम भाईचारे की भावना मात्र नहीं है, यह एक सिद्धांत है। यह वह सिद्धांत है जिसे मैं आपके मन में उतारने का निरंतर प्रयास कर रहा हूँ। यदि आप चमत्कार करना चाहते हैं तो *आपको एक सिद्धान्तों भरा जीवन जीना ही होगा।* जिस प्रेम की मैं बात कर रहा हूँ, उस के कारण आपसे मिलने वाले प्रत्येक जीव के मन में प्रेम की भावना का गतिशील विस्तार होता है। यदि आपके इरादे मज़बूत हैं, तो प्यार भरी क्रियाएं भी पीछे-पीछे आएँगी।

सच्चा प्यार हर जीव को गले लगाता है और हम शुद्धिकरण का प्रयत्न कर रहे हैं (अंगारों पर चलने वालें की तरह)। प्यार हमारे जीवन की सबसे अहम् चीज़ है, फिर भी हम इसे व्यक्त करने से डरते हैं। यदि आप प्यार को व्यक्त नहीं करेंगे, तब आप अपनी ही क्रियाओं को सीमित कर एक बार फिर से नकारात्मक बन रहे हैं, अपनी चुम्बकीय शक्ति को खो रहे हैं।

आपके जीवन में कार्यशील प्रेम का होना अनिवार्य है। उम्र से कोई फ़र्क नहीं पड़ता 100 साल का हो जाने पर भी मन में प्यार करने की और प्यार पाने की आकांक्षा होती है। प्यार कीजिए और आप देखेंगे कि आपके दोस्तों, रिश्तेदारों, बूढ़े और अकेले लोगों और बहुत छोटे बच्चों, से आपको जगमगाती हुई प्रतिक्रिया मिलेगी।

प्यार को एक शब्द में परिभाषित किया जा सकता है: देना! सच्ची भावना और निष्कपटता से स्वयं को अर्पित कर दीजिए।

क्रिसमस के बारे में सोचिये। दान करने का कितना अच्छा समय होता है! छत पर सजी पन्नियाँ से ले कर क्रिसमस ट्री पर सजी टिमटिमाती लाइटों में भी प्यार चमकता है।

2000 साल पहले बेथलेहम के एक छोटे से तबेले में एक दिव्य बच्चा जन्मा था। उसने एक दिन के लिए इस दुनिया को परियों की दुनिया बना दिया। हज़ारों हीरों को पाने से बेहतर है, बच्चों का प्यार पाना, उनकी आँखों में टिमटिमाते तारे देखना, उनकी हंसी में मधुर संगीत सुनना।

क्रिसमस एक *जादुई* समय होता है। पूरी दुनिया प्यार में डूबी होती है, और उसी वजह से हवा में प्यार की महक आ जाती है। कुछ समय के लिए सब बदल जाते हैं। इस महान त्यौहार के जश्न में लोग फिर से हंसने लगते हैं, प्यार करने लगते हैं। यह प्यार है। वह प्यार जिसने बेथलेहम के एक परिवार को सदा के लिए बदल दिया।

आप को प्यार के बारे में चिंतन करना चाहिए। बुद्ध प्रक्रिया के अनुसार, सर्वप्रथम आता है: आत्म-प्रशिक्षण। उनके लिए सबसे पहले, एक व्यक्ति का निजी रूप से पूर्ण व उत्तम बनना अनिवार्य है। प्रशिक्षित मन से ही आते हैं सही विचार, सही क्रिया, और सही शब्द। बुद्ध इसे *मेत्ता* (मैत्री) कहते हैं। मन ही मन वो दोहराते है, ''काश मैं खुश और भला रहूँ।'' और कुछ समय बाद वो इसी प्रार्थना को विस्तृत कर कहते हैं, ''काश, इस ब्रह्मांड के सभी जीव खुश और भले रहे।'' वो इन शब्दों के मतलब में आस्था रखते हैं, उसे महसूस करते हैं। वो मेत्ता के इन विचारों को प्रत्येक रात्री सोने से पहले ब्रह्मांड को सौंप देते हैं। वो *मेत्ता* (मैत्री) के इन विचारों को मन में रखते हैं, और इसी प्रकार वो शांत और सफल जीवन की रचना करते हैं। उनके चेहरे से, उनके पूरे व्यक्तित्व से संतुलन और शांति झलकती है।

बुद्ध संत सर्वप्रथम आत्म सुधार पर काम करता है। जब वह प्यार का ध्यान करते हैं, तो पहले आत्म-प्रेम की साधना करते हैं (मैं हानि से दूर रहूँ।) शुद्ध प्रेम सबसे पहले आता है। स्वयं के प्रति शुद्धि मेत्ता की भावना को बढ़ावा दे कर हम स्वार्थ, क्रोध, गुस्से की भावनाओं को कम करते हैं। उनकी मान्यता है कि यदि उनके भीतर मैत्री का वास नहीं होगा, तो वह दूसरों के बीच भी मैत्री नहीं बाँट पाएँगे। बुद्ध धर्म के अनुसार, जैसा कि मैंने पहले भी कहा है, आत्म-प्रेम सर्वप्रथम है। यदि एक व्यक्ति अपनी मदद नहीं कर सकता, तो वह दूसरों की भी कोई मदद नहीं कर सकता। *मेत्ता* आम-स्नेह से कहीं ज्यादा है, देखा जाए तो *मेत्ता* मैत्री से भी ऊँची भावना है। *मेत्ता* की प्राप्ति, आत्मा के सबसे ऊँचे आयाम पर पहुँच कर ही संभव है और यही तो उद्देश्य है हमारा, है ना ? साधना के समय बुद्ध केवल *मेत्ता* के बारे में सोचते ही नहीं है, वो *मेत्ता* बन जाते हैं। जिस इंसान से आप गुस्सा है, उसके प्रति भी *मेत्ता* का भाव स्थापित किया जा सकता है, यही तरीका है उस इंसान के और अपने भीतर से गुस्से को निकालने का!

साधना के समय एक बुद्ध निम्न विचारों पर ध्यान करता है: ''हर जीव... हर जीव जो सांस ले रहा... हर व्यक्ति ... सभी व्याकुलता और परेशानी से मुक्त हो जाएँ, सभी स्वयं को परम आनंद की ओर ले जाएँ। *पूरब की दिशा* में बसनेवाले सभी जंतु परेशानी से मुक्त हो जाएँ, वे स्वयं को परम आनंद तक ले जाएँ। *पश्चिम की दिशा* में बसने वाले सभी जीव... *उत्तर दिशा* में बसने वाले... *दक्षिण में* बसने वाले सभी... परेशानी से मुक्त हों और स्वयं को परम आनंद के मार्ग पर ले जाएँ।''

लोगों ने मुझसे अक्सर पूछा है, ''क्या हम साँप और चूहें से भी प्यार करें?''

जादू की दुनिया में प्रेम सबसे उत्तम उद्देश्य होता है। इसीलिए मैं कहता हूँ, हाँ!

मन की सबसे अच्छी अवस्था है प्रेम, इस अवस्था में आपके मन का जादू जगेगा और आपके करीबी सभी लोगों के मन का भी जादू जाग जाएगा।

सभी लोगों और सभी देशों को इन सिद्धांतों पर जीना चाहिए: नफरत नहीं, डर नहीं और लालच नहीं ! इस का परिणाम ये होगा कि सभी लोग और सभी देश अभी से ही एक नई जीवनशैली को आरम्भ करेंगे। फिर हम कह सकेंगे, ''देखों, कैसे यह देश एक दूसरे से प्रेम करते हैं!''

देखिए, प्यार का किसी व्यक्ति पर क्या असर होता है। शहनाई बजाइए, ढोल पीटिए और देखिए कैसे सामने वाले की काया खिल उठेगी और कैसे उसकी आँखों में संतोष की चमक दिखने लगेगी।

कुत्ते, घोड़े, बिल्लियाँ, यहां तक की चिड़ियाएं भी, प्यार का जवाब प्यार से देते हैं और दोषारोपण और रोकथाम का जवाब विद्रोह से देते हैं। कोई भी माली आपको बता सकता है कि वे फूल बेहतर खिलते हैं, जिनसे आप प्यार करते हैं, बजाय उनके जिन्हें उगाने में आपको कोई दिलचस्पी नहीं होती। और माली ये भी जानता है जिन पौधों को बिना किसी विचार या भावना के बोया जाता है, जिन्हें कभी-कभी कोसा भी जाता है, जल्द ही मुरझा कर मर जाते हैं।

चीज़ों के साथ भी यही होता है। ऐसा होता है कि एक आदमी किसी मशीन के करीब आता है, तो वो काम करना बंद कर देती है। चीज़ें भी 'बिगड़ती' हैं, चीज़ों की भी पसंद और नापसंद होती है। एक इंजिनीयर जो अपनी मशीन से प्यार करता है, वह अपने इंजन से बात करेगा, उसकी मालिश करेगा, उसे 'मेरी प्यारी या लाडली' कह कर संबोधित करेगा, और उसकी परेशानी में उससे सहानुभूति भी रखेगा। यह इंजन भी उसकी बात सुनेगा। ऐसे व्यक्तित्व के लिए मशीनें भी काम करेगी। यह जादू है प्यार का! इस तथ्य को वैज्ञानिक रूप से प्रमाणित किया जा सकता है कि धातु के परमाणु भी थक सकते हैं, सोना, चांदी, ताम्बा,

लोहा, जिंक, इन सभी के परमाणु सहायक होंगे या नहीं, ये इनसे जुड़े कारीगर के व्यक्तित्व पर निर्भर करता है।

जहां बातें होती है, वहां प्यार होता है। जैसे की चीज़ें भी आपके विचार और भावनाएं जानती हैं, ऐसा ही होता है पानी और रसायनों के साथ भी, उनकी भी अपनी पसंद और नापसंद होती है। अपना आकर्षण और प्रतिकर्षण होता है। प्यार वह जादू है जो सब ठीक कर सकता है, यह जादू आपको वो दिला सकता है जो आप चाहते हैं। क्या आपने यही तरकीब अपनी गाड़ी पर अपनाई है? अगर गाड़ी खराब हो जाए और आप उसे कोसना शुरू कर दें, तो आप उसे चालू करने में सफल नहीं होंगे। तभी कोई आपकी मदद करने आता है, शायद कोई ऐसा जिसके पास अपनी गाड़ी नहीं है, पर वो आप की ही गाड़ी जैसी गाड़ी पाना चाहता है। वह आदमी गाड़ी को प्यार से बस देखता है और गाड़ी काम करने लगती है। प्यार ! कितना जादुई शब्द है ये।

आपको कैसा महसूस होता है, जब आप सभी लोगों और सभी चीज़ों से प्यार करना चाहते हैं? आपको महसूस होता की आप खुश है, आज़ाद हैं, और एक खुल विचारों वाले इंसान है ! प्यार के साथ, ज़िन्दगी इतनी मीठी होती है जैसे बसंत में चंपा-चमेली की महक!

एक बूढ़ा आदमी था, जिसके पास एक घोड़ा था। उसने सोचा की अच्छा होगा कि इस घोड़े को बेच कर, इसकी जगह कुछ काम की चीज़ खरीद लूँ। पर क्या ?

उसकी बीवी ने कहा, "तुम्हें ही बेहतर पता होगा जी।" फिर उस आदमी ने घोड़े के एवज़ में एक गाय ले ली।

थोड़ी देर बाद, उसने गाय बेच कर एक भेड़ ले ली।

फिर घर आते समय उसे एक आदमी दिखा, जिसेक हाथ में एक हंस था, तो फिर उस बूढ़े आदमी अपनी भेड़ के बदले हंस ले लिया।

जल्द ही उसने हंस दे कर एक अन्य पक्षी ले लिया, पर फिर जब उसके रास्ते में सड़े हुए सेबों की टोकरी लिए एक किसान आया, तो उसने अंततः अपना पक्षी उसे दे कर, उसके सेब ले लिए।

उस बूढे आदमी ने जब यह कहानी अपने दोस्त को सुनाई, तो उसके दोस्त ने कहा, "आज जब घर पहुँचोगे, तो बुढिया के हाथों तुम्हारी खैर नहीं!"

पर उस आदमी ने जवाब दिया, "नहीं, वो मुझे बस गले लगा कर कहेगी कि मेरा पति जो करता है सही करता है!"

जब वह घर पहुंचा, तो उसने अपनी पत्नी को बताया कि उसने घोड़ा बेच कर एक गाय खरीदी...

"भगवान का शुक्र है," उसकी पत्नी ने तुरंत कहा।

.... फिर उसने बताया की उसने गाय बेच कर भेड़ ले ली। "ओह... ये तो और भी अच्छा है!" उसने कहा।

"... पर मैंने भेड़ की एवज़ में एक हंस ले लिया!"

उसकी पत्नी ने कहा, "तुम हमेशा मेरी ख़ुशी के बारे में ही सोचते हो!"

और जब उसने बताया की उसने हंस की जगह एक चिड़िया ले ली, तब भी उसकी बीवी ने उसे उसकी समझदारी पर बधाई दी।

"पर फिर मैंने चिड़िया की जगह सूखे हुए सेब ले लिए!"

(सोचिए इस बारे में !) उस आम महिला ने क्या उत्तर दिया होगा ?

कैसे लगा होगा उसे? मुझे लगता है कि उसे बहुत गुस्सा आया। इस बेवकूफी के लिए तो वो अपने पति से प्यार नहीं कर सकती, है ना ?

पर हान्स एंडरसन ने अपने किरदार के मुंह में उत्सुकता भरे ये शब्द डाले, "इस बात के लिए मुझे तुम्हें *चूमना* ही होगा, मेरे प्यारे अच्छे पति!"

और अब सुनिए एक ऐसे आदमी की सच कहानी जो प्यार का मतलब जानता था। जब एक गाड़ी पानी में गिर गयी, तो उसने फौरन उसके पीछे छलांग लगायी, चालक को बाहर निकाला और इससे पहले कोई उससे कुछ कह पाए वो जल्दी से वहां से चला गया।

देखने वालों ने कहा, "क्या शानदार छलांग लागाई थी!" पर वो छलांग वास्तव में कितनी अद्‌भुत थी, उसका अंदाजा उन्हें तब तक नहीं हुआ जब तक उन्हें ये नहीं पता चला की उस आदमी ने 13 साल की उम्र में ही अपना एक हाथ और एक पैर गँवा दिए थे।

उसका ये कारनामा नामुमकिन लग रहा था, पर जहां प्यार होता है, वहां जादू भी होता है।

जॉर्ज सांडर्स, मशहूर फिल्म स्टार, बहुत बीमार थे और कोई भी उन्हें ठीक नहीं कर पा रहा था। फिर वह एक ऐसे आदमी से मिले जिसने एक पल में उनकी मुश्किल हल कर दी। वो एक समझदार आदमी था। सेहत का राज़ उसने एक ही शब्द में बयाँ कर दिया: *प्यार* !

"सबसे प्यार करो!" उसने कहा ! "यही एक इलाज है तुम्हारा।"

और जॉर्ज ने यही किया।

ये बुद्ध भगवान की शिक्षा है। बिना किसी आग या तलवार, बुद्ध धर्म ने लाखों के दिलों में जगह बनाई है। इतिहास बताता है, कि बुद्ध के समय से ले कर आज तक, बुद्ध के नाम पर *एक बूँद खून भी* नहीं बहाया गया है। यह बहुत बड़ी बात है और यह सच है, प्यार इसी तरह काम करता है। मैं सबको बुद्ध धर्म को अपनाने के लिए नहीं कह रहा हूँ, मैं आपको केवल प्यार का सच बता रहा हूँ, क्योंकि हम प्यार के बारे में बात कर रहे हैं, अपने मन के जादू को जगाने के लिए जीवन में प्यार लाना आवश्यक है। जादू चलाने के लिए तुम्हारे मन में थोड़ी करुणा, थोड़ी सहानुभूति, दूसरों के प्रति थोड़ी और आस्था, थोड़ा और धीरज,

और थोड़ा और *प्यार* ज़रूरी है।

किसी ने मुझे एक दिन कहा, "इतने साल इस शहर में रहने के बाद, मुझे अब इसे छोड़ कर जाना होगा। मुझे कहीं और नौकरी मिल गई है, और अब मुझे वहां जा कर रहना है। तुम्हे लगता है कि वह नई जगह मुझे पसंद आएगी... मेरा मतलब है, वहां के लोग कैसे होंगे?"

"इस शहर और यहाँ के लोगें के बारे में तुम्हारा क्या विचार है?" शहर तो बहुत प्यारा है, पर लोग बिलकुल बेकार हैं। मुझे वो बिलकुल नहीं पसंद।

मैंने जवाब दिया, "तो फिर तुम्हे नई जगह भी पसंद नहीं आएगी। वहाँ के लोग भी नहीं अच्छे लगेंगे।"

वह निराश हो गया, पर देखिए, बात थी उसके *रवैये* की ! ऐसा आदमी चाहे कहीं भी चला जाए, उसे वहां के लोग पसंद नहीं आएँगे, क्योंकि उसे प्यार का मतलब नहीं मालूम।

पेरिस के पत्थर भी प्यार की बातें करते हैं। पेरिस में कोई ऐसा नहीं जताता, कि प्यार बेकार या बेमोल है। वह लोग जानते हैं प्यार क्या है, प्यार वो है जो इंसान को जानवर की श्रेणी से ऊपर उठाता है और नाले में भी उसे तारों की छवि दिखा देता है। प्यार आपको झलक दिखाता है, उस कुछ बेहद ख़ास, उस कुछ बेहद बेहतर और शायराना सच की... !

यदि आप कभी किसी इंसान या माहौल या ज़िन्दगी से प्यार नहीं करते, तो अभी से सीखना शुरू कर दीजिए। वो प्यार नहीं जो कोई भी बेवकूफ छुट्टियों के दौरान, सुनहरी धूप के तले, गाँव के स्वच्छ वातावरण में महसूस कर सकता है। प्यार वो है जो तब भी जिंदा रहता है, जब सूरज चमकना बंद कर दे, जब फूल मर जाएँ, जब आप के पास छुट्टी पर जाने के पैसे भी नहीं हों या फिर पैसे हो तब भी आप इतने बीमार हों हैं कि कहीं न जा पाएँ।

आपके मन में प्यार के लिए जगह नहीं है? प्यार ही तो एक मूल्यवान चीज़ है इस दुनिया में, फिर चाहे किसी इंसान के लिए हो या किसी वस्तु के लिए। मुमकिन है कि आप मेहनत करें और जादू को जगाने के लिए हर निर्देश का पालन करें, पर बिना प्यार के आप चौथे आयाम तक नहीं पहुँच सकते, आप चुम्बकीय नहीं बन सकते, आप सफलता नहीं पा सकते, आप वो जैगुआर गाड़ी अपने जीवन में नहीं ला सकते, वह जहाज़ नहीं पा सकते, वह खूबसूरत घर भी नहीं पा सकते। शायद ये सब बातें अभी आपकी समझ में नहीं आ रही हो। क्यों किसी व्यक्ति को अपने मन के जादू को जगाने के लिए इतना कुछ करना पड़ता है और इतनी सारी बातों पर आस्था बनानी पड़ती है? पर ये सच है! बेहतर होगा अगर आप अपनी कॉपी निकाल कर, ये बात हज़ार बार उसमें लिख लें। "मुझे अपनी सोच को छोटा नहीं होने देना है।"

दुनिया को जादू की ज़रूरत है। दुनिया को प्यार की ज़रूरत है। आप किसी भी चीज़ से

मुंह मोड़ सकते हैं। पर आज अपना मन बना लीजिए कि आपको जो चाहिए वो आप पा लेंगे, सहजता से, जादू के सहारे।

मैं लगातार वो चीज़ें पाता जा रहा हूँ, जो मुझे चाहिए। और मैं कह सकता हूँ कि ज़िन्दगी अदभुत है! जब मैंने ये किताब लिखना शुरू किया, जब मुझे यह किताब लिखने का ख्याल आया, तो मुझे कोई अंदाजा नहीं था कि मुझे इसे लिखने का समय कैसे मिलेगा। पर राहें खुलती चली गयीं, और यदि किसी चीज़ को शिद्दत से चाहोगे और उसे पाने के लिए कोई भी त्याग करने को तत्पर रहेंगे तो राहें हमेशा ही खुलती जाएँगी।

मैंने कुछ समय पहले कहा था कि आपको छोटा बच्चा बनना होगा। कवि फ्रांसिस थॉमसन ने कहा था:

"जानिए कि बच्चा बनना क्या होता है। क्या होता है प्यार में आस्था रखना, प्यारी चीज़ों में आस्था रखना, आस्था में आस्था रखना!"

प्यार की शक्ति का सबसे अच्छा उदाहरण हैं, डॉ. डेविड स्पेंसर की जीवंत और वीरता भरी कहानी। डॉ. स्पेंसर ने एक अनजान आदमी को अपनी किडनी दे कर उसकी जान बचाने की कोशिश की।

यह आदमी था डॉ. ईयान क्लार्क। डॉ. स्पेंसर का एक मरीज़, क्लार्क के पास चला गया था और क्लार्क की तारीफों के उस मरीज़ ने पुल बाँधने शुरू किए तो स्पेंसर को उससे नफरत हो गयी।

पर जब वो डॉ. इयान क्लार्क से मिला तो उसकी जलन कुछ कम हो गयी। उसके विचार बदलने लगे। उसे एहसास हुआ की उसके मरीज़ ठीक ही कह रहे थे और वह भी उनसे सहमत हो गया।

डॉ. डेविड स्पेंसर और डॉ. इयान क्लार्क ने घंटों तक बातें कीं और स्पेंसर क्लार्क को अपना आदर्श मान कर, उनकी बहुत सराहना करने लगा।

इस बात से कोई फ़र्क नहीं पडा कि इस डॉक्टर ने दूसरे बीमार डॉक्टर को अपनी किडनी उस समय दी थी, जब वह उससे नफरत करता था। उसने तो अपनी किडनी एक अनजान आदमी को दान की थी। क्या आपने कभी इतनी अदभुत बात सुनी हैं? शानदार घटना है, हैं ना? उम्मीद बुझ चुकी थी, पर इस आदमी का प्यार ज़िंदा था/ क्या आप अपने किसी सहकर्मी की ज़िन्दगी बचाने के लिए अपनी जान जोखिम में डालेंगे? और, किसी अनजान को बचाने के लिए ? या किसी ऐसे व्यक्ति को बचाने के लिए जिसे आप पसंद नहीं करते? मेरे विचार से ये प्रेम का अदभुत उदाहरण हैं।

प्यार एक कविता हो सकती है, जैसे कि वह महान इमारत जिसे एक आदमी ने अपनी महबूबा के लिए बनवाया था, आगरा का ताज महल। शाहजहाँ ने मुमताज़ के लिए इतना

सुन्दर मकबरा बनवाया कि रूखे से रूखे इंसान के दिल में आज भी इसे देख कर प्यार जाग जाता है। प्यार नाम कि ये ज्योति चाहे तो हमें चाँद का रास्ता दिखा सकती है, या चाहे तो हमें सूली तक पहुंचा सकती है। प्रेम का हम पर क्या असर होगा, यह हम पर ही निर्भर करता है। हम में से कुछ लोग इसके बारे में सोचते ही नहीं हैं, पर एक रुमानी सोच भी पूरे माहौल को जादुई बना सकती है।

प्यार करना आसान नहीं है। हमें अपने अन्तर्मन से मार्गदर्शन मांगना होगा। हो सकता है हमें बीते हुए काल को भुला कर, माफी देने के निर्देश मिले और ऐसा करना कभी आसान नहीं होता। हो सकता है हमसे कहा जाए कि हमारे साथ जिसने भी बुरा किया, हम उसे हर तरह से माफ़ कर दें, मन से, शब्दों से, और प्रत्याशित रूप से भी। नर्स कैवेल ने कहा था, ''मेरे मन में किसी के भी प्रति नफरत या घृणा नहीं होनी चाहिए।''

क्या कोई ऐसा है जो आपको नापसंद करता है? कोई ऐसा है जिससे आप हर रोज़ मिलते हों? कोई ऐसा है जिसके रवैये से आपको सख़्त नफ़रत है?

अगर वो भी आपके साथ जंगली व्यवहार करता है, तो ये बात निश्चित है कि वह डरा हुआ है। उसका जीवन के प्रति नकारात्मक रवैया है। मुमकिन है, कि उसे इतनी निराशा और चिंता से संघर्ष करना पड़ा हो कि वह अब उखड़ा-उखड़ा रहने लगा है।

पर मुमकिन है कि उसमें अब भी कुछ अच्छाई हो। उस अच्छाई को ढूँढने की कोशिश कीजिए। उसके बर्ताव का स्वयं पर असर मत होने दीजिए। उसके प्रति करुणापूर्वक व्यवहार रखिए।

स्टॉकहोम के एक डॉक्टर ने एक बहुत दिलचस्प प्रयोग किया था। उन्होंने लोगों के चेहरों की तसवीरें ली और फिर पाया कि चाहे वो कितनी ही बार एक चेहरे के ऊपर दूसरा चेहरा चिपका लें, जो चेहरा उभर कर आता था वह *सुन्दर* ही होता था, चाहे, वे कुछ भी कर लें, उन चेहरों में एक *सुन्दरता* थी जिसे छिपाया नहीं जा सकता था। इसी तरह से आपको भी लोगों को देखना है, दिन में आप जितने भी लोगों से मिलते हैं उस सब को इन्ही नज़रों से देखिए, चाहे किसी पर किसी और का भी चेहरा लगा दें, हर चेहरे में कोई न कोई अच्छाई दिखेगी ही आपको!

क्या आप अपने दिन की शुरूआत चहकते हुए करते हैं, इस ख्याल के साथ की इस दिन आपको दूसरों के लिए क्या-क्या करने का मौका मिलेगा? दर्द कम करने के मौके, खुशियाँ बांटने के मौके, हर मुमकिन तरह से मदद देने के अवसर मिलेंगे आपको। क्या यह ख्याल आपको प्रेम से भर देता है? क्या ये ख्याल आपके मन से स्वार्थ को गायब कर देता है?

दिन का शुभारम्भ इन शब्दों के साथ कीजिए : ''आज मैं जिससे भी मिलूंगी, बात करूँगी या जिसकी ओर भी देखूंगी, उसके लिए प्रार्थना करूँगी!'' कितनी अदभुत शुरूआत

है दिन की! अपना दिन इस प्रार्थना के साथ शुरू करने का अर्थ है करूणा के चौथे आयाम को समझना।

स्टेज पर काम करने वाले लोग भाईचारे के भाव के लिए जाने जाते हैं। आप चाहें किसी भी शो के लिए काम करते हो, आखिरकार आप एक ही टीम का हिस्सा हैं। आप एक बड़ा सुखी परिवार हैं। आप एक थिएटर को छोड़ कर दूसरे में जाएँगे, तब भी सब आपसे इसी भाईचारे की भावना से मिलते हैं। स्वत: ही आपका स्वागत हो जाता है, अक्सर आपको आपके पहले नाम से ही बुलाया जाता है और कभी–कभी प्यार से उस नाम के आगे 'डीयर' भी जुड़ जाता है। थिएटर के बाहर की दुनिया में ऐसा नहीं होता, भाईचारा तभी उभरता है जब जंग का माहौल हो या बहुत बर्फ गिर रही हो। ऐसी विकट परिस्थिति में सब एक दूसरे की मदद करने के लिए बाहर आ जाते हैं। पर अमन के समय ऐसा बर्ताव देखने को नहीं मिलता।

किसी–किसी मौके पर मैं अपने दर्शकों को जादू में भाग लेने के लिए आमंत्रित करता हूँ? क्या दो देवी और सज्जन स्टेज पर आ कर इस जादू में भाग लेंगे?

एक शर्मीली महिला आगे आती है, या शायद यह शर्म नहीं डर है? मैं कोशिश करता हूँ कि वे मुझसे खुल जाएँ।

"तुम्हारा नाम क्या है, डीयर?"

वह धीरे से बोलती है, "जिप्सी"

"थोड़ा ज़ोर से बोलो प्लीज़।"

"*जिप्सी!*"

"सच में?"

वो हाँ में सिर हिलाती है।

"बहुत प्यारा नाम है! अब क्या तुम मेरे लिए एक लिफाफा उठा दोगी प्लीज़ ?"

वह ऐसा करती है।

"उम्मीद करता हूँ तुम भाग्यशाली साबित होगी।"

अब तक उस औरत की शर्म खुल चुकी होती है। एक छोटे से शब्द *डीयर* ने उसकी झिझक को दूर कर दिया।

'डीयर या प्रिय' शब्द मानवता के लिए आपके प्रेम को व्यक्त करता है, यह एक ऐसा मनोवैज्ञानिक इशारा है, जिससे जादू होता है। आपको सहज ही मदद मिल जाती है और आपकी मदद करने वाली को दर्शकों की तालियाँ मिलती है।

कुछ दिन पहले एक औरत ने एक आदमी के लिए कहा, "अगर उसने मुझे *'डीयर'* बुलाया, तो मैं कस कर चांटा लगाऊंगी उसे।"

ऐसा व्यक्ति हज़ार वर्षों में भी जादू नहीं चला सकता।

7 धन का रहस्य

कुछ लोगों के पास धन का रहस्य होता है। उनके कुछ बेहतरीन मूल्य होते हैं और वे जानते हैं कि बहुत सा धन पाने के लिए उन्हें क्या जादू चलाना है। कुछ, आप के लिए कुछ भी कर देते हैं, और वे गलतियाँ भुला देते हैं और खामियां माफ़ कर देते हैं। वे अपने कपड़े उतार कर आपकी पीठ ढकते हैं। यही उनकी प्रकृति होती है। और इसी के कारण वे धनी हैं।

उनकी परवरिश इस तरह से हुई है कि वे पैसे से प्यार करते हैं, और उसे समझते हैं। जब वे बच्चे थे तब उनके माता-पिता ने उन्हें मेज़ पर और ज़मीन पर बिठा कर खेलने के लिए पैसे दिए थे। दूसरे बच्चों के खिलौने होते हैं टेडी बीयर और रेल गाड़ियां, पर इन बच्चों के पास पैसे थे। और ये बच्चे जब किसी दुकान में जाते हैं, ये पैसे की कीमत जानते हैं और आप इन्हें बेवकूफ नहीं बना सकते। वे जानते हैं कैसे अपने नोटों और सिक्कों का ध्यान रखा जाता है, और वे जानते हैं कैसे समृद्ध जीवन जीया जाता है।

क्या आपने अपने बच्चों को पैसों की एहतियात सिखाई है? नहीं ? ज्यादातर बच्चों को यह शिक्षा नहीं मिलती। माँओ ने उनसे कहा है, ''पैसे के लिए कुछ मत करना, बेटा!'' और सोचिए इस वाक्य ने उनकी राहें कैसे बंद कर दी हैं। आपको उन राहों को फिर से खोलना होगा और इस कानून को समझना होगा: ''जैसा आप देंगे, आपको वैसा ही मिलेगा!''

पैसे के बारे में सोचने वाले माता-पिता के बच्चों को देखिए, वो दुकान में दूसरे बच्चों के साथ खेलते हैं। उनके पास लेन-देन के लिए होती हैं पिनें, माचिसें, चीनी, कॉफी, साबुन, हर किस्म की चीज़। धंधे का तरीका उन्हें बचपन से ही सिखाया जाता है। वो नन्हें बच्चे थे तभी

से समझ गए थे कैसे लेन-देन करना है। बहुत जल्द ये बच्चे खेल-खेल में दूसरे बच्चों की हर चीज़ ले लेते हैं, दूसरे बच्चों के पास से चीज़ें बस जाती ही जाती हैं, जल्द उन्हें अपनी माँ से और चीज़ें लेने के लिए घर लौटना पड़ता है। इन बच्चों की चालाकी और दूसरे बच्चों की अज्ञानता का अंतर देखने योग्य होता है। ये बच्चे *लेन-देन* का नियम जानते हैं, इसीलिए ये बड़े हो कर सफल बनते हैं। ये समझते है कि कुछ पाने के लिए कुछ *देना* आवश्यक है।

आपको स्वयं को एक राह बनानी होगी, एक चुम्बक और फिर अपनी सोच को खुला और दिमाग को सतर्क रखना होगा। यदि आप अपने अन्तर्मन से प्रति दिन बात नहीं करेंगे और पैसे की *मांग* नहीं करेंगे (और आस्था नहीं रखेंगे कि जो आपने माँगा है वो आ रहा है), तो फिर आप सतर्क नहीं हैं। आपको निरंतर पूछना होगा, और उसके आगमन की अपेक्षा में खुश होना होगा, इतना खुश कि आप फुले न समाएँगे ! स्वयं को इतना उत्सुक और प्रसन्न बना लीजिए। अगर किसी ने आपसे कहा हो कि आपको करोड़ों रुपये मिलने वाले हैं, तो आप इतना खुश होंगे कि रात को सो भी नहीं पाएँगे! इतना खुश बना लीजिए खुद को ! *आस्था* रखिए अपनी कामना में !

पैसे की चेतना रखने वाले माता-पिता अपने बच्चों को सिखाते हैं कि *धन मुझे चाहता है,* ये नहीं कि *मैं धन को चाहता हूँ।* और वो सीखते हैं कि धन से प्रेम करना है और उसका स्वागत करना है। यह फ़र्क है आप में और दूसरों में।

माँगिए, और आपको मिलेगा। तब तक मांगना बंद मत कीजिए, जब तक मिल ना जाए। अगर मांगते ही नहीं मिलता तो यह आपकी परीक्षा है। इसमें उत्तीर्ण होईए ! आस्था रखते रखिए, क्योंकि इस परीक्षा को पार करने के बाद, दूसरी परीक्षा आपका इंतज़ार कर रही है। बढ़ते रहिए आगे। हार मत मानिए, ना मत सुनिए।

कुछ लोग कहते हैं, ''कब मेरा नंबर आएगा!'' हे भगवान, आपका नंबर कब का आ चुका है! आपके आगमन का इंतज़ार हो रहा, और आप जानते ही नहीं ?

आप आज ही अपना इनाम लेना शुरू कर दीजिए। आपका नंबर आ गया है, लिस्ट पर है, आपकी आस्था आपको इस लिस्ट तक पहुंचा देगी। आपकी आस्था आपको इनाम लेने में मदद करेगी। दुनिया में कोई कमी नहीं है, कमी आप में है, यदि आप कमियाँ देखना और उनके बारे में सोचना बंद करेंगे, तो आप सम्पन्नता देखेंगे और सोचेंगे, और फिर अपनी नई सोच के आप बेहतरीन प्रदर्शन देख पाएँगे।

पैसा पा लीजिए, चाहे तो उस संतोष के लिए ही जो आपको पैसे पा कर प्राप्त होगा। अगर आप सच मुच पैसे नहीं चाहते, तो उन्हें दान कर दीजिएगा। पर *अमीर बनिए ज़रूर!* जब

आप कहते हैं कि मेरे चारों ओर ऊपर वाले की दया की बूँदे गिरती है, तो आप पागल हैं। हाँ, पागल हैं! आप नकारात्मक सोचते हैं और आपका दिमाग सही नहीं है। आप तो 'दया की बूँदे' नहीं चाहिए, आपको चाहिए, 'छप्पर फाड़ वर्षा!' और आप उसे पा भी सकते हैं, यदि आप सकारात्मक बने रहें। पैसे की नई समझ उत्पन्न कीजिए।

क्या आप अपनी दिए हुए हर सिक्के को प्रार्थना के साथ देते हैं, या आप उसे निर्देश देते हैं कि लाख गुना हो कर आप के पास लौट कर आए? बहुत से धनी लोग रोजाना ऐसा करते हैं। वे यूँ ही लक्ष्मी की पूजा नहीं करते, वे आस्था और आदर के साथ पूजा करते हैं। वे उसे शुभ मानते हैं।

यदि आप के दिल में शिद्दत और आस्था है, और आप भी लक्ष्मी को नमन कर अपने पास दुगुना हो कर लौटने को कहते हैं, तो लक्ष्मी अवश्य ही आएगी। यदि आप मन से ज़्यादा पैसे की कामना करेंगे, तो ज़्यादा पैसे आएँगे। पर उन के लिए आपको कुछ करना अवश्य होगा।

अपने काम को परिश्रम से कीजिए, चाहे तो जुआ ही खेलिए, *पर कुछ कीजिए ज़रूर!*

पैसे! पैसों की गुड्डियाँ! कड़क नोटों की पत्तियां और अशर्फियों की पोटलियाँ। क्या सपने दिखाता है पैसा, है ना ? एक बार छप्पर फाड़ कर मिल जाए, तो दुनिया तो आपके कदमों में होगी, है ना ? आप कुछ भी कर सकते हैं, कुछ भी पा सकते हैं और कहीं भी जा सकते हैं। आप फिर कभी नहीं थकेंगे, आप हमेशा जवान और तंदुरुस्त रहेंगे। आपकी आस्था आपको इतने पैसे जिता सकती है, कि आप चौंक जाएँगे! आपकी आस्था आपकी ऐसी लाटरी लगा सकती है कि आप सोचेंगे, ये कोई सपना है। सौलोमन ने कहा था, हर चीज़ का वक़्त होता है। ''यदि आस्था रखें तो आपको भी सही समय पर अपना इनाम मिल जाएगा। अदृश्य शक्तियां आपके लिए कार्यरत हैं। और किसी भी जादूगर से पूछ लीजिए, ये अदृश्य शक्तियां ही कमाल दिखाती हैं।

क्या चाहिए आपको? दुनिया की सैर? एक घर ? घोड़े, अपना हवाई जहाज़, स्विमिंग पूल? बस मन बना लीजिए और आकर्षण के कानून के अन्तर्गत काम शुरू कर दीजिए।

लोगों की समृद्धि का एक राज़ ये भी होता है कि वो हमेशा अपनी जेब में *नोटों के बंडल* ले कर चलते हैं, कभी भी सिक्के नहीं रखते।

जब भी पैसे किसी को दें, तो उन पैसों से प्रार्थना करना न भूलें। उसे कहिए वो जिसके पास भी जाए उसे आशीष दे, दुनिया में जाए और भूखों को खाना खिलाये और नंगों को कपड़े दे और फिर उसे आदेश दीजिए कि ये सब करने के बाद वो लाख गुना हो कर आपके

पास लौट आए । इस बात को हल्के में मत लीजिए। मैं सीरियस हूँ। आशीष दीजिए पैसे को, उससे कहिए आबरा का डाबरा, जैसे की हर जादूगर अपना जादू दिखाने से पहले कहता है। मैंने ये पहले भी कहा है, पर यह ज़रूरी है कि आप उसे याद रखें।

पैसे को बिना किसी विचार के ख़रचने में और इस उम्मीद से खरचने में कि वो आपके पास लाख गुना हो कर लौट आएगा, इन दोनों बातों में बहुत ज्यादा अंतर है। सचमुच अद्भुत अंतर है, क्योंकि इस से जादू होता है। इससे परिणाम मिलता है।

कभी भी अपने बटुए को खाली मत रखिए। पैसा पैसे को खींचता है। बटुए में पैसे नहीं होंगे, तो पैसे को कैसे खींचेंगे आप ? भाग्य के लिए जेब में एक नोट रखिए और आपकी जेब बहुत से नोटों से भरती जाएगी। चिल्लर रखेंगे तो चिल्लर ही पाएँगे। जो आपको चाहिए, वो आपको बनना होगा। बलिदान कीजिए और पैसे बचाइये, तब तक बचाइये जब तक आप एक हज़ार का नोट जेब में रख कर चलने के काबिल नहीं हो जाते।

अब शिद्धत से मनो-चित्रण कीजिए। यदि आपके हाथ में 1रू हैं, तो देखिए उसके आगे तीन शून्य लग रहे हैं, वो 1रु। हज़ार बन रहा है। यदि इस चित्र को ब्रह्मांड को अर्पित करेंगे, तो इसे सच होना ही होगा। यही है मानसिक चित्रण का कानून। आपको अपनी *चेतना का विस्तार* करना होगा। सिक्कों से सन्तुष्ट मत रहिए। एक बैंक मेनेजर ने मुझे बताया था कि बहुत से लोग सिक्के इक्कट्ठा करते हैं। जो सिक्के इक्कठा करेंगे, उन्हें सिक्के ही मिलेंगे। जादू चलाने का ये तरीका नहीं है।

यदि मेरी जेब में ताम्बे का सिक्का होताहै, तो मैं उसकी जगह चांदी का सिक्का रखता हूँ। ताम्बे को जीवन से दूर कीजिए। ताम्बे के सिक्के नहीं, चांदी के देखिए। मेरा बस चले तो मैं कभी भी ताम्बें के सिक्कों में लेन-देन नहीं करूँ। यदि आप ताम्बा देखेंगे, तो चांदी को स्वयं की ओर आकर्षित नहीं कर पाएँगे। आप जो देखते हैं, उससे बहुत फ़र्क पड़ता है। नोट खर्च कीजिए, नोट ही देखिए। *छुट्टे पैसों से वास्ता ही मत रखिए।* आपको अपनी चेतना को बड़ा करना होगा, आपको अपनी चेतना को अमीर बनाना होगा।

कभी भी दान पेटी में चिल्लर मत डालिए। क्योंकि *आप जैसा देते हैं, वैसा ही आपको मिलता है।* मैं यह बात बार-बार दोहरा रहा हूँ। मैं चाहता हू की यह बात आप कभी न भूलें। "जो आप देखते हैं, वो आप बनते हैं।" हमेशा बड़े नोटों का ही लेन-देन कीजिए, और बहुत जल्द आप भी बड़े बन जाएँगे। आपको बड़े-बड़े नोटों को देखना होगा। कुछ लोग सौ-सौ रुपयों के आगे सोचते ही नहीं, और उन्हें लगता कि ज़िन्दगी सही चल रही है। मैं

आपको अनुभव से बता रहा हूँ कि पैसे आपकी ओर कैसे आकर्षित होते हैं। और जल्दी आकर्षित होते हैं।

उस महान मनोवैज्ञानिक ने दुनिया को *अमीर बनने* का सबसे अच्छा नुस्खा बताया था। व्यापार का पहला नियम है *देना और लेना।* पर हमेशा पहले *देना,* फिर *लेना* ! आप कुछ लें, इससे पहले आपको देना होगा।

मैं एक ऐसी औरत को जानता हूँ, जिसने पांच डॉलर दान में दे दिए और कहा कि वह उस पल को कभी नहीं भूलेगी। उसे लगा वह इतनी *अमीर* है! उसने वह दान अपनी सम्पन्नता के कारण नहीं, मजबूरी में किया था। पर उसे लगा कि वह एक पल के लिए ब्रह्मांड की स्वामी बन गई है। "बहुत अदभुत भावना थी," उसने मुझे बताया।

उसने उस पैसे को आशीष दिया और कामना की कि वो जितना दे रही है, उसका कहीं ज्यादा उसके पास लौट कर आए। तीन बाद ही एक अनापेक्षित ज़रिये से उसके पास ढेरों पैसे आ गए।

ये है पैसे के जादू का बड़ा रहस्य। जब आप पैसे देते हैं, तो आपको उन्हें आशीष देते हुए कामना करनी होगी कि जितने दे रहे हैं, उससे कहीं ज्यादा आपके पास लौट कर आएँ। वो आएँगे। मैं आपको यकीन दिलाता हूँ कि वो ज़रूर आएँगे।

क्या आपने कभी किसी धनी व्यक्ति को दुखी चेहरे से *नोट* गिनते हुए देखा है ? क्या आपने देखा है कि आपको पैसे देते समय वो नोटों से अपना *मुंह मोड़* रहा हो? कभी नहीं! वह जानता है। वह मुस्कुराकर पैसों को देखता है, और अपने बीच का नाता तोड़ रहा है। वह पैसा आपके पास लौट कर आना नहीं चाहता और आएगा भी नहीं।

पैसे से प्यार कीजिए। लोग कहते हैं कि पैसे से प्यार करना पाप होता है, पर ऐसा नहीं है। अगर आपके पास आज 10000 डॉलर होते तो आप अदभुत कारनामे कर सकते थे न केवल अपनी, बल्कि दूसरों की भी भलाई कर सकते थे। अब भी यदि आप प्रकृति के कानून का पालन करें, तो आप हज़ारों रुपयों को अपनी ओर आकर्षित कर सकते हैं।

आप पर जो पैसा बकाया है उसे पाने का सबसे सरल तरीका है, उसे उस इंसान को दे दीजिए जिसे आपको ये पैसे चुकाने हैं। किसी को भी बाँध कर मत रखिए। जब आप किसी को पैसे उधार देते हैं और ब्याज वसूलते हैं, और उनके पास कुछ भी नहीं होता, तब आप उस व्यक्ति को स्वयं से बाँध रहे हैं। आप उनके हाथ बाँध कर, पैसे की राह में रोड़े डाल रहे हैं। जो आप दूसरों के साथ करेंगे, वो आपके साथ भी होगा। जब आप दूसरे व्यक्ति को

बंधन में डालते है, तब प्रकृति कानून के आधीन हो जाते हैं। ''आपको ये नहीं करना है'' और यदि आपने किया तो आपको कीमत चुकानी होगी, आँख के बदले आँख और दांत के बदले दाँत। आप भी जल्द उधार में होंगे। कभी किसी को बाँधिए मत। कभी उधार मत दीजिए। पैसे बस दान कर दीजिए, उन्हें पाने का यही तरीका है।

आपको अपनी चेतना को *अमीर* बनाना होगा। मैंने यह पहले भी कहा है, पर यह बात ज़रूरी है। लोगों को बाँधने की सोच रखने वाली चेतना *अमीर* नहीं होती। आपको धन का दान करना होगा।

धन के भंडार को सर्व प्रथम आपके दिल और मन में आना होगा। यदि आप मन से धनवान नहीं है, तो बटुए से कैसे धनी बनेंगे? और, आपके विचारों का क्या? अगर आपके विचार धनवान हैं, तो क्या आपकी सोच भी धनवान नहीं होगी? दिन प्रति दिन घोषणा कीजिये: 'मैं अमीर हूँ। मैं अमीर हूँ। मैंने धन का बीज बो दिया है।'' क्या आपको लगता है कि अगर ऐसे ही बीज बोते रहे तो एक दिन आपका बटुआ खाली हो जाएगा? कभी नहीं। शब्दों और विचारों में धन को बसा कर, आप सम्पन्नता को जन्म देते हैं। हर शुरूआत मन से ही होती है। दुनिया में ऐसा कुछ नहीं है, जो मन से नहीं आता।

अगर आप अपने बिल वसूल नहीं कर पा रहे, तो अधिकतर लोगों की तरह अपना आपा मत खोइए। शांति से बैठिए और लोगों को बताइए कि आप जानते हैं वो ईमानदार हैं, और वो आपके बिल के पैसे जल्द ही चुकाने वाले है। प्यार भेजिए, उन्हें आशीष दीजिए! कहिए, ''मुझे तुम में आस्था है।''

एक आदमी ने अपने मालिक से पैसे चुरा लिए और कोई नहीं जान पाया कि यह घोटाला उसने कैसे किया है। पर उसका मालिक एक अलग किस्म का आदमी था, हर दिन वो कुछ पल एकांत में साधना करता था। वह उस आदमी को अपना प्यार भेजता था। वह सोचता था, ''मुझे तुम में आस्था है। मैं जानता हूँ कि तुम भला करने के लिए लौट रहे हो।''

समय बीतता गया, और फिर वह दिन आया जब चोर लौट आया। वह फटे हाल था, उसके पैरों में से खून आ रहा था। वह अपने मालिक के आगे घुटने टेक कर बैठ गया। ''ये रहा मैं,'' उसने कहा। ''मेरे साथ वह कीजिए जो आपको ठीक लगे।''

सोचिए कैसी परिस्थिति थी। क्या किया उस मालिक ने ? क्या उसने पलट कर इस आदमी को गालियाँ दीं... चोरी के लिए गिरफ्तार करा दिया? नहीं !

''भगवान तुम्हारा भला करे,'' उसने कहा। ''मैं जानता था तुम लौट आओगे और भला करोगे।''

"....लौट आओ और भला करो, हाँ... यही तो वो शब्द हैं जिन्हें मैं दिन रात सुनता आया हूँ।" चोर ने जवाब दिया। "आप मुझे जेल में नहीं डालेंगे?"

मालिक ने कहा, "नहीं। तुम अपने करनी का पश्चाताप करोगे और मैं तुम्हें नौकरी दूंगा।" और उस आदमी ने चोर को वापस काम पर रख लिया, क्योंकि उसके पास ऐसा करने की आजादी थी। अंततः वह चोर एक बहुत अच्छा कर्मचारी बन गया।

कुछ लोग ऐसे होते हैं जो सात साल पुराने कर्ज़ भूल जाते हैं। वे उस उधार की रसीद लिख कर, ऋणी को सौप देते हैं, ताकि वो अभागा एक नई शुरूआत कर सके। आप भी मन ही मन ऐसा ही कीजिए। आप शांत मुद्रा में जाइए और जितना भी पैसा उधार दिया है उसे मन ही मन दान कर दीजिए, फिर देखिए की वो लौट कर आपके दफ्तर में आ रहा है, कल्पना कीजिए की एक-एक पैसा लौट रहा है। धन आपको चाहता है, और यदि आपकी नीयत सही है तो आपके पास ढेरों पैसे लौट कर आएँगे।

अपनी कमाई का दसवां भाग दुखियारे लोगों के लिए, रख छोड़िए।

आपके कर का कुछ पैसा इन्हीं गरीब लोगों के लिए होता है, जो आपसे मदद मांगने आते हैं और चूंकि लोग उनकी मदद नहीं करते, इसलिए वो स्वयं गरीब हो जाते हैं। आपका अन्तर्मन आपको उन लोगों तक ले जाएगा जिनकी मदद आपके टैक्स का पैसा करनेवाला था, इसलिए जब तक आप जीवित है आपको किसी को भी सहायता देने से मना करने की ज़रूरत नहीं है।

आप पैसे को उधार नहीं दे सकते। आप पैसे को केवल दे सकते हैं।

सोचिए यह कितना अच्छा होता होगा उन लोगों की आत्मा के लिए, जो एक गहरी अँधेरी रात से गुज़र रहे हैं। कोई उनसे आ कर कहे, "भाई, फ़िक्र मत करो, तुम्हे कोई घर से बाहर नहीं निकालेगा।" तुम चाहे तो किराया पहले, दूसरे या तीसरे हफ़्ते में भी दे सकते हो। आपका अन्तर्मन आपको इस गरीब परिवार तक खींच लाया है, जिससे आप इनकी मदद कर सकें, कितनी अदभुत बात है ये! कितने लोग इस दयनीय स्थिति में इसलिए हैं क्योंकि किसी ओर ने उनके प्रति अपनी ज़िम्मेदारी नहीं निभायी ? अपनी करुणा से आप इन लोगों को पुनः आस्था दे रहे हैं, और दिखा रहे हैं कि दूसरे का भला कैसे किया जा सकता है। यही कारण है कि कुछ लोग इतनी अमीर होते हैं कि हज़ारों, लाखों रुपये दान में दे पाते हैं। उनके *पास पैसा इतनी जल्दी आ रहा है कि वो समझ नहीं पाते उसका प्रयोग कैसे करना है।* और वह इसीलिए आ रहा है, क्योंकि वे लोग उसे खुले मन से, आशीष दे कर दुनिया में वापस भेजते भी जा रहे हैं। मैं कभी किसी ऐसे व्यक्ति से नहीं मिला जिसने सही नियत से दिया हो

और तब भी उसे उसके दान का हज़ार गुना फल न मिला हो। हो सकता है कि सारे पैसे साथ में न आएँ, पर आएँगे ज़रूर। जैसा कि मैंने पहले भी कहा था, पैसों का ढेर लग जाएगा।

जब मैंने पहली बार दिया था, तब मुझे न केवल अपने दान से कहीं गुना ज्यादा पैसे मिले बल्कि, मुझे अनपेक्षित रूप से बहुत सा काम भी मिल गया। जब आप पहली बार देते हैं तो महानता की क्या उत्तम अनुभूति होती है। उस एक पल में आप जानते हैं कि आप सही कर रहे हैं और इस पथ पर आपको आगे बढ़ना है। आपको लगता है की आखिरकार आप सही कदम उठा रहे हैं।

आप ऐसा ही कीजिए। *पैसों के द्वारा आप हर दिन किसी को आशीष दे सकते हैं।*

कोई भी नस्ल इतनी आसानी से माफ़ नहीं करती जितना कि जू धर्म के लोग करते हैं। कोई नस्ल ऐसी नहीं है जो आपकी गालियाँ, जू लोगों जितनी सहनशीलता से सुन सकें और आपके दुर्व्यवहार पर भी मुस्कुरा कर आपको डीयर कह कर आपकी सेवा करे। कोई भी बेइज़्जती को इतनी करुणा के साथ नहीं झेल सकता।

जब आप देते हैं, तब देने को ख़ुशी समझिए।

अपने पास दो बटुए रखिए, एक पैसे देने के लिए और दूसरा अपने निजी काम-काज के लिए।

और यदि आपके पास पैसे नहीं हैं, तो अपने कुछ खर्चे कम करने के लिए तत्पर हो जाइए। अपनी कमाई का आधा हिस्सा बचाइए। एक करोड़पति ने मुझे बताया था कि अमीर बनने से पहले, वो अपनी कमाई में से 'आधा बचाता था और आधा खर्च करता था; चाहे धन राशि कितनी ही छोटी क्यों न हो। उसने इस बात को अपना सिद्धांत बना लिया था। जैसे ही आप थोड़े पैसे जोड़ लें, आपको उनसे और पैसे बनाने के बारे में विचार करना चाहिए। इस विचार को अपने अन्तर्मन में उतर जाने दीजिए।

केवल बचत ही काफ़ी नहीं है। पैसे को अपने पास रखना आसान नहीं होता। सब आपका पैसा मांगेंगे। पर उधार मत दीजिए, बस पैसे दे दीजिए, जैसा की मैंने पहले भी कहा है, उस भंडार में से मत दीजिए जो आप बचा रहे हैं और जो पैसा आपके काम आने वाला है। पैसे कमाइए, पैसा रखिए जिससे वो आपके लिए काम करे, और फिर इस राशि को आगे बढ़ाइए। आपको कुछ न कुछ करते रहना होगा। कोई ऐसा रास्ता निकालना होगा, जिससे पैसा आपके काम आए।

कहा जाता है, ''पैसा सारी बुराई की जड़ होता है' और 'पैसा सब कुछ नहीं होता।' यह बेवकूफी भरी बातें बेवकूफ लोग करते हैं। बहुत लोग नादानी में पैसे के बारे में बात करते हैं।

आप को पैसे की नज़र में आना होगा। स्वयं को वहां ले जाइए जहां पैसा है। चाय पीने के लिए सबसे अच्छे होटल में जाएँ, ड्रिंक लेने के लिए मँहगी बार में जाइए। उन जगहों पर छुट्टियाँ मनाइए जहां अमीर लोग जाते हैं। यदि अभी आपके पास इन खर्चों के लिए पैसे नहीं है, तो इन सब के लिए पैसे जोड़िए। मौनटे कार्लो, पाम स्प्रिंग्स या रिविएरा, पर कहीं भी जाइए जहां अमीर लोग देखे जाते हैं, और जहां वो आपको देख सकते हैं।

किसी पार्टी में जाइए जहाँ आप अमीर लोगों के साथ उठ-बैठ सकते हैं। और यदि आप किसी ऐसे व्यक्ति को जानते है जो साम, दाम, दंड, भेद से पैसे कमाना जानता है, तो उस व्यक्ति से मिलिए ज़रूर। अक्सर हम किसी आम शौक के कारण एक दूसरे से मिलते हैं। जो लोग पैसा कमाना जानते हैं, जिन लोगों के पास अच्छे घर और गाड़ी हैं, उनसे मुखातिब होइए। दो समान चीज़ें एक दूसरे को आकर्षित करती हैं। यदि आप पैसे चाहते हैं, तो जितना संभव हो अमीर माहौल में समय बिताएं। शहर के अमीर इलाके में रहें।

जितनी जल्दी आप मन बना लेंगे कि एक दिन आपके पास बहुत सा पैसा होगा, उसी दिन आप शुरूआत करेंगे संभावनाओं की उस कड़ी का जिसका परिणाम बहुत बड़ा होगा।

दूसरे लोगों को खुशी देने के लिए पैसे खर्च करना बहुत शुभ माना जाता है। जो भी दूसरों को खुशियाँ बाँटता है, भाग्यशाली बनता है। प्राचीन काल में पैसे को गोल ही बनाया जाता था, क्योंकि वह गोल घूमता था ! जो उसे खुले दिल से खर्च करता है, वह उसके पास खुले दिल से ही लौट आता है, जो हमेशा फ़िक्र करता रहता है, उसके पास पैसों की कमी रहती है।

जो लोग दयावान होते हैं, वो इनाम में पैसे जीत पाते हैं। "जिसके पास होता है, उसे दिया जाता है।" ऐसा जताइए जैसे कि आप के पास बहुत पैसे हैं। यदि आप केवल अपने परिवार पर पैसे खर्च करते हैं, तो आप दयालु नहीं है। वह तो आपका कर्तव्य है। यदि आप लोगों को उतना ही देते हैं जितना आपकी नज़र में आप बर्दाश्त कर सकते हैं, तो आप दयालु नहीं है। जब आप त्याग करते हैं, जब आप अपना पेट काट कर दूसरे को खुश करते हैं, तब आप दयालु बनते हैं।

जब आप बहुत छोटे थे, तब आप उम्मीद करते थे कि आपके माता-पिता और घर आने वाले अन्य बड़े लोग व मेहमान आपको पैसे देंगे। आपको पैसे मिलते थे, क्योंकि आप उनकी *उम्मीद* करते थे। पाने का रहस्य है, पाने की *उम्मीद* करना।

आप उन्हें देते हैं जो मुश्किल में है, आप उन्हें भी देते हैं जो आपके अपने हैं, आप इसे देते हैं, उसे देते हैं। पर क्या कभी किसी को सरप्राइज देने के लिए पैसे खर्चते हैं ? सभी

निस्वार्थ क्रियाएं शुभ चुम्बकीय तरंगों को उत्पन्न करती हैं।

क्या खुशी का मतलब है ढेरों पैसे? क्या आप पैसे में नहा कर ही खुश हो सकते हैं, या फिर बस ज़रूरत के अनुसार पैसे होना काफ़ी है?

मैं जवाब जानता हूँ। आपको और पैसे चाहिए! और क्यों नहीं ? इतने अच्छे दिन आपके पहले कभी नहीं रहे, और अब आप चाहते हैं कि दिन और बेहतर हो। आप दुनिया को दिखाना चाहते हैं कि आप सफल है। अपने पड़ोसी से बड़ा टी।वी।, गार्डन में एक झूला, वाशिंग मशीन, एक शानदार गाड़ी, विदेश में छुट्टियाँ, और शनिवार -इतवार के अवकाश के लिए शहर से दूर एक छोटा सा कॉटेज! अपनी मेहनत का परिणाम चाहते हैं आप !

पैसा ! पैसा ! पैसा !

करोड़पति फिल्म स्टार रॉय रौजर्स याद है आपको ? वही, काऊबॉयज का राजा ? *वो* इतना अमीर कैसे बना?

रॉय कभी भी किसी का झूठ बोलना या कोई वादा तोड़ना बर्दाश्त नहीं करता था। उसके फार्म पर खाने से पहले भगवान को धन्यवाद देना एक रीत थी, ''हे भगवान, इस खाने के लिए, अपने काम के लिए और अपने अदभुत दोस्तों के लिए मैं आपका धन्यवाद करता हूँ। सभी चीज़ों के लिए आपका धन्यवाद, हर दिन हमें बेहतर इंसान बनाइए। ''जी हाँ, हर दिन खाने से पहले, रॉय यह प्रार्थना दोहराता था।

इन 'सब चीज़ों' में आती थी: रॉय की तीन कारें, आठ घोड़े, 350 एकड की फसल, 1200 एकडका खेत, 200 हेरेफोर्ड गायें ! और इन सबके अलावा रॉय के पास स्टेज, फिल्मों, गानों और ब्राडकास्टिंग का काम तो था ही।

हर हफ़्ते वो कुछ तीस-चालीस बीमार, चोटिल या किसी समस्या में घिरे बच्चों को फोन कर उन्हें एक मनोवैज्ञानिक जैसे प्रोत्साहन देते थे। उन्हें जवान लोगों की मदद करना बहुत पसंद था। जब उनसे उनकी दौलत का राज़ पूछा गया, तो उन्होंने उत्तर दिया: मेरी सफलता का कारण है, उन बच्चों की प्रार्थनाएँ।''

वह एक अदभुत आदमी है और उन्होंने हमेशा दान के कानून का पालन किया है, उन्होंने सभी को, ख़ास कर बच्चों को बहुत दिया है। लोगों के आशीर्वाद के लिए वो उनके ऋणी थे, और हर दिन भगवान को इसके लिए धन्यवाद देते थे। कोई अचरज की बात नहीं है की वे एक दिन करोडपति भी बन गए।

आप भी करोड़पति बनना चाहेंगे ? पर सोचते हैं की हर दम सच की राह पर चलना

बहुत बोरिंग हों जाएगा? आपको लगता है अगर, हर वादा निभाना पड़े तो आप पूरी तरह से पक जाएँगे?

और बच्चे ? भला, बच्चों से क्यों वास्ता रखने लगे *आप*?

आपकी नज़रों में ये भले ही बकवास हो, पर रॉय रॉजर्स की नज़र में नहीं। वे जानते हैं की मन के जादू को कैसे जगाया जाता है। ''जाओ और मेरे जैसा ही करो ! ''करोड़पति से जलिए मत, उसकी नक़ल कीजिए।

आप सोच रहे हैं की रॉय अन्य अमीर लोगों से अलग है। नहीं, बिलकुल नहीं बहुत से करोड़पति हैं, जो इसी तरह पैसा अपनी ओर खींचते हैं। इनके उदहारण इतने हैं, कि इनकी कहानियों को ले कर एक अलग किताब लिखी जा सकती है।

आपकी पुरानी दुनिया और उसके ढाँचे को बिखरना ही होगा। आपको अपनी *सोच बदलनी होगी*। यदि आपको ढेरों पैसे और उनके द्वारा मिलने वाली अदभुत चीज़ें चाहिए, तो आपको जादू के काननू का पालन करना ही होगा।

आप कह रहे हैं, ''क्या हम बिना आत्म-त्याग के मन के जादू को नहीं जगा सकते?... आत्म-त्याग, शुद्धिकरण... उफ !''

धर्म के मार्ग पर चलने के लिए आपको दरिद्र नहीं बनना है।

आप कहते हैं, ''मैं हमेशा किसी न किसी के लिए कुछ करता हूँ। लकड़ियाँ काटता हूँ, कोयला लाता हूँ, घर के काम करता हूँ इत्यादि! कोई मुझे धन्यवाद भी नहीं कहता। मैं निहायती बेवकूफ हूँ, और आप मुझे कह रहे हैं की और त्याग करूँ?''

मैं इस बकवास को नहीं मानूंगा। मुझे तो कभी किसी से कुछ नहीं मिला, कभी किसी के बगीचे से एक गाजर भी नहीं, किसी के पेड़ से मुफ़्त में सेब तक नहीं मिला !''

जादू की दुनिया में आप दूसरों के लिए इस ख्याल से काम नहीं *करते* कि वे आपको धन्यवाद कहेंगे या बदले में आपके लिए कुछ करेंगे। आप इसीलिए कुछ करते हैं क्योंकि आप दिल से कुछ करना चाहते हैं। इस बारे में बिना सोचे कि *वापसी में क्या मिलेगा*, आप बस कुछ करना चाहते हैं। एक बार 'मुझे क्या मिलेगा' वाला ख्याल मन में आ गया, तो जादू भंग हो जाता है, काम ही नहीं करता। आपको अपने पुराने 'मैं' को मार कर, नए विचारों के साथ, नया जन्म लेना होगा।

पैसे का मतलब हैं ख़ुशी, और अक्सर ख़ुशी का मतलब होता है सेहत भी। पैसा मुश्किलें ले कर आता है । यह बिलकुल गलत विचार उन आदमियों और औरतों ने प्रचलित किया

है, जो जीवन में आगे नहीं बढ़ना चाहते, वे दूसरे के सहारे ही जीना चाहते हैं। उनका दिमाग आलसी है।

ज़िन्दगी नाचती हुई होनी चाहिए। पर अधिकतर लोगों के लिए ऐसा नहीं है। उनके हाथ में हमेशा कम पैसे होते हैं। हर हफ़्ते या महीने के अंत तक वो ठन-ठन गोपाल हो जाते हैं। हमेशा ऐसा प्रतीत होता है की वो 'पिछड़' रहे हैं। बड़ी शिद्दत से वो दूसरों के कदम से कदम मिलाने की कोशिश में लगे होते हैं, पर मिला नहीं पाते।

उन लोगों के जीवन के बारे में विचार कीजिए, जो अपने बल पर करोडपति बने हैं। वे कैसे अपने साथियों से आगे निकल गए?

जॉन डी रॉकरफेल्लर, सर थॉमस लिप्टन और लार्ड लीवरह्यूम जैसे आदमी तब करोड़पति बन गए थे, जब कि उनके साथ पले-बड़े लोग मजदूरी ही कर रहे थे। क्या था उनका रहस्य?

लिप्टन ने जब ग्लासगो में अपनी पहली दुकान खोली, ता वो उसी दुकान की शेल्फ के नीचे सोता था। वह भूखा भी रहता, पर कभी शिकायत नहीं करता था। लॉर्ड लीवरह्यूम ने शुरूआत की तो उनकी जेबें खाली थी, पर उन्होंने कभी ज़िन्दगी से हार नहीं मानी।

इन आदमियों ने बिना गिला-शिकवा के अपने जीवन को *अपना लिया*। बूट ने जब शुरुआत की तब उसके पास एक कौड़ी भी नहीं थी। लीवर यात्री था, हार्टली एक राशन वाला था, बास एक डाकिया था। उनके पास कुछ नहीं था, समाज में उनका कोई प्रभाव नहीं था। पर वो जानते थे की अपने मन के जादू को कैसे चलाना है!

स्मिथ की हज़ारों दुकानें शुरू की उन भाईयों ने जो सुबह चार बजे उठ कर अखबार बांधते थे (हम में से ज्यादातर लोग इस समय सो रहे होते हैं), आज रिबन बेचने वाले काउंटर्स से उन्होंने अपने लिए ढेरों राशन की दुकानें खोल ली हैं।

फिर एक वो आदमी था जो अपने रोज़मर्रा के काम के साथ-साथ माचिसें बनाता था। और यही माचिसें ब्रायेंट की सफलता की रोशनी बन गयीं।

जो करोड़पति बनने वाला होता है, वो एक दहकती लाल अग्नि की तरह होता है। सफलता पाने से पहले, सभी करोड़पति अपनी राह पर डटे रहे और मुस्कुराते रहे। हार उन्हें दिखती ही नहीं थी। वे सदैव महान सकारात्मक्ता का प्रदर्शन करते थे, चाहे सामने से हार ही क्यों न आ रही हो।

इन के मन में हमेशा धन का ध्यान रहता था, वो इतने पैसे चाहते थे कि आज़ाद हो जाएँ। चाहें तो फिज़ूल खर्चे कर सकें, विलास की आखिरी सीमा तक जा सकें, और चाहें

तो इस सारे पैसे को दान भी कर सकें। इन्होंने जंगली फूलों के जादू से गुलाब खिला दिए।

बात यह नहीं है कि आप और पैसे कैसे पा सकते हैं, बात यह है कि *आपने कितना पैसा रोक कर रखा हैं?* आपका जन्म मानवता को देने के लिए हुआ है, आप बस दीजिए। बाकी काम बढ़ोतरी का कानून कर देगा।

जिप्सी स्मिथ ने एक ऐसे आदमी की कहानी सुनाई थी जिसने दूसरों की ज़रूरतों को पहले रखने के उद्देश्य से व्यवसाय आरम्भ किया। सफलता जल्द ही आई और वह एक बड़े घर में रहना लगा। उसने अपनी बीवी से कहा। ''इस घर के सुधार में हम जब-जब 500 डॉलर खर्च करेंगे, तब-तब हम गरीबी को भी उतनी ही राशि दान करेंगे।''

उसने ऐसा ही किया। समय आया तो वह इंसान अपने घर पर 1000 डॉलर खरचने में सक्षम हो गया था, और वह उतनी ही रकम गरीबों को भी देता था। उस इंसान को ढेरों सफलताएँ मिलीं। मानों उसके हाथ में पारस पत्थर था, और वह जो छूता था सोना बन जाता था।

कैफे रॉयल में एक वेटर था, निकोलिनो अलफॉसो रोमानो। उसने एक मछली की दुकान खरीदी और उसे एक रेस्टोरेंट का रूप दिया।

जिस पल इस रेस्टोरेंट की छत पड़ रही थी, उसने अपने वकील से कहा, ''मैंने अपना सब कुछ इसमें लगा दिया है।'' *फिर उसने अपने अन्तर्मन को निर्देश दिए कि वह उसे अच्छा भाग्य ला कर दे।*

उसके पास अच्छा भाग्य आया भी। रोमानो के यहाँ कलाकार, जुआरी, लेखक और खिलाड़ियों की भीड़ लगी रहती थी।

जब 1901 में रोमानो की मौत हुई, तब उसके शव को एक खुले हुए ताबूत में ऊपर वाली मंज़िल पर रखा गया। वहां होटल में काम करने वाली लड़कियों, रोमानो के साथियों, पंडितों, लेखकों और खिलाड़ियों उसके शव को श्रद्धांजलि दी। रोमानो को *अदभुत सफलता* मिली थी, क्योंकि उसने अपने अन्तर्मन को नियंत्रित किया और उसमें *आस्था* रखी।

अगर कोई भी आपसे कहता है, ''कैसे ? मैं और पैसे कमाऊं?'' उन्हें ये किताब दे दीजिए। उन्हें ज़रूरत है, मन के जादू को जगाने की।

एक बार टी।वी। पर मैंने चार बड़े चैनलों के पत्रकारों से 1000 डॉलर की शर्त लगायी। मैंने एक बंद डिब्बे में 1000का चेक रखा। फिर पांच सील बंद लिफाफों में मैंने चाभियाँ रखी। इनमें से एक ही चाबी से वह ताला ख़ुलने वाला था।

मेरी चुनौती यह थी: क्या वे पत्रकार उन पांच लिफाफों में से एक सही लिफाफा चुन सकते हैं? अगर उस लिफ़ाफ़े की चाभी से डिब्बा खुल गया, तो 1000 डॉलर जीतने वाले पत्रकार के हो जाएँगे।

आपको शायद याद हो कैसे उन चलाक पत्रकारों ने अपना लिफ़ाफ़ा चुना था। कैसे मैंने उन्हें अपना मन बदलने का अवसर दिया था और उनमें से केवल एक ने ऐसा किया था।

आपको शायद यह भी याद हो कि मेरे हाथ में दो नंबर का लिफाफा रह गया था। लिफाफा 1, 3, 4 और 5 पत्रकारों के हाथ में थे और उन सभी ने अपनी-अपनी चाबी से ताला खोलने का प्रयत्न किया, और सभी नाकाम रहे।

इसके बाद मैंने 2 नंबर के लिफ़ाफ़े में से चाबी निकाली और डब्बा खोल दिया ! और वहाँ उन सब पत्रकारों के सामने 1000 डॉलर का चेक निकाला और *अपने पास रख लिया।*

कैसे? जादू से!

8 दोस्ती का जादू

अगर आप सड़क पर किसी भी आदमी या औरत को रोक कर पूछेंगे, ''क्या आपके पास एक ऐसा करीबी दोस्त है जिससे आप कुछ भी कह सकते हैं और जिससे आप कुछ भी मांग सकते हैं ?'' तो अधिकतर लोग थोड़ा झिझक कर जवाब देंगे, ''हाँ, है।''

डॉ. जॉनसन हमें याद दिलाते हैं, ''अगर उम्र के साथ इंसान नए परिचितों से नहीं मिलेगा, तो एक दिन वह अकेला रह जाएगा। एक आदमी को अपने दोस्तों की नियमित बढ़ोतरी करते रहना चाहिए।''

आपको नए लोगों से मिलने की कोशिश करनी चाहिए और यदि आप सचमुच ज़िन्दगी के मज़े लेना चाहते हैं तो कोशिश कीजिए कि हर देश में आपका एक मित्र हो। बड़ी महान बात होती ये कह पाना, ''दुनिया के हर देश में मेरा एक दोस्त है।''

ये जीवन की त्रासदी है कि अधिकतर मित्रताएँ शुरू में तो अच्छे से होती है, पर ख़त्म बुरी तरह होती है। हम धीरे-धीरे लोगों से दूर हो जाते हैं, ये किसी से दूर चले जाने से ज्यादा दुखदायी बात है। कुछ दोस्त होते हैं, जो आगे बढ़ जाते हैं या पीछे छूट जाते हैं, और कुछ जीवन में रह जाते हैं। बहुत कम ऐसे दोस्त होते हैं जो जीवन भर साथ निभाते हैं। पर जब आप एक मानसिक जादूगर बन जाते हैं, तो आप जान जाएँगे कि कैसे अपने सभी दोस्तों को अपने जीवन में रखना है, और नियमित रूप से नए दोस्त भी बनाने हैं।

यदि आपके दोस्त आपका साथ नहीं निभा पाते, तो क्या यह अक्सर आप ही की गलती

नहीं होती? क्या आप ही ने कभी रास्ते में उनका साथ नहीं छोड़ दिया था? क्या आपने ही उन्हें नज़रंदाज़ कर दिया था?

हम सब जानते हैं कि दोस्त एक दूसरे के साथ कुछ ज़्यादा ही राज़ बाँट लेते हैं, और इस कारण से जो एक लम्बी मैत्री बन सकती थी, वह रिश्ता जल्द ख़त्म हो जाता है। कुछ छिपाने में भी अपना ही मज़ा है। यदि आप अपने बारे में सब नहीं बताते तो आप और दिलचस्प बन जाते हैं। रहस्य आपके व्यक्तित्व को आकर्षक बनाता है। रहस्य जादू का भाग है। जब तक शो में रहस्य नहीं होगा, जादूगर अपना जादू कैसे दिखाएगा?

नीरस लोग वे होते हैं जो मिलते ही अपने मन की सारी बातें उड़ेल देते हैं। अपनी पूरी कहानी एक ही बार में बता देना मनोविज्ञान में अच्छा उपयोग नहीं है। किताबों और ज़िन्दगी में सबसे अच्छी कहानियां वे होती हैं जो वहाँ ख़त्म होती है, जहां से आप उनके शुरू होने की उम्मीद करते हैं। थोड़ी समझ से काम लें। अप्रिय बातें बोलने से स्वयं को रोक लें।

मुझे याद है कैसे एक बार, एक क्लब की मीटिंग में लोग बारी-बारी से खड़े हो कर, एक सदस्य के बारे में क्रूर बातें कह रहे थे।

एक आदमी चुपचाप ये बातें सारी शाम सुनता रहा। पर मीटिंग के अंत में वो अकेला खड़ा हुआ और उसने उस सदस्य का पक्ष लिया और उस पूरी बातचीत को विनम्रता की ओर मोड़ दिया। वह दूसरों से अलग था।

"ये मत कहो...।" उसने समझाया। "मुझे लगता है कि उसने जो किया बढ़िया किया, और वैसे भी..."

मुझे उस आदमी के बातें बहुत अच्छी लगीं। मैं ज़रूर चाहूंगा कि मेरे सभी दोस्त ऐसे ही हों। दोस्त जो आपके बारे में इतना अच्छा सोचें कि चाह कर भी आपकी बुराई न सुनें, और जो उनकी नज़र में आपकी अच्छाई है उसके पक्ष में फौरन उठ खड़े हो जाँए। किसी दोस्त के प्रति निष्ठा बनाए रखना बहुत प्यारा भाव है।

डेविड और जोनाथन जैसी विरली ही मित्रताएं होती हैं जो झट से जन्म ले लेती है, क्योंकि दोनों लोगों में कुछ ऐसा होता है जो सामने वाले को पहली ही नज़र में भा जाता है। दांते ने बीएट्रिस के बारे में कहा था, "जब भी वह मेरे सामने आती है, मुझे लगता है इस धरती पर मेरा कोई शत्रु नहीं बचा। दया की एक लौ मेरे मन में जग जाती है और जिसने भी मुझे दु:ख पहुंचाया है, मैं उन सब को स्वत: ही माफ़ कर देता हूँ।"

आप जिन लोगों को पसंद करते हैं, उनके बारे में हर बार कोई नई प्रशंसनीय बात सोचिए। उनकी बार-बार तारीफ़ कीजिए। दोस्तियों के लिए कृतज्ञ बने रहिए। आप किसी

व्यक्ति के मित्र तब बनने लगते हैं, जब वह व्यक्ति आपके लिए त्याग करने लगता है। अपने विचारों और समय का त्याग और कुछ पैसों का भी! आप सपने देखते हैं कि कैसे आप अपने मित्र को कुछ देंगे और स्वयं को उस पर न्योछावर कर देंगे। और आप ऐसा करते भी हैं। जब तक आप त्याग करने के लिए तत्पर रहते हैं, तब तक आपकी दोस्ती ज़िंदा रहती है। अपने दोस्तों से पूछिए कि क्या उन्हें लगता है कभी-कभी आप उनका इस्तेमाल करते हैं या क्या उन्हें लगता है की आपको उनकी फ़िक्र नहीं है।

दोस्ती में आप अपने दोस्त को वो दें, जिसकी आपसे अपेक्षा की जाती है, उससे ज़्यादा या *कम कुछ नहीं।* उनका स्नेह मिलने के बाद भी आपको उनके लिए त्याग करते रहना होगा, त्याग करने से ही सुनिश्चित होता है कि आपकी दोस्ती जीवंत और टिकाऊ है। मैत्री की भावना को बनाए रखने के लिए आपको कुछ न कुछ करते रहना होगा।

दो दोस्त कई सालों से साथ में जौगिंग पर जाते थे, साथ दौड़ते उन्होंने ध्यान ही नहीं दिया कि वे बूढे हो रहे हैं, फिर कुछ ऐसा होता है कि अचानक उन्हें ये डरावना एहसास होता है कि अब वे उतने जवान नहीं रहे जितने कि पहले थे, जब ज़िन्दगी मस्ती भरी हुआ करती थी।

वे दोनों इस सोच से भयभीत हो जाते हैं।

उन्हें लगता है कि जीवन में किसी चीज़ की कमी है। पैसे कमाने की होड़ में वो एक दूसरे के साथ मज़े करना तो भूल ही गए। वे हमेशा बस कुछ 'करने ही वाले' होते थे। उन्होंने अच्छे समय को अपनी मुट्ठी से निकल *जाने* दिया, और अब अचानक एहसास हो रहा था कि ज़िन्दगी लगभग ख़त्म हो गई है। आप कभी ऐसे मत बनिएगा। दोस्ती में वह जादू होता है कि बुढ़ापे तक एक दूसरे के साथ मस्ती कर सकते हैं।

आपको एक दूसरे को ख़त लिखने का *समय नहीं मिला*, आप इतने व्यस्त थे कि फोन भी नहीं कर पाए। हमेशा यही होता है, 'मैं बहुत जल्दी में हूँ यार।'' कोई नहीं जानता कि जल्दी है किस बात की!

अचानक ऐसा लगता है कि यह महफ़िल का आख़िरी गाना है, आप थक गए हैं पर एक आखिरी बार थिरकना भी चाहते हैं, इसीलिए निश्चय करते हैं कि घर लौटने से पहले संगीत की हर धुन का लुत्फ उठाएँगे।

उस समय आप प्यार भरी निगाहों से उन दोस्तों को ढूँढ़ते हैं जो अब भी रुके हुए हैं। आप उनके साथ *पुराने दिनों* के बातें करते हैं, जब आप पूरे शहर में हंगामा मचाते थे। शाम को वो परेशान करने वाले पल भी आते हैं, जब थोड़ा स्वार्थी, थोड़ा गंदा महसूस करते हैं। वे दिन होते हैं जब बातें जल्दी में निपटाई जाती हैं। आपकी बुराई जीत गई है, आपके प्रिय

को दु:ख पहुंचा है। और कुछ समय बाद, आप सोचते हैं काश मैं अलग इंसान बन पाता।

आप अलग हो *सकते* हैं। आप इन बातों के बारे में साधना के दौरान विचार कर सकते हैं और दृढ निश्चय कीजिए कि आप उस के बारे में कुछ करेंगे। आपका अन्तर्मन आपका मार्गदर्शन करेगा और आपको दिखाएगा कि कैसे अपने दोस्तों को उतना ही करीब रखें जितने वो आपकी मित्रता की शुरुआत में थे।

किसी ने मुझसे एक बार कहा था, ''मैं नहीं जानती थी कि दोस्त कैसे बनाते हैं। मैं लोगों को देखती थी और सोचती थी कि मैं अदभुत दोस्त बनाऊँगी, पर मुझे नहीं पता था कि उन लोगों से बात कैसे करूँ।''

फिर एक दिन आया जब वह औरत अस्पताल के बिस्तर पर लेटी थी और जिन लोगों से वो दोस्त करना चाहती थी, वही लोग प्यार और सांत्वना देने के लिए आगे आए। एक बार मिलने आते, और फिर आते ही गए।

शायद, बहुत बेवकूफी भरी बात लगे,'' उसने कहा। ''पर मैं खुश हूँ कि मैं अस्पताल आई। मैं जानती ही नहीं थी कि लोग कितने प्यारे हो सकते हैं। मैं जानती नहीं थी कि कोई किसी से इतना प्यार कर सकता है, जितने ये लोग मुझे कर रहे थे। वे सब इतने दयालु थे। शायद अगर मैंने पहले पहला कदम बढ़ाया होता, तो वो मुझे सहज ही अपने सर्किल में शामिल कर लेते।''

यूरोप में सैर करते समय, एक ट्रेन के कैरिज में दो आदमी बैठे थे। दोनों आपस में बात नहीं कर रहे थे, पर करना चाहते थे।

ट्रेन स्टेशन पर आई, वो दोनों उठे, दोनों ने अपनी टोपियाँ उठाई, कोट लिया, अटैची ली और साथ में ही दरवाज़े की ओर चल दिए। ज़ाहिर है कि दोनों टकरा गए। और फिर एक आदमी ने कहा, ''हम दोनों बेवकूफ हैं! '' फिर हंस कर कहा, ''कभी आप से बात ज़रूर करना चाहूँगा, फिर मिलेंगे!''

जब तक हम हाथ नहीं बढ़ाएंगे, तब तक हमें देख कर कोई भी खुश नहीं दिखेगा, और ये बात ट्रेन के डिब्बों में साफ-साफ़ देखने को मिली।

आप दोस्त अवश्य होंगे। *बाहर जाइए, उनके साथ घुलिये-मिलिए।* नए लोगों से मिल कर अपनी दिलचस्पियों का दायरा बड़ा कीजिए।

हम जिससे भी मिलते हैं, हम उनका एक हिस्सा होता हैं।

आप को स्वयं एक दोस्त के रूप में महसूस करना होगा, बल्कि एक कदम आगे बढ़कर स्वयं को दोस्त के रूप में देखना होगा। आपका अन्तर्मन इस भावना को बटोर लेगा और

अपने ही तरीके से आपके लिए दोस्ती का जादू चला देगा। आपका अन्तर्मन आपको दोस्तों के लिए जो भी करने को कहे, उसे फौरन कीजिए। बहुत से लोगों का दोस्त बनने के प्रति नकारात्मक नज़रिया होता है। अगर आज सूरज चमक रहा है, तो कल बारिश भी होगी। वे ज़िन्दगी में बद से बदतर की उम्मीद रख कर आगे बढ़ते हैं। यदि आप अपने अन्तर्मन से कहेंगे कि कोई व्यक्ति विशेष आपसे दोस्ती करने की जगह आपसे मुंह फेर लेगा, तो ऐसी सोच से आपका कोई फ़ायदा नहीं होगा। *अन्तर्मन आप ही के निर्देशनुसार काम करता है।* वह आपको वही देता है, जिसकी आप उम्मीद रखते हैं।

आप एक शानदार दोस्त के बाद, एक नई दोस्ती कर सकते हैं, यदि आप अपने अन्तर्मन से ठीक तरह से बात करें। दोस्तियाँ आपके बड़े से बड़े सपने को सच कर सकती हैं। पर आपको अपने रवैये को सकारात्मक बनाना ही होगा। यहाँ जादुई शब्द है *रवैया।* आप के पास बहुत अच्छे दोस्त हो सकते हैं, ऐसे दोस्त जिन पर आपको गर्व हो, और फिर लोग आपके लिए कहेंगे, "चलो, चलो, इतना भी बड़ा घोंचू नहीं था ये !"

आस्था आपको परिणाम दिलाएगी। सफलता और दोस्ती के लिए ज़रूरी है कि इनके लिए आपकी इच्छा बहुत तीव्र हो। आप जिसे भी चाहते हैं, उस चीज़ या इंसान की सनक चढ़ा लीजिए। दोस्त बनाने के जादू से अधिकतर लोग अनजान हैं। जो मैं आपको इस किताब में बता रहा हूँ, उसे जानने के लिये बहुत लोग *कुछ भी* कर सकते हैं। आप दुनिया के सबसे अच्छे दोस्त बना सकते हैं।

आपको इस बात का एहसास होना चाहिए कि लोग आपको देख कर दिल से खुश हो सकते हैं, पर संभव है कि फिलहाल उनके पास करीबी दोस्ती बनाने का समय नहीं हो। कुछ लोगों के साथ थोड़ा समय लगता है। लोग आपको देख कर खुश हो सकते हैं, पर एक ही बार में शायद आपके जिगरी दोस्त नहीं बनना चाहेंगे। इस किस्म के लोगों से नाराज़ मत होइए, इन्हें समझने की कोशिश कीजिए। इस सोच का कोई तुक नहीं है कि अगर आप अकेले हैं, तो सारी दुनिया आपका ख़ास ख्याल रखेगी।

दोस्त बनाने के लिए आपको लोगों से अक्सर मिलना होगा, और उससे भी ज़रूरी यह हैं कि आपको उनके काम आना होगा। आपके पड़ोसी के पास घांस काटने की कैंची नहीं है तो उसे वो दे दीजिए, पड़ोस युवा पति-पत्नी के बच्चे को एक शाम के लिए संभाल लीजिए ताकि, वे कुछ देर के लिए घूमने जा सकें। यदि आपके पास गाड़ी है, तो किसी बीमार या थके हुए इंसान को गाँव में ले जाइए या फिर किसी जानकार को बस का इंतज़ार करता देख लिफ़्ट दे दीजिए। दोस्त बनाने के लिए करूणा भाव से भरे छोटे-छोटे कर्म भी काफ़ी हैं।

स्वयं से ज़्यादा अपने होनेवाले दोस्त में दिलचस्पी रखें, और यदि वह ज्यादा बातें करें तो इतनी शिष्टता दिखायें की ऐसा न लगे कि आप ऊब रहे हैं। दूसरों की सेवा सबसे अनिवार्य है। जैसे-जैसे आप करुणा भरे कर्म करते जाएँगे, आपके मित्रों की गिनती भी बढती जाएगी।

आपके दोस्त अवश्य होने चाहिए, मुमकिन हो तो हर देश में एक मित्र होना चाहिए, फिर आपका अन्तर्मन आपके फायदे के लिए आपके मित्रों का उपयोग कर सकता है।

दूरियों के आज कोई मायने नहीं रह गए हैं, आज आप दुनिया में चाहे जहां भी रहते हों, हम सब पड़ोसी ही हैं।

क्यों न पड़ोस की औरत को चाय पर बुलाया जाए? क्यों न निचली मंजिल वाले आदमी के साथ टी।वी। देखा जाए? आखिरी बार अपनी पड़ोसन से कब बात की थी आपने? पूछिए अपने नये दोस्तों से की वो छुट्टियों पर कहाँ-कहाँ गये हैं और कहाँ जाना चाहते हैं। सिर्फ़ अच्छी चीज़ों के बारे में बात कीजिए। क्या कोई है जिसकी आपको फ़िक्र करनी चाहिए, और नहीं कर रहे? सोचिए। कहीं आपकी माँ तो नहीं?

''और अब बहुत देर हो चुकी है...'' ये वो दुःख भरे शब्द जो तब कहे जाते हैं, जब कोई करीबी गुज़र जाता है। आप सोचना शुरू करते हैं कि आप उनके लिये क्या कर सकते थे। इस सच का सामना कीजिए कि *बीता हुआ समय वापस नहीं आता*। आज ही प्यार कीजिए, और आज ही धीरज से काम लीजिए।

पछतावा बहुत बुरी चीज़ होती है। हाल ही में एक आदमी ने ट्रेन के नीचे कूद कर आत्महत्या कर ली। अपने पीछे उसने एक चिट्ठी छोड़ी जिसमें लिखा था कि वह पछतावे से छलनी हो गया है। वह अपने मन से यह बात नहीं निकाल पा रहा था कि वह क्या कर सकता था।

जब सर्दी में बर्फ़ गिरती है, वो पड़ोसी जिन्होंने सालों से एक दूसरे से बात नहीं की थी वो बातें करते हैं और एक दूसरे को चाय-नाश्ते पर भी बुलाते हैं। इन पड़ोसियों से मिलकर भी ट्रेन वाले आदमियों की तरह, आप कह सकते हैं, ''हम दोनों ही बेवकूफ हैं!''

एक बार जब सोफी टकर लंदन आई तो वो सेवॉय होटल के कमरे में ठहरीं, पर फिर उन्हें लगा कि वह कमरा थोड़ा छोटा है। वह दरअसल पार्टी देना चाहती थी।

उन्होंने कहा, ''मेरे पास दोस्त हैं और जब आपके पास दोस्त होते हैं, तो उनके साथ महफिल तो जमानी ही चाहिए। सेवॉय के स्टाफ ने फौरन सोफी को बड़ा कमरा दिला दिया।

सोफी के कमरे फूलों और शुभकामना संदेशों से भरे रहते हैं, और सोफी का कहना है की आज रात से पहले मैं इन सब का जवाब दूंगी।

उन्होंने कहा, "मैं सेक्रेटरी रखने से इनकार करती हूँ। मैं अपने सभी ख़त स्वयं ही लिखती हूँ। जब आपके दोस्त होते हैं, तो यार, उनके लिए थोड़ा करना भी पड़ता है। सोफी टकर जानती है कि दोस्ती कैसे निभानी है। *"आपको करना भी पड़ता है!"*

दीजिए, और देने में ही श्रद्धा रखिए, यही जादू है जो दोस्तों को खींच लाता है।

दु:ख की बात है कि बहुत से लोग मेहमानों को घर बुलाने से कतराते हैं। वो बहुत गर्व से कहते है कि मैं अपने ही दुनिया में रहता हूँ।

यह रवैया गलत है। यह नकारात्मक है। जो भी ऐसा सोचता है वो जादू नहीं चला सकता। यदि हम अपने पड़ोसियों को ही जानेंगे नहीं, उनसे दोस्ती नहीं करेंगे, तो नए लोगों से मिल कर नई दोस्तियाँ कैसे करेंगे?

पार्टी का नाम लीजिए और कुछ लोग फ़ौरन सोचते है एक बड़ी सी दावत, जिनके बारे में हम अखबारों में पढ़ते हैं। पर यह ज़रूरी तो नहीं है। जब आप बातचीत के लिए मिलते हैं तब एक सिंपल सी चाय या कॉफी के कप में भी बहुत आनंद आता है। लेकिन मैं इतना ज़रूर कहूंगा, जब मेरी बातों को आप समझ जाएँगे, *तो आप बड़ी-बड़ी दावत देना चाहेंगे, आप इन महफिलों के लिए सजना-सवंरना चाहेंगे,* क्योंकि आपके मन का सूरज उग चुका होगा। जादू से बनी, विलास से भरी इस नई दुनिया में आप महफिल में बुलाएँगे भी, और बुलाये भी जाएँगे।

प्यार जो दिया नहीं, शक्ति जो जगाई नहीं, तो यह ज़िन्दगी व्यर्थ चली जाएगी! मन कंजूस हो जाता है। व्याकुल हो उठता है कि कहीं वो जितना दे रहा हैं, वह उस भविष्य में जितना मिलेगा उससे ज्यादा न हो, और यही परेशानी हमें थका देती हैं। यह हमारा विनाश करती है। दोस्ती के जादू का राज़ है, दोस्तों को ज़रूरतों से भी ज़्यादा देना। जितना ज्यादा करेंगे, दूसरों के आनंद का प्याला जितना ज़्यादा भरेंगे, जितनी बिनमांगी फरियाद सुन लेंगे, उतना ही आप चुम्बकीय बनते जाएँगे और जो चाहते हैं उसे अपनी ओर आकर्षित करते जाएँगे। लोगों का जानने का बहुत अच्छा तरीका है, उन्हें घर बुलाना। दोस्ती को प्रोत्साहन देने के लिए आपको दूसरे लोगों में बहुत दिलचस्पी दिखानी होगी। "क्या आपकी यात्रा सफल रही?" ये सवाल दिखाता है कि आप सामने वाले की खुशी के बारे में सोच रहे हैं। "क्या आपको पार्टी में मज़ा आया?" यह सवाल दर्शाता है कि आप दूसरे की ज़िन्दगी में दिलचस्पी ले रहे हैं। सिर्फ वही सवाल पूछिए जो आपकी दिलचस्पी दर्शाते हैं। लोगों के निजी ज़िन्दगी के बारे में सवाल मत कीजिए, ऐसा करेंगे तो बहुत जल्द लोग आपके दूर जाने लगेंगे।

दूसरों की मदद करने के लिए सतर्क रहिए, और उनसे दोस्ती कीजिए। किसी के लिए दरवाज़ा खोलना भी दोस्ताना बर्ताव है।

जितना आप दूसरों की मदद करेंगे, उतनी ही आसानी से आप स्वयं की भी मदद कर पाएँगे। हर निस्स्वार्थ कर्म के साथ, आप स्वयं को और शुद्ध कर रहे हैं। और यह *शुद्धिकरण* आपको उस आयाम तक ले जाएगा, जहां आपको सच्चा मार्गदर्शन मिलेगा।

यदि सामने वाला विपरीत लिंग का है तो भी, आप खुल कर बात कर सकते हैं। आप किसी औरत को इन शब्दों से संबोधित मत कीजिए, "तो, आपके पति घर कब आ रहे हैं?" हो सकता है आपके चेहरे पर एक चांटा रसीद हो जाये। कहिए, "कितना सुन्दर नज़ारा है, है ना?" या फिर "कितना अच्छा दिन है, हैं ना?" यदि आप किसी संगीत सभा में है, तो आप कह सकते हैं, "कितना मधुर संगीत है, है ना?" फिर वो महिला अवश्य ही आपकी बात का मुस्कुरा कर जवाब देगी।

मुझे शेक्स्पीयर के वो शब्द पसंद हैं, "जब मैं तुम्हारे बारे में सोचता हूँ, प्यारे दोस्त, सब नुक्सान भर जाते हैं और दुखों का अंत हो जाता है।" जब दोस्त एक दूसरे को सांत्वना देते हैं, तब यकीनन दुःख कम हो सकता है या ख़त्म भी हो सकता है।

दोस्ती जादू को जगाती है। अब तक, वो जादू आपके दिमाग में ही गहरी नींद ले रहा था। अचानक आप किसी से मिलते हैं और आप जान जाते हैं कि *यह तो आपके टाइप का है।*

मेरे एक ऑस्ट्रेलिया से आये दोस्त ने हाल ही में टिपण्णी की कि यहाँ इंग्लैंड में सब कितने भावशून्य से दीखते हैं। और कोई जो दक्षिण अफ्रीका से मिलने आया था, वो भी यहाँ के लोगों के चेहरों पर कोई आभा न देख कर अचंभित रह गया। इटली, स्पेन और मेक्सिको में चेहरा भी अभिव्यक्ति का एक ज़रिया है। एक महान लेखक ने कहा था, "इस चेहरे में लगे साउंड प्रोसेसर की मदद से, इस पर पूरा का पूरा सोनाटा संगीत बज सकता है।"

आप के पास सभी के लिए मुस्कान होनी चाहिए। आपकी खुशी भरी ऊर्जा और अदभुत आकर्षण (जो मुझे उम्मीद है इस किताब से आपको मिल रहा है) लोगों को आपकी ओर खींच लाएगा। आप 'नए और उत्सुक' हो जाएँगे।

स्टेज और टीवी पर जो कलाकार आपके दिल का लुभाते हैं उनसे दोस्ती कीजिए, अपने मनपसंद लेखकों को चिट्ठी लिखिए। जो लोग आपको रेडियो और अखबारों के ज़रिये ख़ुशी देते हैं, उन्हें भी चिट्ठी लिखिए।

लोग आपके दरवाज़े पर दोस्ती की मिन्नतें ले कर नहीं आएँगे। हर मुमकिन तरह से आपको दोस्त बनाने के प्रयत्न करने होंगे।

एक बार, एक खदान में काम करनेवाले मज़दूर ने मनोबल जुटा कर, मुझे बताया कि वो एक हॉलीवुड हीरो के बारे में क्या सोचता है।

उसने कहा, ''यह आदमी भाव नहीं खाता। दूसरे मशहूर लोगों की तरह, ये लोगों से ऐसे नहीं मिलता जैसे उन पर एहसान कर रहा हो, बल्कि ऐसे मिलता है जैसे उन्हें पसंद करता हो। और यकीन मानो, अन्य लोग भी उसे पसंद करते हैं।''

आपने देखा है कैसे फिल्मों में लोग एक दूसरी की पीठ पर हाथ मारते हुए चीखते हैं, ''ओये यार!''

हम अपने सबसे अच्छे दोस्त के बारे में कुछ ऐसा ही सोचते हैं। स्टील सा सच्चा, शेर सा ताकतवर और मरते दम तक दोस्ती निभाने वाला, हमारा यार!

एक मशहूर फिल्मी सितारा था जो शायद दुनिया के सबसे सच्चे इंसानों में से एक था। उसका कहना था कि अगर उसे किसी चीज़ से नफरत है, तो वो है किसी भी रूप में झूठ और धोखा। वो कहते हैं, सबसे ज्यादा चिढ़ मुझे होती है तब, जब कोई चापलूसी भरे स्वर में कहता है, 'क्यों भाई, कैसे हो ? तुमसे मिलकर बड़ी खुशी हुई। क्या चल रहा है आज कल?' और मैं अपना जवाब ख़त्म कर पाऊँ, इससे पहले ही वो इंसान मुड़कर किसी और हलो कह रहा होता है। अगर वह वहाँ खड़ा भी रहे, तो वो मेरी बात नहीं सुन रहा होता, उसकी नज़रें किसी पार्टी में किसी नये मुर्गे को तलाश रही होती है। ऐसा लगता है कि आखिरकार किसी को आपकी कोई फ़िक्र है ही नहीं।

ध्यान दीजिए और हमेशा विनम्र रहिए। इससे मुझे एक और सच्ची कहानी याद आती है। जब फ्रैंक सिनाट्रा ने अपने शो के लिए अटलांटिक सिटी का नाईट क्लब बुक कराया, तो उनके चाहने वालों की पूरी भीड़ उमड़ पड़ी। एक लड़की दो दिन तक फ्रैंक के होटल के बाहर ये बोर्ड ले कर खड़ी रही : *''मुझे फ्रैंक सिनाट्रा से प्यार है!''*

सिनाट्रा ने इस लड़की पर कोई ध्यान नहीं दिया।

तीसरे दिन, लड़की के बोर्ड पर लिखा था: ''तुम्हारा मौका गया। अब *मुझे एल्विस पसंद है।''*

अंग्रेजी उपन्यासकार जेन ऑस्टेन, जिनकी किताबें कहानी से ज्यादा किरदारों पर आधारित होती हैं। उन्होंने अपनी किताब में एक किरदार के मुंह में ये शब्द डाले थे :

''तुम्हे किसी में कोई बुराई ही नहीं दिखती। तुम्हारी नज़रों में तो पूरी दुनिया ही भली है। मैंने पूरी ज़िन्दगी तुम्हारा मुंह से किसी की बुराई नहीं सुनी... किसी के चरित्र को जानना और उसका अच्छे से अच्छे शब्दों में बयान करना ! ये खूबी केवल तुम्हारे ही पास है।''

हम सब को ऐसा ही होना चाहिए।

और अब जंग की एक कहानी सुनिए। जब फौजी अपनी छावनी में वापस पहुंचे, तब एक लड़के को एहसास हुआ कि उसका दोस्त वापस नहीं आया है। उसने अपने अफ़सर से अनुमति ली कि क्या वो 'नो मैन लैंड' में जा कर अपने दोस्त को तलाश सकता है?

अफसर ने कहा, "जा सकते हो, पर कोई फ़ायदा नहीं है।

लड़का गया और कुछ समय बाद बुरी तरह घायल हो कर लौट आया।

मरने से पहले उसने अपने अफसर से कहा, "फ़ायदा हुआ, सर! जब मैं उसके पास पहुंचा उसने कहा, *मैं जानता था तू आएगा।*"

ये है दोस्ती। सच्ची दोस्ती।

बहुत लोग हमारे साथ ज़िन्दगी के चौराहे तक साथ-साथ जाते हैं, पर जब हम अपनी-अपनी राह चुनते हैं, तो जाने-अनजाने में लोग हम से हमेशा के लिए मुंह मोड़ लेते हैं।

क्या त्रासदी है ! ऐसा प्रतीत होता है कि यह सभी के जीवन में होता है। इसका अर्थ यह नहीं है कि किसी ने किसी को धोखा दिया या कोई हार गया है, इसका मतलब केवल यह है कि अब हमारी परिस्थितियाँ अलग हो गई हैं। नियति ने हमें विपरीत दिशाओं में भेज दिया है। ऐसे परिस्थिति से जहां तक हो बचना चाहिए।

आपके पास दोस्त हैं। मेरे पास दोस्त हैं। पड़ोसी के पास भी दोस्त हैं, देखिएगा वह शनिवार को किस के साथ गोल्फ खेलने जाता है।

कोशिश कीजिए कि जो दोस्त बनाएं, उन्हें सदा बनाए रखें, किसी भी खज़ाने से ज़्यादा कीमती है, एक ऐसा दोस्त होना जो हमारे साथ सारी ज़िन्दगी रहे।

9 परिवर्तन का जादू

जादू का मतलब है *परिवर्तन*। आप एक चीज़ को दूसरी चीज़ में परिवर्तित कर सकते हैं। महान मनोवैज्ञानिक ने पानी को वाइन में परिवर्तित किया था, वह भी जादू था।

परिवर्तन वह होता है जो *आपको* चाहिए। आपको पैसे के संघर्ष की जगह समृद्धि चाहिए। आप कुछ बनना चाहते हैं, कुछ महान करना चाहते हैं। हर कोई महत्वपूर्ण बनना चाहता है। आप बदसूरती की जगह ख़ूबसूरती चाहते हैं, बीयर की जगह शैम्पेन चाहते हैं, साइकिल की जगह गाड़ी चाहते हैं, फ्लैट की जगह बंगला चाहते हैं। मिल सके तो आप महल भी चाहते हैं।

हाँ, आप परिवर्तन चाहते हैं !

आप जादू चाहते हैं, क्योंकि जादू ही नीरस को प्यारा बनाता है और साधारण को असाधारण।

कैसे करते हैं ये जादू? सर्वप्रथम, *स्वयं* को परिवर्तित कीजिए। अपनी सोच को परिवर्तित कीजिए, ज़िन्दगी को और अपने पूरे रवैये को परिवर्तित कीजिए। यह सिर्फ आप ही कर सकते हैं। यह काम आपके लिए कोई और नहीं कर सकता। मैं आपको राह दिखा सकता हूँ, पर जादू तो *आप* ही को चलाना होगा।

शायद ज्यादा किताबें नहीं है, जो आपकी ज़िन्दगी बदल सकती हैं। पर यदि इस किताब को आप घोल कर पी जाएँ, तो ये आपकी ज़िन्दगी बदल सकती है। किताबें पढ़ कर ही डॉन

कुइक्सोटी अपनी यात्राओं पर निकला था, मुमकिन है कि यह किताब भी आपको आपकी ज़िन्दगी को एक दिलचस्प सफर पर भेज दे।

जॉन बनयन ने बाइबिल पढ़ी और वह अंग्रेजी भाषा का महान साहित्यकार बन गया। कौन जाने, *आपकी* ज़िन्दगी का यू-टर्न ये किताब हो! मैं तो यही उम्मीद करता हूँ।

ध्यान से सुनिए, जादू का सार है: *परिवर्तन*!

परिवर्तिन से आपका फ़ायदा है। इस बात को समझने में कोई गलती मत करना। अब तक आप एक न्यूनतम अस्तित्व से संतुष्ट थे। अब आपको अलग बनना होगा। *सभी महान आदमी और औरत भीड़ से अलग होते हैं*, और उनका ये 'अलगपन' ही उन्हें जादू दिलाता है।

अपने नीरस जीवन से विद्रोह कीजिए। भिन्न होना, परिवर्तित होना, एक कला है। इसका मतलब यह नहीं है कि आप अपने परिवार को दुखी करें, अपनी बीवी या पति को परेशान करें, इसका अर्थ है कि आप अपनी इच्छा अनुसार बोलने और काम करने की आज़ादी प्राप्त कर लें। और आज से आपके विचार, बोल और कर्म सभी *सकारात्मक* बन जाएँ।

क्या आप दिन के अंत तक 'तंग' आ जाते हैं, थके और उखड़े हुए हो जाते हैं? यदि हाँ तो अगर आप *अब भी नहीं बदले*, तो आपकी तो 'लग गयी'! आपको परिवर्तित होना ही होगा, बहुत जल्द, वरना ये थकान बढ़ती ही जाएगी।

सच ये है कि आप हर दिन एक सा बंधा-बंधाया काम करने से तंग आ गए हैं, चाहे आपको इस बात का एहसास हो या नहीं। रोज़ वही चेहरे देखना, रोज़ वही सलाह सुनना जैसे कि 'खुश रहो, भाई! इस समानता से ज़्यादा थकाने वाला और कुछ नहीं होता। आप दिन रात वही बस या ट्रेन पकड़ने से 'तंग' आ गए हैं, कुत्ते को बाहर घुमाने से 'तंग' आ गए हैं, और फिर हर रात अपने कुत्ते को खींच कर घर लाने से भी 'तंग' आ गए हैं। खरीदारी करने से और लाइन में लगने से भी आप 'तंग' आ गए हैं।

आपको परिवर्तन चाहिए और अपने मन का करने की आज़ादी चाहिए। इसे आपको पाना ही होगा।

आप चाहते हैं 'कुछ' हो। कुछ अच्छा। काम पर जाना, सो जाना, खाना, फिर काम करना, फिर सो जाना - ये राह आपको सीधे पागलखाने ले जाएगी।

''जो निरंतर खुश रहना चाहते हैं उन्हें अक्सर *बदलना* होगा,'' ये चीनी दर्शनशास्त्री कनफ्यूशियस ने लिखा था। बेकन ने उनके शब्दों को इस तरह विस्तृत किया, जिस ज़िन्दगी में भिन्नता का तड़का न हो, वो स्वादिष्ट नहीं है।''

छोटे-छोटे बदलावों से शुरुआत कीजिए। नए रास्ते से घर या मार्किट जाइए, तो आप नए चेहरे और इमारतें देखेंगे। यदि अक्सर घर पर खाते हैं, तो बाहर खाइए। यदि अक्सर बाहर खाते हैं, तो घर पर खाइए। आखिरी पन्ने से अखबार पढ़ना शुरू कीजिए। कुछ भी कर के अपनी *'दिनचर्या' को तोड़ दीजिए।*

एक बार एक व्यक्ति ने राष्ट्रपति रूसवेल्ट से कहा, ''तुम्हारे साथ कुछ दिलचस्प हो रहा है।'' रूसवेल्ट ने जवाब दिया, ''मैं इस बात का ख़ास ध्यान रखता हूँ कि मेरे साथ कुछ दिलचस्प होता रहे।''

ज़्यादातर लोगों के लिए जीवन नीरस है। वो पक गए हैं, वे आपको बताएँगे की सब कुछ एक सा ही तो है। *पर सब कुछ एक सा हो, ये ज़रूरी नहीं है।*

पास से गुज़रती ज़िन्दगी की परवाह किये बिना, बस हर रात उसी बिस्तर पर सोना, उसी मेज़ पर खाना, और वही पुराने शौक रखना। *यह तो सरासर पागलपन है।*

क्या आप आज से किसी और कमरे में किसी और बिस्तर पर नहीं सो सकते? कुछ समय के लिए क्या दूसरी मेज़ पर नहीं खा सकते ? अगर नियमित रूप से गोल्फ और टेनिस खेलते हैं, तो क्या कभी-कभी पतंग नहीं उड़ा सकते? आप देखेंगे जो लोग कभी न टूटने वाले चक्र में जीते हैं (हर दिन, हर हफ्ते, हर साल बस वही काम करते रहते हैं), वो अक्सर मानसिक तनाव के बहुत करीब रहते हैं।

समानता के दास बन कर मत रहिए। लोग कहते हैं, ''स्वयं को संभाले।'' क्या आप कभी कामना करते हैं की काश आप संभल पाते ?

एक डायरी लीजिए और हर दिन उसमें कोई ऐसी नई बात लिखिए जो आपने उस दिन आज़मायी हो। इस तरह से आपको पूरे दिन याद आता रहेगा कि आप दलदल में फंसे हैं और कभी न कभी आप स्वयं को बाहर निकाल ही लेंगे।

आपको सुबह पांच बजे उठ कर, एक मील चल कर, बैंक में चेक डालने जाने पड़े, तो आप ये सहज ही कर लेंगे। थकान का सवाल ही नहीं! आप चहकते हुए उठेंगे और बिजली की गति से बैंक पहुँच जाएँगे।

आप केवल इसलिए थके हुए हैं, क्योंकि आप चीज़ों से तंग आ गए हैं। जीवन में रोमांच नहीं है। सब कुछ एक समान हो गया है। जो इंसान समुन्दर के किनारे जा कर, कुछ पल बच्चों के साथ खेलता है, वह वापस आ कर कहता है कि समुद्र ने मेरा बहुत भला किया।

कुछ हद तक यह सच भी है। पर दरअसल जादू का कारण है, रूटीन को टूटना। आपको अपने जीवन की ढर्रा *बदलना* होगा।

और साथ ही साथ, जीवन में *सही* ढर्रों का निर्माण भी करना होगा।

जब आप चीज़ों से संतुष्ट हो जाते हैं, तभी आप रोमांच की मस्ती को खो देते हैं और ज़िन्दगी का सबसे अच्छा दौर ख़त्म हो जाता है।

कभी-कभी कुछ नया आज़मा कर देखिए। आप संगीत सभा में तो अक्सर जाते हैं, आज नाटक में जा कर देखिए। या यदि पहले ऐसा कभी नहीं किया तो फिर जाइए फिल्म का फर्स्ट डे, फर्स्ट शो देखिए।

जादूगरों को देखिए। आप कह रहे होंगे, "उन्हें देखा है मैंने।" पर फिर जाइए! जादूगर अपना शो *बदलते* रहते हैं। जादूगर क्लौडिन को ही ले लीजिए। वो कुछ समय पहले तक रेशम के कपड़ों में स्टेज पर आती थी और साथ में एक कुत्ते को भी लाती थी। अब उन्होंने अपने बाल सुनहरे कर लिए हैं, और नये सफेद कपड़ों में वो नए जादू दिखाती है। जादुगर परिवर्तन की एहमियत जानते हैं, आप को भी जाननी होगी।

जीवन से और पाने का दृढ निश्चय कीजिए। हर दिन को और उत्साह-पूर्ण बनाइए। (अब क्या कर सकता हूँ मैं?) कुछ ऐसा कीजिए जिससे ज़िन्दगी धनवान, गहरी, विशाल और अलग बन जाए, जिससे कि वो फिर कभी नीरस न रहे।

ज़िन्दगी को ऊपर से नीचे तक हिला दीजिए। किसी भी एक अंदाज़ को पकड़ कर मत बैठिए। एक पति ने मुझे हाल ही में बताया कि उसकी पत्नी हमेशा फर्नीचर को इधर से उधर करती रहती है। वह घर आता है आर अचानक सब कुछ नई जगह पर होता है। यह पत्नी जादू के राज़ को जानती है। वह कभी भी दल-दल में नहीं फंसेगी, और न ही वह अपने पति को नीरसता महसूस होने देगी।

सब कुछ बदल दीजिए। जो पहले करते थे, उसका विपरीत कीजिए। जो चीज़े सालों से एक जगह पर हैं, वो अचानक नयी जगह पर भी पायी जा सकती हैं। किसी भी चीज़ को पहले जैसा मत रहने दीजिए।

फिर स्वयं पर काम करना शुरू कीजिए । नये फैशन के कपड़े खरीदिये। अपने बालों को अलग तरह से बांधिए, चाहें तो उनका रंग भी बदल दीजिए। नए व्यंजन चखिए। नए तरह से खाना बनाइए।

आप एक नए इंसान बन जायेंगे। आपको अपनी उम्र में 10 साल की कटौती का एहसास होगा। ऐसे दलदल में मत फंसिए जिससे निकल ही न पाएँ, इतना गहरा न चले जाना की दलदल की ऊपर की दुनिया ही न दिखे।

एक मशहूर अदाकारा कहती है, ''मैंने खुद को पूरा ही बदल डाला।'' उसे एहसास हुआ की वो दलदल में फंसी हुई है और उसे कुछ करना होगा।

उसने खुद को शीशे में देखा और कहा, ''तुम भद्दी लग रही हो! '' फिर क्या ? उसने अपने बारे में हर चीज़ बदल दी। उसका कहना है, ''आपको अपना चेहरा, फिगर, ज़िन्दगी, *सब बदलना होगा!''*

उसने प्लास्टिक सर्जरी के सहारे अपनी नाक बदल ली, वो मोटी से पतली हो गयी। उसने अपने बाल लाल कर लिए और उन्हें खुला छोड़ने की जगह, उन्हें बाँधना शुरू कर लिया। उसने अपना एजेंट बदला और खाना भी बदल लिया। उसने अपना नाम भी बदल लिया है! उसके बाद उसका जीवन मज़ेदार हो गया, और सफल भी!

डगलॉस फेयर बैंक जूनियर को ही ले लीजिए, वो एक ब्रिटिश सज्जन थे। उन्होंने अपनी कंपनी के लिए एक अमरीकन जन-संपर्क प्रतिनिधि चुना और अमरीकन बन गए! डगलस चाहते हैं कि लोग उन्हें अपनी कंपनी के अमरीकन मालिक के रूप में ही देखें, क्योंकि उन्हें लगता है कि इतने सारे अमरीकनों को उन्हें ब्रिटिश समझना उनके हित में नहीं हैं।

अन्थोनी गलिन, *'आई कैन टेक इट आल'* के लेखक है। इन्होने एक दिन बदलने का फैसला किया और उनकी बीवी उनके इस फैसले से इतनी खुश हुई कि उसने अपने पति का भरपूर साथ दिया।

उसने बताया, ''सबसे पहले तो मैंने अपनी वेशभूषा बदल ली। मैंने अपने सारे पुराने कपड़े बेच दिए... वो छोटी सीस्ट्रैट भूरी, ग्रे और नीली ड्रेसें, सब बेच डालीं। फिर मैंने *लाल जींस* खरीदी। अब मैं अपने बाल स्पेनिश अंदाज़ में बनाती हूँ, और गर्मियों में शॉट्र्स पहनती हूँ। मैंने अपनी ज़िन्दगी में कभी शॉट्र्स नहीं पहनें।

''जब हमारी शादी हुई थी, हम हनीमून के लिए पैरिस गए थे और अपने कपड़ो को ले कर मैं बहुत परेशान थी। छोटी काली टोपियाँ और ड्रेसें, यही पहनती थी मैं। पर इस बार जब हम वापस गए तो हमारा व्यक्तित्व बिलकुल बदल गया था। मैं जीन्स और फुटबॉल खिलाडियों की टी-शर्ट पहन कर पेरिस पहुंची, और मेरे पास एक निंबू रंग का डोरी वाला बैग था, क्योंकि मुझे वह रंग पसंद है ! हम छोटे-छोटे कैफे और नाईट क्लबों में भी गए। इस बार हमें कहीं ज्यादा मज़े आए।''

''देखिये हमारा राज़ ये थे हमने वे सारी चीज़ें बदल डाली, *जो हमें बोर करती हैं।''*

सर अन्थोनी और लेडी गलिन का *व्यकित्व बिलकुल बदल गया*, और वह कहते हैं कि अब वो अपनी ज़िन्दगी के ज़्यादा मज़े खुल कर ले पाते हैं।

क्या आप हमेशा थके हुए रहते हैं? क्या आप किसी भी समय इस थकान से चूर हो कर गिर सकते हैं? आपको बदलाव की ज़रूरत है। इस ख्याल में ही शानदार संभावनाएँ छिपी है। आज़मा कर देखिये।

कुछ दिन पहले मैं एक मगज़ीन में पढ़ा रहा था। उसमें लिखा था:

''पिछले चार सालों से हर रात मेरी बीवी ने रात के खाने में सिर्फ दो ब्रेड, ब्लैक करंट जैम और आधा कप कोकोआ पीया है। ''चार साल ! समझे आप मेरी बात?

दूसरी मैगज़ीन पढ़ते समय: *''एक पत्नी ने हैरानी से, खाने की टेबल पर, अपने झल्लाए हुए पति से कहा, ''सोमवार को तुम्हे बीन्स पसंद थी, मंगलवार को तुम्हे बीन्स पसंद थी, बुधवार को तुम्हे बीन्स पसंद थी। अब अचानक गुरूवार को तुम्हे बीन्स नहीं पसंद!''* इस उपहास में सच्चाई छिपी है। ऐसे भी लोग है जो हर दिन एक ही तरह से नाश्ता करते हैं, साल दर साल, वही चम्मच, वही प्लेट, और वही संतरे का जूस ! उनके जीवन में कभी जादू नहीं आता। उन्हें कोई अंदाजा ही नहीं है कि जादू होता क्या है।

क्या आप गर्मियों में खुले आस्मां के नीचे खाना खाते हैं? इसमें कोई शक नहीं, कि अगर थोड़ी शान से छत पर नयी प्लेट, नयी चादर, और नए पकवानों के साथ शान से खाना खाएँ, तो आपको लगेगा कि किसी सुनहरे समुद्र के किनारे पर पहुँच गये हैं।

हम सब ऐसे लोगों को जानते हैं जो रूटीन के चक्र में फंसे हैं, चाहे उन्हें इस बात का एहसास हो या नहीं। वो पड़ोसी जिसके गार्डन का गेट रोज़ ठीक एक ही समय पर खुलता है, आप चाहे तो उस दरवाज़े के खुलने-बंद होने से अपनी घड़ी मिला सकते हैं, क्योंकि आपका पड़ोसी ठीक उसी समय हर रोज़, ठीक वही बगीचे का गेट खोलता है। आप जानते हैं कि हफ़्ते में किस रात, वह और उसकी पत्नी मूवी देखने जाते हैं और किस रात वह घर पर रह कर टी.वी. देखते हैं। आप जानते है कि ठीक किस समयपर आपके घर के सामने रहने वाले श्रीमान ब्राउन अपने कुत्ते को सैर पर ले जाते हैं, और किस समय स्मिथ दंपत्ति अपनी लाइटें बंद कर सो जाते हैं।

और फिर वह कुंवारी औरत है जो हर साल छुटट्टी पर एक ही जगह जाती है, और अपने सब दोस्तों को एक से ही पोस्टकार्ड भेजती है। साल दर साल, अपनी सारी ज़िन्दगी वो यही करती रहेगी।

ऐसी किस्मत तो बहुत ही दयनीय है। कोई भी *बदलाव* इस निरंतर समानता से बेहतर है।

आप कुछ भी कीजिए, पर इस दलदल में मत फंसिए। ज़िन्दगी और काम का यही फार्मूला है, हर थोड़े समय में नयी राहें चुनिए। समान रहेंगे तो सड़ जायेंगे। मैं एक औरत

को जानता हूँ, जो भारी ट्वीड कपड़े की पोशाक पहनती थी। फिर एक बार क्रिसमस पर किसी ने उसे एक लेस का रुमाल दिया और वो बदल गयी। अचानक लड़कियों जैसे रहने लगी, हाई-हील जूते पहनने लगी, मलमल और रेशम के कपड़े आज़माने लगी! उसका पूरा व्यक्तित्व जगमगाने लगा।

दलदल से बाहर निकलिए। बदलिए, बाहर जाइए ! हर किस्म का दलदल बुरा होता है, वो भी जिसके किनारों पर आपने गुलाब की पत्तियां बिखेर ली हैं। अपनी टोपी उठाइए और बाहर जाइए। चाहे फिर कहीं भी जाइए। कुछ भी देखिये। किसी भी अनअपेक्षित अनुभव की तलाश कीजिए।

मैं बहुत सालों से कुछ ऐसे लोगों को जानता हूँ, जो आज भी उतने ही सुन्दर, उतने ही दिलकश है। *पर अब उनमें वो आग नहीं रही।* एक समय था जब वो हर किसी के गले लगना चाहते थे, वो इतने खुश और जीवंत थे! वो ख़ुशी के मारे तब तक हँसते थे जब तक की आंसू न निकल आयें।

पर अब वो कहते हैं, ''मैं चाहता हूँ कि वे पल लौंट आएँ। पर पता नहीं क्या दौर था वो, अब वह बात रही ही नहीं।''

कितने अफसोस की बात है ! ज़्यादातर लोगों को जीवन का ऐसा ही अनुभव रहा है। उस मस्ती भरे दौर को सदाबहार बनाये रखने के लिए, आपको *कुछ नया आज़माना होगा* और कुछ पुराना *बदलना होगा*। आपके मन में वो जो छिपा बैठा है ना? जो आज भी कोई भी सरप्राइज मिलने पर उछल जाता है? उसे फिर से जगाइए।

आज जो भी चीज़ें आपको परेशान कर रही हैं, उन सब में एक बात आम है: *दोहराव।* जो चीज़ें हम पसंद नहीं करते, उन्हें निरंतर दोहराने पर, हमारे अन्दर की वो 'आनंदित ऊर्जा' मर जाती है।

मैं अपने शो पर करतबों को अक्सर *बदलता* रहता हूँ। स्टेज पर पहनने वाले कपड़े भी बदलता रहता हूँ, कभी मलमल का कोट, तो कभी कोई साधारण सूट पहन लेता हूँ।

याद रहे, *परिवर्तन* से जादू आता है।

10 शुभ चीज़ों का जादू

क्या ताबीज़ सच में शुभ होता है? क्या खेल में दिखाने वाले मैसकोट सचमुच खिलाड़ियों के लिए सौभाग्य ले कर आते हैं? उत्तर है यदि *आप आस्था रखे तो*, हाँ! एक जादूगर यदि सच्चा मनोवैज्ञानिक भी है, तो इन्हीं चीज़ों की मदद से जादू कर सकता है। सब पूर्णत: आपकी *आस्था* पर निर्भर करता है। शायद थिएटर के लोग, इस मामले में सबसे तीव्र आस्थाएं रखते हैं। वो हमेशा कुछ न कुछ 'शुभ' अपने पास रखते हैं, उनकी मेज़ पर आपको मैसकौट भी दिखेगें, और न जाने कैसे ये शुभ चीज़ें उनके लिए काम भी करती है। ज़ाहिर है, ये सब निर्भर करता है इस पर कि उन्होंने अपनी शुभ चीज़ में कितनी आस्था रखी थी। यदि उन्होंने अपनी पूरी आस्था को उस पर केन्द्रित कर दिया, तो इसी के कारण वह आम चीज़ शुभ बन गयी।

मैं ताबीज़ों, शुभ चीज़ों और मैसकोट्स में यकीन करता हूँ, क्योंकि मुझे लगता है ज़्यादातर लोगों को किसी न किसी चीज़ पर आस्था रखने की ज़रूरत है। बचकाना ख्याल है, पर ख़ुशी और सफलता को पाने के लिए हमें बच्चा बनना ही पड़ता है।

एक मशहूर स्टेज और टी।वी। सिंगर ने अपने अजीब से मैसकोट को मिलान से वापस लन्दन लौट कर, एक *बड़ा सा किस* दिया। ऐसी हरकत शायद कोई बच्चा ही करेगा, पर ऐसा करने से ही इस सिंगर का मैसकौट उसके लिए शुभ बनता है। मनोविज्ञानिकों के रूप में हम ये भी समझते हैं, कि *आस्था* का हर भाव असरदार होता है। जादू करने के लिए सबसे ज्यादा ज़रूरी है, यह महसूस करना कि आपका जादू सफल रहेगा। आप देखिएगा, यह सिंगर

भी बहुत सफल होगी। लेकिन मैसकौट, आखिर होता है क्या? मैसकौट वो चीज़ होती है जिस पर हम *आस्था* रखते हैं, और अपना ध्यान केन्द्रित करने के लिए ऐसे केंद्र-बिंदु का जीवन में होना अच्छी बात है।

सम्मोहन में इस तकनीक का अभ्यास किया जाता है। आपको एक बिंदु दिया जाता है, जिस पर आपको ध्यान केन्द्रित करना होता है, और कुछ समय बाद आप सम्मोहन की दशा में आप ऐसे कारनामे कर पाते हैं जो, पहले नहीं कर सकते थे। मैसकौट की मदद से आस्था केन्द्रित करने की आदत बनती है। जितना आपका मन एक जगह केन्द्रित होगा, उतना ही वह सशक्त बनेगा ! जब आपका मन इधर से उधर भटकता है, तब कुछ भी नहीं होता।

ज़मीन और पानी में रफ्तार के रिकॉर्ड तोड़ने वाले डोनल कैम्पबेल हमेशा *'वोहपिट'* को अपने साथ ले जाते थे: यह *'वोहपिट'*, पूरी दुनिया में वह शायद सबसे तेज़ पानी में रहने वाला भालू है। वह भालू आठ इंच लंबा है, उसके कान और पैर हरे हैं और वह एक लाल कोट पहनता है। डोनाल्ड कहते हैं, *'वोहपिट'*, सब जगह मेरे साथ ही आता है। यह नन्हा भालू डोनाल्ड के लिए शुभ है। और डोनाल्ड का भाग्य इतना शुभ रहा भी तो है! *'वोहपिट'* के साथ ने उसे बहुत हिम्मत दी है।

ऐसा ही एक अनन्य साहसी उदाहरण है, एक जाना पहचाना कॉमेडियन। उसके पास अपना प्लेन है और उसे उड़ना बहुत पसंद है। वो शौकिया पायलट भी है, इसलिए ज़ाहिर है कि ऐसे इंसान का मैसकौट भी उड़ान से सम्बंधित ही कोई चीज़ होगी। इनके पास अपने हाथ से बनाया हुआ, एयरप्लेन का एक छोटा मॉडल है। ये उसे अपने साथ हर जगह ले कर जाता है, चाहे फिर वो फ्लाइट हो या प्राइवेट प्लेन। यह हास्य अभिनेता अपने मैसकौट को संजो कर रखता है।

एक अन्य कॉमेडियन, जो अक्सर टी।वी। पर आता है, उसके लिए शुभ है माँ का दिया हुआ एक सिक्का। ''जब भी मैं किसी नये शो की शुरूआत करता हूँ, तो अपने कोट की जेब में माँ का दिया सिक्का ज़रूर रखता हूँ।'' ये कॉमेडियन भी बहुत सफल है।

हम ताबीजों की बात करें, इससे पहले मैं आपको कुछ और उदाहरण देना चाहूँगा। टीवी पर एक मशहूर कठपुतलीवाला एक शेर की कठपुतली के शुभ मानता है। उसके ज़रिये वो लाखों लोगों को हंसाने में कामयाब होता है। उसका कहना है, ''बहुत लोग मानते है कि यह शेर मेरे लिए शुभ हैं। और शायद ये किसी हद तक सच भी है। मेरे लिए लकी मैसकौट है मेरा नन्हा लैंप। इस शेर के किसी चाहने वाले से भेंट स्वरूप मिला ये पहला तोहफा था।'' वो आगे बताते हैं, ''ये मेरे पास मेरे पहले टी.वी. शो के बाद आया था। मैंने उस दिन टीवी पर कह दिया था कि इस शेर के पास अपना कमरा है और ये हमेशा अँधेरे में ही सोता है। उस

दिन के बाद से इसके पास अपना लैंप है। यह लैंप एक छोटी लड़की ने भेजा था, यह कह कर कि उसके पास यह लैंप होगा तो उसे फिर कभी अँधेरे में सोने की ज़रूरत नहीं पड़ेंगी।''

''जब भी हमारे किसी शो की बुकिंग आती है, तो मैं इस लैंप को शेर के साथ ले कर जाता हूँ और जब लोग स्टेज के पीछे मुझसे मिलने आते हैं, तो इस लैंप में बड़ी दिलचस्पी दिखाते हैं।''

शेर की मदद से इस आदमी ने बहुत सफलता और पैसे कमाए हैं। ऐसा लगता है जिसके पास भी अपना मैसकौट होता है, वह सफल होता है, है ना? देखिये, उनके पास कोई ऐसी चीज़ है जिस पर वो अपना ध्यान केन्द्रित करते हैं, इस विचार के साथ की ये वस्तु उनके लिए अच्छा भाग्य लाएगी। और ये विचार उनके अन्तर्मन को एक निर्देश के रूप में मिलता है।

एक कॉमेडियन ने स्टेज पर जब अपने मैसकौट का नाम बताया, तो एक औरत हँसते-हँसते अपनी कुर्सी से ही गिर पड़ी। ''मेरा मैसकौट है एक छोटा सा लकड़ी का मिकी माउस, जिसका एक पैर स्कूटर पर है। मुझे वो मूकाभिनय/साइलेंटएक्ट के दौरान तोहफे में मिला था। मैं जहां जाता हूँ, यह मेरे साथ जाता है। मैंने हमेशा इसे अपनी ड्रेसिंग टेबल पर रखता हूँ। इसे देख कर अक्सर लोगों के चेहरे पर मुस्कान आ जाती है। पर मुझे यकीन है की इससे मुझे भाग्य मिलता है, मेरे शो हमेशा फुल हाउस जाते हैं।''

मशहूर नाट्ट्य लेखक टेरैंस रटीगन की कलम में पारस पत्थर सा जादू है। उन्होंने बहुत से सफल नाटक और फिल्में लिखी है, और वो जानते हैं कि बहुत से पैसा होना कैसा होता है। टेरैंस अक्सर नाटक की पहली रात की पार्टी में खुलने वाली शैम्पेन के ढक्कन को संजो कर रख लेते हैं। इसी तरह मैं करोड़ों ऐसी हस्तियों की गिनती कर सकता हूँ, जो मैसस्कॉट में यकीन करते हैं, और बहुत भाग्यशाली हैं।

डब्लू। मैकक्वीन पोप, थिएटर के इतिहासकार थे। उन्होंने एक बार माना था कि उनके पूरे कोट में ऐसे मैस्कॉट भरे हुए हैं, जिनके बिना वो कहीं नहीं जाते थे। क्या बेजान चीज़ों में भी शक्ति होती है? सोचें तो नहीं, पी मशीनों के बारे में क्या कहा था हमने ? कोई एक इंसान मशीन को स्टार्ट नहीं कर पा रहा था, पर जैसे ही किसी दूसरे ने उससे प्यार के दो मीठे बोल बोले तो वो ठीक हो गयी। यही बात उस गाड़ी वाले पर भी लागू होती है, कुछ और लोगों पर भी ये बात लागू होगी। शायद जैसे मशीनों पर विचारों का असर होता है, मैस्कॉट के साथ भी कुछ ऐसा ही होता है।

कुछ लोग अंगूठियाँ भी पहनते हैं। एक जानी मानी हस्ती वह हीरे की अंगूठी पहनती है, जो उसके पिता ने उसे 21वें जन्मदिन पर दी थी। उसका मानना है कि अंगूठी उसके लिए भाग्य ले कर आती है।

ऐसी चीज़ को पहनना और फिर उस पर कोई आस्था न रखना, तो व्यर्थ ही बात होगी।

कार्डिनल वोलसी के पास, कहते हैं, एक जादुई अंगूठी थी। उसकी मदद से वो चर्च की धर्मसत्ता में ऊपर उठते गए। रूस का निकोलस की एक 'ट्रू क्रॉस' में आस्था थी, जिसे वह हमेशा अपने हाथ में रखता था। जिस दिन उसकी मौत हुई, ये क्रॉस उसके हाथ में नहीं था। एक टीवी स्टार, एक बड़ी टोपाज की अँगूठी पहनती है। वह बताती हैं, ''इसके पीछे एक कहानी है।'' वो छुट्टी मनाने मैयोरका गयी थी। वहाँ वह एक टोपाज अंगूठी तलाश रही थी। पर जितनी भी अंगूठियाँ थी सब बहुत बड़ी थी। दुकान के कोने में एक अंगूठी रखी थी, जिसे उसने अनदेखा ही कर दिया। पर फिर न जाने क्या सोच कर, वह वापस उस दुकान में गयी, उस अंगूठी को लिया और पाया कि वह उसके नाप की ही थी। दुकानदार ने कहा, ''ये रिंग आपकी किस्मत चमका देगी।''

ऐसा हुआ भी, उस अंगूठी को खरीदने के बाद उस अदाकारा को बहुत से अच्छे किरदार मिले।

जब उसके पिता-जी अचानक बीमार पड़े तो उसे लगा कि उसके भाग्य का भंडार ख़त्म हो गया है। पर जब वो अपनी अंगूठी पहनकर उनसें मिलने अस्पताल गयी, तब वह अचानक ठीक हो गए, यह इतना चमत्कारी था कि अस्पताल वालों ने उनका नाम ही रख दिया 'चमत्कारी व्यक्ति!

स्टेज और फिल्म अभिनेता एन टॉड के पास 'चार्मस' का कडा है, और वह उसे हमेशा अच्छे भाग्य के लिए पहनती है। रोसलिंड रसल वो कड़ा आज भी पहनती है जो उन्हें ब्रॉडवे के नाटक '*आंटी मामे*' के दौरान मिला था। ''यह गाय की घंटी सा बजता है। यह इतना भारी है कि इसे पहनकर मैं हलकी सी झुक जाती हूँ।'' इस ब्रेसलेट में लगे 'चार्मस' हैं: इत्र की बोतल, लिपस्टिक, फोन के कवर, सींटी, पर्स, पेंसिल व पुराना सिगार कटर। उसका मानना है कि ये सभी उसके लिए भाग्यशाली है। रसल याद करती है, ''मैंने वो ब्रेसलेट एक दोस्त के घर दावत पर पहन लिया। बाद में उस मित्र ने फोन कर के कहा, 'उम्मीद है कि खाने के दौरान बटलर का बार-बार अन्दर आना आपको बुरा नहीं लगा होगा। दरअसल जब भी आपका कंगन हिलता था, उसे लगता था घंटी बजी है और वो अन्दर आ जाता था।''

इतनी तकलीफों के बावजूद भी, रसल उस चार्म को अपने पास ही रखती हैं, और हम सब जानते है वह कितनी भाग्यशाली है।

सदियों से तिब्बत जा रहे लोगों को बताया जाता है कि तिब्बत परिवारों की समृद्धि का कारण एक तल्ली ताबीज़ है, जो पैसे को अपनी ओर खींचता है। वहाँ ताबीजों की रक्षा की जाती है। तल्ली पैसे के मामले में बहुत भाग्यशाली था, मिडास राजा की तरह जो

अपने स्पर्श से हर चीज़ को सोना बना देते थे। कहते हैं एक भारतीय राजा ने इस ताबीज़ के 250,000 डॉलर देने का प्रस्ताव रखा था, पर उसकी हंसी उड़ाई गयी। प्राचीन लोग ताबीजों की एहमियत जानते हैं। आप भी अपना ताबीज़ या चार्म चुन कर, ऐसा ही कर सकते हैं। उस पर प्यार और ध्यान केन्द्रित कर, उसे शक्तिशाली बनाएं। कितनी गहरी है आपकी आस्था ? एक बार आपने उसमें आस्था बाँध ली, तो वो आपके लिए अच्छा भाग्य ले कर आएगा। आप अपनी *आस्था* से अपने 'चार्म' को चुम्बकीय बना सकते हैं।

इतिहास बताता है कि ग्रीस और रोम के लोगों के लिए अंगूठियों की खासी एहमियत होती थी। किस्सा और कहानियों में भी अंगूठियों का ख़ास महतत्व बताया गया है।

जाने-माने लेखक फ्रैंक क्रू की एक साँप की अंगूठी में आस्था थी। उनसे पूछें, तो वो आपको बताएँगे कि साँप उपचार और बदलाव का प्रतीक है। कहा जाता है कि साँप के पास फिर जवान होने की शक्ति होती है, और अंगूठी पहनने वाले को भी ये शक्ति मिलती है।

ग्रीक धर्म के अनुसार एस्कलापियस, दवाइयों के भगवान थे। उनके लिए साँप और साँप के चिह्न का विशेष महत्व था। माना जाता है कि साँप औपचारिक जड़ी बूटियों को तलाश सकता है। यही कारण है कि रॉयल आर्मी मेडिकल कोर्स के चिह्न पर दो सांप बने हुए हैं।

साँप ज्ञान का भी प्रतीक है। फ्रैंक क्रू आपको याद दिलाएंगे कि एक लेखक के पास ज्ञान होना अनिवार्य है। ''तुम सांप जितने ज्ञानी बनो और चिड़िया जितने निष्कलंक।'' (मैट। एक्स। 16)

कहते हैं सांप हमें *भविष्य में देखने* की शक्ति देता है। क्या फ्रैंक भी भविष्य में देख सकता है? ये तो आप उन्हीं से पूछ सकते हैं। मैं फ्रैंक क्रू से केवल एक ही बार मिला हूँ, जब उसने मेरा स्टेज की पीछे इंटरव्यू लिया था। वो मुझे कुछ जानकारी देने की बजाय, मुझसे जानकारी ले रहे थे। पर मैं देख सकता था कि इस आदमी के पास इन्द्रिय नज़र है। और मैं ये बात उतनी ही सहजता से भाँप सकता हूँ, जितनी सहजता से कुछ लोगों से मिलते ही आपको एहसास होता है कि आप उन्हें पसंद नहीं करते। जब फ्रैंक की नज़र मेरे हाथ की अंगूठी पर पड़ी, तब उसने बताया कि उसके लिए साँप का क्या महत्व है। क्रू परिवार में कई सौ सालों से साँप का बहुत महत्व रहा है। फ्रैंक क्रू के परिवार का चिह्न है: एक ग्रे-हाउंड (कुत्ता) जिस पर एक साँप लिपटा हुआ है। चिह्न के नीचे लिखा है: '*इन अलटिओरा*', जिसका अर्थ होता है '*सबसे ऊँचा*'।

फ्रैंक के लिए ग्रे-हाउंड पर साँप की जीत उलल्लेखनीय है। इससे मुझे अपनी पहली बात याद आती है, मैसस्कॉट अथवा चार्म तभी सफल होते हैं, जब आप उस पर अपना

ध्यान केन्द्रित करें। फ्रैंक ने मुझे कुछ ही मिनटों में बता दिया कि वो इस बात को नहीं मानता कि चार्म लोगों के बिना प्रयास के सफल बनाते हैं। मैं उसके आदर्श और आकाँक्षाएं बहुत अच्छी तरह से समझ सकता हूँ। उन सब का सारांश उस चिह्न में दिखता है: '*सबसे ऊंचा*'।

हम सब के परिवारों का खानदानी चिह्न साँप भले ही न हो, और हम सब सांप की अंगूठियाँ भले ही न पहनें, पर हम सब किसी न किसी ताबीज़ को अपने गले से लगाकर रखते ही हैं।

अगर आपका भी कोई मैस्कॉट है, तो मैं सलाह दूंगा कि उस पर अपना ध्यान केन्द्रित कीजिये। किसी चीज़ को केवल अपने गले या जेब में डालकर, आप बेफिक्र हो कर नहीं बैठ सकते। मैं फिर बता दूँ, कि आपको उसमें आस्था रखनी ही होगी, आपको उसकी चुम्बकीय शक्ति में आस्था रखनी ही होगी। यह मत कहिए कि 'यह सोने की चाबी मेरे लिए सारे ताले खोल देगी', बल्कि यह कहिए कि 'इस सोने की चाबी के सहारे मैं सारे ताले खोल लूंगा।'' इस बारे में ध्यान से सोचिए। इस ख्याले को अपनी मुट्ठी में रखिए। चाहें तो इस अपने दिल के पास रखिए। जैसे चाहें वैसे अपने चार्म के अपने करीब रखिए, पर उसके बारे में जागरूक रहिए। मुझे लगता है कि फ्रैंक क्रू साँप के नाम पर, '*सबसे ऊंचा*... इस सिद्धांत पर अपना ध्यानक केन्द्रित करता है। इसी तरह आप भी अपने मैस्कॉट पर ध्यान दीजिए।

क्या आपको याद है, मैंने पिछले अध्याय में साधना के बारे में क्या कहा था ? अब मैंने आपको मैस्कॉट के बारे में भी बता दिया है। अब अपने एकांत कक्ष में जाइए, अपनी शुभ चीज़ के नज़रों के सामने रख, साधना कीजिए। आपके 'अंधविश्वास' के लिए जो आपका मज़ाक बनाते हैं, आप उन्हें नज़रंदाज़ करना सीख जायेंगे। आप जानते हैं कि 'अंधविश्वास' का कैसे इस्तेमाल करना है, वे नहीं जानते। आप दोनों में बस इतना ही अंतर है।

मैं हमेशा अपनी ऊँगली में एक राशिफलों के चिह्न की एक अंगूठी पहनता हूँ। ये सोने की अंगूठी हैं जिसमें राशि के सभी चिह्न जड़े हुए हैं। मेरे लिए ये बहुत ज़रूरी है और शुभ भी।

एक मशहूर महाराजा ने मुझसे ये अंगूठी खरीदनी चाहि थी, उन्हें लगा की इस अंगूठी से उन्हें मन की शान्ति मिल सकती है। मैंने बेचने से इन्कार कर दिया। कुछ ही दिनों बाद उस महाराजा ने आत्म-हत्या कर ली। चाहे कोई कितने भी पैसे दे दे मैं इस अंगूठी से एक भी दिन दूर नहीं रह सकता। इस अंगूठी में मेरे शरीर का चुम्बकत्व है। ये आभूषण से कहीं ज्यादा है। *ये मेरा हिस्सा है,* ये मैं हूँ। और मुझे इसमें *आस्था* है।

11 सही छाप का जादू

आप खोद रहे हैं। अगर पहले ही बार में फावड़ा धरती में चला जाए, तो आप फावड़ाभर कर मिट्टी निकालने में सफल हो जायेंगे। *पहली छाप का तगड़ा असर होता है।*

आप पूल में तैर रहे हैं, पहले धक्के में ही आप *आधा पूल कर जाते हैं। आप लिख रहे हैं। अगर आपने पहला पैराग्राफ अच्छा लिख दिया, तो आपकी कहानी अच्छी बन जाती है।*

पहली अच्छी छाप ने ही, अक्सर एक ज्ञानी व्यक्ति को उसके खजाने तक पहुंचाया है।

जब हम लोगों से सबसे पहले मिलते हैं, हमारे व्यक्तित्व से ज्याद प्रभाव हमारे कपड़े डालते हैं। जो हम पहनते हैं उससे अच्छा या बुरा प्रभाव पड़ता है और लोग हमारे चरित्र और जीवन-स्तर को नाप लेते हैं।

सही कपड़ों में ताकत होती है, उनमें शक्ति होती है। इसीलिए इंग्लैंड में लार्ड चीफ जस्टिस सर हमेशा घोड़े के बालों की सफेद विग पहनते हैं। इसीलिए उनके बदन पर जंगली जानवरों का फर लिपटा रहता है। *ये सब हमें प्रभावित करने के लिए है।*

यदि आप सफल होना चाहते हैं, *तो आपको दुनिया को अपनी महत्ता से प्रभावित करवाना होगा।* अधिकतर दुनिया आपको, आपके कपड़ों से ही जानती है, और उन्ही के अनुसार आप से बर्ताव करती है। यदि आपके कपड़े सुन्दर नहीं है। तो कोई यकीन नहीं करेगा कि आप में कोई जादू है। भद्दे कपड़ों से न केवल लापरवाही झलकती है, बल्कि एक दुखी और संगीन नजरिया भी ! एक जादूगर के रूप में आप चाहते है कि दुनिया आपको शानदार नज़रिए का स्वामी माने।

बस का कंडक्टर आपको टिकट देने से पहले, आपके कपड़ों से आपकी औकात भांप लेता है। रेलवे अधिकारी, थिएटर की खिड़की पर बैठे लोग, और वह लोग जो आपको नौकरी दे सकते हैं, सभी आपके कपड़ों से ही आपको जानते हैं।

क्या आप ऐसे व्यक्ति की तरह दिखते हैं, जो वह चाहता है उसे पा लेता है? क्या आप ऐसे व्यक्ति की तरह दिखते है जो जादू को समझता है?

क्या आपकी पत्नी सुन्दर कपड़े पहनती है? क्या उसके कपड़ों से आपकी समृद्धि झलकती है? एक आदमी की सफलता का सबसे अच्छा विज्ञापन है उसकी सजी-धजी बीवी।

दुनिया को इस बात से प्रभावित कीजिए कि *आपको केवल सबसे अच्छी चीज़ें पसंद हैं।*

अर्नाल्ड बेनेट ने कहा था, ''सबसे अच्छा, मेरे लिए काफी है। मुझे सबसे अच्छा दीजिए और मै संतुष्ट हो जाऊंगा।''

जब आप जान-बूझ कर जीवन में केवल सबसे अच्छे की मांग करते हैं और उसे पा भी लेते हैं, तो यह साबित होता है कि आप जादू की कला के महारथी बन गए हैं। आप मानसिक चित्रण करने के लिए तैयार है। आप अपने अन्तर्मन से बात करने के लिए उत्सुक हैं। और सबसे अच्छे का दावा करने से आपको अच्छी चीज़ों और लोगों की परख भी हो जाती है। *'सबसे अच्छा'* आपका चिह्न बन गया है। लोग आपको देखते हैं और फौरन समझ जाते हैं की आप जादू के रहस्य को जानते हैं।

एक मशहूर कॉमेडियन ने अपनी जीवनी में लिखा था:

''कभी ऐसा मत जताइये कि आप तंगी में हैं। जब गरीबी के मारे मेरे पेट में चूहे तांडव कर रहे थे, उन दिनों में भी मैं ऐसा जताया कि भाग्य मेरे साथ है। मैं हमेशा अच्छे कपड़ें पहनता था, जूते चमड़े के ही होते थे, कोट पर फर होता था और मेरी छड़ी का हैंडल चांदी का था। मैंने एक कार भी खरीदी, फिर चाहे उसके बाद मुझे भूखा ही क्यों न रहना पड़ा हो।''

यह आदमी जोकर था, पर बेवकूफ नहीं था। उसने अपनी किताब में लिखा, ''स्वयं का अच्छा प्रभाव छोड़िए। अपने काम की इतनी कीमत मांगिए जिस पर आपका साथी भी अचंभित रह जाए। क्योंकि एक कलाकार की तनख्वाह ही उसकी ख्याति बनाती है। अपने आने वाले कल में निरंतर ऐसी अटूट आस्था रखिए, जो किसी भी बुराई के आगे डगमगाए नहीं।''

जब वह हारा हुआ था। तब भी उसने दुनिया पर सफलता की छाप छोड़ी, इस छाप और स्वयं में उसकी आस्था ने मिलकर उसे दौलत और शौहरत दोनों से नवाज़ा।

मैं आपको एक डॉक्टर की कहानी सुनाता हूँ, जो तेज़ रफ्तार से तरक्की कर रहा है। उसने हाल ही में अपनी गाड़ी बेच कर, एक लिमोजीन खरीद ली।

उसके दोस्तों ने कहा वह फिजूल खर्च कर रहा था, उन्होंने कहा कि इस गाड़ी के तो रखरखाव का खर्चा ही 2000 डॉलर प्रति वर्ष है। पर कुछ ही दिनों बाद उस डॉक्टर ने देखा की गाड़ी ने अपना खर्चा खुद ही निकाल लिया था। वह सबसे अच्छी गाड़ी थी, इसीलिए उसका प्रभाव भी सबसे अच्छा पड़ता था।

इस शानदार गाड़ी में घूमने का सीधा नतीजा निकला कि डॉक्टर की प्रैक्टिस बढ़ गयी, और उस गाड़ी के पैसे वसूल हो गए। सभी के नज़रों में ये नयी गाड़ी उसकी नयी सफलता का प्रमाण थी।

ऐसी ही कहानी उस ब्रिटिश आदमी की भी है, जो हॉलीवुड से फिल्मों की कहानियाँ लिख कर लौटा था।

महीनों तक उसने अपनी कहानियां हाथ में लिए स्टूडियों के चक्कर काटे, पर हर बार उसे किसी न किसी बहाने से टाल दिया जाता।

उसका एक मित्र कुछ समय से हॉलीवुड में काम कर रहा था, उसने अपने इस दोस्त से अपने दुर्भाग्य का दुखड़ा बाँटा।

''तुम्हारे पास गाड़ी है?'' उसके दोस्त ने पूछा।

''नहीं, गाड़ी का इससे क्या वास्ता,'' ब्रिटिश लेखक ने पलट कर पूछा।

''गाड़ी खरीद और फिर देख,'' उसके दोस्त ने कहा।

अगले दिन उस लेखक ने उधार ले कर एक गाड़ी खरीद ली। उस दोपहर उसका एक और इंटरव्यू था और वो उसे देने अपनी गाड़ी में गया। उसे फौरन एंट्री मिल गयी और दो तीन कहानियों का कॉन्ट्रैक्ट भी मिल गया।

''जब तक गाड़ी में नहीं जाओ, हॉलीवुड में कोई तुम्हें देखता तक नहीं है,'' उसके मित्र ने बताया। ''जिसके पास गाड़ी न हो, उसे यहाँ के लोग असफल मानते हैं।''

ज़िन्दगी ऐसी ही है। ''जिसके पास है उसे ही मिलता है'' *इसीलिए ऐसा जताइए कि आपके पास भी है।* सफल दीखिए। ऐसा दिखिए जैसे कि आपको जादू चलाना आता है।

अस्पताल में एक मरीज़ थी जो चार साल से बिस्तर पर ही थी। उसे आखिरकार घर भेजने का फैसला लिया गया, क्योंकि किसी इलाज का उस पर कोई असर नहीं हो रहा था।

पर अस्पताल से जाने से पहले, लेडीज क्लब की सदस्यों ने उसे कुछ नए कपड़े भेंट किये। *इस भेंट का जादुई असर हुआ !* कुछ ही हफ्तों में वह महिला हंसती-खेलती अस्पताल

चल कर आई। नए कपड़ों की खुराक का था यह असर ये। उस महिला ने सफल महसूस किया।

सुन्दर कपड़ों की बहुत एहमियत होती है। हम उन्हें इसलिए पहनते हैं, जिससे हम सफल हों। मोर अपने पंख दूसरे मोरों को जलाने के लिए नहीं फैलाता और शेर भी अपनी खाल दूसरे को चिढ़ाने के लिए नहीं उगाता। रंगीन पर और धारीदार खाल प्रकृति का तरीका है, इन राजसीय जानवरों को भीड़ से अलग करने का, इनकी अच्छी छाप बनाने का। प्रकृति में शक्ति और शान साथ-साथ चलते हैं।

सफल बनने से पहले, सफल दिखना पड़ता है। अगर आपके पास कुछ नहीं है, तब भी ऐसा जताइए कि आपके पास पूरी दुनिया है, और वैसे ही कपड़े भी पहनिए।

'द मैन इन ड्रेस क्लोथस' नाम के नाटक में हीरो कहता, ''सब कुछ ले लो, मेरा बिस्तर भी ले लो, *पर मेरे कपड़े छोड़ दो।*'' वह ऐसा आदमी था जो हर चीज़ के बिना रह सकता है, अगर उसके पास उसके अच्छे कपड़े हो तो।

हर काम में अच्छा प्रभाव छोड़िए। कुछ भी ऐसा नहीं है जिसके तुम लायक नहीं हो, तुम जादूगर हो!

टोपियाँ? टोपी पहनते हो? वी।आई।पी। लोग हमेशा टोपियाँ पहनते हैं। प्रधान मंत्री मैकमिलन ने हज़ारों रूसी लोगों को अपनी टोपी से ही अचंभित कर दिया था। क्या अदभुत टोपी थी! लम्बी, सफेद फरवाली, सबसे अलग टोपी! 10 मिनट में उस टोपी ने रूस और ब्रिटेन के रिश्तों को इतना करीब ला दिया, जितना महीनों तक चलने वाले राजनीतिक सम्मेलन नहीं ला पाए।

जैसे ही मैकमिलन अपने हेलीकाप्टर से मास्को के हवाई अड्डे पर उतरे, सब का ध्यान फौरन उनकी टोपी पर गया। उनका स्वागत करने आये लोगों के कदम वहीं थम गए और प्रशंसा में लोगों के मुंह खुले के खुले रह गए।

मिस्टर खुशचेव ने मुस्कुराकर, भीड़ की ओर इशारा करते हुए कहा, *''वे कह रहे हैं कि आपकी टोपी कितनी सुन्दर है!''*

वह टोपी सबसे लम्बी नहीं थी। वह टोपी सबसे सफेद थी और छः फीट के मंत्री के सिर *पर वह अलग ही लग रही थी,* उस टोपी की वजह से मैकमिलन पूरे हवाईअड्डे में निराले दिख रहे थे।

मैकमिलन ने वह टोपी खरीदी कहाँ से ? उन्होंने उसे स्कैंडेनेविया में खरीदा था। रूसी डिजाईन था, पूरी तरह सफेद।

मशहूर साहित्यकार शॉ डेस्मंड, हमेशा एक हरी रेशमी टोपी पहनते थे। उनके सफेद बालों पर वो दिखती भी बहुत अच्छी थी और जहां भी वो जाते उनकी टोपी की तारीफ़ होती थी। शॉ डेस्मंड खाते सफल थे। और उनकी टोपी शानदार थी।

टोपियों से चरित्र का पता चलता है। क्वीन मैरी की टोपी, मोंटी की मैडलों से सजी टोपी, और मौरिस शेवलिएर की स्ट्रॉ हैट? इन सब टोपियों से रूतबा झलकता है, जैसे कि पंडित की टोपी, सरपंच की पगड़ी और राजा का ताज ! ये सब टोपियाँ नैतिक खूबियों को दर्शाती है। गाँधी की टोपी को ले लीजिए, टोपियाँ राजनीतिक रवैया भी दर्शाती है।

अगर टोपी जादू जगाए, तब भी आप टोपी नहीं पहनना चाहेगी? तो फिर मैं सलाह दूंगा की आप अपने लिए एक गेट वेल सून कार्ड खरीद ले। आप बीमार है, और जब तक ठीक नहीं हो जाते आप जादू नहीं चला पायेंगे।

सोने में भी जादू होता है ! इस बात में कोई शक नहीं है।

इस गर्मी के मौसम में औरतें *सोने* से चमकती सफेद सेंडल पहन कर निकली थीं, *सोना* सफलता का प्रतीक होता है। सर्दियों में बूट्स फैशन में आ गए हैं, पर फिर भी आप चाहें तो रुसी डिजाईन के सुनहरे जूते पहन सकते हैं। वे मँहगे नहीं आते, क्योंकि *सोने* का असली होना ज़रूरी नहीं है।

सुनहरे रंग के लैंप, सुनहरी कुर्सियां, प्लेटें, कास्सेरोल, कप ! मैंने तो एक घर की छत पर भी चमकता *सोने* का डिजाईन देखा था। सब कुछ सुनहरा हो बहुत अद्भुत लगता है, जैसे कि पारस पत्थर का जादू चल गया हो। इन सबसे विलासता का प्रभाव पड़ता है।

जब मशहूर अर्ल ब्लैकवेल अपने घर से दफ्तर निकलते हैं, तब वो सोने से लदे हुए होते हैं और एक शानदार कविता की तरह दिखते हैं।

उनकी पतलून पर एक सुनहरी बेल्ट होती है। उनकी शर्ट पर सुनहरे कफ लिंक होते हैं, उनकी सिगरेट *सोने* के डब्बे में होती है। उनकी जेब में रखे पैसे भी *सोने* के क्लिप से बंधे रहते हैं। ब्लैकवेल बहुत सफल है। यदि आप उनसे उनका पेन मांगे, तो देखेंगे कि उनकी कलम पर भी *सोने* के अक्षरों में उनका नाम लिखा है। *सोने* के ये सभी आभूषण उन्हें तोहफे में मिले हैं। अच्छा मनोविज्ञान है ये ! अपने अन्तर्मन से बात कीजिए और अपने लिए भी कुछ *सोने* की भेंटे मांग लीजिए।

फिल्मी स्टार एन्थॉनी स्टील *सोने* का ब्रेसलेट पहनता है, उसकी उँगलियों पर भी *सोना* होता है। सब तोहफे हैं। *सोने* में कुछ बहुत जादुई होता है। इससे सही प्रभाव पड़ता है, धन का प्रभाव। अपने और अपने मौहौल में बहुत सा *सोना* जुटाने पर अपना ध्यान केन्द्रित

कीजिए। मैंने सफेद मलमल के तकिये देखे हैं जिनके कोने पर सुनहरा डिजाईन होता है, सुनहरी कढ़ाई वाले मशीनों के कवर भी होते हैं। ऐसे सफेद ड्रेसिंग गाउन भी आते हैं, जिन पर सुनहरा डिजाईन होता है। छोटी-छोटी चीज़ें जिनसे इतना कुछ व्यक्त होता है। *सोना सोने* को खींचता है। एड्डी कालवेर्ट के पास एक *सोने* की ट्रमपेट है और एक *सोने* की डिस्क है, और वो एक बहुत समृद्ध आदमी है। जब भी कोई सुनहरी ट्रमपेट वाले आदमी की बात करता है, हम सब जान जानते हैं कि एड्डी की बात हो रही है। यह उनका ट्रेड मार्क है और यकीनन बहुत अच्छा ट्रेड मार्क है।

विज्ञापन देने वाले भी आपको प्रभावित करने के लिए *सोने* का इस्तेमाल करते हैं। '*सोने* की सड़के हैं यहाँ' यह कहावत वहीं से आती है। यह सब लोगों पर अच्छा प्रभाव डालता है: संपत्ति का प्रभाव।

इसलिए कुछ सुनहरा ज़रूर ले लीजिए, चाहे वो असली *सोने* का न भी हो। जब आप पूरी तरह से जादूगर बन जायेंगे, तब असली सोना भी आ जाएगा। *सफेद* रंग से भी हमेशा अच्छा प्रभाव पड़ता है। चांदनी, हंस, चमेली इत्यादि ये सब *सफेद* रंग के होते हैं। *सफेद* से भी विलासता झलकती है। अपने घर में झक *सफेद* चादरें, *सफेद* फूल और *सफेद* मोमबत्तियां सजाइए। डगलस फेयरबैंक्स जूनियर के घर में मूल रंग *सफेद* ही है, *सफेद* दीवारें, *सफेद* लक्ड़ी की अलमारियां और *सफेद* दरी। एक बहुत मशहूर फिल्म अभिनेता गर्मियों में एक *सफेद* सूट में एक *सफेद* कुत्ते के साथ घूमता है। *सफेद* घर, *सफेद गाड़ी* ये सब उसकी सफलता का ट्रेड मार्क है। इस बारे में सोचिए और कुछ कीजिए।

जवाहरात से भी प्रभावित कीजिए। रुमानी लेखकों की रानी को ही ले लीजिए। आपको अपने पांच एकड के फार्म में घूमने के लिए वो अपने सारे जवाहरात पहनती है। उन्हें स्लैकस से नफरत हैं, उनकी नज़र उन्हें इस तरह सजा हुआ देखना, दूसरों के लिए भी अच्छा है। उनके इस विचार के सामने मैं नत-मस्तक हूँ ! वो बहुत अद्‌भुत प्रभाव डालती है, और उससे दूसरों का भी भला होता है। हम सब के पास असली जवाहरात होना ही चाहिए।

अगर एक आदमी के पास बहुत सारे सूट नहीं हैं, तो वो अपने अन्य कपड़ों से भी अच्छा प्रभाव डाल सकता है। बौ ब्रुम्मेल्ल को वेस्ट बहुत पसंद थे, उनका पसंदीदा वेस्ट जवाहरात से जड़ा हुआ था। उनके कोट मलमल के कपड़े से बने होते थे।

मलमल भी सफलता का प्रतीक है। एक औरत ट्वीड में भी अच्छी लग सकती है, परन्तु मलमल में वो दिलकश दिखती है। मलमल और साटन विलासता का प्रतीक हैं। एक मलमल की जैकेट पहना आदमी समृद्ध दिखता है। आपकी ड्रेस के कपड़े से भी बहुत कुछ झलकता

है, यदि आप प्रभाव डालना चाहते हैं तो इस बात का ध्यान रखिए। मलमल या साटन के सूट में तो आप नहीं घूम सकते, पर आप रेशम की शर्ट तो खरीद ही सकते हैं। बेवर्ली निकोलस के पास एक बहुत खूबसूरत गाउन है जो वो लिखते समय पहनते हैं। जब दरवाज़े पर कोई आता है, तो क्या आप भाग कहीं छिप जाते हैं? अगर आप अच्छे से तैयार हो, तो किसी भी मिलने वाले का शान से स्वागत कर सकते हैं। यह ज़रूरी है कि आप लोगों को प्रभावित करें, आपका भाग्य इस पर भी निर्भर करता है कि दूसरे आपके बारे में क्या सोचते हैं।

'गोन विथ द विंड' फिल्म में एक मशहूर सीन है जिसमें गरीब स्कारलेट ओ हारा, हीरो के सामने ऐसा जताती है कि वह मलमल और मोतियों से सजी एक मेमसाब है।

उसकी खूबसूरती से नायक इतना प्रभावित होता है, कि वो लगभग सफल भी हो जाती है! पर जब हीरो ने उसके हाथ चूमने चाहे, तो उसके टूटे नाख़ून और रूखे हाथ उसकी पोल खोल देते हैं।

इस कहानी की सीख है: हमारे चेहरे और कपड़ों से ज्यादा, हमारे हाथ हमारे चरित्र के बारे में बताते हैं। क्या आपको अपने हाथों पर गर्व है? क्या आप उन पर ध्यान देते हैं? मन को पढ़ने वाले के तौर पर मैं एक व्यक्ति के हाथ देख कर, उसके बारे में बहुत कुछ बता सकता हूँ। जब आप बात करते हैं तब आपके हाथ के इशारे बहुत मायने रखते हैं, फ्रांसीसी और इटालियन लोग अपने हाथों के इशारों से अक्सर प्रभावित करते हैं।

अपने हाथों से अपनी कहानी बयाँ कीजिए, अपने रुतबे और सफलता की कहानी।

आप जादू करना चाहते हैं? तो जादूगर का रोल निभाइए ना। जो कहता है की वो जादू कर सकता है, यदि लोगों को वो भद्दे से कपड़ों में गोभी खरीदता दिखे, तो खामखा ही लोगों का मोह भंग हो जाएगा। ऐसा आदमी उतना ही दिलकश लगता है, जितने की कपड़े धोती कोई औरत या फिर बगीचे में मेहनत करता कोई आदमी।

आपको 'लार्जर देंन लाइफ' यानी रोज़मर्रा के जीवन से विशाल बनना होगा। पड़ोस में रहने वाले आदमी या औरत से आपको अलग बनना होगा। भीड़ भरी बस आपके लिए नहीं है ! बिना संन्यास लिए, आपको सबसे अलग रहना होगा। आपका व्यक्तित्व ख़ास होना चाहिए। जो व्यक्ति एक चालाक जादूगर बनने वाले हैं, वो नीरस से व्यक्तित्व का कैसे हो सकता है? आपसे उम्मीद की जाती है कि आप अलग दिखें। आपको सबके लिए एक उदहारण बनना होगा। आपको देख कर सब का मन करे कि काश उनके पास भी आप जैसा जादुई मन होता और ऐसा आप तभी कर सकते हैं, जब जादूगर के किरदार को पूरी तरह से निभाँए। आप सीख रहे है ! इस किताब को ख़त्म करने तक आप पूरी तरह सीख जायेंगे।

आप में वह सितारों वाली खूबी स्वत: ही आ जाएगी। आपकी आभा ऐसी होगी जैसी उन लोगों की होती है, जिनके पास स्विमिंग पूल, बड़ी कारें, जहाज़ इत्यादि होते हैं। आपको बस स्वयं को सही बैकग्राउंड देना है। कुछ ऐसा जिसे देख कर लोगों की तरफ से शानदार प्रतिक्रिया आए। आम भीड़ से हट कर चलिए। मांगिये, 'डिमाडिंग' बनिए।

क्या आप जिंदादिल है? क्या आप जीवंत हैं? मेरा मतलब, यदि आप स्वयं को संभाल कर, एक बार इस किताब की सलाह पर अमल करेंगे तो आप जगमगा उठेंगे, आप समृद्ध बनेंगे। आप अव्वल दर्जे के जादूगर बनेंगे।

एक पुरानी कहानी है, एक बूढे आदमी को बेहोशी की हालत में गटर से उठाया गया और उसे एक 'ड्यूक' (अंग्रेजी राजसी सत्ता प्रणाली का ठाकुर) के घर ले जाया गया।

उसे ड्यूक के बिस्तर पर लिटाया गया और उसकी ड्यूक जैसी ही सेवा की गयी। जब उसे होश आया, तो उस आदमी ने विरोध किया, कहा कि मैं केवल एक साधारण आदमी हूँ।

परन्तु उसके पुरजोरविरोध के बावजूद, आस-पास के लोग उसे ड्यूक का दर्जा देते रहे।

फिर क्या हुआ? कुछ समय बाद ये आदमी मानने लगा कि वह सचमुच ड्यूक है, और आम शराबी होने की यादें अवश्य ही उसका मतिभ्रम होंगी।

जैसे ही वो इस नतीजे पर पहुंचा, उसने राजसी ढंग अपना लिया। उसकी बोली भी राजसी हो गयी। अब उसके लक्षण गटर के आदमी जैसे नहीं रहे, अब वह ठाकुरों जैसे उठने-बैठने लगा था।

आपके साथ भी ऐसा ही होगा। आप सोचते है कि आप आम हैं। पर यदि आप आम होते, तो कभी ये किताब नहीं खरीदते। आप में कुछ है जिसे *पता है* कि आप जादूगर है, और उस कुछ ने ही आपको यह किताब खरीदने के लिए प्रेरित किया है। एक बार आपको इस बात का एहसास हो जाए कि आप सच में जादूगर हैं, आप भी मानने लगेंगे कि आम आदमी होने की यादें बस मतिभ्रम थी। आप जादूगर जैसे रहने लगेंगे, आप सिर उठा कर चलेंगे और जानेंगे कि इन सब लोगों के बीच एक आप ही है, *जो जादू चलाना जानते हैं।*

एक सज्जन एक बहुत बड़े होटल में रह रहे थे, और उनके पास सही इंसान के लिए एक बहुत अच्छी नौकरी का प्रस्ताव था। जिस आदमी को वह नौकरी चाहिए थी, उसने उनके विज्ञापन का उत्तर नहीं दिया। उसने कुछ पैसे और कपड़े उधार ले कर अपने लिए उसी होटल में कमरा बुक कराया। उसका मकसद था उस आदमी से मिलना और वह नौकरी पा लेना। उसने ऐसा *किया भी*! उस आदमी ने सही समय, सही जगह पर पहुँच कर अपने मन के जादू को जगाया और वो काम भी कर गया।

एक दूसरे आदमी ने ऐसी ही अच्छी तनख्वाह वाली, अच्छी नौकरी को धोखे से हासिल किया। जिस पद के लिए वो इंटरव्यू दे रहा था, उस पद पर बैठे आदमी का काम होता हैं लोगों की अच्छी खातिरदारी करना। इस आदमी के एक दोस्त के पास एक खूबसूरत घर और नौकर-चाकर थे। उससे एक दिन के लिए, अपने मित्र का घर और नौकर उधार मांग लिए। जब उसका भावी बॉस यह देखने के लिए आया कि इस आदमी को खातिरदारी करने आता है या नहीं, तब उसने वो खूबसूरत घर और नौकर देखे और झट से उसे नौकरी दे दी। यदि आपके आस-पास का माहौल अवसरों के लिए उपयुक्त नहीं है, तो आप भी किसी बड़े होटल में रहने जाइए या फिर किसी दोस्त का घर उधार मांग लीजिए, कुछ भी कीजिए जिससे जादू चल जाए। कुछ भी कीजिए, पर लोगों को प्रभावित अवश्य कीरिए।

आप सोच रहे हैं, अल कुरान के बारे में क्या? मुझे अक्सर लोगों ने टी.वी. पर *मलमल* की जेकिट पहने हुए देखा है। और मेरे *सुनहरे* खज़ाने में शामिल है, मेरा *सुनहरे किनारों वाला* सिगरेट केस। पर मेरा सबसे बड़ा खजाना जादूगरों के क्लब से मिला वह सोने का मैडल है, जो मैंने सोलह साल की उम्र में जीता था। मैडल जीतने वाला मैं सबसे छोटा जादूगर था। नीचे एक अखबार का लेख है, तारीख है मई 29, 1954।

अल कुरान कहते हैं कि आज वह टी.वी. पर कुछ ऐसा करेंगे जो पहले कभी नहीं किया गया है।

"आज कोई भविष्यवाणी नहीं, आज कोई दौड़ के नतीज़ों का अनुमान नहीं !" अल ने कहा। जब उनसे हमने कुछ और जानना चाहा, तो जवाब मिला, "आप इसे एप्लाइड मनोविज्ञान कह सकते हैं।"

"तो अब इसे वही बुलाएँगे। अपने जून में आने वाले शो में अल कुरआन कुछ नए, बेहतर और बाड़ करने वाले हैं और मेरे अंदाज़े से इसमें अल्तान्टिक पार का थोड़ा मनोविज्ञान भी शामिल होगा।

इस व्यंग्य करने वाले जादूगर के शब्दों में कहे तो, "आनेवाला कारनामा नामुमकिन है!"

अब कृपा करके एक और अखबार की खबर पर नज़र डालिए। इस बार तारिख है। अगस्त 6, 1954:

"चाहे आप मन को पढ़ने की विद्या में यकीन करते हो या नहीं... आपको मानना पड़ेगा की अल कुरान हैं बहुत चालाक ! ये आदमी नामुमकिन को मुमकिन बना देता है... और वो भी तेज़ और सटीक तरीके से!"

12 हंसी का जादू

सर थॉमस लिप्टन के शब्दः ''यदि आप लोगों को अपनी ओर खींचना चाहते हैं, उन्हें *हँसाइए।*'' लिप्ट की देश में कोई सौ दुकान हुआ करती थी और हर दुकान में दो शीशे होते थे, अवतल और उत्तल/मोटा दिखनेवाला और पतला दिखने वाला। नतीजा क्या होता था? लोग जब अन्दर जाते थे तो अपनी लम्बी, पतली, मुखभरी शक्लें देखते थे। और जब बाहर आते थे तो छोटी, मोटी और खुश छवि देखते थे... *हँसते हुए!*

अब ये मनोविज्ञान का अदभुत प्रयोग है। कई सौ लोग दुकानों में खरीदारी के लिए जाते और हँसते हुए बाहर आते। थोड़ा सा पागलपन लगता है, पर चीज़ें बेचने का ये कमाल का आइडिया है। *लोगों को हँसा कर,* लिप्टन उन्हें अपनी ओर खींच रहा था। आप भी ऐसा कर सकते हैं।

एला व्हीलर विलकॉक्स ने लिखा थाः *''हँसिए और दुनिया आपके साथ हँसेगी।''* वह जानती थी कि वो क्या लिख रही है।

लोग हँसना तो चाहते हैं, पर वो पूरी तरह मस्त होने से कतराते हैं। क्या आपने कभी होटल में किसी अनजान व्यक्ति को देख कर मुस्कान दी है? शायद नहीं। आप कुछ ज़्यादा ही अपनी दुनिया में चले गए हैं। यदि जल्द बाहर नहीं निकले, तो संभव है कि कभी बाहर नहीं आ पायेंगे। आप भूल गए हैं कि आज़ाद महसूस करना क्या होता है। इस बंधन को तोड़ दीजिये, जो आप को जीवन के आनंद से दूर रखता है। मैं कुछ रात पहले यूँ ही हंसी-ठठा

कर रहा था और किसी ने कहा, ''पता है जंग के बाद आज हमने पहली बार इतना एन्जॉय किया है। ''क्या आप ने कभी इससे ज़्यादा दु:ख की बात सुनी है?

किसी-किसी जगह बहुत बारिश होती है। लोग शिकायत करते हैं, चिढ़ जाते हैं। भला क्यूँ? मेरी ज़िन्दगी के कुछ सबसे खुशनुमा पल बारिश में बीते हैं, *बारिश में हँसते* हुए। बच्चे तो बारिश से दूर नहीं भागते, वो तो वही कीचड़ में खेलते है और हंसते हैं। मैं एक छोटे लड़के को जानता हूँ, जब भी बारिश की बूँदें कार की छत पर तबला बजाने लगती हैं, ये लड़का सुबह-सुबह बिस्तर से उठ कर, गीली घांस पर दौड़ने चला देता है। जब उसके पिता को एहसास होता है की वो घर में नहीं हैं, तो वो बाहर आ कर उससे पूछते है, ''शैतान लड़के, बारिश में इस तरह से अपने पजामों में बाहर घूम रहे हो!'' लड़के ने मुस्कुराते हुए पिता की ओर देखता है और कहता है, ''मैंने टोपी तो पहनी है ना !'' इस बात वो दोनों ही हंस पड़े।

बहुत बार लोग कोई हास्य शो देख कर कहते हैं, ''इतना हंस कर मुझे बहुत बेहतर लग रहा है।'' और सच है, वो लोग बेहतर महसूस करते हैं।

हंसना एक टॉनिक है। निरंतर आनंद हमें सर उठा के जीने में मदद करता है, और बुरे वक़्त में हमें संतुलित रखता है।

खून-खराबे के बीच कैसे सिपाही दिन प्रति दिन मैदान पर लौटते रहते हैं ? नाविक महीनों जहाज़ पर, ज़मीन से कई सौ मील दूर रहने पर भी अपना मानसिक संतुलन कैसे बनाये रखते हैं? वो *हँसते* हैं ! दोस्तों का मस्ती भरा साथ उन्हें टूटने नहीं देता। वो ज़िन्दगी की त्रासदी का मज़ाक बनाते हैं। मैं जानता हूँ कि आप समझ रहे हैं, मैं किस किस्म की हंसी की बात कर रहा हूँ। ज़ोरदार, जिंदादिल, गूंजती हुई हंसी, जिसमें नफरत नहीं केवल प्यार होता है। हंसी जो इतनी जीवंत होती है कि किसी भी आदमी या औरत के नकारात्मक विचारों को ख़त्म कर सकती है।

जब मैं स्टेज या टीवी पर जादू करता हूँ, तब मैं संगीन चेहरे के साथ नहीं जाता। मैं मुस्कुराता हूँ। मैं हंसता हूँ। मैं खुश होता हूँ। हंसी जादू का अहम् अंग है। हंसी आपको एक अलग आयाम पर पहुंचा देती है, ये आपको चुम्बकिय बनने में मदद करती है।

जादू और प्रफुल्लता साथ-साथ चलते हैं। जब आपके पास एक है, तो दूसरा भी है। जब आप जादू चलाते है, तब आप खुश होते हैं। जब आप खुश होते हैं, आप जादू चलाते हैं। ख़ुशी और जादू हाथ में हाथ डाल कर जो चलते हैं!

एक दिन एक छोटे लड़के ने मुझे हंसा दिया। उसे हाल ही में लार्डस प्रेयर (इसामसीह

की आरती) कहना सिखाया गया था, तो मेरे मित्रों ने उसे प्रोत्साहित किया कि अपने माता पिता के लिए एक प्रार्थना कहे।

उस लड़के ने कहा: "हे भगवान, प्लीज मेरे मम्मी, डैडी और पीटर अंकल का ध्यान रखना, और अपना भी ध्यान रखना... क्यूँकि आप को कुछ हो गया, तो हम सब डूब ही जायेंगे!"

एक परचून की दुकान पर सेल लगी थी, वहां मैंने देखा कि एक औरत को खरीदारी करने में तकलीफ हो रही है। उसके साथ उसकी छोटी बेटी थी, जो बार-बार अपनी माँ की स्कर्ट खींच रही थी।

अचानक उस परेशान औरत ने धीरे से कहा, *"अच्छा मैरी, अब शांत हो जाओ, ज़्यादा उत्तेजित मत हो!"*

दुकान में काम करने वाले ने उस औरत को उसके मनोवैज्ञानिकरवैये पर बधाई दी।

फिर मुस्कुराते हुए, उसने बच्ची से कहा, "तो तुम्हारा नाम मैरी है?"

माँ ने जवाब दिया, "अरे नहीं, इसका नाम तो जिल है। मैं हूँ मैरी।"

और वो दोनों ज़ोर-ज़ोर से हंसने लगे।

वो औरत सच-मुच मनोवैज्ञानिक थी, उसने सही समय पर स्वयं को सही सलाह दी।

आपको युरी गेगरीन याद है? उसने सबसे पहले ब्रह्मांड पर विजय प्राप्त की थी और सभी लोग उसके दीवाने हो गए थे। युरी का एक अंदाज़ है, जब वो आपके साथ होता है तो अपना ध्यान पूरी तरह आप पर ही केन्द्रित करता है, किसी और के इंतज़ार में नज़रें इधर-उधर नहीं दौड़ाता। अपनी इसी खूबसूरत मुस्कान से उसने सबको अपना दीवाना बना लिया है।

नोएल कोवार्ड अदभुत हास्यवृत्ति के स्वामी थे।, उसने एक बार कुछ लोगों को तार भेजा, जिनके साथ वो गाँव में रहने वाला था। ये सुनिश्चित करने के लिए की ये अनजान लोग, उसे लेने निर्धारित समय पर स्टेशन आ जायेंगे, उसने लिखा: *"12/30 बजे की ट्रेन से फीके ग्रे रंग के कपड़ों में बहुत ही सुन्दर आदमी आ रहा है।"*

कितना हँसे होंगे वो लोग!

हंसना आपका हक भी है और कर्तव्य भी। हंसी का जादू मानवता के सभी दुखों का अंत करता है। वो आपके मन के जादू को जगाता है, और दूसरे के मन में भी जादू जगाता है।

गब्रिएल ड'अन्नुन्जियो हमेशा अपने साथ एक बुद्ध की प्रतिमा रखते थे, उस पर लिखा था: "मुझे कोई फ़र्क नहीं पड़ता।" जब भी उनके वरिष्ठ अधिकारी उन्हें गुस्सा दिलाते थे,

और शिष्टाचार के कारण गब्रिएल सीधे विरोध नहीं कर सकते थे, वो जवाब में चुप-चाप अपनी बुद्ध की प्रतिमा बाहर रख देते थे और मन ही मन हंस लेते थे।

''मुझे कोई फ़र्क नहीं पड़ता।'' ये ख्याल ड'अन्नुन्जियो के दिल और मैस्कॉट दोनों पर गुदा हुआ था। यदि आपने यूरोप की इस सबसे खूबसूरत हस्ती के बारे में पढ़ा है, तो आप इस शानदार आदमी की ऊर्जा के बारे में जान कर इसकी प्रशंसा में हंसने लगेंगे।

वाल्ट डिज़नी ने गाना लिखा। 'हु इस अफ्रेड ऑफ द बिग बैड वुल्फ' और इन्हीं पक्तीयों के दम डिज़्नी ने अपनी पूरी जायदाद कमा ली ! सिर्फ़ इसलिए क्योंकि उस धुन में एक हंसता हुआ फलसफा था। लोगों को वो गाना पसंद आया, और उसे गुनगुनाना और भी अच्छा लगा।

चार्ल्स प्रथम जब मरने का इंतज़ार कर रहे थे, तब उन्होंने प्रार्थना की कि उनकी बिल्लियों को उनके कमरे में छोड़ दिया जाए, ताकि वो उनकी हरकतों पर हंस सके। हास्यवृत्ति हमें साहसी बनाती है।

हर रोज़ आप कुछ लोगों से मिलते है, कुछ के चेहरे उखड़े रहते हैं और दूसरों की मुस्कान कभी हटती ही नहीं।

जब वो लोग पास से गुज़रते हैं, तो मुमकिन है कि आप बस या ट्रेन पर हो। मुमकिन है कि आप उन लोगों को फिर कभी नहीं देखें।

जिन लोगों के भाव मृत होते, वो हँसते नहीं न ही मुस्कुराते हैं।

ऐसे लोगों को आप एक नज़र भर भी नहीं देखेंगे। पर दिन के व्यस्त पलों में भी आपको वो अनजान चेहरे याद आजायेंगे जो हंस रहे थे।

मैं अक्सर सोचता हूँ लोग मुझे मंत्रमुग्ध क्यूँ करते हैं, हर बार उनके आकर्षण का सबसे बड़ा कारण निकलता है उनकी मुस्कान या हंसी।

अचानक उनके होठ मुस्कुरा देते हैं, उनके गाल गोल हो जाते हैं, और उनके प्यारे से दांत दिखने लगते हैं और फिर धीरे-धीरे वो मुस्कान चली जाती है। पर मुस्कराहट के जाने के बाद भी उनके चेहरे पर उसकी एक छाँव सी रह जाती है; जैसे की सूरज डूबने के बाद की गुलाबी शाम होती है।

जिन लोगों ने मुझे आज तक आकर्षित किया है, उन सभी की मुस्कान ऐसी ही थी।

बड़ी मुस्कान बड़े मुंह से आती है, और छोटे होंठों से नन्ही सी मुस्कान निकलती है, शर्माती हुई मुस्कान, दुखी मुस्कान और कुछ शरारती मुस्कानें।

आपकी मुस्कान कैसी है? लोगों का दिल जीत लेती है या दोस्तीहार जाती है? जीतने

वाली मुस्कान आपके जीवन में जादू ले कर आती है। हम सब जानते हैं कि एक प्यारी मुस्कान के पीछे एक प्यारी रूह है। मुस्कान भीतरी सुन्दरता का बाहरी संकेत होती है। किसी के आँखें भूल जाने के बाद भी, उसकी मुस्कान याद रहती है।

एक खूबसूरत मुस्कान या ठहाके वाली हंसी के आगे टिकने की किसी की ताकत नहीं होती। कोई उनसे बच नहीं सकता। उनकी शक्ति जादू की तरह फैलती है। बहुत लोग होते हैं जो केवल होंठों से ही मुस्कुराते हैं, उनकी आँखें हमेशा भावशून्य रहती हैं। बिना सजावट के सलाद जैसी होती हैं ये मशीनी मुस्कराहट। ये खाली मुस्कान होती है, इनमें से कोई ऊर्जा नहीं निकलती। इनका कोई मतलब भी नहीं होता।

हंसी से दुनिया चलती है। मुस्कुराहटें बूढ़ों को जवान रखती हैं, जवान लोगों को सेहतमंद रखती हैं, सेहतमंद लोगों की बांछे खिला देती है और मोटे लोगों को हंसमुख होने की पहचान दिलाती है, डॉक्टर को दूर रखती हैं, फीकी ज़िन्दगी में सुनहरे रंग बिखेर देती है, घमंड कम करती है, विनम्र को ऊपर उठाती है, बेतु के वर्गीकरण को ख़त्म कर इंसानियत को एक समान बनाती हैं, हर चीज़ को सही नज़रिए से दिखाती है और जादू चलाती है।

न्यू यॉर्क के मनोवैज्ञानिक डॉ मुर्रे बैंक्स का आदर्श है: *हंस-हंस कर अपनी परेशानियों को दूर भगा दो।*

वो कहते हैं, "*हंसी इस आधुनिक जीवन के बन्धनों को खोल देती है। यदि आप हंस सकते हैं तो आप मानसिक रूप से स्वस्थ है, मानसिक रूप से बीमार लोग हंस नहीं सकते।*"

डॉ. बैक्स ने डॉक्टरी छोड़ स्टेज पर जा कर लोगों को हंसाने का निर्णय लिया। हंसना आपको ज़िन्दगी जीने की उमंग देता है और आपकी उम्र लम्बी करता है। जन स्वास्थ्य अधिकारियों ने हाल ही में कुछ भीषण बीमारियों से मरने वालों पर शोध किया। उन्होंने पाया जो लोग दुनिया की परवाह नहीं करते और हँसते हैं, वो इन बीमारियों से बच जाते हैं।

एक स्वास्थ्य अधिकारी ने कहा, "मैं इस बात को ले कर आश्वस्त हूँ। जो आदमी या औरत हंस सकते हैं और अपनी चिंता को कुँए में फैंक सकते हैं, वो ज़िन्दगी के मज़े उठाते हैं और ज़्यादा जीते हैं।"

बहुत से देशों के स्वास्थ्य अधिकारी इस तथ्य का समर्थन करते हैं।

व्यंगकार केन रोबर्ट्स जब भी स्टेज पर आते हैं, हॉल भर जाता है। वो जानते हैं कि लाइम लाइट में आते ही, किस प्रकार ज़ोर-ज़ोर से हंसना और हँसाना शुरू करना है।

क्या है जो उन्हें इतना सफल, इतना जगमग बनाता है ? *हंसी !* वो कहते हैं, "ज़िन्दगी हमें जीने के लिए मिली है ! मेरा राज़ है कि मेरे लिए ख़ुशी का अर्थ है 'अभी'। मैं इस

विचार में इतनी आस्था रखता हूँ कि कोशिश करता हूँ सभी इसके बारे में जानें। हंसी में एक युवा ऊर्जा होती है।''

हंसी सकारात्मक होती है। हँसते रहेंगे तो आपका मन शांत और स्वास्थ रहेगा। शरीर फौरन प्रतिक्रिया देता है। लोगों से बदला लेने की भावना रखना जानलेवा साबित होता है।

बहुत से लोग चाहते हैं कि उनका फॅमिली डॉक्टर उनके पड़ोस में ही रहे ताकि वो समय-समय पर उसे घर बुला सकें। यदि आप खूब हँसेंगे तो फिर किसी डॉक्टर की ज़रूरत नहीं पड़ेगी। हंसी का जादू आपकी हर हार को जीत लेगा, हर गलत को सही बनाने में मदद करेगा और हर डर को भगा देगा। यदि आप नियमित रूप से हंस रहे हैं, तो फिर आपको अपने मानसिक संतुलन की फिक्र करने की कोई आवश्यकता नहीं है।

केन इतना तंदरुस्त कैसे रहता है? शो का अभियास, स्क्रिप्ट लेखन, और इतनी सारी यात्रा के बावजूद भी! वो बताता है, ''मैं बस खुश रहता हूँ और हंसता हूँ। हंसी किसी भी थकान को दूर कर सकती है। मैं अपने काम के कारण हल्का और आनंदित महसूस करता हूँ।''

क्या हँसने के बाद आपको भी हल्का महसूस होता है?

आज कल इतने लोग दुखी और थके हुए दीखते हैं।

फिर भी किसी व्यंगकार के सामने उनकी हंसी निकलती है, ये प्रमाण है कि उनकी हंसने की काबिलियत मरी नहीं है। करोड़ों लोग जो आज जिंदा हैं, वो सही मायने में जिंदा नहीं हैं। वो बस जी रहे हैं, क्योंकि उनका दिल अब भी धड़क रहा है। पर वो थके हुए हैं, और वो बीमार हैं। जिंदा होने पर भी, उन्हें आनंद की अनुभूति नहीं हो रही है। वो स्वयं को मस्ती करने से रोकते हैं। वो ज़्यादा देर तक हँसते नहीं हैं। उनके लिए खेल भी औपचारिक है। सेहत तो हर रोज़ बनानी पड़ती हैं, ये बात याद रखिये। आपको हर दिन, दोपहर और रात को हंसना है। सिनबाद इतना अमीर कैसे बना ? आपको याद होगा कैसे सिनबाद ने एक गरीब और असंतुष्ट नाविक को अपने सात रोमाँचों की कहानी सुनाई थी। मुझे उसके पांचवे रोमांच की कहानी बहुत पसंद है। इसमें उसका जहाज़ डूब जाता है और वो तैर कर एक पास वाले दीप तक पहुंचता है। वहाँ जा कर वो बंदरों पर पत्थर फैंकता है, जिससे कि वो बदले में उस पर पेड़ से नारियल फैंके। ये तरकीब सिनबाद की हास्यवृत्ति का प्रमाण थी। इस हास्यवृत्ति ने उसे खूब हंसाया और उसे ख़ूब सारी दौलत भी दिलाई, जिसका वो अपने हर रोमांच के अंत में अधिकारी भी था। हंसी ने बचा लिया उसे और हंसी ने धन को सिनबाद के जीवन में खींच लिया।

पिछले अध्याय में मैंने कहा था कि आप अपने जेब में दिल के राजा या रानी वाला एक ताश का पत्ता रख लें। अब मैं पूरी सच्चाई से आपको सुझाव देता हूँ कि अब अपनी जेब या पर्स में एक जोकर भी रख लें। ये आपको हमेशा याद दिलाएगा कि आपको हंसना है।

काम आपकी कमर नहीं तोड़ता। आपकी मुश्किलें भी आपके कंधे नहीं झुकाती। इन तकलीफों का दोष जाता है आपके मन के गलत रवैया को! जब आप न हंसने का मन बना लेते हैं, तब आपका रवैया गलत होता है। अगर आपने सोच रखा है कि कभी भी अपनी परेशानी पर हँसेंगे नहीं, तो आपको इस किताब को आगे पढ़ने की आवश्यकता नहीं है।

कितनी बार आप कोई संगीत-बद्द व्यंग्य कॉमेडी देखने जाते हैं? इन में हमेशा एक अच्छा कॉमेडियन होता है, जिसे आपको हंसाने के लिए मोटी रकम दी जाती है। लोगों को रुलाना ज़्यादा आसान है, पर फिर भी ये इंसान आपको हंसाने की कोशिश करता है।

परदे के पीछे वो किस किस्म के इंसान होता हैं? ज्या।दतर, हास्य अभिनेता रांजीदा किस्म के लोग होतो हैं। चार्ली चैपलिन शाकाहार का समर्थन नहीं करते थे, दन्नी काये ने दुनिया भर के बच्चों के लिए बहुत काम किया है। मैं चाहूँ तो इसी तरह हज़ारों कॉमेडियनों के नाम गिना सकता हूँ, जो दरअसल जीवन के बारे में बहुत संजीदगी से सोचते हैं। परदे या स्टेज पर आपको हंसाने वाले लोग, असल जीवन में बुद्धिजीवी चिन्तक हैं। जितना आप हँसते हैं, उतने ही आप जादू के आयाम के करीब पहुँचते हैं। कॉमेडियन बस अपनी हंसी से ही जादू करते हैं। उन्हें दोस्तों की कोई कमी नहीं होती।

यदि आपको अपने जीवन में जादू चाहिए, आपको हँसना होगा, मुस्कुराना होगा। इस भाव की अद्भुत ऊर्जा का रचनात्मक प्रयोग कीजिए। कहते हैं कि बेवकूफ का किरदार तो कोई भी निभा सकता है। पर आप अपनी हंसी का कारण जानते हैं (जैसे की मैं आपको निरंतर बता रहा हूँ), हंसी आपके मन के जादू को जगा रही हैं। आपके चारों तरफ जादुई चीजें होती हैं। बेवकूफ का किरदार बखूबी निभाइए। पहला कदम हंसी ही है। हंसी नहीं होती तो बहुत से आदमी गिर जाते हैं और गिरे रहते हैं।

हज़ारों लोग इसलिए टूटकर बिखर रहे हैं क्यूंकी वो खुद को हंसा नह ींपा रहे हैं। जवान लोगों से दूर रहने का मतलब है हंसी और जादू से दूर करते हैं।

क्यूँ रोके है खुद को बेहद आनंद की अनुभूति से ? क्यूँ इतने दुखी और खूसट बने हुए हैं? ये शिकायतें आपको कहीं नहीं ले कर जायेंगी। पर हंसी ले जायेगी! हंसिये और स्वास्थ्य, समृद्धि और सब कामनाएं आपके जीवन में खिंची चली आएँगी।

उन लोगों से घुलिये मिलिए जो आपको हंसाते हैं, उस थिएटर में जाइए जहां कॉमेडियन

शो करता है। अपने पसंदीदा व्यंगकार को चिट्ठी लिख कर, अपनी प्रशंसा को व्यक्त करें। उनसे कहिये कि एक अपनी हंसती हुई तस्वीर आपको दे दें, उसे अपने सामने रखिये, वो आपको मेरी बातें याद दिलाएगी। कॉमेडियन लोगों से मिलिए और फिर से हंसिये। उनकी ज़िन्दगी को भी छू लीजिए, उनकी मस्ती, उमीदों और सपनो का हिस्सा बन जाइए। उन्हें अपने घर बुलाइए, उन्हें घुमाने ले जाइए। उनके साथ ड्रिंक लीजिए। *स्वयं को हँसी के जादू से दूर मत कीजिए,* हर मुमकिन कोशिश कीजिए हँसी के अनुभव को खुल कर जीने की, फिर वह हँसी चाहे एक पल की लिए ही क्यों न हो!

आप कितनी हंसती हुई जिंदगियों को हिस्सा हैं? आपको कोशिश करनी होगी। हँसी बहुत जल्दी फैलती है।

आपने मौरिस शेवलिएर का शो देखा है ? हमें हमेशा उसकी मुस्कान याद रहेगी। वह हमारी ओर देख कर हँसते हुए गाता था, *''बेबी तुम बहुत अदभुत बेबीरही होंगी... क्योंकि बेबी, तुम्हे अब कोई देखे तो!''*

स्टर्न ने कहा था: *''जब भी कोई आदमी हँसता है और हँसाता है, उसके जीवन के कणों में कुछ घुल जाता है।''*

और वो कुछ होता है: *जादू।*

क्या मैं लोगों को हंसाता हूँ?

टाइम्स ऑफ माल्टा का इस बारे में कहना है :

''पिछली रात, कुरान ने मीडियाकर्मियों को अपने शो की एक छोटी सी झलक होटल एस्ट्रा में दिखाई। 'ये बस एक साइड-लाइन एक्ट है,'' उन्होंने बताया। और फिर तीन आदमियों को एक ताश की गड्डी में से एक पत्ता लेने को कहा। कुरान उन पत्तों को देख नहीं सकता था। फिर भी वह जानता था कि हमारे पास कौन से पत्ते थे।

फिर मन को पढ़ने का अगला प्रदर्शन दिया गया और उन्होंने एक पत्रकार से कहा कि वे 1 से 99 के बीच कोई भी अंक सोचे और उसे एक पन्ने पर लिख दे, उसे पन्ने को कुरान और आस पास के लोगों की नज़रों से दूर रखें। कुछ ही सेकंड बाद कुरान ने नंबर बताया: 17।''

इन सब चीज़ों से उन्हें हंसी आई। वे मेरी प्रक्रिया को समझ नहीं पा रहे थे। वे मंत्रमुग्ध थे। वे बस हंस कर, मुझे बधाई दे रहे थे।

13 रंग का जादू

यदि आप जादू करना चाहते हैं, तो रोजमर्रा के जीवन में बहुत सी ऐसी छोटी-छोटी बातें है जो आपके लिए अनिवार्य हैं।

मैं आपको फूलों के बारे में बाद में बताऊँगा, शायद आपने उनके बारे में भी पहले कभी इस तरह से नहीं सोचा होगा। पर फूलों की तरह रंग भी जीवन में बहुत महत्व रखते हैं।

सबसे पहले हम रंगों की बात करते हैं। हर रंग एक व्यक्ति के चारों ओर एक आभा बिखेर देता है। यह आभा अदृश्य है, केवल अंत:करण से देखनेवालों को ही दिखती है। इस आभा का दायरा कुछ चार फीट का होता है, पर कोई अति पवित्र आत्मा अपनी आभा बहुत आगे तक बिखेर सकती है। हर आभा में दिखने वाले रंग का अपना अलग मतलब होता है, और जो लोग इस विद्या में निपुण होते हैं वो एक नज़र में ही व्यक्ति की आभा को देख कर, उसके बारे में बहुत से सच बता सकते हैं।

जब आप सब के प्रति प्रेम और मैत्री का भाव रखते हैं, तब आपकी *आभा गुलाबी* रंग की हो जाती है। ये रंग दूसरों को आपकी ओर आकर्षित करता है, दूसरे फीके रंग जो नकारात्मक होते हैं वो बीमारी और दुर्भाग्य को खींचते हैं। यदि आप नकारत्मक आभा वाले लोगों के साथ जुड़ेंगे तो उनके ग़म आप पर भी आ जाएँगे। और आप सोचते रह जायेंगे कि आज इतना बुझा-बुझा क्यों लग रहा है।

यदि आप केवल वही करेंगे जिससे आपकी *आभा गुलाबी* बनी रहे तो आप स्वयं हर बुराई से रक्षा करेंगे। यदि आप चाहते हैं कि किसी नजदीकी व्यक्ति की नकारत्मक आभा,

आपकी आभा को दूषित न करें, तो अपने हाथ-पैर बाँध कर बैठ जाइए। ऐसा करने पर आपका केंद्र बंध जाता है, और आपको तब तक कुछ प्रभावित नहीं कर सकता, जब तक आप स्वयं को आज़ाद नहीं कर देते। पर आपको ध्यान रखना होगा, जैसे ही किसी बुरी शक्ति का आभास हो स्वयं को फिर से बंद कर लीजिए। याद रखिए, ये करना बहुत आसान है, पर ये बहुत महत्वपूर्ण भी है। आपकी आभा जितनी पवित्र और साफ़ होगी, उतनी ही सहजता से आप जादू कर पायेंगे।

रंग आपके जीवन की पहली आवश्यकताओं में से एक होना चाहिए। यदि आप दुखी और निराश है तो इसका अर्थ केवल इतना है कि आप अनचाहे रंगों से घिरे हुए हैं। कितनी रंगीन है आपकी दुनिया ? क्या आपने इसके बारे में कभी सोचा है? फीकेपन को मत अपनाइए। जब आपका माहौल रंग जाता है, दु:ख दूर भागता है। जब आप नीरस महसूस करते हैं तब आप स्वयं को जादू की ऊर्जा से काट लेते हैं, इसीलिए रंग की औपचारिक खूबी को अपनाने का निर्णय लीजिए। रंग का आप पर बहुत गहरा असर होगा, फिर चाहे वह भले के लिए हो या बुरे के लिए! आपके घर की सजावट, रोज़ाना इस्तेमाल आने वाली चीज़ें, आपकी गाड़ी, जहाज़, कपड़ों, हर चीज़ के रंग का प्रभाव आप पर पड़ता है। इन रंगों से आपके जीवन का नजरिया प्रभावित हो सकता है। आप एक रंग की तरंग पर थिरकते हैं, और उसी तरंग की विशेषताओं को व्यक्त करते हैं।

बच्चे चमकीले रंगों को देख कर प्रतिक्रिया देते हैं, और जैसे-जैसे हम बड़े होते हैं हमारी ये प्रतिक्रिया गहराती जाती है। शोध बताता है जो बच्चे *ग्रे* दीवारों के बीच रहते हैं, वो बीमार रहते हैं। और जो बच्चे *पीली* दीवारों के बीच रहते हैं, वो स्वस्थ रहते हैं।

म्यूनिख में एक ऐसा अस्पताल है जिसके हर कमरे का रंग अलग है। मेनचेस्टर यूनाइटेड की फुटबाल टीम को प्लेन क्रेश के बाद यही लाया गया था। मेरे विचार से, हर कमरे के रंग को अलग रखना एक बढ़िया विचार है। अस्पताल वालों को रंगों के महत्व का एहसास तब हुआ, जब उन्होंने देखा कि रंग जीवन और मृत्यु का फ़र्क बन सकते हैं।

आप जिस कक्ष में साधना के लिए जाते हैं, उसकी दीवारें आपके पसंदीदा रंग की होनी चाहिए। चाहे तो आप उन्हें *बैंगनी* रंग का बना सकते हैं, ये बहुत ही जीवंत रंग है जिसकी तरंगें सशक्त होती हैं।

1947 में ब्रिटिश एयरवेज़ ने पाया कि उनके ज़्यादातर यात्री हवा में बीमार हो रहे थे। उनका प्लेन पीले रंग से सजा हुआ था। उन्होंने उसे बदल कर *आसमानी रंग* का कर दिया और फौरन उनकी मुश्किल हल हो गयी।

फिर से आभाओं की बात करें तो हर व्यक्ति के इर्द-गिर्द रंगों का एक अदभुत समुद्र होता है, और जब आप परिस्थितियों को चुम्बकीय बनाना सीख जाते हैं तो आप इस प्रदर्शन के राज़ को जान जाते हैं। आप उन्हीं रंगों की तरफ आकर्षित होते हैं, जो आप के किस्म की तरंगों के होते हैं। जो रंग आप ने पहना है वो या तो अवसरों को आकर्षित करता है या दूर करता है।

आपके शरीर को सूरज की किरणें चाहिए, जो आप तक अति-*बैंगनी* और पर-*लाल* किरणें पहुंचाती है। सूरज की किरणों को पाने के लिए आपको सूरज को देखने की ज़रूरत नहीं है। यदि आप बारिश में हवाई-जहाज़ में बैठ कर उड़ेंगे, तो देखेंगे कि बारिश के दौरान भी सूरज तो चमकता ही है। आपके शरीर को रंग और किरणें दोनों चाहिए। इसलिए बारिश के दौरान भी रंगों के बीच ही रहिए। यदि आप अपने शरीर का ध्यान नहीं रखेंगे, तो जादू कैसे करेंगे? आपको स्वस्थ रहना होगा। रंगों पर ध्यान देना होगा। आपको *जागरूक* बनना होगा। आपको जगमगाती ऊर्जा के बारे में जागरूक रहना ही होगा!

हम अक्सर फीके रंगों का दोष मौसम पर डाल देते हैं। एक बार एक फ्रांसीसी कलाकार ने अंग्रेजों को वर्णाध (अर्थात वो जिन्हें रंग नहीं दिखते) कहा था। इटालियन लोग पानी के अलग-अलग रंगों का बहुत इस्तेमाल करते हैं, जैसे कि *बैंगनी, नीला, पन्ना, हरा-नीला, कोरल, आइस क्रीम गुलाबी और पीला* । वे *गुलाबी* के साथ *नीला, लाल और नारंगी रंग* मिला देते हैं। हम इन रंगों को कभी साथ में नहीं रखेंगे। क्या आपने मिलान और रोम की दुकानों की खिड़कियाँ देखी हैं? उनमें केवल एक ही रंग की सजावट होती है, उसे देख कर मन करता है की उस रंग को खरीद लें, क्योंकि वह दुकान में इस तरह सजा हुआ, बहुत जीवंत और आकर्षक लगता है। इन पानी के रंगों की शक्ति, आपको खरीदने पर मजबूर करती है। रंगों का ये उपयोग अदभुत है, हमें इससे सीखना चाहिए। रस्किन ने कहा था: सबसे शुद्ध और विचारशील मन वो होता है जो रंगों से प्यार करता है।

एक आदमी जो टीवी पर घोड़ों की दौड़ का निर्देशन करता है, वह बताता है कि उसके काम के बार में एक चीज़ है जो उसे आज तक अचंभित करती है। यह आदमी एक बंद कमरें में से ही बहुत देर तक ब्लैक एंड व्हाइट परदे पर दौड़ को देखता रहता है।

वह बताता है: "जब भी मैं अपने कमरे से बाहर आता हूँ, तो मैं रेस कोर्स के रंगों को देख कर अचंभित रह जाता हूँ। हरी घांस, सफेद रेलिंग, और घोड़ों के रंग बिरंगे पोशाक। अद्भुत नज़ारा होता है ! एक दिन इस नज़ारे को लोग कलर टीवी पर देख पायेंगे।"

जब आप बाहर जाते हैं, तो क्या आप भी रंगों पर ध्यान देते हैं? आपको देना चाहिए,

आप जहां भी जाते हैं रंगों की बहार होती है। पार्क, कला गैलरी, जौहरियों की दुकान, कुत्तों की दौड़, या कोई संगीत संध्या, इन सब में बहुत से रंग देखने को मिलते हैं। यहां आपको इतने शानदार रंग देखने को मिलते हैं कि आप देखते ही रह जाएँ। लोग अपनी दुनिया से बाहर आने के लिए और रोज़ाना की नीरसता को दूर करने के लिए संगीत संध्याओं या कंसट्र्स में जाते हैं। नाचते लोगों की बदन पर चढ़े इन्द्रधनुषीय रंग को रोशनी में थिरकता, लहराते हुए देख आपकी आँखें खुश हो जाती हैं। एक अच्छे निर्माता के निर्देशन में थिएटर हमें ऐसा रंगीन नज़ारा दिखा सकता है, जो हमें अच्छाई की अदभुतशक्ति देता है। *क्या आप भी रंग देख रहे हैं?*

सबसे दयनीय होता है वह आदमी जिसका मन रंगों की ख़ूबसूरती और रोमांच जो देख कर खिल नहीं उठता। जैसे-जैसे रंगों के लिए आपका प्यार बढ़ता जाता है, वैसे-वैसे जीवन में ख़ुशी भी बढ़ती जाती है, और जल्दी आप अपनी ज़िन्दगी के अलावा एक परियों की कहानी सी ज़िन्दगी भी जीने लगते हैं। मुझे याद है कैसे बहुत नृत्यांगनाओं की स्कर्ट के किनारे पर रंग बिरंगे कपड़े लगे होते हैं, और जब वो नाचती है तो किनारे पर लगा ये रंगीन गोटा, स्टेज की रंगीन लाइटोंके तले नाच उठता है। समझे, मैं क्या कहना चाह रहा हूँ ? रंग को थोड़ा और असली बना देते हैं, थोड़ा और प्यारा और जिनसे भी हम मिलते हैं उनकी नज़रों में थोड़ा और प्रिय ! ये है जादू।

क्या आप रंगीन जूते पहनते हैं? क्या आपके पास रंगीन छाता या दस्ताने या कोट है? क्या आपके बर्तन, गिलास, पोंछा और तौलिया रंगीन हैं? क्या आप रंगीन चादर पर सोते हैं? क्या आपका नाईट सूट रंगीन है? आपकी चप्पल क्या खुशनुमा रंग की हैं आपकी गाड़ी और अटैची क्या दिल खुश करनेवाले रंगों के हैं? हज़ारों लोग जादूगर बनने का सपना देखते हैं, पर कुछ ही लोग इसमें रंग भर पाते हैं। आपका दिन रंगों से भरा होना चाहिए, आपका पसंदीदा रंग आपके सबसे करीब होना चाहिए? क्या आपने कांच पर सूरज की किरणों को देखा है ? बहुत सुन्दर होती है। रंगीन कांच जिस तरह से रोशनी को खींचता है, उसकी कल्पना भी नहीं की जा सकती, और यह रंग आपके जीवन में जादू भरते हैं।

आपको रंगों का चित्रण करना चाहिए। पेस्टेल और चमकदार रंगों के साटन के छोटे-छोटे टुकड़े लाइए। उन्हें साथ में जोड़ दीजिए और अब इनमें से कुछ रंगों पर अपना ध्यान केन्द्रित कीजिए। उन्हें देखिए, उनके बारे में सोचिए और उनसे ऊर्जा ग्रहण कीजिए। यदि आप ऊँचे आयाम तक पहुंचना चाहते हैं, या मन शुद्ध करना चाहते हैं, या कोई परेशानी हल करना चाहते हैं तो *बैंगनी* या *बिल्लोर* रंग पर ध्यान केन्द्रित कीजिए।

यदि धन और समृद्धि चाहते हैं, तो *पन्ने के रंग* पर ध्यान केन्द्रित कीजिए।

अपनी बुद्धि को तेज़ करने के लिए *पीला* उपयोगी रंग है।

इन रेशम के टुकड़ों को हर दिन देखिए जब तक आप पूर्णतः रंगों के प्रति जागरूक नहीं बन जाते। जब तक आपको अपने माहौल और शरीर पर रंगों को रखने की तीव्र इच्छा न होने लगे। जब तक आप रंगों को जीने न लगें।

क्या आप जो रंग पहनते हैं, वो भी आपको प्रभावित करते हैं? हाँ, एक रंग भाग्य को बुला सकता है और दूसरा रंग दुर्घटना को! यह सब आपकी निजी तरंग पर निर्भर करता है।

एक लेखिका कहती थी, ''*पन्ना रंग* पहनना मेरे लिए भाग्यशाली रहा है और, *सिन्दूरी* रंग से मुझे दुर्भाग्य मिलता है। एक बार जब मैंने एक *सिन्दूरी* रंग की ड्रेस पहनी, तो अपना हाथ तुड़ा बैठी थी।'' इस औरत ने एक किताब लिखी जिसे प्रकाशकों ने ठुकरा दिया। पर फिर उसने तुरंत एक हरे कवर में इसे वापस भेजा और ये किताब स्वीकार हो गयी। इसका कारण मुझसे मत पूछिए। *हरा* उस औरत के लिए जादुई रंग है, आपके पास भी अपने जादुई रंग अवश्य होंगे।

रंगों से कुछ लोगों को कोई मतलब नहीं होता ये वो लोग होते हैं, जो जानवरों को, फूलों को, संगीत और छोटे बच्चों की हंसी को भी पसंद नहीं करते। ये लोग माने या न माने, रंग में जादू होता है और ये आपके जीवन को प्रभावित करता है। रंग की महान शक्ति हमारी बहुत सी बीमारियाँ दूर कर सकती है। प्राचीन सभ्यताओं में रंगों के चयन को एक विद्या माना जाता था। हम भी चाहें तो रंगों का अध्यन्न कर, उन्हें उपचार के प्रयोग में ले सकते हैं। ये तथ्य प्रमाणित हो गया है की सही रंग के सहारे हम अपने शरीर का पुनर्निर्माण कर सकते हैं। क्या तेज़ रफ्तार ज़िन्दगी के इस दौर में आप न्यूरोसिस से ग्रस्त हैं? रंगों के सहारे आप ऊर्जा और आराम दोनों पा सकते हैं।

आपकी दुनिया रंगों से भरी हुई होनी चाहिए, ख़ास तौर पर ऐसे रंग जो आपकी सेहत और ख़ुशी को प्रोत्साहन देते हैं। यदि आप स्वयँ को दुखी रंगों से घेरे रखेंगे तो हमेशा खुश और सकारात्मक बने रहना नामुमकिन है। रंगों के सही इस्तेमाल से इस दुनिया और आपके भले के लिए, हर आयाम पर काम किया जा सकता है।

रंगों के समकालिक प्रयोग से गहरे दुःख या डिप्रेशन का इलाज भी संभव है। मानसिक रोगियों के लिए बने शिकागो स्टेट हॉस्पिटल में 'कलर-रामा' नाम एक उपकरण प्रयोग में लिया जा रहा है। इसके सहारे परदे पर निरंतर रंग बनते, पिघलते रहते हैं। यह खूबसूरत नज़ारा

मरीजों के लिए फायदेमंद साबित हुआ है। बहुत से मूवी हाल फिल्म शुरू करने से पहले एक रंग को परदे पर रहने देते हैं। रंग थके हुए मन को आराम दे कर, तरोताज़ा कर देता है।

अक्सर उपचार के लिए *खूनी लाल* रंग का प्रयोग किया जाता है। इससे रक्त का संचार सुधर जाता है और मरीज़ फिर जीवंत हो उठता है। यदि आप झल्लाया हुआ महसूस कर रहे हैं, तो *लाल* चप्पलें पहन कर, अपने पास *लाल* फूलों की कटोरी रख लें। जादू चलेगा और आप फिर से जीवंत महसूस करने लगेंगे।

एक डॉक्टर रंगों की चिकित्सीय खूबियों में आस्था रखता था। उसने रंगों का प्रयोग एक आठ साल के ऐसे लड़के पर किया जिसके पूरे शरीर में लकवा मार गया था। डॉक्टर ने उस लड़के को *सफेद* कपड़े पहना दिये और फिर उसे रंग-बिरंगी रोशनी में निहलाया। तीन हफ्ते बाद वो बच्चा चलने लगा। रंगों में एक सकारात्मक, चिकित्सीय मूल्य होता है और यदि इसका इस्तेमाल खुल कर किया जाए तो ये बदहजमी का इलाज कर सकते हैं। यदि एक आदमी *लाल* रंग पहनें, तो वह रंग उस आदमी में समा कर, उसे बलवान और गतिशील बनाता है।

न्यू यॉर्क का मशहूर दरजी रेमंड टव्हाएफर्ट को पेट की एक संगीन बीमारी हो गयी थी, पर डॉक्टरों को कोई गड़बड़ पकड़ में नहीं आ रही थी। फिर एक दिन रेमंड ने लाल कोट पहना और उसे इतना अच्छा लगा की उसने रंग बिरंगी टाई, मोझे, पजामे, शर्ट और गाउन पहनना शुरू कर दिया। *उसके पेट की परेशानी ठीक हो गयी*। रंग के जादू ने उसका उपचार कर दिया।

सिन्दूरी कपड़े, ख़ास तौर पर गठिया या कटिशूल के मरीजों के लिए बहुत फायदेमंद हैं। जो लोग इस परेशानी से ग्रस्त हैं उन्हें तुरंत इस चमकदार रंग के जादू को आज़माना चाहिए। एक बार आपको प्रमाण मिल जाएगा, तो फिर आपकी आस्था को कोई नहीं तोड़ पायेगा। पर शायद आपने इस बारे में कभी सोचा ही नहीं, कि रंगों में भी जादू हो सकता है।

जिन्हें आसानी से नींद नहीं आती उन्हें *नीले* कमरे में सोने की कोशिश करनी चाहिए। अगर दीवारों का रंग अलग है, तो *लाइटें नीले* रंग की लगा लीजिए।

नीला रंग सरदर्द से छुटकारा दिलाने में ख़ासा उपयोगी है।

आँख के अस्पताल में हरे रंग से सजावट की जाती है, क्योंकि हरा रंग दृष्टि में मदद करता है।

पीला रंग बुद्धि को तेज़ करता है। अगर आपके मन में कोई चिंता बैठ गयी है, तो यह रंग आपकी मदद कर सकता है।

बैंगनी रंग में बिजली सी ऊर्जा है और इसे दवा के रूप में इस्तेमाल किया जाता है। तरंगें

जितनी तेज़ होंगी, उतनी ही शक्तिशाली भी होंगी। *बैंगनी* रंग बहुत शक्तिशाली है। *बैंगनी* के ऊपर केवल एक्स रे किरणें होती हैं, जो की हमें चीज़ों के आर-पार भी दिखा सकती हैं।

व्याकुल लोग अगर *बिल्लोरी* रंग पहनेंगे, तो उन्हें शान्ति मिलेगी। ऐसे लोगों को उन कमरों में रहने दीजिए जहाँ *जामुनी, चमकीला गुलाबी* और *हेलीओट्रोप* मुख्य रंग हो, बेहतर होगा अगर उनके कपड़े भी इसी रंग के हों। सभी आधुनिक मानसिक रोग के अस्पतालों में बहुत बीमार मरीज़ों के इलाज वाले कमरे चमकीला *गुलाबी* और *हेलीओट्रोप* रंगों से ही सजे होते हैं, क्योंकि यह रंग मन को आराम और स्फूर्ति देते हैं। जिन मरीजों को उन्माद की शिकायत है, वो *बैंगनी से जामुनी* रंग का इस्तेमाल कर सकते हैं।

प्रकृति में रंगों का बहुत महत्व है। प्रकृति के जितना करीब हो सके, उतना करीब रहे। कल्पना कीजिए ऐसी दुनिया की जिसमें मैदान हरा न हो, आसमान *नीला* न हो और रॉबिन चिड़िया *लाल* न हो!

जितना संभव हो रंग देखिए। जवाहरातों से जड़ा, संगमरमर का ताज महल शाम को कई रंग बदलता है। टेट गैलरी में एक छोटा सा चित्र है, अपने रंगों के कारण यह सबसे ज़्यादा दर्शकों को आकर्षित करता है। और 'डेथ ऑफ चैटरटन' (एक पेटिंग) की खूबसूरती को शब्दों में बताया ही नहीं जा सकता, उस युवा कवि के *लाल* बांल *नीली* पतलून... कोई भी इस तस्वीर को देख कर प्रभावित हुए बिना नहीं रह सकता।

सोचिए, बच्चे क्या करेंगे अगर सेंटा *लाल* रंग पहनना छोड़ दे?

किसी भी आदमी को खूबसूरत लड़कियों के सामने ले जाइए। हर लड़की को अलग-अलग रंग की ड्रेस पहना दीजिए और उससे पूछिए की सबसे सुन्दर कौन है। मैं मन पढ़ता हूँ, इसलिए मैं उसका जवाब जानता हूँ। ''वह लड़की कौन है... *नीले* रंग की ड्रेस में?'' यह मनोविज्ञान है। आदमियों को नीला रंग जीत लेता है। आपको वह गाना याद है? उसे पसंद है *फॉरगेट मी नोट्स, ब्लूबेल्स, ब्लू हय्कासिन्थ्स* और हर किस्म के *ब्लू फूल* ! जब भी *'ब्लू स्काइज'* गाना सुनते हैं, क्या आपको बीते कल की याद आने लगती ? ज़रूर आने लगती होगी। *नीले* का अपना अलग ही जादू होता है। जादूगर के तौर पर मैंने नलियों या टोपियों में से बहुत बार रंग-बिरंगे रुमाल निकाले हैं। इस करतब में कोई बड़ी या नई बात नहीं है, पर फिर भी दर्शक तालियाँ बजाते हैं। उन्हें रंगों से प्यार है। सभी जादूगर रंगों का प्रयोग करते हैं। जादू और रंग साथ-साथ रहते हैं।

अपने खाने में बहुत से रंग शामिल कर लीजिए। सबसे रंग-बिरंगा खाना सबसे अधिक पौष्टिक होता है। *लाल* टमाटर, *पीले* कद्दू और सीताफल, हरे और *लाल* सेब, *नीले* अंगूर

और *लाल* चैरी, *गुलाबी* झींगा इत्यादि। हज़ारों लोग है जो अपने जीवन को सफल बनाना चाहते हैं, पर बहुत कम लोग इस सपने में रंग भर पाते हैं।

दिन की शुरूआत ही कीजिए बहुत सारे रंगों से। नाश्ता, ख़ास तौर पर जब औरतें भी काम करने लगी हैं, दिन का सबसे भूला बिसरा खाना बन गया है, जल्द बाज़ी में खाया जाता है, रंगों का तो ख्याल भी नहीं आता: "अरे नाश्ते से क्या फ़र्क पड़ता है, कैसे भी परोस दो !"

यह जानलेवा आदत है। दिन के पहले खाने पर आपको ध्यान देना चाहिए, न सिर्फ़ इस बात पर कि आप क्या खा रहे हैं, बल्कि इस बात पर भी कि उसे कैसे परोसा जा रहा है। क्या आस-पास रंग हैं, क्या मेज़ पर रंगीन कपड़ा या फूल हैं? क्या कप और प्लेट सुन्दर रंगों के हैं? जिन *रंगों से आप अपना दिन शुरू करते हैं,* वही रंग निर्धारित करते हैं कि आपको इस दिन से क्या मिलेगा। इसीलिए अपना दिन बहुत से *रंगों से शुरू* कीजीए।

बेडरूम में जब आप आँख खोलते हैं, तो क्या नज़रें रंगों पर पड़ती हैं? जिस पल उठते हैं उस पल में रंग होना ही चाहिए। क्या आपको इस बात का एहसास है? क्या आपने कभी इस बारे में विचार किया है?

जब आप छोटे थे तब आप रंगीन खिलोनों की ओर आकर्षित होते थे, *पीला* टेडी बीयर, *लाल* ट्रेन, और *नीली* कार। छोटे बच्चे रंगों पर ख़ास ध्यान देते हैं। एक बच्चा जो दूध इत्यादि पीने में नखरे करता है, वह अक्सर रंग-बिरंगे गिलास से कुछ भी पी लेता है। एक बच्चा जो उबले अंडे पसंद नहीं करता, उन्हें रंगों से सजा देख कर खा लेता है। एक माँ का छोटा शिशु चावल नहीं खाता था, एक दिन उसने चावल को हल्का सा *गुलाबी* रंग में बनाया और उस बच्चे ने झट से पूरी प्लेट साफ़ कर दी। यह बिलकुल सच है। सभी बच्चे रंगों से प्रभावित होते हैं, उन पर प्रतिक्रिया जताते हैं। आप भी ऐसा ही करते हैं, फ़र्क बस इतना है कि आपको इस बात इस का एहसास नहीं है।

रंग रोशनी से आता है। और कहा जाता है कि दुनिया कि शुरूआत में उस महान मनोवैज्ञानिक ने कहा था: *"रोशनी हो!"* "इसका मतलब है: *"रंग हो!"*

रंगों पर प्रतिक्रिया व्यक्त करते हुए आप तरंगे उत्पन्न करते हैं, और आपको सीखना होगा कि अपनी तरंग को आस-पास के रंग से कैसे जोड़ा जाए। रंगों को जीवन में प्राथमिकता देनी होगी। यदि आप स्वस्थ रहना चाहते हैं, तो अपनी खुराक में रंगों को शामिल कीजिए। अपने घर, कपड़े, ज़िन्दगी के हर पहलू में रंग भर दीजिये। आपको रंगों के प्रति जागरूक बनना होगा। रंगों में दिलचस्पी दिखाती हैं कि आपके मन में रंगों के लिए वही उत्सुकता जाग

जायेगी जो आप बचपन में महसूस करते थे। अपनी दुनिया को रंगीन बनाइए और आपकी ज़िन्दगी खूबसूरत, दिलकश और जिंदादिल बन जाएगी।

गोथ ने कहा था: ''हर रंग आदमियों पर अपनी अलग छाप छोड़ता है, और इस प्रकार हमारी आँखों और मन के सामने उस रंग चरित्र उभर आता है।'' ज़ाहिर है कि ये सही बात है।

जब लोग सबसे खुश होते हैं, वह मौक़ा होता है क्रिसमस। क्रिसमस पर हमेशा रंगों की बहार आ जाती है। लोग रंग-बिरंगी पोशाक, टोपियाँ, गुब्बारे, हार, तोहफे और काड्र्स खरीदते हैं। क्रिसमस के पेड़ पर रंगीन रोशनी और खिलोने सजते हैं। सभी के प्रति सद्भावना का भाव फैलता है, सिर्फ़ इसलिए नहीं क्योंकि यह एक धार्मिक त्यौहार है, बल्कि इसलिए क्योंकि लोगों ने अपनी जीवन में रंग भर लिए होते हैं।

मेरे शो में भी रंग अहम् भूमिका निभाते हैं।

आप में से कुछ लोगों ने शायद देखा हो, मैं अक्सर स्टेज पर किसी अनजान इंसान को एक लंबा डिब्बा थमाता हूँ जिसमें छः रंग-बिरंगी गेंदें होती है। मैं उस अनजान व्यक्ति की तरफ पीठ कर के खड़ा हो जाता हूँ और अपनी आँखें बंद कर लेता हूँ।

फिर मैं उससे कहता हूँ कोई भी एक गेंद चुने और उसे अपनी दायीं जेब में रख ले। फिर दूसरी गेंद चुन कर, अपनी बायीं जेब में रख ले।

फिर मैं मुड़ता हूँ और बताना शुरू करता हूँ, ''तुम्हारी दायीं जेब में एक *लाल* गेंद हैं।'' वो उसे निकाल कर लोगों को दिखाता है। मैं सही होता हूँ। मैं उसे बायीं जेब और डिब्बे में रखी गेंदों का भी रंग बताता हूँ, और मैं फिर सही होता हूँ।

मैं कभी गलत नहीं रहा। मुझे रंगों के साथ काम करना पसंद है, और मैं हमेशा जाना जाता हूँ कि सामने वाले व्यक्ति ने कौनसा रंग चुना है।

14 फूलों का जादू

"अगर तुम्हारे पास दो रोटी है, तो एक को बेच कर, एक कुमुदिनी फूल खरीद लो।" यह एक पुरानी चीनी कहावत है। इस कहावत को बनाने वाले आदमी को कुछ राज़ तो पता था! पर कुमुदिनी में कोई विशेष बात नहीं है, यह कहावत किसी भी फूल के लिए सच है, जंगली फूलों के लिए भी। फूल आपके मन के जादू को जग।ने के लिए बहुत कुछ कर सकते हैं। फूल ही हैं जिनका प्रभाव राजा सोलोमन की ख्याति से भी अधिक फैला है।

अपने घर और दफ्तर में आपको हमेशा फूल रखने चाहिए, असली फूल, वे नकली फूल नहीं जो आज कल इतने प्रचलित हैं। जिस कक्ष में आप साधना करते हैं, उसमें भी फूल रखिए।

फूल न केवल मन को ऊँचे आयाम तक पहुंचाते है, बल्कि शरीर का भी उपचार करते हैं। फूल साधना के स्तर को बहुत बढ़ा देते हैं। फूलों की मदद से साधना आको आध्यात्मिक और मानसिक रूप से विकसित कर सकती है। फूल *सकारात्मक* होते हैं, इनकी मदद से आप सराहनीय विचारों की प्राप्ति कर सकते हैं। जब आप इन्हें अपने घर और साधना कक्ष में सजा रहे हों, तो याद रखें की तिब्बती साधु भी ऐसा ही करते हैं। जब आप एक फूल पर अपना ध्यान केन्द्रित करते हैं, आपके मन का शुद्धिकरण होता है। लालच, नफरत और गुस्सा आपको आंसू देते हैं, एवं अज्ञान आपके जीवन को व्याकुल और दुखी बनाता है। फूल इन सभी भावों को मन से निकालने में बहुत मदद करते हैं।

फूल साक्षात सुन्दरता है। आप उसके प्यारे रंग को हाथ में लेते हैं, आप उसकी मीठी

महक को सूंघते हैं, और उसके कोमल स्पर्श का अनुभव करते हैं। फूल आपके स्वभाव को कोमल बनाता है। स्वयं को फूलों से घेर लीजिए *और फिर परिणाम देखिए।* फूलों में से तरंगे उत्पन्न होती हैं, और एक सकारात्मक ऊर्जा आती है।

पुराने समय में लोग अपने कोट, कुरते या शेरवानी पर फूल लगाते थे। यदि आप तस्वीरों पर ध्यान दें तो देखेंगे कि फूल लगाने वाले आदमी अक्सर मुस्कुराते रहते हैं। जैसे कि फूलों का उन पर कुछ अदभुत असर हो रहा हो। आज कल लोग किसी ख़ास मौके पर ही शेरवानी में फूल लगाते हैं। और तस्वीरों से हँसी भी चली गयी है।

मैं कुछ ऐसी औरतों को जानता हूँ जो मोतियों की माला की जगह, फूलों की माला पहनने लगी हैं। फूल, मोतियों का कहीं ज़्यादा दिलकश और कहीं ज़्यादा सस्ता विकल्प है। मैंने कुछ लोगों को कान में भी फूल लगाए हुए देखा है।

एक बार बालों में फूल लगाए एक नीली आँखों वाली लड़की की वजह से ट्रैफिक रुक गया था। एक कलाकार ने उसे देखा और उसकी ख़ूबसूरती का कायल हो गया। वह बहुत मशहूर मॉडल बन गयी। उस कलाकार ने कहा, "वह कमाल उसके बालों में लगे फूलों का था ! काश और भी लड़कियां बालों में फूल लगाती।" बाद में मुझे पता चला कि उस लड़की के पड़ोस का फूल वाला उसके बालों के लिए रोज़ सुबह एक ताज़ा फूल रखता था। इस फूल की वजह से वह मशहूर हो गयी। फूलों से वो ख़ुशी मिल सकती है, जिसकी शक्ति को हम में से अधिकतर लोग नहीं समझते।

जब आपके जान पहचान के लोग अचानक आपसे रूखा बर्ताव करने लगें, तो उन्हें कोई गुस्से भरा सन्देश मत भेजिए। *फूल भेजिए!* फूल शान्ति और अमन लाते हैं। फूलों की अपने अलग शक्ति होती है, *आप अपनी बात फूलों से कह सकते हैं।*

क्या आप फूलों की भाषा जानते हैं?

जैसे ही मानव सुन्दरता को समझने जितना विकसित हुआ, उसे प्रकृति की इस सुन्दर भेंट की अदभुत प्रकृति का एहसास हुआ। यहीं से फूलों को प्रतीकात्मक और रहस्यवादी विशेषताएं देने का सिलसिला शुरू हुआ। एक फूल से ही खूबसूरत और शायराना बातें बयाँ होने लगीं। कुछ चुनिन्दा फूलों के गुलदस्ते में तो पूरा का पूरा सन्देश ही छिपा होता है। फूलों के इन खतों का विषय केवल प्रेम और ख़ुशी ही नहीं थे। छेड़-छाड़ करना, रास रचना, या फिर उदासीनता और रूखा बर्ताव, प्रतिघात करना, ठुकरां देना, नीचा दिखाना, या बेइज़्ज़ती करना, ये सारे भाव भी कुछ फूलों के ज़रिये किए जा सकते है।

यह भी उल्लेखनीय है कि फूलों को तार के ज़रिये दुनिया के बहुत से भागों तक पहुंचाया

जा सकता है। गुलदस्ता भेजने के लिए समुद्र और महासागर भी अड़चन नहीं बनते। और यह फूलों का सन्देश मन के जादू को भी जगा सकता है।

कुछ और उदाहरण भी पेश हैं:

फॉरगेट-मी-नॉट (एक छोटा नीला फूल): ये कहता है मुझे भुला मत देना

लाल गुलाब : मैं तुमसे प्यार करता हूँ

सफेद गुलाब: मैं तुमसे प्यार नहीं करता

गुलनार : कामुक प्यार, मुझे तुमसे जल्द मिलना है।

सुनहरा गुलदाउदी : दोस्ती 'मैं तुम्हारी मित्रता की कद्र करती हूँ, पर तुमसे प्यार नहीं कर सकती।'

भूरी कुमुदिनी : काम मेरी मोहब्बत की कोई सीमा नहीं है।

अमर बेल : मैं तुम्हे हज़ारों किस भेजता हूँ।

प्राचीन काल में लोग इसी तरह अपनी बात एक दूसरे तक पहुंचाते थे, जो लोग शर्मीले हैं उनके लिए ये बहुत उपयोगी तरकीब है। जो फूल कुछ कहते हैं, उन्हें भेंट में दे कर आपको बहुत आनंद मिलेगा। यह मनोविज्ञान का अच्छा प्रयोग है, फूलों को देने और लेने वाले दोनों ही को आनंद मिलता है। जब आप फूलों के बारे में सोचना शुरू करते हैं, कि वह क्या है और आपके लिए क्या कर सकते हैं, तब आप ख़ुशी और सफलता की सही दिशा में सोच रहे हैं।

बहुत सी मशहूर हस्तियों ने अपनी भावनाएं व्यक्त करने के लिए फूलों का सहारा लिया है। रोम के राजा नीरो को फूलों की राजसी सजावट का बहुत शौक था। वह अपनी महफिलों के दौरान पूरे लुसिला तालाब को फूलों से ढकवा देता था। क्या अदभुत नज़ारा रहा होगा ! क्लीओपैट्रा ने, एन्टोनी को दी गयी एक दावत में, अपने महल की ज़मीन पर 18 इंच गहरी फूलों की परत बिछा दी थी। इसे कहते है रूमानी होना।

फूलों की कहानियाँ इतनी है कि साहित्यकार, बागँवा नी के लेखक और गुलाबों के इतिहासकार एच।एल।वी फ्लेचर ने अपने जीवन भर के प्रेम को 'इतर' दुनिया को सौंपा है, एक किताब के रूप में, जिसका नाम है: '*द रोज़ एनथोलौजी*' (गुलाब संकलन)।

इस बेहतरीन संकलन के बारे में कहा गया है कि गुलाबों के बारे में लिखी शायराना कहानी हर गुलाब प्रेमी के लिए कुछ है। पर उनका मतलब अवश्य ही हम सभी से होगा, क्योंकि गुलाब तो पूरी दुनिया का प्रिय फूल है, सदियों से पूजा गया है, इस फूल की ख्याति ऐसी है जैसी किसी मानव की नहीं हो सकती।

यदि आप इस ख्याति के बारे में जानना चाहते हैं तो मेरी सलाह से इस किताब को अपने

साधना कक्ष में एक ख़ास स्थान दीजिये। आप इससे बहुत कुछ सीखेंगे, जैसे कि मैंने सीखा है। और मेरी तरह आपको भी यह जान कर ख़ुशी होगी कि फ्लेचर इस बेहतरीन संकलन में *'रोज़ ऑफ़ लाइफ़'* नाम की एक प्रचिलित कहानी भी ज़िक्र किया है। क्या आप इसके बारे में जानते हैं? नहीं, तो मैं आपको संक्षेप में बताता हूँ। जब दिल के डॉक्टर, दिल का ऑपरेशन करते हैं, तब कुछ देर के लिए दिल का काम एक मशीन करती है। ऑपरेशन के दौरान डॉक्टर इस मशीन पर एक लाल गुलाब रख देते हैं।

गुलाब मरीज़ को दिखता रहता है और सफल ऑपरेशन के बाद नर्स मरीज़ को वह गुलाब देती है। एक मशहूर अस्पताल में कोई भी ऑपरेशन तब तक नहीं शुरू होता, जब तक गुलाब की यह रस्म पूरी न हो जाए।

ये है जादू का मनोविज्ञान। सोचिए मरीज़ के लिए ऐसी ख़ूबसूरती को देखना कैसा होता होगा! अपने घर में भी एक फूलदान में एक *'रोज़ ऑफ़ लाइफ़'* यानी ज़िन्दगी का गुलाब ज़रूर रखिए।

गुलाब की बागवानी में एक नाम मशहूर है, हैरी वीटक्रॉफ्ट। वह कहते हैं: ''जो ज़मीन पर गुलाब उगाता है, उसके दिल में भी गुलाब होने चाहिए।'' हैरी जंग के खिलाफ है। ''मुझे बहुत दुःख होता है जब मैं देखता हूँ कि मानवता के विनाश में कितना पैसा खर्च किया जा रहा है। इस पैसे से तो दुनिया में सब गुलाब उगा सकते हैं। अगर ऐसा हो, तो सोचिए दुनिया कितनी ख़ूबसूरीत हो जायेगी।''

हाँ, अगर लोगों के दिल में भी गुलाब होता तो फिर अभी न जंग होती और न कोई दुःख, धरती पर केवल अच्छाई और सुन्दरता का प्रचलन होता।

जिन लोगों ने अपनी जीवन में कभी भी एक गुलाब नहीं तोड़ा, वो भी हैरी वीटक्रॉफ्ट के नाम से वाकिफ़ हैं।

ग्रीक धर्म की एक कहानी है: क्यूपिड ने चुप्पी के देवता हारपोक्रेटस को एक गुलाब तोहफ़े में दिया था। यह रिश्वत थी, क्यूपिड चाहता कि हारपोक्रेटस वीनस के प्रेम प्रसंगों के बारे में किसी को न बताए और तभी से गुलाब चुप्पी का प्रतीक बन गया। इसीलिए अपने साधना कक्ष के लिए गुलाब चुनने में ही समझदारी है। इसी किस्से से उस रीत ने जन्म लिया जिसके अन्तर्गत गुप्त सभाओं के दौरान छत पर एक गुलाब लटका दिया जाता है। आज हम देखते हैं कि विधान सभाओं में गुलाब गुदा हुआ है; और सोलहवी सदी में गुलाब चर्च के दोष-स्वीकृति कक्ष में सजाये जाते थे। अपने निजी कमरे में जो भी आप अन्तर्मन से कहते हैं और उसकी जो भी बातें सुनते हैं, वो सब भी गुप्त रखनी चाहिये। इसीलिए वहां एक गुलाब

रख कर देखिए, आपको जादू जगाने में मदद मिलेगी।

रोम के राजा जब अपने सेनापतियों को अपने कवच पर गुलाब लगाने की अनुमति देते थे, तो इसे बहुत बड़ा सम्मान माना जाता था। आज भी जब पोप किसी चर्च को सम्मानित करना चाहते हैं, तो ऐसा एक गुलाब के सहारे से ही करते हैं।

हो सकता है कि आपके बाग में बहुत से फूल हों, पर क्या आपने कभी इनके बारे में विचार किया है? गुलाबों में चिकित्सीय खूबियाँ होती है। जलती हुई आँखों के लिए गुलाबों की पत्तियों से तीस-तीस अलग औषधियां बनती हैं। कहते हैं कि बार में गुलाब के होने से लोग ज़्यादा शराब नहीं पीते। जब हम फूलों की अदभुत, औषधीय शक्ति को समझ जायेंगे, तो हमें उस दरवाज़े की चाबी मिल जायेगी जो एक नयी और सुन्दर दुनिया में खुलता है। डॉक्टर यूँ ही दिल के ऑपरेशन के दौरान गुलाब का सहारा नहीं लेते।

गुलचाँदनी नाम का फूल, बहुत बड़ा और महकता हुआ होता है। इस फूल को धरती की रोशनी भी कहा गया है, कहते हैं ये फूल, वहां अच्छा भाग्य लेकर आता है जहां दुर्भाग्य की छाया हो। अगर यह जादू नहीं है, तो फिर क्या है ? *सूरजमुखी* जैसे कुछ फूल ऐसे भी होते हैं जो समय बताते हैं। घड़ियों के समय से पहले, माली प्रात:श्री को देख कर बताते थे कि खाने का समय हो गया है। स्टार ऑफ बेठेलेह्म (सूसन जैसा एक पौधा) ऐसा पौधा है जिसके पत्ते सुबह ग्यारह बजे ही खिलते हैं। गेंदे का फूल शाम के चार बजे करीब सोने लगता है, कुमुद का पेड़ शाम की चाय के समय सोने लगता है। *'नाईट सेंटेड स्टॉक'* एक ऐसा फूलों का गुच्छा है जो रात के आठ बजे खिलता है और सुबह से पहले सो जाता है। ऐसे बहुत से फूल जो समय बता सकते हैं, पर फिलहाल मैं इसमें नहीं जाऊँगा।

यदि आप आसपास के माहौल की लय-ताल बिगड़ रही है, तो फूलों की मदद लीजिए। बहुत सालों के अध्ययन के बाद दो लोगों ने एक ऐसे पदार्थ का आविष्कार किया जो किसी भी जीवित चीज़ में स्फूर्ति भर सकता है। यह पदार्थ फूलों से आता है। उन्होंने एक फूल की खोज की जो *'सलैक्टर'* का काम करता है। यह इस सदी का सबसे बेहतरीन आविष्कार है। एक बुकलेट में ये दो लोग कहते हैं:

''इस पदार्थ में वो कण है जो पहले से पांचवे, हर आयाम से आपको जोड़ सकते हैं। हर परिस्थिति में ये असरदार है। ये सटीक तरीके से स्वयं को हर व्यक्ति की निजी ज़रूरतों के अनुसार ढाल लेता है।''

आप अपने डर को जीतना चाहते हैं, कोमल और सहनशील बनना चाहते हैं, आप आस्था रखना चाहते हैं।

खोजकर्ता बताते हैं, ''बहुत से फूलों में ये विशेषताएँ जीवंत रूप से होती हैं और इन दो लोगों ने इस पदार्थ को पानी के साथ इस तरह मिलाया है, कि इस पदार्थ की कुछ ही बूँदें, पानी के द्वारा आप में इन विशेषताओं को और मज़बूत बना सकती हैं। फूलों के इस रस का सेवन गहरा और सच्चा आनंद देता है। इससे आपकी और जानवरों की बीमारियाँ भी दूर हो सकती हैं, और जो लोग अभी से स्वस्थ हैं, वो अपना स्वास्थ्य सुनिश्चित कर सकते हैं। यदि इसका सत् ज़मीन पर थोड़ सा छिड़क दिया जाए तो यह फूलों को रंगीन बनाता है, और फलों और सब्जियों को एक अदभुत स्वाद देता है, और बुकलेट यह भी कहती है: ''यह रस फसलों को इतना पोषण देता है कि उन्हें बीमारी छू भी नहीं सकती।'' दसियों हजारों लोगों से इस पदार्थ के जादुई परिणामों को गँवा ही दी है।

ये जादू कैसे होता है? फूल पाचवें आयाम के वासी होते हैं, और यही वो आयाम है जहां हर जादूगर को होना चाहिए।

क्या 'पर-तरंगों पर जी जाने वाली ज़िन्दगी' का अनुभव हमारी ज़िन्दगी से भिन्न होता है? बिलकुल हाँ! इस छोटी सी बुकलेट में आगे लिखा है: ''ऊँची फ्रिक्वेन्सि की दुनिया में आप जितना उपयोग में लेते हैं, उतना ही आपको और मिलता है।'' नीची फ्रिक्वेन्सि के इस जीवन में इसका ठीक विपरीत होता है, आप चीज़ों को जितना ज़्यादा इस्तेमाल करते जाते हैं, वो उतनी ही कम होता जाता है। यह बात याद रखिएगा। जब आप ऊँची फ्रिक्वेन्सि की दुनिया से आए इस पदार्थ का जितना ज़्यादा सेवन करते हैं, आप उतने ही शुद्ध बनते जाते हैं। ज़िन्दगी के सभी सुर सही हो जाते हैं और आप जितने पूर्ण होते हैं, उतना ही आपके लिए पांचवें आयाम पर पहुंचना आसान होता जाता है, पाँचवा आयाम जादू होता है।

शायद यह सब सुनने में ख्याली पुलाव जैसा नामुमकिन लग रहा है।

फूलों से बने पदार्थ से आपकी बीमारी कैसे ठीक हो सकती है? आप इस बात को भी नकार सकते हैं कि इस पदार्थ का छिड़काव आपके बाग में उगने वाले फूलों, फलों और सब्जियों को और अच्छा बना सकता है। आप जैसे और भी लोग है जो संदेह करते है।

इस पदार्थ पर कोर्ट में भी केस हुआ है, यह प्रमाणित करने हेतु ही ये काम करता भी है या नहीं। पर इसके आविष्कारक जीत गए, इस पदार्थ के इस्तेमाल और उसके नतीजों के हज़ारों प्रमाण सही साबित हुए, और फूल जीत गए। जादू फूलों में हैं, आपको इस बात पर अपना ध्यान केन्द्रित करना होगा। किसी को सरप्राइज़ के रूप में क्यों न फूलों का डिब्बा दिया जाए? क्या आप फूलों को केवल मुर्दा को श्रद्धांजलि देने के ही योग्य समझते हैं? जिंदा लोगों को भी फूलों और उनकी सुन्दरता से घेरे रखिए, उन्हें फूलों का फ़ायदा उठाने दीजिए। एक देश को आप उसके फूलों से जान सकते हैं।

फ्रांस में *बैंगनी फूलों* (परमा वोइलेट) का झुण्ड है, अमेरीका में *अमेरिकी गुलाब* हैं, हॉलैंड में *कंदपुष्प* की बहार है और हमारे इंग्लैंड में *'स्वीट पी'* की महक बसती है।

जिस तरह से देशों को उनके फूलों से जाना जा सकता है, उसी तरह आप चाहें तो किस इंसान को भी फूलों से जाना सकते हैं। जब आप स्वस्थ और जीवंत थे, उस समय जो लोग आपको फूल भेजते थे वो आपको एक रूखी दुनिया से स्वर्ग की ओर ले जा रहे थे। ऐसे लोग सबसे अच्छे होते हैं।

काश सिर्फ़ मुर्दों को नहीं, हम जिंदा लोगों को भी फूलों से श्रद्धांजलि देते !

विदेश में कुछ ऐसे शहर है जहां सड़क पर हर बाटीके खम्बे पर फूलों की सजावट होती है।

आप सोच रहे होंगे, ''काश कोई मुझे भी फूल भेजता।'' पर ऐसा सिर्फ़ फिल्मों में होता है, या फिर तब होता है जब हम मर जाते हैं।

'आपकी खिदमत में: लिख कर अगर कोई आपको फूलों का एक गुलदस्ता भेजे, तो क्या आप के दिल की धड़कन नहीं बढ़ जायेगी? आप उस गुलदस्ते की पन्नी हटाएँगे, फिर प्यार से उस पर लगा कागज़ हटाएँगे और फिर इन फूलों को पानी में रख देंगे।

फिर क्या होगा ? शायद आपके लिए *वायलेट* फूल आए हैं, या फिर गुलाबी रंग के *'पेओनी'*, या पीले फूलों वाला *'मिमोसा'* या फिर शायद छुई-मुई का पौधा हो ? आप कल्पना कर सकते हैं कि इन फूलों के साथ आपके लिए कोई सन्देश भी होगा।

सोचिए आपके छोटे से कमरे में सफेद फूल, नारंगी कंदपुष्प और कोमल सफेद फूलों के गुलदस्ते हो। कितना सुन्दर और शुद्ध लगेगा आपका कमरा! आप सुनहरी पत्तियों, नारंगी फूलों और गुलाबी और सफेद फूलों को देखें। ये सुगंधित पुष्प अक्सर बहुत रंगीन होते हैं, इनकी टहनियां भी अलग ही होती हैं, और इस अदभुत सुन्दरता के बीचों-बीच एक कार्ड होता है, जिस पर आपका नाम लिखा होता है।

आप अपने कमरे में चारों ओर देखिए, और सब जगह फूल ही फूल!

आप जन्नत में हैं, और यह जन्नत बहुत सुन्दर है!

आप एक उत्सुक, प्रफ्फुलित तितली की तरह एक फूल से दूसरे पर मंडराने लगेंगे, कभी पत्ती के स्पर्श को महसूस करेंगे, कभी फूलों की महक को साँसों में भूरेंगे। फूलों का एक डिब्बा, केवल एक डिब्बा नहीं होता। वो बहुत से फूलों का संकलन होता है, दुनिया की सारी मिठास भरी होती है उसमें। उसके आगमन से आपका कमरा सबसे प्यारी सुगंध से भर जाता है।

फूलों का डिब्बा एक खूबसूरत महफिल की तरह होता है, एक जगमगाता हुआ अदभुत तोहफा। साक्षात् ख़ूबसूरती। जैसे कि आप किसी सपने में हों, आप स्वस्थ महसूस करने लगते हैं। आप हर किसी को गले लगाना चाहते हैं, आप बहुत खुश होते हैं।

हाँ, जादू ही कहते हैं इसे!

लुडविग फ्यूररबाख़ एक जर्मन दार्शनिक थे। उनके लिए नैतिकता की परिभाषा केवल हेडोनिजम (प्रेमवाद अथवा सुखवाद) के फलसफे पर आधारित इंसान की सही–गलत की समझ थी। उन्होंने कहा था:

''पत्थर के एक ढांचा जो सालों इस दुनिया के बोझ तले घिस रहा है, उससे कहीं ज़्यादा ऊर्जा और जीवन फूलों के उन पत्तों में हैं जो कुछ ही दिन में मुरझा जाते हैं।''

मेरा यकीन कीजिए, ये सच है।

आप में से बहुत से लोगों ने देखा होगा कि अक्सर लोग स्टेज पर आ कर मुझसे अपनी सपनों की गाड़ी की बात करते हैं। (कोई भी आ कर मुझसे बात कर सकता है, मैं उनके उनका नाम और पता भी माँगता हूँ, इसीलिए 'चमचों' का तो कोई सवाल ही नहीं उठता।)

मैं पूछता हूँ, ''आप किस किस्म की गाड़ी चाहेंगे ?'' और फिर मैं फौरन, जवाब मिलने से पहले ही, मॉडल नंबर और कंपनी का नाम बता देता हूँ। और मैं सही होता हूँ।

''किस रंग की गाड़ी?''

जवाब आने से पहले मैं कहता हूँ: *लाल* ! ''ये ही है, है ना?''

सकपकाया हुआ वो आदमी सर हिला देता है। एक बार फिर, मैं सही था।

''क्या आप रजिस्ट्रेशन नंबर भी जानना चाहेंगे?''

''हाँ।''

''आप इस गाड़ी के लिए कितने पैसे दे सकते हैं?'' और फिर चुटकी बजाते ही, मैं उत्तर दे देता हूँ। दर्शक फिर से मान लेता है की मैं सही हूँ।

''आप गाड़ी के दोनों ओर एक फूलदान रखना चाहते हैं?'' फिर सही।

''हाँ, मैं हमेशा से अपनी गाड़ी में फूल रखना चाहता था।'' ''अच्छी बात है।'' इतना कहकर मैं अपनी जेब से गाड़ी का बिल निकालता हूँ। वही मॉडल, वही रंग, वही रजिस्ट्रेशन नंबर! वो आदमी बिल को ताकता रह जाता है और पूछता है, ''पर आपको कैसे पता चला?''

15 सही आदतों का जादू

आदतें आपको वो बनाती हैं, जो आज आप हैं। यदि आप की सेहतमंद और समृद्ध बन कर जीवन में जादू नहीं चला पा रहे हैं, तो बेहतर होगा अगर आप अपनी आदतें बदल दें। मनोवैज्ञानिक आर जादूगर के तौर पर आपका पहला उद्देश्य होना चाहिए की आपकी आदतें उत्तम बन जाएँ।

गलत सोच की आदत का नतीजा होता है ग़रीबी। यदि आपका शब्दकोष नकारात्मक है, तो आप केवल गरीबी की ही उम्मीद कर सकते हैं, स्वास्थ्य में गरीब, शक्ल-सूरत से गरीब और जेब से भी गरीब। इस आदत को तोड़ने के लिए *सकारात्मक* शब्दों का उपयोग शुरू कीजिए। उन्हीं पर ध्यान केन्द्रित कीजिए और उन्हें ही बोलिए। जब आप *सकारात्मक* शब्द पसंद करने लगेंगे, तब आप शब्दों के प्रति जागरूक हो जाएँगे। और जब आप शब्दों के प्रति जागरूक होते हैं तब आप कभी भी एक भिखारी के शब्दों का प्रयोग नहीं करते। दुनिया आपकी कर्ज़दार नहीं हैं, दुनिया आपको अगर कभी कुछ देगी, तो वो होगा सिर्फ़ एक *मौक़ा।* यह है आपका मौक़ा, आपका अदभुत मौक़ा बुरी आदत को तोड़ कर जादुई शब्दों का प्रयोग आरम्भ कीजिए।

जो गलतियां आप करते आयें हैं, उन्हें भूल जाइए। उस अवसर के बारे में सोचिए जो आज है, सकारात्मक शब्द बोलने की आदत आप में जादू जगा सकती है। स्वयं को अनुशासित करे और केवल सकारात्मक शब्दों का ही प्रयोग करें। आपने अपने आस-पास की बुराई को देखने मे बहुत समय बिताया है, और सकारत्मक विचारों के बारे में कम सोचा

है। सच्चा संतोष, गहरा आनंद, और सबसे ऊँचा जादू, सकारात्मक ऊर्जा से बोले शब्दों से मिलता है।

इस दुनिया का सारा ज्ञान भी आपके मन के जादू को नहीं जगा पाएगा, यदि आप सकारत्मक शब्दों का प्रयोग नहीं करेंगे। बाईबल में लिखा है: "शुरूआत में शब्द था..." शब्द बहुत महत्वपूर्ण है।

एलिअस के शब्दों ने पानी को बदल दिया और लोहा भी पानी पर तैरने लगा। मोसेस के एक शब्द से रेड सी बंट गया।

जेफरसन के नाटक का प्रिय किरदार रिप वैन विंकल स्वयं को हर गलती से यह कह कर बचा लेता था, "यह बात गिनती में नहीं आती।" आप चाहे सिर्फ़ केवल एक नकारात्मक शब्द के प्रयोग को गिनती में न लें, परन्तु वह गिनती में आता ही है। आपका अन्तर्मन इसे गिनता है, इसे आदेश के रूप में दर्ज कर लेता और अगली बार इसी नकारात्मक शब्द को आपके खिलाफ़ इस्तेमाल करता है। आपकी आदतें आपका पीछा करती हैं, आपको घेरे रखती हैं, आपको ढक लेती हैं। जैसे-जैसे समय बीतता जाता है, बुरी आदत को तोड़ना और मुश्किल हो जाता है, और फिर एक दिन लगभग नामुमकिन ही हो जाता है। यदि आप जादू नहीं कर रहे हैं, तो जान लीजिए कि इस पल भी आपके मुंह पर या मन में कोई नकारत्मक विचार है। जैसे-जैसे समय बीतता जाएगा, जादू को जगाने की संभावना कम होती जायेगी।

जब तक इस बुरी आदत पर आप पूर्ण विराम नहीं लगाते, आप पर एक बड़ी त्रासदी का खतर मंडराता रहेगा और आप ही के बनाये इस जहन्नुम में आपको कोई मतिभ्रम नहीं होगा। आप समझेंगे कि जो जादू आपका हो सकता था उसे आपने ठुकरा दिया, क्या संभव था और क्या हुआ। आप जानेंगे कि यदि आप चाहते तो जीवन में सिन्ड्रेला या अलादीन जैसे बदलाव ला सकते थे, पर आपने उस अवसर को गँवा दिया। जो आदमी जादू से मुंह मोड़ता है, वह सीधा अपने ही बनाए नरक की आग में जाता है।

समय समय पर इस नरक में भी सूरज की किरण भी फूट पड़ेगी और आप रचनात्मक तरह से बर्ताव करेंगे और सकारात्मक शब्द इस्तेमाल करेंगे। पर आपकी बुरी आदत को तो छोड़ना आसान नहीं होगा। अपने मन को अँधेरे में मत जाने दीजिए वरना आपकी बुरी आदतें आपको कमज़ोर कर देंगी। वो एक कदम जो ज़िन्दगी और मौत के बीच का फ़र्क होता है, वह कदम आप ही का होता है। अच्छी आदतें बनाने से हर बार आपके जीवन में जादू आएगा।

इसी पल से, मैं चाहता हूँ कि आप स्वयं को उस नज़र से देखें जैसा कि आप बनना चाहते हैं। सुन्दर, समृद्ध और सकारात्मक। स्वयं को उस व्यक्ति के रूप में *मत* देखिए जो कभी

कुछ खास नहीं कर सकता। यह बुरी आदत है। केवल कामना मत कीजिए, *कुछ कीरिए !* चाहे आप जो भी आदत बदलना चाहते हों, उसके लिए कर्म करना आवश्यक है। ''पर अब अपनी आदतें बदलने की उम्र नहीं है मेरी,'' आप कह सकते हैं। फिर से वही : नकारात्मक, नकारात्मक, नकारात्मक ! मैं जानता हूँ कि आदतें बदलना बहुत कठिन होता है, पर सही त्याग और कर्म के सहारे यह करना संभव है। थोड़ी सी कोशिश मत कीजिए, दिन-रात एक कर दीजिये, दृढ़ निश्चय कीजिए!

आप कह रहे होंगे, ''इस बंदे में मुझे थोड़ी दिलचस्पी हो रही है। पर यह तो मुझसे नामुमकिन काम करने को कह रहा है। ये मैं कभी नहीं कर सकता।''

कभी नहीं, इन दो शब्दों का साथ में कभी इस्तेमाल मत कीजिए। जादू की दुनिया में इसकी कोई जगह नहीं है। सिवाय एक वाक्य के, ''आप *कभी नहीं* जानते आगे क्या होगा!''

आप कभी नहीं जान सकते कि आगे क्या होगा, जब तक कोशिश नहीं करेंगे तब तक आप नहीं जान सकते कि क्या मुमकिन है और क्या नहीं। मैं फिर से दोहराता हूँ, अपनी बुरी आदतें छोड़ दीजिए।

हम आपको सबसे ऊँचे आयाम तक ले जाना चाहते हैं और उसके लिए आपको नयी आदतों को अपनाना ही होगा। आपको उत्सुक बनना होगा। आपकी बोली में अधिकार झलकना चाहिए, आपकी सोच गतिशील होनी चाहिए। अपनी आँखें बंद कीजिए और अपने नए व्यक्तित्व का चित्रण कीजिए और आज की नकारात्मक सोच को त्याग दीजिए। इस तरह से आप एक नयी दुनिया में प्रवेश करते हैं, जादू के संसार में!

सबसे पहली अच्छी आदत है : सुबह जल्दी उठना। प्रगतिशील लोग जो बहुत से पैसे कमाते हैं, वो रोज़ सुबह जल्दी उठ की, 5 या 6 बजे तक अपना दिन शुरू कर देते हैं। यह उनकी आदत है और सबसे अच्छी आदत है। आप जो भी हैं और बनेंगे ये सब केवल आपकी आदतों पर निर्भर करता है।

आपकी सेहत कैसी है? क्या आप सही आदतों का पालन कर रहे हैं? सही आदतें आपके स्वास्थ्य और ऊर्जा के स्तर को बढ़ा सकती हैं, और आपकी तंदरूस्ती को विकसित कर सकती हैं। इस हद तक की आपको भी आश्चर्य होगा। आपके अन्तर्मन को आपकी आदतों, शब्दों और सोच से ही निर्देश मिलते हैं। मुमकिन है कि आपकी जुबान कहे कि, ''मुझे एक गठीला शरीर, तंदुरस्ती और एक गतिशील चाल चाहिए।'' परन्तु यदि आपकी आदतें आपके अन्तर्मन को ये सन्देश देती हैं कि दरअसल आपको सिगरेट और शराब पीने में, और कभी भी व्यायाम न करने में ज़्यादा दिलचस्पी तो वह आपकी दुनिया को आपकी

सुविधा अनुसार ही बनाए रखेगा। आप दो और दो मिलाएं और पांच हो जाए, तो लाइफ में कुछ गड़बड़ है। आपके शब्दों और कर्मों की लय-ताल मिलनी चाहिए, वरना आप कभी भी एक ताकतवर शरीर के मालिक नहीं बन पाएँगे ।

इसलिए, अपने स्वास्थ्य सम्बंधित आदतों को ले कर सावधान रहिए। अच्छी आदतों की लौ को हवा दीजिये। याद कीजिए वो पल जब आपने खिड़की खोल कर गहरी सांस ली थी, वो दिन जब आप जल्दी उठ कर अपने कुत्ते के साथ सैर पर निकले थे।

ताज़ी हवा आपको स्फूर्ति देती है, और आपके अन्तर्मन को और व्यायाम करने के लिए प्रोत्साहित करती है। अंतर्मन और ताज़ी हवा के सेवन से आपको वो स्वस्थ शरीर दे पायेगा, जिसकी आपको बहुत समय से कामना है।

आप केवल बोल-बोल कर बुरी आदतें नहीं तोड़ सकते। यह कहना कि मैं फलां-फलं चीज़ नहीं करूंगा, काफ़ी नहीं है। ''*मैं नहीं करूँगा,*'' कह कर आप बुरी आदतों को नहीं त्याग सकते। सोच समझ कर एक नयी आदत का निर्माण कीजिए। सोचिये कि *आप क्या करेंगे।* कहिए कि आप जिम जायेंगे, कहिए कि नाश्ते से पहले, रोज़ सुबह आप अपने कुत्ते को घुमाने ले जायेंगे। कहिए कि आप ब्राउन ब्रेड और सलाद खायेंगे। कहिए कि अगर आपके अज्ञानी दोस्त आपका मज़ाक बनाएँ तो भी, आप सही खुराक का सेवन ही करेंगे और अच्छे खाने का अध्ययन करेंगे।

आप क्या करेंगे, अपने मन पर इस विचार की छाप छोड़ दीजिये। अपनी गर्दन सीधी कीजिए, अपनी मांस पेशियों को कस लीजिए, गहरी और लम्बी सांसें लीजिए, और फिर अपेन जीवन का स्वामी बनने का प्रण लीजिए। *और जादू कीजिए।*

नियम को अपनाना अनिवार्य है। अपनी आँख और कान के सामने अपनी नई अच्छी आदतों को लाते रहिए। स्वास्थ्य की डगर न आसान हैं, और न ही गोल मोल! आपको ध्यान केन्द्रित कर एक सीधी राह पर चलना है और परिश्रम करना है। जो भी आपको आसान तरीके से स्वस्थ बनाने का वादा करता है, वो आपको अंधेर गली में ले जा रहा है।

स्वयं का चित्रण कीजिए, आप शारीरिक रूप से स्वस्थ और सुन्दर बन गए हैं। जब आप व्यायाम करते हैं, तो किसी ऐसे सुन्दर व्यक्ति की तस्वीर को आँखों के सामने रखिए, जिसके जैसा आप बनना चाहेंगे। जीवन देने वाली ताज़ी हवा के बारे में सोचिये, और गहरी सांस लीजिए। आप महसूस करने लगेंगे कि ''मैं प्रकृति से जुड़ी आदतें कर सकता हूँ।''

लिख लीजिए कि आप सेहत और स्वास्थ्य को पाने के लिए, क्या-क्या करेंगे। एक पन्ने पर *लिख लीजिए।* इस काम के लिए अपने पास एक विशेष नोट-बुक भी रख लीजिए। इन

बातों को रोज़ पढ़िए, इनके बारे में *विचार* कीजिए, इनके *सपने* देखिये, और इन पर अमल कीजिए। एक दिन ये आदतें आपके जीवन का मुख्य अंग बन जायेंगी।

धूप सेकिये, हवा में जाइए, मांस पेशियों का विकास कीजिए, सिगरेट मत पीजिये, गहरी सांस लीजिए, सही खुराक का सेवन कीजिए। इन सब विचारों को अपने मन में बिठा लीजिए, सभी इन्द्रियों के ज़रिये स्वयं को अच्छी आदतों की याद दिलाते रहिए।

आदतों को लिखिए (आँख और मांसपेशियों पर प्रभाव पड़ेगा)।

आदतों को पढ़िए (आँख, मांस पेशियों, होठों और कानों पर प्रभाव पड़ेगा)।

आदतों का पालन कीजिए

स्वयं को जिम का सदस्य बनते हुए देखिए

स्वयं को रोज़ पौन घंटे के लिए धूप और हवा में जाते हुए देखिए

आदमी और औरतों की मनभावक तस्वीरें इकट्ठी कीजिए और उन्हें निहारिए। उनके जैसा बनने का दृढ़ निश्चय कीजिए। जितना दृढ़ विश्वास जुटा सकते हैं, जुटा लीजिए और प्रण लीजिए कि आप तब तक चैन से नहीं बैठेंगे, जब तक आपकी सेहत और सुन्दरता तस्वीर में दिख रहे लोगों जैसी नहीं हो जाती।

सबसे अच्छी आदत तो वो है जिससे अन्य अच्छीआदतें, सुन्दरता और शिष्टता जन्म लेते हैं। ये आदत है अपने मन में उन विचारों को बांधे रखने कि जिन्हें आप अपने जीवन में सच करना चाहते हैं।

और जहां तक आदतों की बात है तो उन्हें बार-बार दोहरा कर बनाया जा सकता है। जब आप अपनी कामनाओं को बार-बार दोहराते है, तो वो आपके मन और मस्तिष्क में जम जाती हैं, और अन्तर्मन पर एक ऐसी अमिट झाप छोड़ देती है कि वह स्वतः ही आपको स्वास्थ्य व सुन्दरता के मार्ग पर ले जाता है, जहां आपको मिलता है जादू!

आइये, मैंने अब तक जो भी कहा है, इन सब बातों के सारांश को दोहरा लेते हैं। क्या आपने *आस्था* बाँध ली है, या आपको अब भी संदेह है?

क्या आप अब भी अपने पैर उत्तर दिशा की ओर रख कर सोते हैं? जब भी किसी नकारात्मक ऊर्जा का आभास होता है तो क्या आप अपने हाथ-पैर बाँध कर बैठते हैं?

क्या आप नियमित रूप से चित्रण करते हैं ? क्या अपनी कामनाओं के चित्रों को रोज़ देखना आपकी आदत बन गया है? याद है, मैंने आपसे कहा था कि अपनी आकांक्षाओं की तस्वीरें एक किताब में चिपका लीजिए।

क्या आप अपना कमरा फूलों से भरने लगे हैं ?

और अच्छे संगीत का क्या? क्या आप रोज़ अच्छा संगीत सुनते हैं?

क्या एकांत आपकी आदत बन गया है? एक दिन भी देर मत कीजिए, अपने साधना कक्ष में चिंतन करना, तुरंत अपनी आदत बना लीजिए।

और प्यार, क्या प्यार आपके जीवन का हिस्सा है?

क्या आप प्रति दिन प्रेम भरे विचार ब्रह्मांड में अर्पित करते हैं, क्या आप अपने शत्रुओं की भी भलाई की प्रार्थना करते हैं?

क्या आप अपनी कमाई 10 प्रतिशत हिस्सा रोगियों और गरीबों के लिए रखते हैं? क्या आपको अमीरी का कानून याद है, क्या आप हर रोज़ पैसे खर्चते समय अपने पैसे को आशीष देते हैं?

रंगों के बारे में क्या कर रहे हैं आप ? क्या आप हमेशा चमकीले कपड़े पहनते हैं, क्या आपने अपने घर की हर फीकी वस्तु को रंगीन बना दिया है?

नए दोस्त बनाने की आदत का क्या? इस किताब को जब से शुरू किया, तब से अब तक कितने नए दोस्त बनाये हैं?

यदि आप जादूचलाना चाहते हैं, तो इन सब चीज़ों की आदत डालनी ही होगी। हर दिन इस किताब का एक भाग पढ़ कर, उसकी छाप अपने अन्तर्मन पर उतार लीजिए। अगर आपको लगता है की इसमें लिखी सारी बातें आपको याद रहेंगी, तब भी उन्हें दोबारां पढ़िए। दोहराना सफलता की चाबी है, दोहराते रहिए, फिर दोहराना ही आपकी सबसे प्रिय आदत बन जाए।

क्या आप जादू चलाना चाहते हैं? तो हर घंटा, हर मिनट, अपनी रोज़ाना की आदतों के सहारे, उसके लिए परिश्रम करें।

यदि आप टी।वी। या स्टेज पर मुझे देखते हैं, तो मुझे इस बात की बहुत ख़ुशी हैं। मुझे आपको अचंभित करना बहुत पसंद है।

'द बुलेटिन' नाम के अखबार से एक लेख है:

"अगर आपने अल कुरान को टीवी या स्टेज पर देखा है, और उसकी तरकीबों का तोड़ नहीं निकाल पाये, तो घबराइए मत! प्रोफेसर आइंस्टीन भी आप ही की श्रेणी में आते हैं, वो भी कुरान की तरकीब नहीं समझ पाए।"

प्रोफेसर मेरे एक प्रदर्शन से मंत्रमुग्ध रह गये थे।

16 संगीत का जादू

आम आदमी के लिए संगीत उसके मनोरंजन के लिए सजाई कुछ धुने हैं। संगीत का रहस्यमयी असर, इसका गहरा प्रभाव, कम ही लोग महसूस कर पाते हैं। इसलिए अधिकतर लोग मन की जादुई शक्ति से अनजान रहते हैं।

मैं चाहता हूँ आप शुरूआत से ही इस ज़बरदस्त सच को समझ लें, संगीत की जिन तरंगों से आप घिरे रहते हैं, उनका आप पर अच्छा या बुरा प्रभाव निरंतर पड़ता है। यदि आप ख़ुशी-ख़ुशी जीना चाहते हैं और अपने सभी सपने सच करना चाहते हैं, तो याद रखिए 'ताल का कानून' संगीत के ज़रिये काम करता है। इसलिए संगीत की मदद से जीवन में स्वास्थ्य, प्रेम और आकांक्षा को लाया जा सकता है, और इनके बीच सही ताल बिठाई जा सकती है। आज कल का उबड़-खाबड़ 'संगीत' जो रेडियो पर बजता है, वो आपके मन में असंतुलित विचार डालता है, जैसे की डर, गुस्सा इत्यादि। यदि आप इस संगीत को ज़्यादा सुनते हैं, तो इसकी तरंगे आपकी बुद्धि का सदा के लिए नाश कर सकती हैं।

संगीत की पसंद निर्धारित करती है कि आप किस आयाम तक पहुंचेंगे, और आपको क्या मदद मिलेगी। केवल उन्हीं स्वरों को सुने जो मधुर हैं और आपको प्रेरणा देते हैं। उछलते-कूदते संगीत के ज़रिये आप कुछ नहीं पा सकते, पर शांत और मधुर धुनों की मदद से आप नकारात्मक प्रभावों को दूर कर सकते हैं। यदि आप दुखी हैं या मानसिक रूप से बीमार हैं, तो आपको मधुर लय-ताल की बहुत आवश्यकता है। एक ख़ूबसूरत धुन बहुत सी मुश्किलों को हल कर सकती हैं, पर उसका प्रभाव वहीं ख़त्म नहीं होता। उसकी शक्ति बहुमुखी हैं। संगीत में मानसिक, शारीरिक और अध्यात्मिक रोगों का इलाज भी छिपा है।

यदि आप भीतरी जादू को जगाने की डगर पर चलना चाहते हैं, तो सही संगीत का चयन

कीजिए और उसे अपनी जीवनशैली का भाग बना लीजिए।

ध्यान दीजिए कि किस किस्म के संगीत को आप अपनी चेतना में प्रवेश करने अनुमति दे रहे हैं, क्योंकि इस संगीत की धुन, स्वर और लय का प्रभाव आपके जादू करने की क्षमता पर पड़ता है। बिना लय-ताल का संगीत आपके लिए नहीं है, ये संगीत तो ऐसा है जैसे कोई किसी के सिर पर बोतल फेंक रहा हो। इस संगीत में अमन और शान्ति नहीं है, यह दिमाग पर बुरा प्रभाव डालता है, चाहे आपको इस बात का एहसास हो या नहीं।

आज दुनिया को अमन और तालमेल की ज़रूरत है। जीवन के तारों से बेसुरा संगीत मत निकालिए। फर्ज़ कीजिए कि कल आप बहरे हो जायेंगे, इस ख्याल को मन में रख कर संगीत का चयन कीजिए। सुनिए चिड़िया की चहक, ऑर्केस्ट्रा की शक्तिशाली ध्वनि, या कोई एकल मधुर स्वर ! संगीत से प्रेम कीजिए। सुर-ताल संगीत का आधार होते हैं, *सुर-ताल जीवन का आधार होते हैं।*

मैं एक औरत को जानता हूँ, वह पेट से थी और चाहती थी उसका बच्चा संगीत प्रेमी बने। इसीलिए जब भी वो आराम करती, अपने अजन्मे बच्चे के साथ संगीत और संगीत-प्रेम के विचार बाँटती थी। फिर वह अपने म्यूजिक प्लेयर पर कोई मधुर धुन बजाती थी। जब उस बच्चे का जन्म हुआ, तो उसकी आत्मा पहले से ही संगीत-प्रेम के लिए तत्पर थी और बहुत ही कम उम्र में उसने पियानो पर महारथ हासिल कर ली। आप भी इसी तरह अपने सोते हुए बच्चे के अन्तर्मन से बात कर सकते हैं, हर रात, उसे अच्छे संगीत से प्रेम करने का सुझाव दीजिए, और फिर एक दिन आएगा जब ये सच हो जाएगा। क्योंकि अन्तर्मन कभी असफल नहीं होता।

हाल ही में डॉक्टरों ने माँ की धडकनों पर बच्चों की प्रतिक्रिया पर शोध किया है। जब शिशुओं को सोते समय माँ के दिल की कोमल धड़कन सुनाई गयी, तब वो शान्ति से सो गया। पर जैसे ही संगीत बंद हुआ, वो रोते हुए उठ गये। बच्चे के लिए अपनी माँ की धड़कन से अधिक मधुर कोई संगीत नहीं है। उन्हें ये धड़कन सुन कर आराम मिलता है।

टाईटैनिक त्रासदी के दौरान चीनी मिट्टी के बने एक संगीत वाले खिलौने ने नन्हें बच्चों की जान बचाई थी। उस खिलोने के संगीत की वजह से बच्चे शांत रहे आर कुछ देर बाद उन तक मदद भी पहुँच गयी। यह सच्ची कहानी एडिथ रसल ने सुनाई थी, ये टाइटैनिक के फर्स्ट क्लास में एक अमरीकी यात्री थी। उन बच्चों के लिए संगीत ने अपना जादू चलाया था।

एक आदमी ने देखा कि उसके पौधे मुरझाने लगे हैं, उसने सोचा की कहीं मेरे ग्रामाफोन पर बजने वाला डिजी गिल्लेस्पी का संगीत तो इन्हें नहीं मार रहा। वो एक संगीकार सिरिल स्कॉट के पास गया, सिरिल की मान्यता है कि पौधे संगीत के प्रति बहुत संवेदनशील होते हैं।

उसका सुझाव है कि पौधों के पास सांत्वना भरा संगीत बजाना चाहिए। मानसिक रूप

से असंतुलित जैज़ संगीत पौधों को परेशान करता है। शायद आपको लगे कि यह पागलपन है, पर मुझे लगता है कि ये मुमकिन है। सिरिल स्कॉट के काम ने एल्गार और डेबुसी जैसे संगीतज्ञों को प्रभावित किया है, इसलिए मैं इनका आदर करता हूँ। सिरिल कहते हैं : "मैंने देखा कि यदि पौधों को सी नोट पर संगीत सुनाया जाए, तो वो फलते हैं।" सी नोट पश्चिमी शास्त्रीय संगीत का एक स्वर है और इस पौधों के लिए बहुत उपयुक्त माना जाता है। एक अमरीकी शोधकर्ता ने गेहू की फसल पर संगीत के प्रभाव का अध्ययन किया है, और उसने पाया की दूर बजते संगीत का गेंहू की बालियों पर बहुत अच्छा असर होता है, परन्तु जब यह संगीत करीब बजता है तो गेहूँ की फसल बिगड़ने लगती है। आप चाहें तो अपने पौधों को डेबसी की 'गार्डेन इन द रेन' धुन सुना कर देखिए।

हिमालय में रहने वाले लोग आपको ध्यान केन्द्रित करने के लिए एक संगीत देते हैं। इस धुन का नाम आपके होंठों से कभी नहीं निकलना चाहिए। पर जब आराम करना चाहें, तब आपको ये संगीत सुनाया जाता है और जब आपकी सुनने के शक्ति और प्रबल हो जाती है, तब आप 'परम-आत्मा' से जुड़ पाते हैं। बहुत जल्द शायद, मेडिकल विज्ञान में बेहोशी की दवाओं की जगह संगीत का प्रयोग होने लगेगा।

अमरीका और इंग्लैंड में बहुत से लोगों ने बिना 'लोकल अनेस्थेटिक' (जो केवल एक अंग को ही सुन्न करता है) की मदद से दांत निकलवाए हैं। उनके कानों में केवल मधुर पाश्चात्य शास्त्रीय संगीत गूँज रहा था, और उन मरीजोंके मुंह से उफ़ तक नहीं निकली।

जिन डॉक्टरों ने इस बात पर शोध किया है वो कहते हैं कि बुद्धि का जो हिस्सा दर्द को महसूस करता है, वही हिस्सा संगीत पर भी प्रतिक्रिया व्यक्त करता है। उनका मानना कि संगीत की ध्वनि से कुछ देर के लिए दर्द के एहसास को रोका जा सकता है। ऐसा होता है संगीत का जादू!

मैं एक पिचयासी साल की महिला को जानता हूँ, जो रोज़ सुबह *नाश्ते* से पहले, पियानो बजाती है। वह अपनी उम्र से कहीं ज़्यादा जवान लगती है, और मुझे यकीन है कि इसके पीछे एक बड़ा कारण उनकी यह आदत है। आख़िरकार, वह अपने दिन की शुरूआत ही सुरों के सही ताल-मेल के साथ करती हैं।

मेरे जानकार ने मुझसे हाल ही में कहा, "मैं अपनी बीवी को छोड़ने वाला हूँ। जब हमारी शादी हुई थी तो लगता था की वो 'परफेक्ट पत्नी' है। पर दो साल बाद ही हमारा प्यार ख़त्म हो गया है, और उसे इसका अंदाजा भी नहीं है। आज भी मैं रोज़ की तरह घर जाऊँगा और रेडियो ऑन करूंगा। वो शिकायत करेगी, "मैं इस गाज़े-बाजे से तंग आ गयी हूँ।"

"मैं कोई किताब पढ़ना शुरू करूँगा। और वो फिर शिकायत करेगी, "तुम हमेशा

किताबों में घुस कर बैठ जाते हो!''

''फिर मैं किताब बंद कर, वापस संगीत सुनने लगता हूँ। और वो झल्ला कर कहेगी, ''संगीत, संगीत, संगीत... पक गयी हूँ मैं इस आवाज़ से!''

फिर मैं उठ कर घर से बाहर चला जाऊंगा। संगीत से उसे हमेशा शिकायत ही रहती है, इस बात से मैं बहुत तंग आ गया हूँ?''

क्या आप 'बीट' संगीत के फैन है? वह एक तरह का संगीत अवश्य है, पर जादू जगाने में मदद नहीं करता। वह एक कच्चा संगीत है, जिसे आज कल के युवा टाइट जींस और काली चमड़े की जैकेट पहन कर बनाते हैं। इस तरह का संगीत आपको पागल भी कर सकता है!

क्या संगीत बीमार मन का उपचार कर सकता है? मेरा मतलब है *अच्छा संगीत*! यदि मानसिक रोगी नियमित रूप से अच्छा संगीत को सुनें तो वो ठीक हो सकते हैं।

वायलन बजाने वाले येहुदी मेनुहिन की बहन हेफ ज़िबाह पियानो बजाती है। उसका कहना है कि संगीत यकीनन मानसिक रोगियों की मदद कर सकता है।

''संगीत में हमारे मन की ही भाँति रहस्यमयी शक्ति होती है। मैंने पाया है कि यह एक ऐसी भाषा है, जिससे हम भटके हुए मस्तिष्क से भी बात कर सकते हैं।'' संगीत संध्याओं और रिकॉर्डिंग के अलावा, हेफीज़िबाह मानसिक रोग के अस्पतालों में काफी समय बिताती है। वह मरीजों के लिए गाती और बजाती है और उनसें बातें भी करती है। वह खतरनाक पागलों से भी घुलती मिलती है, इस उम्मीद में कि वो उनकी संगीत से मदद कर सकती है।

ऑस्ट्रेलिया में तीन अस्पातालों ने मानसिक उपचार के इस सुरक्षित तरीके को मान्यता दी है। संगीत, रासायनिक दवाइयों के खतरनाक इलाज का एक मानवीय और रचनात्मक विकल्प बन सकता है।

मैं येहुदी मेनुहिन की बहन से सहमत हूँ संगीत सबसे अच्छा ट्रैंक्विलाइज़र (शान्तिदायक दवा) है। मैं अक्सर सोचता हूँ, कि फलां-फलां इंसान बहुत दुखी रहने लगा है। उस इंसान के दुःख का कारण या तो मानसिक असंतुलन होता है, या फिर वो इंसान अपने दुःख के कारण मानसिक असंतुलन के कगार पर होता है। आपकी उम्र चाहे जो भी हो अच्छी धुनें ख़ुशी की चाबी होती हैं। लोगों की सेहत का राज़ होता है अच्छा संगीत। डेबसी ने एक बार कहा था: ''*केवल संगीत के पास हक़ है, धरती-आस्मां की सारी शायरी को खुद में समेट लेने का, संगीत ही मरी हुई कायनात को फिर जिंदा कर, आपको इसकी धड़कनों की ताल सुना सकता है।*''

बहुत लोग हेफीज़िबाह की मान्यता पर संदेह कर सकते हैं। परन्तु सच तो यह है कि यदि संगीत में आस्था रखें तो वो अवश्य ही आप के मन और मस्तिष्क के हर रोग को दूर कर सकता है।

बेथोवन का बहरापन, उसके संगीत-प्रेम के लिए एक चुनौती था। उसने इस चुनौती को स्वीकार किया और आज इस संगीत सम्राट की ख्याति से सारी दुनिया वाकिफ़ है। संगीत की शक्ति और जादू को कभी कम मत आँकिएगा। मार्टिन लूथर ने इस बात को इन शब्दों में कहा था: *'संगीत लोगों को कोमल, नैतिक और तर्क-संगत बनाता है।'*

रोटी, कपड़ा और मकान के बाद, इंसान की बुनियादी ज़रूरत है *संगीत*।

फिर से, इस बात को मार्टिन लूथर के शब्दों में कहूँ तो : *''संगीत सूफियों की कला है, यह इकलौती, ऐसी कला है जो रूह के उन्माद को ख़त्म कर सकती है। जब आत्मा में उन्माद नहीं होगा, तो किसी भी किस्म की कोई मानसिक बीमार भी नहीं होगी।''*

यदि आप अपने मन को बेहतर बनाना चाहते हैं, तो अपने हाथों को व्यस्त रखिए। जब किसी साज़ पर आपकी उँगलियाँ आपकी मन की बनायी धुन पर थिरकती है, तो मन और शरीर का उससे अद्भुत मिलन और क्या हो सकता है। इस सुरीले मिलन का मानसिक अशांति पर सकारात्मक असर होता है और तो और, मेरे विचार से संगीत में हमारी आत्मा के लिए दिव्य सन्देश छिपा होता है। इसीलिए मेरा मानना यह भी है कि बहुत से मानसिक रोगियों की इस हालत का कारण केवल यह है कि उन्होंने अपने जीवन में वो संगीत कभी नहीं सुना जो उन्हें सुनना चाहिए था। जब हम आत्मा को वो नहीं देते, जो वह चाहती है, ता हमारा मन बीमार पड़ जाता है। धीरे-धीरे, अगर इस हालत के बारे में कुछ किया न जाए तो हम सब निश्चित रूप से बिखरने लगते हैं।

संगीत हमें उस आयात तक ले जाता है, जहां जादू की रचना होती है। इस बात को प्रमाणित करने के बहुत से वाकये सुनाये जा सकते हैं। पर फिलहाल मैं आपको केवल लोय्ड फ्रेंक्लिन के बारे में बताता हूँ।

तीन साल पहले, लोय्ड एक कंगाल युवक था। उसके पास एक फूटी कौड़ी भी नहीं थी। वह बहुत की कम तनख्वाह पर एक मधुशाला में बर्तन मांजने वाले का काम करता था। उसके पास कुछ था तो बस मन में साहस, और हाथ में गिटार। जब वह एक सन्देश वाहक के रूप विदेश गया तब खबर पढ़ी। वो इतना गरीब था।

फिर एक दिन किसीने उसे गिटार बजाते सुना और उसे एक महफिल में बुलाया जहां बहुत से मशहूर लोग आये हुए थे और इस तरह लोय्ड की मुलाकात हुई वूल्वर्थ जायदात की वारिस बारबरा हटन से ! उसके संगीत ने बारबरा को इस कदर मोह लिया, कि बारबरा की लोय्ड के पास से हटी ही नहीं। इस तरह से दुनिया की सबसे अमीर महिला, लोय्ड फ्रेंक्लन की करीबी मित्र बन गयी।

आज लोय्ड प्राइवेट हवाई जहाज़ में दुनिया घूमता है, और उसके पास रोल्स-रोयस गाड़ी है।

वह अफ्रीका के एक शानदार बंगले में रहता है और उसके दोस्तों की फैहरिस्त में आते हैं करोड़पति और फिल्मी व टीवी सितारे। अब वह जब तक जीवित है उसे पैसों की फिक्र करने की ज़रूरत नहीं है।

अपने गिटार पर जो फ्लामेंको संगीत वह बजाता था, उसने ही लोय्ड के लिए जादू दिखा दिया। बारबरा हटन उसकी ओर आकर्षित हुई और उसने उसी पल से फ्रेंक्लिन की ज़िन्दगी बदलने में उसकी मदद करनी शुरू कर दी।

मैंने आपको बताया है, कैसे फूलों और रंगों में जादू होता है। अब आप संगीत के बारे में सोचिये। संगीत ने लोय्ड फ्रेंक्लिन के लिए जो जादू चलाया, वो आपके लिए भी चला सकता है।

संगीत तो तबेले में बंधी गायों के लिए भी जादू चला देता है! कहा जाता है, यदि गायों का दूध निकालते समय संगीत बजाया जाए, तो वो ज़्यादा दूध देती हैं।

एक आदमी के पास 1,500 सूअर थे और वो आपस में इतना लड़ते थे कि वह बहुत तंग आ गया था। लड़ाई के कारण वे मोटे नहीं हो पा रहे थे। उसे इस समस्या का समाधान मिला रेडियो के रूप में! अब वह दिन भर अपने सूअरों को रेडियों पर गाने सुनाता है, वह बेथोवन का संगीत सुन कर झूमते हैं और उनका मालिक कहता है कि अब उसके सूअर 'संतुष्ट' है। संगीत ने इस आदमी की मुश्किल हल कर दी और सूअरों के लिए जादू कर दिया।

जाने माने कलाकार गेराल्ड पार्किनसन को पेंटिंग की प्रेरणा संगीत से मिलती है। जब भी वो किसी *तूफानी* तस्वीर पर काम कर रहे होते हैं, तब वो रिमस्की कोरसकोव या सिबेलिय्स को सुनते हैं। जब उनका विषय शांत किस्म का होता है तब वो डेबसी या शोपिन की मदद लेते हैं। 'द टिवस्ट' (60के दशक मशहूर पॉप गीत) उन्हें कोई प्रेरणा नहीं देता, इस किस्म के संगीत से कुछ भी नहीं पाया जा सकता।

एक महिला ने मुझे एक दिन बताया कि वह अक्सर मेनोट्टी का संगीत सुनती है। "वो मेरी बहुत मदद करता है," उसने कहा।

क्यां संगीत मेरी *मदद* करता है? किसी भी जादू के प्रदर्शन से पहले मैं अपने कमरे में संगीत सुनता हूँ। मेरी नज़रों में संगीत का बहुत महत्व है। मेरे पसंदीदा संगीतकार हैं *पुचीनी, रिम्सकी-कोरसकोव, लहार, वेर्डी और विएना* का बेताज बादशाह जोहान स्ट्रॉउस। मेरे पास रिकाड्र्स का एक बहुत बड़ा संकलन है और आप उसे मेरे घर पर या स्टेज पर भी अक्सर बजता हुआ सुन सकते हैं।

17 हटा दो डर का डेरा

हज़ारों साल पहले सबसे बड़ी खबर थी: दहशत! नोआह ने प्रभु के आदेश पर अपनी नावं बनाई है ! उस दौर में भी 'डर' सुर्ख़ियों में था। बाइबल में इसका 'चार सौ एक' बार जिक्र किया गया है। हर जंग में हम डरते हैं, और जब जंग ख़त्म हो जाताी है, तब भी हम किसी न किसी के डर में जीते हैं।

किसी भी जादूगर के लिए डर जानलेवा है। अगर आप डरे हुए हैं, तो जादू नहीं कर सकते। डर और जादू एक दूसरे से अनजान है, और रहेंगे। डर नकारात्मक है, और उस के साथ काम नहीं किया जा सकता।

बंद कमरों के डर के बारे में जानते हैं आप? जिन लोगों को यह डर होता है वो किसी बूथ से फोन नहीं कर सकते, वे बहुत देर तक छोटी गाड़ियों में सफर नहीं कर सकते, वे रेल की छोटी बोगियों में नहीं बैठ सकते, सिनेमा हाल में वो बीच में नहीं बैठ सकते, वे किसी भी बंद दरवाज़े के कमरे में नहीं रह सकते।

यदि यह परेशानी आपको भी है, तो आप इससे छुटकारा पाने के लिए कुछ भी कर सकते हैं।

एक और डर होता है: खुली जगहों का डर। इस डर से ग्रस्त लोग दुर्घटना के डर से सड़क नहीं पार कर सकते, अगर कर लें तो मुमकिन हैं कि आधे रास्ते में गिर जायेंगे। अगर उन्हें खुले मे अकेला रहना पड़े, तो उनके मन में दहशत बैठ जाती है। क्या कर सकते हैं

वो ? किसी अनजान चीज़ के डर से एक कोने से छिपे बैठे रहते हैं। ये लोग इस डर के इलाज भी छोड़ चुके हैं।

एक और डर होता है: बिल्लियों का डर। आपको जानवरों से प्यार भी हो, तब भी बिल्लियों से आपको दहशत होती है। कुछ लोग बिना डरे उनकी तस्वीर तक नहीं देख सकते।

एक और डर होता है: बिजली और तूफ़ान का डर ! जब भी बारिश होती है, आप को घर पर ही रहना पड़ता है। बाहर जाने की आपकी हिम्मत नहीं होती। आपको डर होता है की बाहर निकलते ही दुनिया आपका गला घोंट देगी या आपको गिरा देगी। या फिर शायद, आप पर पेड़ गिरा दिए जायेंगे और आप दब कर मर जायेंगे।

एक और डर होता है: लहू का डर। एक सुई भी चुभ जाए तो आप बेहोश हो जाते हैं, क्योंकि खून की बूँद से आपको बहुत डर लगता है। हज्जाम की दुकान में जाना तो, आपके लिए किसी यातना से कम है ही नहीं। आप इतना खून देख कर, खड़े भी नहीं रह पाते।

क्या आपने कभी तीसरे माले की मंज़िल से नीचे देखा है ? क्या आपने कभी किसी पहाड़ पर चढ़ कर नीचे देखा है? नहीं? तो फिर आपको ऊँचाइयों का डर है। कुछ लोगों को ये डर इस हद्द तक होता है कि अगर वो कुर्सी पर भी खड़े हो जाएँ, तो उनकी तबियत खराब हो जाती है।

एक डर होता है: पानी का डर। इसका मतलब है कि आप बिना डरे, समुद्र का नज़ारा तक नहीं देख सकते। पानी आपको बुलाता है, आपको उससे दूर रहना होगा।

एक डर होता है: अँधेरे का डर। रात में आप हर पल पीछे मुड़ कर देखते हैं, क्योंकि आप को लगता है की पीछे कोई खड़ा है।

मुमकिन है कि आपको भीड़ का डर हो, अकेले होने का डर हो, घर से निकल कर नए लोगों से मिलने का डर हो। डर की शक्ल चाहे जा भी हो, वो आपके कंधे पर गिद्ध जैसा बैठा रहता है, और आपको जादू से दूर रखता है। आप भागना चाहते हैं, पर आपके पैर जमे रहते हैं। आप घबराते हैं, आपका दिल ज़ोरों धड़कने लगता है, पसीना बहने लगता है। डर के साथ ये लड़ाई आपको थका देती है।

आप इस किताब को पढ़ रहे थे, और आपको लग रहा था कि आप जादू चला सकते हैं, पर अब आपको लगता है कि आप नहीं कर पायेंगे। आपने डर के बारे में तो सोचा ही नहीं था। आपने सोचा ही नहीं कि आपको उस का सामना करना पड़ेगा। क्या इस पल आपकी भावनाओं के बीच ऐसा युद्ध छिड़ गया है कि आपको चक्कर आ रहें है? इस वक़्त साफ़ सोच पाना नामुमकिन है, आप को लग रहा कि आप किसी बुरे सपने में फंस गए हैं।

मैंने जो भी कहा आपने सब सीख लिया, पर आपको नहीं पता कि जादू से आप अपने डर को कैसे दूर कर सकते हैं।

क्या है इसका समाधान ? अब आपको एहसास हो रहा है कि आपका सबसे बड़ा बोझ डर ही है। अपने अन्तर्मन से बात कीजिए। अपने अन्तर्मन की बात सुनिए। शायद आपको कुछ ऐसा जवाब मिलेगा: 'जिस चीज़ तुम्हे सबसे ज़्यादा डर है, वो नहीं होगी।' इस जवाब पर आस्था रखिए। इससे साहस लीजिए। डर को मन से दूर कीजिए, और सकारात्मक बनिए। आप जादू करना चाहते हैं और आप जादू कर सकते हैं, यदि आप डर के डेरे को हरा दें।

'डरने से छुटकारा पाने का सबसे अच्छा तरीका क्या है? आस्था। अपने अन्तर्मन में आस्था रखिए। जैसे कि मैंने आपको पहले भी बताया है, आपका अन्तर्मन सब जानता है। भूत, वर्तमान और भविष्य। हाँ, सब कुछ। आपका अन्तर्मन आपकी रक्षा करेगा, आपको भावी खतरे की चेतावनी दे देगा, और आपका सही मार्गदर्शन करेगा।

आपको कोई पूर्वानुमान हुआ है। यह आपके अन्तर्मन से आई आवाज़ है। मैंने आपको बताया है कि मुझे एक बार पूर्वानुमान हुआ कि मुझे अपने दोस्त की गाड़ी में बैठ कर घर नहीं आना है। मैंने उस सुझाव पर अमल किया और मेरी जान बच गयी। ये मेरा एहसास था, कोई सुझाव था, एक तुक्का था, या जो चाहें कह लें इसे, पर मेरे लिए, वो मेरे अन्तर्मन की चेतावनी थी। यदि आप अपने अन्तर्मन से नियमित रूप से बात करेंगे, तो आपको भी एहसास होगा, एक गहरा आभास होगा। इसी तरह आपका अन्तर्मन आपको चेतावनी देगा और आपका मार्गदर्शन करेगा। आप सुरक्षित रहेंगे। चेतावनी सभी को मिलती है, पर कुछ ही लोग उन्हें पहचान पाते हैं, क्योंकि वो लोग अपने मन के इस अदभुत मानसिक रेडियो से वाकिफ़ ही नहीं होते। आपको अन्तर्मन की शक्ति से वाकिफ़ होना होगा, ऐसा न हो कि अन्तर्मन कॉल करता रहे और आपका फोन साइलेंट पर पड़ा रहे। जब आपके पास अपने अन्तर्मन की जानकारी होती है, तो आपको किसी से भी डरने की ज़रूरत नहीं है। आपको फिर कभी न तूफ़ान से डरना है, न ही बिजली से दहशत रखनी है। तूफ़ान के आने से बहुत पहले आपका अन्तर्मन आपका चेतावनी दे देगा, और फिर आप पर है की आप रुकते हैं या भागते हैं। आपको लगता है ये नामुमकिन हैं? सुनिए, अन्तर्मन की आवाज़ !

चिड़ियों के एक बड़े झुण्ड ने पेड़ की सबसे ऊँची डाल पर डेरा डाला था। आप हमेशा उन्हें वहीं बैठा देख सकते थे।

पर एक दिन चिड़ियाएँ वहां नहीं दिख रही थीं। उस दिन उस पेड़ पर बिजली गिरी। चिड़ियाएँ जान गयी थी कि क्या होने वाला है, और इसलिए उस दिन वो पेड़ से चली गयी थी।

इसी तरह से हम भी अकेले नहीं है। हमें भी त्रासदी का पूर्वानुमान होता है। चिड़ियों की तरह, हमें भी उस पर अमल करना चाहिए।

चेतावनी सबको मिलती है, हमें बस उसके प्रति जागरूक रहना है। केन लॉटन एक बेहतरीन गायक, डांसर और एक्टर है, जिसने बहुत से हिट नाटकों में काम किया है। केन को भी ऐसी ही चेतावनी मिली थी। वो उत्तर लन्दन में एक रेल में सफर करनेवाला था, और बिलकुल ठीक समय पर स्टेशन भी पहुँच गया था। उसका इस ट्रेन पर चढ़ना ज़रूरी था, वरना उसे अपने शो के लिए देर हो जाती। पर उसे आभास हुआ कि इस ट्रेन पर उसे नहीं चढ़ना है, उसने इस सुझाव पर अमल किया। उस दिन रेल दुर्घटना में बहुत से लोग मारे गए।

टेनीसन के शब्दों में होरेशियो नेल्सन इस दुनिया का सबसे महान नाविक है। कहा जाता हैं वह बहुत जागरूक थे, हमेशा जानते थे कि क्या होने वाला है। इसकी शुरूआत उनकी युवा अवस्था में हुई थी। उन्हें डिप्रेशन का दौरा पड़ता था, और उनकी इच्छा होती थी कि वे '*सुमद्र में कूद जाएँ*'।

साउथी ने अपनी किताब 'लाइफ ऑफ नेल्सन (नेल्सन का जीवन) में कहा था : ''जिस मनोअवस्था में इन भावनाओं ने जन्म लिया, उसे सूफी 'अकेलपन और अँधेरे का मौसम' कहते हैं।''

कुछ साल बाद नेल्सन, अमरीकी तट पर एच.एम.एस. अल्बेमारले नाम के जहाज़ के कप्तान बन गए थे। इस दौरान उनके अन्तर्मन को कुछ ज्ञात हुआ और उन्होंने उसके सुझाव पर फौरन अमल किया।

नेल्सन के कुछ ही देर पहले में एक मछली पकड़ने वाला जहाज़ जब्त किया था। इस जहाज़ के कमांडर नथानिएल कार्वर थे और ये जहाज़ बोस्टन जा रहा था। जंग के नियमों के अनुसार यह जहाज़ और इसका सारा सामान अब नेल्सन का निजी इनाम बन गया था, इनाम के इस पैसों से नेल्सन को अपने बूढे पिता और छोटे भाई-बहनों का पालन पोषण करना था। पर अपने अन्तर्मन के सुझाव पर, उसने यह फैसला किस्मत पर छोड़ दिया।

उन्होंने कार्वर को बुला कर कहा कि वो दोनों जहाज़ों को बोस्टन की खाड़ी की ओर ले जाएँ। जब ये हो गया, तो नेल्सन ने मछली पकड़ने वाला जहाज़ और उसका सारा सामान, उसके मालिक को सौंप दिया। कार्वर इतने अचंभित थे कि उनके मुंह से एक शब्द भी नहीं निकला। नेल्सन ने उसे एक सर्टिफिकेट भी दिया, जिसे देख कर अंग्रेजों का कोई भी जहाज़ उन्हें बंदी नहीं बना सकता था। इस कर्म का फल नेल्सन को बहुत जल्द मिल गया। समुंदर की नमकीन हवा और नमकीन खाने के कारण नेल्सन और उसके आदमियों को एक खतरनाक

बीमारी हो गयी थी, जो अक्सर जानलेवा साबित होती है। नेल्सन ने निर्णय किया कि जिन लोगों की तबियत सबसे ज़्यादा खराब है, उन्हें इलाज के लिए क्यूबेक में उतार दिया जाएगा।

तभी अचानक, कोहरे में से एक जहाज़ उनकी ओर आता दिखा। उन्हें पास बुलाया गया, और उस जहा जहाज़ के पीछे से आया नथानिएल कार्वर का मछली पकड़ने वाला छोटा जहाज़। लड़ाई के समय में भी, नथानिएल अपनी जान पर खेल कर, नेल्सन और उसके आदमियों के लिए ताज़े फल, सब्जियां और डेरी का सामान लाया था।

इस भेंट ने सही समय पर आ कर नेल्सन और उसके आदमियों की जान बचा ली और ये सब मुमकिन हुआ, क्योंकि नेल्सन ने अपने आभास पर अमल किया था। क्या उसके अन्तर्मन ने उसको आने वाली बीमारी की चेतावनी दी थी? क्या उसके अन्तर्मन ने उससे उस मछली के जहाज़ को मुक्त करने की सलाह इसलिए दी थी, ताकि कोई उसके आदमियों के बचाव में कोई आगे आ सके ? आप जिस तरह से चाहें इस वाकये को समझ सकते हैं, पर हुआ तो यही थाा, है ना?

एक और किस्सा है। नेल्सन अपने आदमियों के साथ नील नदी के मुख पर खाना खा रहा था, तभी उसे खबर मिली की उनसे कुछ ही दूरी पर 'अबोउकीर खाड़ी' में फ्रांसीसियों की सेना के जहाज़ हैं।

यह पूछे बिना कि कितने जहाज़ हैं और वो चाहते क्या हैं, नेल्सन ने शांत स्वर गें उत्तर दिया, *''कल इस समय हमें या तो आगे का रास्ता मिल चुका होगा, या फिर वेस्टमिनिस्टर ऐबी (लन्दन का मशहूर कब्रिस्तान)''*

समय-समय के साथ नेल्सन 'बैरन' करार दिए गए। एक बार फिर, उनका *'एहसास'* जीत गया था।

एक और किस्सा। एक दिन सितम्बर में एडमिरल के सरी (इंग्लैंड के एक इलाके का नाम) वाले घर में नील के जंग के दिनों का एक पुराना दोस्त, हेनरी ब्लैकवुड आया। उसने देखा की नेल्सन सुबह के पांच बजे ही तैयार हो कर, गार्डन में घूम रहे हैं।

जैसे ही ब्लैकबुड घर के दायरे में दाखिल हुआ, नेल्सन बड़ी उत्सुकता से उसकी ओर चल कर आए। उन्होंने कहा, *''मुझे यकीन है कि तुम फ्रांसीसी और स्पेनिश जहाज़ों की खबर ले कर आये हो ! मुझे यकीन है कि मुझे उन्हें अभी एक बार और हराना है!* ''नेल्सन को ये बात कैसे पता थी? उसके सैनिक मीलों दूर समुद्र में थे और वो बीमारी के कारण छुट्टी ले कर घर आये हुए थे और, उस समय में कोई रेडियो और टीवी भी नहीं थे ! तो फिर? *यह सूचना उनके मन से आई थी* । उन्हें *चेतावनी* मिल गयी थी।

हर बार उनका एहसास सही साबित होता था। ''पक्की बात है, ब्लैकवुड। अब भी मुझे वीलनव साहब को एक बार और अच्छे से पछाड़ना है ! ''और एक बार फिर, नेल्सन सही साबित हुए। फर्स्ट लार्ड का आदेश स्वीकार करने के बाद, नेल्सन ने एक और पूर्वानुमान पर अमल किया। वह सीधा खाती के पास गए, यहाँ एक उनके लिए एक ताबूत रखा था। फ्रांसीसी जहाज़ों की लकड़ी से बना ये ताबूत, नेल्सन को नील की जंग के बाद एक संजीदा सम्मान और यादगार के रूप में दिया गया था।

उन्होंने खाती से कहा कि *इस ताबूत को तहखाने से निकाल कर, इस पर उसका इतिहास गुदवा दे, क्योंकि मुमकिन है उन्हें लौटने पर इसकी ज़रूरत पड़े।*

कुछ समय बाद, नेल्सन अपने प्रिय जहाज़ फ्लैगशिप *विक्ट्री* में बैठ कर, कैडीज़ के रास्ते से, अपनी सेना के पास लौट गए। हालांकि उन्हें रास्ते में शत्रुओं के कुछ जहाज़ दिखे जो समुद्र में जाने की तैयारी कर रहे थे, पर उनके अन्तर्मन ने निर्देश दिया कि अभी कुछ करने का समय नहीं है।

कुछ जहाज़ों को अपने भंडार फिर भरने कीज़रूरत थी, इसलिए उन्हें जिब्राल्टर भेज दिया गया। पर एक कप्तान को डर था कि जंग उनके पीछे से ही छिड़ जायेगी। नेल्सन ने अपनी चिरपरिचित, मनोबल से भरी मुस्कान देते हुए कहा, *''तुम्हारे जिब्राल्टर जा कर, वापस आने के लिए बहुत समय है!''*

वहीं उनके जहाज़ विक्ट्री पर कुछ अफसर उत्सुकता से *जंग* और प्रमोशन की संभावनाओं के बारे में चर्चा कर रहे थे। उन्होंने एडमिरल नेल्सन को कप्तान हार्डी से बातें करते हुए सुना था। हार्डी सोच रहे थे कि क्या पता आज ही के दिन दुश्मन के जहाज़ पानी में उतर आएँ । नेल्सन इन आदमियों की ओर चल कर आ रहे थे, उन्होंने एक दुःख भरी मुस्कान के साथ अपने आदमियों से कहा, *''कल का दिन तुम लोगों के लिए बहुत भाग्यशाली होगा, पर उसे देखने के लिए मैं जीवित नहीं रहूंगा।''*

अगली सुबह दोनों तरफ के जहाज़ दृढ़ता से एक दूसरे की ओर बढ़ रहे थे। नव सैनिकों ने सभी जहाज़ की सभी महत्वपूर्ण तसवीरें और फर्नीचर नेल्सन के केबिन में बद कर दी और एक दूसरे की ओर देखा। उनकी मेज़ पर उनकी *जंग वाली तलवार* रखी थी, पिछली कई लड़ाइयों में यह नेल्सन की साथी रही थी। अपने करियर में पहली बार, नेल्सन इस तलवार के बिना ल ड़ाई पर जा रहा था। इसका क्या मतलब था?

जंग पर जाने से पहले, ब्लैकवुड ने नेल्सन का हाथ पकड़ कर कहा था कि उम्मीद है कि वह जंग के बाद नेल्सन से मिलेगा और देखेगा की नेल्सन ने बीसियों और इनाम जीत लिए हैं!

नेल्सन ने अपना सर हिलाकर कहा, *''भगवान हमेशा तुम्हारा भला करे, ब्लैकवुड। अब हम कभी बात नहीं करेंगे।''*

जब ब्लैकवुड लौट कर आया, तो उसका एडमिरल गहरे कोमा की शान्ति में जा चुका था। नेल्सन को *पता था*। और एक बार फिर, वो सही साबित हुए थे।

क्या इन सब से यह प्रमाणित नहीं होता कि आपका मन अदभुत है? ये बात बार-बार साबित हो रही है कि आपका अन्तर्मन आपको भविष्य बता सकता है, सोलह आने सच्चा भविष्य। तूफान, पानी, खुला इलाका, बंद कमरा इत्यादि से क्यों डरते हैं आप? सिर्फ़ इसलिए क्योंकि मुमकिन है कि 'कुछ' हो जाएगा? अगर आपके साथ कुछ बुरा होने वाला होगा, तो आपको चेतावनी मिल जायेगी। आपको बस इतना करना है: नियमित साधना कीजिए, शान्ति से सुनिए, और उस एहसास को पहचानने का अभ्यास कीजिए जिसके सहारे अन्तर्मन आपको चेतावनी दे सकता है। आप जितनी साधना करेंगे, आपका *आभास* उतना ही प्रबल होगा।

चौथे और पांचवे, वो आयाम है जहां डर से छुटकारा पा कर मन को शान्ति मिलती है। साधना आपको इन आयामों तक ले जा सकती है। जॉब ने कहा था: ''जिस बात का डर था, वही हो गया।'' ज़ाहिर सी बात है कि वो हो गया! आप ही ने तो उस डर को अपने जीवन में आकर्षित किया है।

जब सोच अपना लक्ष्य खो देती है, तो वह डर की शक्ल इख़्तियार कर लेती है। कौन कहता है ऐसा? ये कहते हैं शानदार मनोवैज्ञानिक गिल्बर्ट ओकली, अपनी किताब *'हाउ टू कल्टीवेट कॉन्फीडेंनस एंड प्रमोट पर्सनालिटी'* (कैसे मनोबल को उगा कर, व्यक्तित्व को बढ़ावा दें) में। इस किताब में लिखा है: ''मैं किसी चीज़ से नहीं डरता। सबसे कम डर लगता है मुझे डर से, मैं जानता हूँ कि डर जैसी कोई चीज़ है ही नहीं। मैं जानता हूँ कि अगर कुछ है, तो वो है सावधानी और आम सूझ-बूझ। मैं हर चीज़ को सही नज़रिए से देखता हूँ। इस कारण से, मुझे डर की कोई आवश्यकता नहीं है... ''

जब आपका मनोबल कमज़ोर होता है आप डरने लगते हैं। आपको आत्ममनोबल की आवश्यकता है।

मैंने डर के हर पहलू के बारे में गहराई से विचार किया है। और मुझे लगता है, जो इंसान एक भूकंप के दौरान शांत रह सकता है, उसने यकीनन डर के बारे कुछ सीखा होगा।

इसीलिए मैंने इस इंसान के अनुभव के बारे में पढ़ा। सेस्सुए हयाकावा (एक अभिनेता) ये कहानी अपनी अदभुत जीवनी, *'जेंन शोड मी द वे* (ज़ेन ने मुझे रास्ता दिखाया) में बताते हैं।

कुछ साल पहले, यूरोप का एक प्रोफेसर जापान आया था, और टोक्यो के एक होटल

की पांचवी मंजिल पर एक जापानी के साथ चल रहा था। अचानक उन्हें एक कम्पन सुनाई दिया। प्रोफेसर ने बाद में याद किया कि उनके पैरों के ज़मीन हलकी सी उठी भी थी। एक ही पल में चीज़ों के झरझरा कर नीचे गिरने की आवाज़ साफ़ सुनाई देने लगी। सभी सतर्क हो गए थे। 1723 का जापानी भूकंप अभी भी उनकी यादों में ताज़ा था, इसलिए दहशत कुछ ज़्यादा थी। लोग कमरों से बाहर गलियारे और सीढ़ियों की ओर भागे। यूरोपियन प्रोफेसर यूजीन हेर्रीगेल ने अपने साथ चल रहे जापानी सज्जन से पूछा कि वो क्यों नहीं भाग रहे? प्रोफेसर हेर्रीगेल ने बाद में बताया, "मैंने अचंभित हो कर देखा कि वह जापानी वहीं अपने हाथ जोड़ कर, आँखें बंद कर खड़ा हो गया।"

"वह जापानी एक 'ज़ेन बुद्ध' धर्म में आस्था रखता था। उसने स्वयं को गहन साधना की मुद्रा में पहुंचा दिया था, और ऐसा करने से वह किसी भी वार से सुरक्षित हो गया।"

इस बेहतरीन किताब में से ये वाकया मैं आपको क्यों सुना रहा हूँ? क्योंकि मनोविज्ञान के सबसे करीब अगर कुछ है, तो वो है बुद्ध धर्म का फलसफा। जो मनोवैज्ञानिक बुद्ध धर्म का अध्ययन करता है, वो सहज ही इस समानता को भांप लेता है। सेस्सुए ने सच ही कहा है: *"आज एटॉमिक धमाकों, रेडिएशन ज़हर और जंग के डर का दौर है और ऐसे में यह बहुत ज़रूरी है कि हम सब के पास हर वार से बचने की क्षमता हो।"*

सेस्सुए हयाकावा अपने दिमाग को उत्तम बनाने की कोशिश में लगे हैं। क्या हमें भी यही कोशिश नहीं करनी चाहिये? हमें भी डर से अपने मन को आज़ाद कर, उसकी जगह शान्ति को स्थापित कर सकते हैं। जब हम मन के चौथे आयाम पर पहुँचते हैं, तो हम हर वार से सुरक्षित हो जाते हैं। हमें डरना नहीं है। आपने ध्यान दिया होगा कि वो जापानी जो भूकंप से नहीं घबराया, उसने स्वयं को 'गहन साधना' की अवस्था में पहुंचा दिया था। चौथे आयाम पर अपना *ध्यान केन्द्रित* करें और अपने मन का उद्धार करें। फिर आप को कोई डर नहीं सताएगा।

अखबार की सुर्खी में लिखा था: *बम् हो, या बम् न हो, महारानी तो घाना जायेंगी!* महारानी कभी भी डरती नहीं है। वो बहुत शांत और साहसी इंसान है। बड़ी से बड़ी भीड़ में से वो मुस्कुराकर निकल जाती हैं, बिना किसी बम् धमाके से डरे। महारानी हमें शान्ति, साहस और मनोबल का पाठ पढ़ाती हैं। सोचिए इस बारे में। आपकी चेतना में जागरूकता आएगी।

मन, सालों और सदियों आगे का भविष्य भी *जानता* है। वो कुछ घंटों बाद की घटना को *देख* सकता है। अपने पूर्वानुमान की आज्ञा का पालन करना है। यदि आपको उसका कारण समझ न भी आये, तो धीरज रखें, समय के साथ-साथ सब स्पष्ट हो जाएगा।

चाहे वो किसी बीमार बच्चे के लिए व्याकुलता हो, या किसी प्रिय को खोने का डर,

या फिर अकेले रह जाने का डर, लोग किसी न किसी विचार से डरते ही रहते हैं। कुछ डर ऐसे होते हैं जो खून को जमा देते हैं। बीमारी, बुढ़ापे और गरीबी के डर। इस तरह से सोचना बहुत दुखदायी साबित हो सकता है। अपने तुच्छ विचारों पर विजय प्राप्त कीजिए। आप जो भी करते हैं उसमें एक अनदेखा रोड़ा, आपके अपने विचार भी हो सकते हैं। कभी-कभी ये विचार इतने शक्तिशाली होते हैं कि वो उसी चीज़ को सच कर देते हैं, जिससे आप सबसे ज़्यादा डरते हैं। इसलिए पुरानी कहावत है, जिस चीज़ से सबसे ज़्यादा डरोगे, वो सच हो जाएगी। जिस पल आप डर जाते हैं कि ज़िन्दगी बिखर जायेगी, ज़िन्दगी बिखरना शुरू कर देती है। आप ही की व्याकुलता, आपके इस रवैये को जन्म देती है, जो बदले में आपके लिए विपरीत परिस्थितियों का निर्माण करता है। कारलायल ने कहा था: *"आदमी का पहला कर्म है डर पर विजय पाना, उससे डर से छुटकारा पाना ही होगा। जब तक वो डरता रहेगा, वो कुछ नहीं कर सकता, क्योंकि वह जो भी करता है, सत्य के कारण नहीं, डर की ग़ुलामी में करता है।"*

जैसे की कारलयल ने कहा, आपको डर से छुटकारा पाना ही होगा। ये कहना की किसी चीज़ ने हमें बचपन में डरा दिया था, इसलिए हम आज तक उससे डरते आये है कोई सांत्वना नहीं बंधाता। मुमकिन है कि ये बचपन की याद आपके डर का कारण हो, पर हमारा मकसद है डर की इस भयंकर भावना को दूर करना। अपने अन्तर्मन के साथ अभ्यास कर आप ऐसा कर सकते हैं, अन्तर्मन की चेतावनियाँ सुनना सीखिए और अन्तर्मन के प्रोत्साहन पर भी ध्यान दीजिये। जिस तरह पायलट अपने डर पर विजय पाते हैं, आप भी पा सकते हैं। जब ट्रेनिंग के दौरान किसी पायलट का प्लेन क्रेश हो जाता है, तो वो फौरान वापस उड़ान भरते हैं, क्योंकि वो जानते हैं कि यदि उन्होंने आज उड़ान नहीं भरी, तो फिर डर के कारण कभी उड़ान नहीं भर पायेंगे। अगर आप अँधेरे से डरते हैं, तो बार-बार अँधेरे में जा कर अपने डर का सामना कीजिए। अपने डर से भागेंगे, तो और डर लगेगा। मैं दोहराता हूँ, डर का सामना कीजिए।

जब जुआरी बहुत से पैसे हार रहे होते हैं और उन्हें डर होता है कि वे आने वाली बाज़ी भी हार जायेंगे, तब वो अक्सर अपनी कुर्सी से उठ कर उसके चारों ओर चाक की रेखा खींच देते हैं। उनका मानना है कि ये गोला उन्हें शैतान से बचाता है, और उनका भाग्य लौट आता है। पर एक सफेद गोला किसी भी आदमी को शारीरिक या मानसिक घात से नहीं बचा सकता। इस रिवाज़ का जन्म केवल मनोबल बढ़ाने के लिए हुआ है। इस का कोई भी जादुई महत्व नहीं है। इस तरह की रस्मों से आदमी केवल हानिकारक धारणाएं बनाता है। हमें साधना के ज़रिये ही अपने मन की शान्ति को तलाशना होगा और अपने डर और कमियों को दूर करना होगा।

जादू चलाने के लिए, आपको साबित करना होगा कि आप डरते नहीं। *अपने मन के विचारों के ज़रिये ही उस डर को जन्म दिया है। अब मन की मदद से ही, आप उस डर को हरा सकते हैं।*

आप किनारे तक पहुँच गए और अपनी छलांग लगाने के लिए तैयार है। पर आप झिझक रहे हैं। डर आपको रोक रहा है। आप बार-बार कोशिश करते हैं। अंततः आप छलांग लगा देते हैं, पर बीच छलांग में ही अपनी संतुलन खो देते हैं। क्योंकि बीचे में कोई आप पर हँस दिया था, और आपसे ये बर्दाश्त नहीं हुआ। इसीलिए आपने डरते-डरते छलांग लगाई, पर कम से कम आपने कोशिश तो की!

आप बार बार छलांग लगाते रहिए, और अंत में आपका डर सदा के लिए मर जाएगा। अपने डर को ही अपनी विजय का हथियार बना लीजिए। अक्सर डर का कारण होता है कि आपका मन आपके शरीर से अधिक कार्यशाली है। एक *संतुलन* आवश्यक है। यदि सोचेंगे ज़्यादा और काम कम करेंगे, तो डर का जन्म होगा। अपने जीवन को सक्रिय बनाइए, खुली हवा में व्यायाम कीजिए, लम्बी वॉक पर जाइए। एक अति-सक्रिय मन और एक आलसी शरीर, आपको मुश्किल में ही डालेंगे। एक लम्बी वॉक पर निकल जाइए और *इस किताब को अपने साथ ले जाइए।* चलते चलते, इसे खोल कर, कहीं से भी कुछ प्रेरणा भरे शब्द पढ़ लीजिए। फिर वापस घर लौट जाइए। इस तरह से आपने, अपने मन और शरीर के व्यायाम को *संतुलित* कर दिया। जब आपको एक चीज़ ज़्यादा मिलती है और दूसरी चीज़ बहुत कम, तो आपकी गाड़ी पटरी से उतर जाती है। *इस तरह से शुरुआत होती है डर की !*

क्या मुझे भी डर लगा है? हाँ, बहुत बार। मैंने बहुत बार पैराशूट से छलांग लगायी है। और दो-दो बार आस्मां से गोली खा कर सीधा *दुश्मन* के इलाके में गिर जाना, कोई मज़ाक नहीं था। पर जैसा कि मैंने पहले भी कहा, मैं नौ महीने अस्पताल में था और अपने डर और बीमारी पर विजय पाने में *मनोविज्ञान के अध्ययन* ने मेरी मदद की। मेरे बिस्तर पर कितबों के उस ढ़ेर ने *मेरा जीवन बदल दिया* और मैं उम्मीद करता हूँ कि ये किताब आपके लिए कुछ ऐसा ही करेगी। याद रखिए, जादूगर की कला होती है: *परिवर्तन* ।

18 ख़ुशी का जादू

कहा जाता है अमरीका और अन्य देशों में जहां जुर्म और ड्रग्स बहुत ज़्यादा हैं, वहां बीस में से एक इंसान मानसिक रूप से असंतुलित है। किसी भी कतार में खड़े हो जाइए और आपको दुखी चेहरे दिखेंगे, सताए हुए लोग जिन्हें वह नहीं मिल रहा जो वे चाहते हैं। आप इतनी सारी नकारात्मक बातें सुनते हैं, और आप जानते हैं कि इन में से अधिकतर लोग नींद और दर्द की गोलियों के सहारे ज़िंदा हैं।

कुछ दिन पहले मैं एक रेलवे क्लर्क से बात कर रहा था, और उसने मुझे बताया कि उसने आज एक हंसती हुई बच्ची का टिकट बेचा। ''मेरी टिकट की खिड़की से मुझे इतनी कम मुस्कुराहटें देखने को मिलती हैं,'' उसने अचरज भरे स्वर में कहा।

वह आगे बताता है, ''हम सब कुल मिला कर बड़े उदास लोग है, हैं ना ?''

मैं जानता हूँ वह क्या कहना चाह रहा था। मन पढ़ने वाले के रूप में, मैं भी अपने आस-पास मुस्कुराहटों से ज़्यादा त्योरियां चढ़ी हुई देखता हूँ।

हाँ, अधिकतर लोग दुखी हैं, वो हंसी से झूम नहीं रहे और इसी वजह से लोग अजीबो-गरीब चीज़ें कर बैठते हैं।

चोरी करना चाहे कितना ही गलत हो, दुकान से छोटी-मोटी चीज़ें चुराने पर भी हमें रोमांच का एहसास होता है। यदि लोग खुश होते तो उनका जीवन अपने आप में ही एक रोमांच होता, पर ऐसा नहीं हैं, इसीलिए लोग चोरी करते हैं। वो असंतुलित बन जाते हैं।

यदि आप असंतुलित हैं, तो आप खुश नहीं रह सकते। यदि आप गलत कर रहे हैं, तो

आप खुश नहीं हो सकते, क्योंकि यदि आपका मन आपकी गलती नहीं भी पहचाने, तब भी *आपका अन्तर्मन तो जानता है* और ख़ुशी का जादू अन्तर्मन से चलता है। आप गलत काम करने के बाद जादू नहीं कर सकते। ये *शुद्धिकरण* के नियम के विरूद्ध है। जैसे कि मैंने पहले भी कहा, अंगारों पर चलने वालों की तरह, आपका पहला सिद्धांत और उद्देश्य है: शुद्ध होना। नींद की गोलियां खाने से आपके मन का जादू कभी नहीं जाग पाएगा। ड्रग्स मन को सुन्न कर, उसे निष्क्रिय बना देती है।

यदि आपकी ख़ुशी उतनी ही देर टिकती है, जितनी देर सूरज के आगे बादल टिकते हैं, तो आपकी दुनिया में कुछ बहुत गलत है।

लोगों को क्या सुखी बनाता है? पैसा? स्वास्थ्य? सफलता? रोमांस? धर्म? या फिर ख़ुशी नज़रिए पर निर्भर करती है?

सुख इन सब चीज़ों का मिश्रण है। मैं जानता हूँ कि खुश रहना मुश्किल है। जब हम घर चलाने के संघर्ष में फंसे होते हैं, मन और शरीर से बीमार हाते हैं, सीढ़ी के पहले कदम पर ही फंस जाते हैं, प्यार में चोट खाते हैं, या फिर किसी फलसफे या धर्म में आस्था खो बैठते हैं, तब खुश रहना बहुत मुश्किल होता है।

आप तंग आ गए हैं।

इस किताब में बताया गया है कि कैसे साधना, मानसिक चित्रण और सही दिशा के सहारे आप इन सब समस्याओं को हल कर सकते हैं। विपरीत परिस्थितियाँ चाहें आपको कितना ही परेशान करें, पर एक सकारात्मक नज़रिया आपको विजय दिला सकता है। याद रखिए *जो सीप खुश होती है, जिसे कोई भी परेशान नहीं करता, उस सीप में मोती भी नहीं होता।*

यदि मैंने आपकी समस्या का समाधान नहीं किया है, तो आप बाइबिल में अपना उत्तर तलाश कीजिए। बाइबिल में बहुत सा अच्छा मनोविज्ञान है, सुख की प्राप्ति हेतु उसमें बहुत सा ज्ञान है।

और यह उत्तर है क्या? *आस्था!* बार-बार इन शब्दों का प्रयोग हो रहा है। *एक चीज़! एक चीज़ की* कमी है: विश्वास। यदि आप अपने मन के जादू को जगाना चाहते हैं, वो जादू जो सब ठीक कर देगा, तो आपको अपनी *आस्था* को जगाना होगा।

चाहें परिस्थितियां जो भी हों, यदि आपका रवैया सही हो तो आप खुश रह सकते हैं।

सिंड्रैला की कहानी सच में जादू की कहानी है। सिंड्रैला को घर में नौकरानी जैसे रखा जाता था, पर फिर भी वो कभी शिकायत नहीं करती थी। उसने अपनी बदसूरत बहनों की कभी बुराई नहीं की। *वह खुश रहती* है। वह साक्षात मिठास थी! उसका रवैया सही था। परी

माँ (हम उसे परम–आत्मा कहेंगे, जो जानती है आपका हक़ क्या है) ने सिंड्रैला के लिए कद्दू को सुनहरा रथ बना दिया और चूहों को घोड़ा बना दिया, और इन के साथ सिंड्रैला राजकुमारी सी सज कर, महल की महफिल में गयी।

चिथड़ों में भी सिंड्रैला ख़ुश थी। उसके इसी रवैये ने जादू चलाया और रंक से वह राजा बन गयी। अन्तर्मन अपना काम तभी कर सकता है जब उसका रास्ता साफ़ हो।

आप जादूगर बनने की तैयारी कर रहे हैं, इसलिए अब तक आपको सुख का राज़ ज्ञात हो गया होगा। आपने अपने मन को आस्था रखना सिखा दिया है। आपने यह भी सीख लिया होगा कि कैसे अपनी परेशानियाँ, अपने साधना कक्ष में एकांत में अपने अन्तर्मन से बाँटनी होती है। आपने स्वयं को अद्भुत नजरिया रख कर, अदभुत नज़ारे देखने की भी शिक्षा दे दी होगी। आपने स्वयं को शुद्ध कर लिया होगा।

बुद्ध ने कहा था: *"यदि एक आदमी शुद्ध विचारों से कर्म करता है तो सुख परछाई की तरह उसके साथ रहता है।"*

यदि आप जादू के नियमों का पालन करेंगे तो सुख आपके साथ रहेगा। आप हमेशा खुश रहेंगे। *आबरा का डाबरा!*

इस तरह से आपको अपने मन का जादू जगाना है।

दुनिया को गुलाबी चश्मों से देखना बेवकूफी नहीं, समझदारी हे।

टॉमी स्टील एक मंजे हुए कलाकार और मनोरंजक है। उनका कहना है: *"अगर कोई व्यक्ति बीस साल की उम्र तक खुश रह सकता है, तो वो हमेशा खुश रह सकता है।"*

समझे मैं क्या कहना चाह रहा था? सही रवैया मायने रखता है।

एक स्वार्थी आदमी जो यहाँ से वहाँ अपनी गाड़ियों में घूमता है, वह मोज मस्ती का मतलब तो जान सकता हैं, परंतु सुख की परिभाषा नहीं। सुख का तो ख्याल भी उसके मन में प्रवेश नहीं करता। मुमकिन है कि उसके मज़े बहुत हों, (हम अगले हफ्ते पेरिस जा रहे हैं!), पर सुख आत्मा का भाव है और इसके बारे में ये इंसान कुछ नहीं जानता।

एक पुरानी हिन्दू कहावत:

अपने भाई की पतवार पार लगा दे, तेरी पतवार भी पार लग जायेगी।

दूसरे शब्दों में कहे तो जिस व्यक्ति में स्वार्थ का भाव नहीं होता, जादू उसके पास स्वयं आता है और फिर कभी दूर नहीं जाता।

आप कहेंगे, "मैंने भी गली की बूढ़ी औरत के लिए उसके कोयले की बाल्टी भरी है। एक बूढे आदमी के ख़त उसके लिए लैटर बॉक्स में डाले हैं। मैंने पड़ोस के पति–पत्नी के

बच्चे की भी देखरेख की है। पर मुझे क्या मिला? कुछ नहीं। चीज़ें अब भी वैसी ही हैं, जैसी थीं, कुछ भी तो जादू नहीं चला।''

यदि आप कुछ अच्छा केवल इस उम्मीद से करें कि आपको बदले में पुण्य मिलेगा, तो फिर आप जादू के बारे में कुछ नहीं समझ पाए।

वाल्ट डिज्नी ने हाल ही में *'पौलीआना'* नाम की फिल्म रिलीज़ की है। इस फिल्म में पौलीआना नाम की नायिका है, जो *हर परिस्थिति में खुशियाँ मनाने के लिए कोई कारण ढूँढ लेती है।* ये होती है एक जादूगर की ज़िदादिली।

पास्कल ने लिखा है: ''हम कभी जीते नहीं है, जीने की *तैयारियों* में लगे रहते हैं। खुशियों के इंतज़ाम में हमेशा व्यस्त रहते हैं, पर कभी खुश नहीं रहते।''

सुख का इंतज़ाम नहीं कर सकते आप। इसके लिये *योजना* नहीं बनायी जा सकती, सुख बस होता है। *सुख मन के सोचने का तरीका होता है,* सुख रवैया होता है, ये आपके पास या तो होता है, या नहीं होता है। यदि आपका मन सही राह पर है, तो जीवन में सुख अवश्य ही होगा। अगर आप कल या परसों खुश होने की योजना बना रहे हैं, तो कोई गारंटी नहीं है कि *ऐसा होगा ही।* ख़ुशी की गारंटी है एक खुश रवैया, अगर आपका रवैया ठीक है तो आप बारिश या भूकंप में भी सुखी रह सकते हैं। सुख का *पीछा* नहीं किया जाता। सुख के पीछे भागा नहीं जाता। सुख वो होता जो हर पल में भरा होता है और जब भी आप दूसरों की मदद कर रहे होते हैं तो आपको अचानक ही इस सुख का एहसास होता है। आप इसका *'इंतज़ाम'* नहीं करते हैं।

राल्फ वाल्डो इमरसन एक सुखी आदमी थे। उन्होंने अपनी एक डायरी में लिखा है कि 1657 के आर्थिक संकट में उनके रेलवे के शेयर डूब गए। उन्होंने अपनी डायरी में इस नुक्सान का जिक्र *'सिर्फ़ एक बार'* ही किया ! उनका घर जल गया और उनकी डायरी में इसका सिर्फ़ इतना ज़िक्र है: *'घर जल गया'।* फिर वह हमें उन अन्य अधिक महत्वपूर्ण चीज़ों के बारे में बताने लगते हैं, जिनके लिए वो सदा भगवान के शुक्रगुज़ार हैं।

विल्लियम विल्बरफोर्स भी डायरी लिखते थे। वो दिल के दर्द से मुक्त नहीं थे। उन्हें एक हज़ार एक परेशानियाँ थी, फिर भी उनकी डायरी में केवल जीवन के प्रति उनकी कृतज्ञता ही झलकती है। वो अपने बुरे समय की बात बस ऊपरी तौर पर बताते हैं, लेकिन हर पन्ने पर उन्होंने जीवन की खुशियों के प्रति गहरी कृतज्ञता व्यक्त की है। एक महान त्रासदी के बाद, उन्होंने लिखा: ''शायद ही किसी के पास, मुझसे ज़्यादा ये कहने का कारण है कि प्रभु ने हर कदम पर मुझे आशीष दिया है। ''ये है शब्द एक सुखी आदमी के !

ख़ुशी या सुख दिल से आता है। किसी इनाम की अपेक्षा किये बिना जब हम दूसरों के लिए कुछ भी करते हैं, तो सच में ख़ुशी मिलती है। पर यदि आप दूसरों की मदद करते समय हमेशा ये सोचते रहेंगे कि बदले में आपको क्या मिलेगा, तो आप सुख से वंचित रह जाएंगे।

एक संतुलित मन कभी भी स्वयं को आगे नहीं रखता। इसका एक बेहतरीन उदहारण है डॉ। अल्बर्ट श्वाइटज़र, जो की दुनिया के सबसे निस्स्वार्थ और सुखी लोगों में से एक हैं। वो एक जीवनी लेखक, संगीतज्ञ, चिन्तक और धर्मशास्त्री के रूप में मशहूर हुए। उन्होंने सब कुछ त्याग कर अपना जीवन दूसरों की सेवा मेंअर्पित कर दिया। उन्होंने एक सर्जन बनने का फैसला किया, और वो अफ्रीका के जंगलों में लोगों को स्वास्थ्य और सुख प्रदान करने चल दिए। आज वो अपना जीवन कोढ़ियों के साथ समर्पित रूप से बिता रहे हैं और आज की तारीख में उनकी गिनती दुनिया के सबसे अच्छे बाइबिल ज्ञानियों में होती है।

डॉ. श्वाईटज़र कहते हैं: ''दूसरों को ख़ुशी दे कर ही आप जान पाते हैं कि ख़ुशी क्या है। हमारी सबसे बड़ी गलती है कि हम सब जीवन की राह पर आँख बंद कर के चलते हैं और अपने अवसरों को कभी देख ही नहीं पाते हैं।''

डॉ. श्वाईटज़र को अपने कठिन काम में ही सच्ची ख़ुशी मिलती है। यही कारण है कि वह दूसरों को भी ऐसा ही निस्वार्थ जीवन बिताने के लिए प्रेरित करते हैं।

22 साल के एक लड़के 'ब्राको यन शेटविन' ने यह चुनौती स्वीकार कर ली। उसने एक साल से ज़्यादा समय इथोपिया के कोढ़ियों के बीच बिताया।

'वोलंटरी सर्विस ओवरसीज आर्गेनाईजेशन' नाम की संस्था के साथ जुड़ कर, उसने एक साल के लिए किसी पिछड़े हुए देश में स्वयंसेवक का काम किया था।

एथियोपिया पहुँचने के तीन दिन बाद, ब्रायन को 80 कोडियों के साथ 170 मील दूर एक गाँव बसाने के लिए भेज दिया गया।

अगले सात महीनों तक ब्रायन ने सिर्फ़ एक यूरोपीयन की शक्ल देखी। उसने गाँव के निर्माण के लिए 144 एकड़ की घांस साफ़ करवाई और दुकाने बनवाईं। जब गाँव खड़ा हो गया, ब्रायन ने कोढ़ियों को एक आत्मनिर्भर समुदाय बनने का प्रशिक्षण दिया।

जब ब्रायन घर वापस आया तो उसके विचार से वह अधिक ज्ञानी, अनुभवी और सुखी बन गया था।

जो लोग अपना जीवन समर्पित कर देते हैं, वो सबसे सुखी रहते हैं। रूस की पहली अंतरिक्षयात्री वैलेंटीना के बारे में सोचिए। वह अंतरिक्ष में जाने वाली पहली महिला थी। वैलेंटीना टेरेश्कोवा के चेहरे पर भी, यूरी गेगरीन (अंतरिक्षयाी), जैसी एक अदभुत मुस्कान

रहती है। जो भी उनसे मिलता है, उनका कायल हो जाता है। उन्होंने टीवी पर भी लोगों को मन मोह लिया है। वह एक खूबसूरत और सुखी महिला है।

क्या एक बच्चे की माँ बनने के बाद भी वैलेंटीना धरती के अड़तालीस चक्करों की गिनती को बढ़ाना चाहेंगी?

वैलेंटीना ने अपने साथी अंतरिक्षायात्री एंडरीयन से शादी कर ली है। उन्होंने कहा, "मैंने वादा किया है कि मैं अपना जीवन अन्तरिक्ष और अंतरिक्षयात्री के काम को समर्पित कर दूंगी।"

अदभुत है ना ? उनकी इस महान उपलब्धि से सभी को ख़ुशी मिली थी। जब आप सुख बोते हैं, तो आपको सुख ही मिलता है। जो आपको चाहिए, वो आपको बनना होगा।

सुख का मतलब मस्ती से पागल होना नहीं है, *न* ही उसका अर्थ है कोई भी आकांक्षा न रखते हुए, जो मिल गया है उसी में संतुष्ट रहना। सुख एक ऐसी प्रफुल्लता है जो जीवन को पूर्णतः जी कर मिलती है, दूसरों के लिए कुछ करने से मिलती है, और जीवन में जो घटित हो उसे सही सोच के साथ अपनाने पर मिलती है।

बोलिंगब्रोक ने लिखा था: "केवल वो ही खुश है और वो सच में खुश है जो कह सकता है, *आज ज़िन्दगी, जो भी तू ला रही है ला! आजा मौत, जैसी भी तू है, वैसी आ!*"

यदि आप दुखी है, तो आप बाहर जाइए और किसी की मदद कीजिए। बॉय स्काउट के संस्थापक को ये बात पता थी। इसीलिए उसने हर बॉय स्काउट के लिए यह नियम बनाया कि वो हर रोज़ किसी की मदद करेगा।

क्या आपने कभी कोई दुखी बॉय स्काउट देखा है? मैंने तो नहीं देखा! वे खुश रहते हैं, और वे सबसे ज़्यादा खुश तब हाते हैं जब उनके गले पर बॉय स्काउट का रुमाल बंधा होता है और सारी दुनिया को बता रहा होता है कि इस लड़के ने आज एक अच्छा काम किया है।

बहुत से लोग अपना जीवन दूसरों की ख़ुशी के लिए कुछ करने में समर्पित कर देते हैं। मैं *'ब्यूटी विदाउट क्रुएल्टी'* (क्रूरता रहित सुन्दरता) आन्दोलन की लेडी मुरिएल डाउडिंग के बारे में सोचता हूँ। उन्होंने जानवरों के प्रति क्रूरता को रोकने के लिए अपना पूरा जीवन समर्पित कर दिया है, और इतनी गतिशील आकांक्षा वाली मैं किसी और महिला को नहीं जानता। लार्ड डाउडिंग भी जानवरों के लिए बहुत कुछ करते हैं।

वकील गेराल्ड कर्टलर ने भी अपना जीवन सताए हुए जानवरों की सेवा में बिताया है। गेराल्ड एक सुखी आदमी है, एक मुस्कुराते हुए काले कोट वाले! ये सबसे ज़्यादा खुश तब दिखते हैं, जब ये दूसरे लोगों और जानवरों की मदद कर रहे होते हैं। न केवल वो अपने

आस-पास सभी को ख़ुशी देते हैं, बल्कि वो हर पल सभी छोटे-बड़े जीवों के प्रति क्रूरता को रोकने के प्रयास में भी लगे रहते हैं। अपनी आकांक्षा को पाने के लिए वे सदा कार्यरत रहते हैं।

उनका कहना है, "एक ब्राह्मण दोस्त ने मुझे *सेवा का महत्व* समझाया था। मेरे सबसे सुखी घंटे वो होते हैं, जो मैं दूसरों की सेवा में और कमजोरों की रक्षा करने के प्रयास में बिताता हूँ। मुझे में जितनी भी अच्छाई हैं, मैं सारी उन्हें ही को अर्पित करता हूँ। मैं उनके साथ खड़ा हूँ और अंत तक खड़ा रहूँगा, चाहे वो अंत कैसा भी हो !"

ये है गेराल्ड के लिए सुख की राह। उसके जैसे दूसरे और भी हैं। इन भले लोगों जैसे बहुत हैं, जो अपना जीवन दूसरों को समर्पित करते हैं और ऐस सुख की अनुभूति करते हैं जिसे हम और आप कम ही महसूस कर पाते हैं।

कुछ लोगों को सुख, खतरे उठा कर मिलता है, किसी उद्देश के लिए ख़तरा उठाकर या फिर बस वो ख़तरा जो दर्शकों को रोमांचित करता है।

डोनाल्ड कैम्पबेल को ले लीजिए, वह पानी पर दौड़ते हैं।

उनके लिए सबसे बड़ी ख़ुशी है रफ़्तार, खतरनाक रफ्तार, जो उन्हें पानी में या किसी समुद्र के किनारे पर मिलती है।

23 साल के होनहार छात्र डिल रसल ने मेडिकल की पढ़ाई छोड़ कर, अपना जीवन जादूगरी और 'एस्केपलोजी' (किसी भी ताले या रस्सी के बंधन से छूट जाने की कला) को अर्पित कर दिया। उसने वो कारनामे किये हैं, जिन्हें आज़माने की उससे पहले किसी ने कोशिश भी नहीं की थी। लोग उसे कॉपी करने की अब भी हिम्मत नहीं करते। पर डिल सब कुछ करने की हिम्मत रखता है। वो अंतरराष्ट्रीय स्तर पर मशहूर हो गया है।

करोड़ों लोग टीवी और स्टेज पर उसके कारनामे देख कर रोमांचित होते हैं। एक हेलीकाप्टर से जुड़ी लम्बी रस्सी से बंधा डिल, सर के बल लटका होता है, उसके हाथ स्ट्रेट जैकेट से बंधे होते हैं और उसका शरीर चक्कर-घिन्नी सा घूम रहा होता है, पर फिर भी वो अपने रस्सी खोल कर, जैकेट दूर फैंक देता है।

बर्फ़ से बने डिब्बे में वह लोहें की सलाखों से बंधा होता है। और वो स्वयं को आज़ाद कर लेता है। अदभुत है ! आप डिल को किसी भी इमारत में कैद कर दीजिए, वो बाहर आ जाएगा। ख़तरा डिल को रोमांचित करता है, खुश करता है। ख़तरा डिल के दर्शकों को भी रोमांचित करता है, चाहे वह स्टेज पर हो या खुले मैदान में!

हेलीकाप्टर से सिर के बल लटकना, या बर्फ के डब्बे में बंद होना आपके लिए ख़ुशी की परिभाषा नहीं है। पर डिल रसल के लिए ये ही ख़ुशी है, और आपको डिल से ज़्यादा

सुखी इंसान कहीं नहीं मिलेगा। आप डिल को हमेशा एक मुस्कान के साथ ही याद करेंगे, क्योंकि उसकी पूरी कायनात ख़ुशी से जगमगाती रहती हैं।

31 अगस्त 1962 को क्रिशचन बोन्निंगटन और इयन क्लौघ ने आईगर पर्वत पर उत्तर छोर से चढ़ाई की थी। उनके लिए ये सुख था और इसे पाने के लिए उन्हें हार्दिक बधाइयाँ भी मिली।

वो लोग जो पहाड़ों पर रहते हैं, अन्य लोगों की तुलना में ज़्यादा खुश होते हैं। क्यों? ये खोज आयोवा विश्वविद्यालय में दर्शनशास्त्र के प्रोफेसर डॉ गैलप ने की है। अब वह इस तथ्य के कारण की जांच कर रहे हैं। उनकी टीम सालों से बात पर शोध कर रही है कि दुनिया भर में लोग क्या सोचते हैं। और अब उनके सामने सवाल है, *"सुख क्या होता है?"*

डॉ गैलप का मानना है कि यदि हमें सुख का कारण समझ आ जाए, तो हम दुःख का किसी भी आम बीमारी की तरह इलाज कर सकते हैं। इसीलिए अब 50 से 100 लोगों की उनकी शोध टीम एक घंटे भर लम्बी प्रश्नावली के साथ लोगों से पूछ ताछ करने में लगे हैं।

मेरी एक परिचित ने मुझे अपनी सबसे बड़ी खुशी के बारे में बताया। उसका सबसे बड़ा ख़ुशी का पल वो था, जब उसने एक गुफा में आठ शेरों के साथ खाना खाया और शैम्पेन पी।

रोमांच की तलाश में आए हज़ारों लोगों की उपस्थिति में उसने शांति से अपने खाने का आनंद लिया। तभी किसी ने एक फोटो ले कर शेरों को चौंका दिया, और एक पल के लिए वो सोच में पड़ गयी। लेकिन वह सकपकाई नहीं, शांत रही। शेरों ने गुस्से में कुर्सी, मेज़ और बर्तन चूर-चूर कर दिए और फिर वो शांत हो गए। फिर उसने सबसे बड़े और खूंखार शेर पाशा का चूमा और तालियों की गड़गडाहट से वो जगह गूँज उठी। वो मुस्कुराकर याद करती है, "वो सच में मेरे लिए सबसे ख़ुशी भरा पल था!"

उस दिन उसे लोगों ने कंधे पर उठा लिया। और वो अपनी सबसे बड़ी आकांक्षा को पूरा कर, ख़ुशी-ख़ुशी घर लौट आई।

हाँ, कुछ लोगोंके लिए खतरे में ही ख़ुशी होती है। कुछ अन्य लोगों को बीटल्स को देख कर चीखने में ख़ुशी मिलती है।

कुछ लोग पर्वत रोहन करते हैं, आस्मां तक प्लेन उड़ा कर ले जाते हैं, दूसरे समुद्र की गहराई में जा कर सीपों और मछलियों के बीच ख़ुशी तलाशते हैं। हाथी के महावत, शेरों के ट्रेनर, सपेरे, सभी खतरों से भर ज़िन्दगी जीते हैं।

आप कहेंगे, "कितने *'अजीब'* लोग हैं ! कितनी *अजीब* बात है कोढ़ियों, शेरों और हूडिनी को मारने वाले रस्सियों में अपनी ख़ुशी तलाशना!" आप समझ नहीं पा रहे कि ये

लोग अपना जीवन परोपकारी कामों में या जानवरों के अधिकारों की रक्षा में क्यों बिता देते हैं, और पूछ रहे हैं, *'क्या ये लोग कभी नाचते नहीं ? क्या लोग कभी मस्ती नहीं करते?''*

ज़रूर करते हैं! बिलकुल आपकी और मेरी तरह, ये भी मस्ती करते हैं। पर जीवन में सुख पाने के लिए इससे कुछ ज़्यादा करना पड़ता है। डॉ. श्वाईटज़र सही थे।

आप फिर से दोहराते हैं, *''कितने अजीब लोग हैं''*

(डीउट 14:2, बाइबिल) *''और भगवान ने आपको चुना है, अजीब बननेके लिए।''* अजीब लोग भगवान के ख़ास चुने हुए लोग होते हैं। किस चीज़ के लिए चुने होते हैं? सुख के लिए, निरंतर, *असीम सुख!*

परिवर्तन लाने से पहले, एक जादूगर भी सम्पूर्ण सुख की अनुभूति करता है। पर सच्चा जादूगर बनने से पहले, यह सब अदभुत चीज़ें करने से पहले, एक जादूगर को अपना काम अच्छे से आना चाहिए और उसे सभी नियम मालूम होने चाहिए।

उसका *जागरूक* होना आवश्यक है। वह क्या चाहता है, क्या करने वाला है, और किस चीज़ से उसे ख़ुशी मिलेगी, जादूगर इन सब सवालों के जवाब के प्रति जागरूक होता है। और सबसे अधिक जागरूक होता है वह, *समय के प्रति!*

बिली ग्राहम एक अदभुत ईसाई मत प्रचारक है। कैनेडी की हत्या के दो दिन बाद उन्होंने रेडियो पर एक भाषण दिया था, उसका नाम था: *ब्रेविटी ऑफ लाइफ* (जीवन की संक्षिप्तता)। उसमें उन्होंने कहा, ''अपना हाथ अपने दिल पर रखिए और उसकी धड़कन को *महसूस* कीजिए। वह कह रही है, *''जल्दी, ज़ल्दी, ज़ल्दी!* कुछ ही साल बचे हैं! *मैं आपसे विनती करता हूँ, अपने जीवन को व्यर्थ मत कीजिए।''*

जो जीवन को व्यर्थ करता है, वह कभी खुश नहीं रह सकता। पूरी तरह से जीवन का आनंद लीजिए, अपने जीवन का एक हिस्सा दूसरों की सेवा में अर्पित कर दीजिए। दूसरों के लिए कुछ करिए, उनके जीवन में ख़ुशी लाने के लिए कुछ करिए। इस तरह से, आप के मन का जादू जाग जाएगा और ख़ुशी आपकी परछाई बन जाएगी। *आज, कल और सदा के लिए !*

आप फिर कभी असंतुलित नहीं होंगे, आप साधना के लिए समय निकाल पायेंगे। आप सताये हुए, रोते हुए लोगों की गिनती में नहीं आयेंगे ! इस तेज़ रफ्तार ज़िन्दगी में लोग ऐसे जीते हैं जैसे उनके पास मन या मस्तिष्क हो ही न।

मीडियाकर्मी के एक सवाल के जवाब में मैंने कहा था, *''सबसे मुश्किल होता है उस मन को पढ़ना, जो है ही नहीं।''*

19 आशिक़ी का जादू

इस किस्म की किताब में मैं आशिक़ी का ज़िक्र क्यों छेड़ रहा हूँ ? इसका जादू से क्या वास्ता?

आशिक़ी से प्रभावित होना आदमियों और औरतों की मानसिक प्रवृत्ति होती है। आशिक़ी जादू ले कर आती है, इसलिए यह आवश्यक कि आप समझें कि आशिक़ी क्या है और क्या नहीं है। इससे पहले कि आप वो खूबसूरत घर, सफेद जैगुआर, अपने सपनों की लड़की, या किसी आदमी की दोस्ती पा सकें, यह ज़रूरी है कि आप जान लें कि लोगों को प्रभावित कैसे किया जाता है। आपको आकर्षित करने की कला आनी चाहिए। आप जो भी पाना चाहते हैं उसके पीछे कोई आदमी या औरत है, इसीलिए यह जानना ज़रूरी है कि कैसे आप उन्हें अपने नज़रिये से सोचने के लिए राज़ी कर सकते हैं।

सभी को अपनी ज़िन्दगी में थोड़ी आशिक़ी की ज़रूरत होती है, *और आपको लोगों को आशिक़ी की झलक दिखानी है। आशिक़ी आपके व्यक्तित्व* में झलकनी चाहिए, फिर आप कभी असफल नहीं होंगे। चलिए समय की सुइयों को मोड़ते हैं और पुराने समय के आशिकाना व्यक्तित्वों का अध्ययन करते हैं।

मशहूर फिल्मी सितारे रुडोल्फ वैलेंटीनो, *आशिकाना* तो यकीनन थे, आज भी उनका प्रभाव ऐसा है कि जब उनकी फिल्में लगती हैं, तो लोग बड़ी संख्या में उन्हें देखने जाते हैं।

1926 में अपेंडिक्स के ऑपरेशन के बाद वैलेंटीनो की मृत्यु हो रही थी, और हज़ारों लोग उनके लिए प्रार्थना करने चर्चों में इक्कट्ठा हुए। उनके अंतिम संस्कार के लिए भी एक

हज़ार लोग आये थे। तीन दिन तक वैलेंटीनों के ताबूत पर श्रद्धांजलि चढ़ाने लोग आते रहे, हर मिनट उनके शव के सामने से लगभग 150 लोग गुज़रते थे, जब यह आंकडा 150000 को भी पार कर गया, तो इन लोगों की गिनती बंद कर दी गयी।

उनका शव ट्रेन के ज़रिये न्यू यॉर्क से हॉलीवुड ले जाया गया, और रास्ते में हर स्टेशन पर श्रद्धांजलि देने वालों की भीड़ खड़ी थी।

रुडोल्फ वैलेंटीनों केवल 31 साल के थे, एक माली जो पेशेवर डांसर बना, और फिर डांसर से अभिनेता।

ख़ास बात तो यह है कि रुडोल्फ वैलेंटीनों ने अपनी किसी भी फिल्म में एक शब्द भी नहीं बोला था। उनका जादू बस *उनकी आँखों और व्यक्तित्व से चला, एक बेहद आशिकाना व्यक्तित्व।* उनकी मूक फिल्में देखने वाले लोगों को उन्होंने बस अपने व्यक्तित्व के प्रभाव से ही अपना बना लिया था। उन्होंने लोगों को वो आशिकाना अदा दिखाई, जो दिल जीतने के लिए बेहद ज़रूरी होती है।

आज हमारे पास बीटल्स हैं, तीन गिटार वादक और एक ड्रमर। इन लड़कों को चाहने वालों की गिनती में महारानी, राजकुमारी मार्गरेट और लार्ड स्नोडॉन भी आते हैं! रॉयल वैरायटी परफॉरमेंस तो याद होगी आपको? उनके कई हज़ारों चाहने वाले है, जो उनकी एक झलक देखने के लिए मीलों दूर से आते हैं। उन्हें देख कर लोगों को हद से ज़्यादा ख़ुशी होती है। कहा जाता है उन्हें जो भी देखता है, उसे 'परम आनंद' का एहसास होता हैं। गाने वाले तो और भी है, पर ये लड़के अलग हैं। इनके और इनके दर्शकों के बीच का नाता, बिजली सा तेज़ और जीवंत होता है। उनके संगीत के बारे में कुछ भी बुरा या अस्वस्थ नहीं है। वो हर हफ़्ते हज़ारों रुपये कमाते हैं, और ये तो बस उनके सफर की शुरुआत है ! लोग कड़कती बरसात में भी महीनों पहले से बीटल्स के एक शो के टिकट के लिए कतार में खड़े रहते हैं। हर उम्र के लोग उन्हें देखना चाहते हैं, उनके गाने सुनना चाहते हैं। उनके रिकाड्र्स हज़ारों की तादाद में बिकते हैं। ऐसा क्या है उनमें जो किसी और में नहीं हैं? एक *आशिकाना व्यक्तित्व।* वो आकर्षित करता है। वो हज़ारों लोग और हज़ारों रूपयों को अपनी ओर खींचता है।

वे तरोताज़ा हैं। वे मस्त है। वे दयालु भी हैं। पर सबसे ज़रूरी बात, बीटल्स *आशिकाना* है। वे जहां जाते हैं, पुलिस भी आती है, क्योंकि उनके चाहने वालों की भीड़ इतनी ज़्यादा है। ऐसा क्या सन्देश देते हैं वो? वो बस इतना कहते हैं, कि एक पल के लिए अपनी सब चिन्ताएं भुला दो, भूल जाओ बम् को, इस पल में बस हम हैं, हम और हमारी मोहब्बत!

उनके पास *भयंकर शक्ति* है और उनके प्रति लोगों का पागलपन देख कर ये साफ़ हो जाता है कि हम सभी को अपने जीवन में थोड़ी *मोहब्बत* चाहिए।

इसिलिये दृढ़ निश्चय कीजिए कि आप आशिकाना बनेंगे।

एक अमरीकी आर्किटेक्ट ने अपनी गर्लफ्रेंड के सामने शादी का प्रस्ताव रखा। उसने जवाब दिया, ''अगर तुम 15 दिन तक झंडे के डंडे पर बैठो तो मैं तुमसे शादी कर लूंगी।''

वह लड़का कभी भी झंडे के डंडे पर नहीं बैठा था, पर फिर भी वो 15 दिन वहीं बैठा रहा। जब वो नीचे आया, उस लड़की ने कहा, ''अब मैं सिर्फ़ तुम्हारी हूँ।'' लड़के ने जवाब दिया, ''नहीं। 15 दिन झंडे पर बैठे-बैठे मुझे सोचने के लिए काफी समय मिला, मुझे समझ आ गया है कि तुम मेरे लिए सही लड़की नहीं हो।''

वह लड़की आशिकाना नहीं थी, और उसका उसे ये नतीजा मिला। अगर आपके मिज़ाज में मोहब्बत नहीं झलकती, तो आप किसी को भी प्रभावित नहीं कर सकते।

मटिल्डा में 14 दिन तक खान में दबे 11 मजदूरों में से एक था अडोल्फ हर्बस्ट। वह किसी तरह से ज़मीन के ऊपर बैठा अपनी प्रिय से बात कर पा रहा था। उसने उसे इन शब्दों से प्रोत्साहन दिया, ''तुम जैसे ही ऊपर आओगे, हम शादी कर लेंगे।'' जैसे ही वो बाहर आया उसे गले लगाने वाली सबसे पहली वो ही लड़की थी, रिविएरा मोटेल के मालिक ने उस जोड़ी को अपने यहाँ 15 दिन का फ्री हनीमून भेंट किया। इन आशिकों के अपनी ओर किसी ऐसे व्यक्ति का ध्यान खींच लिया, जो इन्हें अदभुत ख़ुशी दे सकता था।

उन्हीं 11 मजदूरों में एक हेंज कुल भी था। उसने कहा, ''हम अपनी पहली सालगिरह अपने परिवार के साथ छुट्टियों में मेडिटेरेनियन जाएँगे।'' मेडिटेरेनियन में छुट्टियाँ मनाने से ज़्यादा आशिकाना और क्या हो सकता है?

उन खान के मजदूरों से कहा गया कि बाहर आने पर उन्हें 40 दिन तक एक छुट्टी पर भेजा जाएगा, और जहाज़ की कम्पनी ने वादा किया कि उन्हें और उनकी पत्नियों को अटलांटिक सागर के पार जहाज़ में घुमाया जाएगा। देखा आपने, कैसे हैंज के आशिकाना विचार ने सही लोगों को आकर्षित कर लिया।

मैं एक आदमी से मिला था जो कुछ ही समय पहले अपनी सुन्दर दुल्हन के साथ मेडिटेरेनियन पर हनीमून मना के आया था।

क्या उसने भी मेडिटेरेनियन और उसकी चाँदनी भरी रातों की बातें की ? नहीं! उसने कहा: ''कुछ ही समय में उस जगह की जनसंख्या बहुत बढ़ जाएगी। मौसम अच्छा है, पर मौसम पर तो कौन निर्भर कर सकता है? वहाँ की ज़मीनों के दाम बढ़ते ही जा रहे हैं...''

इससे ज़्यादा ग़ैर-रूमानी आदमी से मैं कभी नहीं मिला। अंत में उसने कहा, ''आखिरकार अपने बीयर के गिलास के पास आ कर अच्छा लग रहा है।''

मैं आपसे पूछता हूँ। क्या ऐसा आदमी कभी भी अच्छी चीज़ों को आकर्षित कर सकता है? क्या ये भी उन मजदूरों की तरह कभी मुफ़्त की छुट्टी जीत सकता है? 100 वर्षों में भी ये आदमी ऐसा कुछ नहीं कर सकता। ये जादू के बारे में कुछ जानता ही नहीं।

इस बात का एहसास हमें पहले नहीं होता, पर ये दुनिया ऐसे लोगों से भरी पड़ी है जो हर बाज़ी गलत ही खेलते हैं। मैंने दो औरतों को एक दिन किसी कैफे में बात करते हुए सुना। एक ने कहा, ''अब मुझे घर जाना होगा। मेरे पति के घर आने से पहले कपड़े प्रेस करने हैं।''

दूसरी ने कहा, ''हाय सच में। पर क्यों? मैं तो तब काम शुरू नहीं करती जब तक बिल घर नहीं आ जाता, इस तरह उसे दिखता तो है कि मेरे पास कितना काम होता है।''

कितनी अचरज की बात है कि घर बिखर रहे हैं? पहली औरत रूमानी थी, उसकी योजना में जादू था, उसके पति के घर आने से पहला सारा काम ख़त्म कर, वो घर को प्यारा बनाने वाली थी। ज़ाहिर है, दूसरी औरत सोचती रहेगी कि चिट्ठी डालने या किसी और बहाने से क्यों उसका पति आज शाम को फिर घर से चला गया।

ऐसी बहुत त्रासदी-ग्रस्त महिलाएं हैं जिनके पतियों ने उन्हें प्यार करना बंद कर दिया है, और अन्य औरतें खुद ही आशिक़ी को भूल गयी हैं। एक औरत ने मुझे बताया, ''जब वह घर आता है तो मुझे ऐसे चूमता है जैसे की महीनों से घर से बाहर हो। एक कमरे से दूसरे कमरे में मेरा पीछा करता है। वह मुझसे कहता है कि मैं उसकी गोद में बैठूं, जैसे हम कोई कल के लड़के-लड़की हों! कभी कभी तो मन करता है कि चीख पड़ूँ।''

यदि यह महिला सच में चाहती हैं कि उसका पति उससे प्यार करना छोड़ दे, तो वह बिलकुल सही राह पर जा रही है। पर यदि वह अपने पति से प्यार करती है, तो उससे जल्द रवैया बदल कर, थोड़ा आशिकाना बनने की सख्त ज़रूरत है।

जिस प्रकार से कुछ महिलाएं अपने पतियों के साथ व्यवहार करती हैं, वह उल्लेखनीय है। एक मशहूर फिल्म स्टार से उसका पति एयरपोर्ट पर गुलदस्ता लिए मिला और उस औरत के पहले शब्द थे, *''डार्लिंग, तुमने क्या किया है?''*

उसने मोहब्बत का स्वागत शक से किया। उसने एक खूबसूरत ख्याल को एक बचकाना सवाल से खराब कर दिया।

फ्रांस के प्रधान मंत्री पीएर मेंडेस फ्रांस ने अपनी डायरी में ये लिखा था : 2 बजे, डलस से मिलकर *लिलीएन के लिए गुलाब* लेने हैं।

लिलीएन उनकी खूबसूरत पत्नी का नाम है।

उसी रात 10।30 बजे पीएर ने लन्दन की फ्रेंच एम्बेसी से अपनी पत्नी को फोन किया

और पूछा कि क्या उन्हें गुलाब मिले?

उनके घर के ड्राइंग रूम की ज़मीन पर गुलाबी रंग के तीन अलग अलग शेड्स के गुलाबों की एक बड़ी सी टोकरी रखी थी। लिलीएन बताती हैं: ''मेरे पति चाहे कितने भी व्यस्त हो, हमारी सालगिरहें कभी नहीं भूलते। एक बार वह बाहर गए हुए थे और उन्होंने मेरे लिए एक फूलों की टोकरी भेजी, मुझे तो याद ही नहीं था कि आज क्या ख़ास मौक़ा है, उन्हें फोन पर पूछा तो उन्होंने बताया कि आज से चार साल पहले मैं एक ऑपरेशन के बाद ठीक हो कर घर आयी थी।'' इन दोनों की शादी को बीस साल हो गए हैं, और आज भी इन्हें कोई जुदा नहीं कर सकता। आशिक़ी जो खुशियों भरा जादू लाती है, जिसकी तलाश हम सबको है।

एक खूबसूरत अमरीकी लड़की विक्की बेनेट तब रोमांचित हो उठी, जब उसका दरवाज़ा खटका। दरवाज़े पर टिश्यू में लिपटा एक गुलाब था। वो शरमा गई। तभी उसे एक सन्देश भी दिखा, ''दुनिया की सबसे मीठी लड़की के लिए!'' किसी आशिकाना व्यक्तित्व वाले ने उसे वह ख़ुशी दी थी, जो दिल जीत लेती है।

बैले डांसर एंटोन डॉलिन ने अपने से तीस साल बड़ी एक अमरीकी महिला के साथ अपनी दोस्ती के बारे में बताया है। यह एक अच्छी दोस्ती थी। नीना चौरासी साल की थी। वो बहुत बीमार हो गयी थी। उनके बिस्तर के पास एक चांदी का फूलदान था, और जब भी एंटोन डॉलिन उनसे मिलने जाते थे, उस फूलदान में एक गुलाब रख देते थे और जिस दिन भी वो मिलने नहीं जा पाते थे, उस दिन भी वह ये सुनिश्चित करते थे, कि उन तक एक ताज़ा गुलाब ज़रूर पहुँच जाए। उनके बीच दोस्ती से ज़्यादा और कुछ भी नहीं था, पर उनके इस मोहब्बत अंदाज़ से नीना को बहुत ख़ुशी मिलती थी। वह नीना ही थी जिसने एंटोन को मोंटे कार्लो मे एक सफेद और गुलाबी रंग का विला दिया था।

किसी और औरत ने कहा था, ''वो हमेशा मेरे लिए गुलाब ही लाता है, वही रंग, वही संख्या ! *काश कभी तो कुछ ले आए, चाहे तो डन्डेलिअन ही ले आए!*''

देखा मैं क्या कहना चाह रहा था? सराहना न कर के आप एक पल में मोहब्बत का गला घोट देते हैं। आशिक़ी का जवाब आशिक़ी से ही दिया जाता है।

मैंने कुछ दिन पहले एक फिल्म देखी थी। उसमें एक स्पेनिश डांसर ने 20 फीट दूर अपने चाहने वालों पर फूल फेंक कर मारा, और वह सीधा उस आदमी के हाथों में गिरा। मुझे यकीन भी है आपने भी अक्सर इस किस्म की चीज़ें फिल्मों में देखीं होंगी। फूल हमेशा गुलाब का ही होता है।

एक बिज़नस वुमन रूस गई थी। उन्होंने बताया, ''मास्को में आदमी बहुत रूमानी होते

हैं। मेरे लिए सबसे अच्छा और दर्द भरा भी, पल वह था जब रूसी आदमी एक लम्बी डंडी वाला गुलाब लिए मेरे सामने आ गया। उसने मुझे बड़ी विनम्रता से देखा, मेरी तारीफ़ में दो लफ्ज़ कहे, और मेरे गले में वो गुलाब लगा दिया, उसमें कांटे भी थे।!''

फूल गुलाब का ही था।

इवेलियन लाय एक बहुत खूबसूरत कहानी सुनाती हैं। वो पार्लर में एक ड्रायर के नीचे बैठी थी, तभी उनका हेयर-ड्रेसर उनके लिए एक गुलाबों का गुलदस्ता ले आया।

उसने उससे गुलाब लिए, उन पर लिखा था, ''मेरा सारा प्यार, फ्रैंक।''

इवेलिन ने पूछा, ''कहाँ हैं वो ?'' हेयर-ड्रेसर ने जवाब दिया, ''वो तो चला गया।''

फिर उसने पूछा, ''आपका जन्मदिन या सालगिरह है क्या?''

इवेलिन ने धीरे से कहा, *''नहीं, कुछ भी नहीं है। वो बस ऐसी चीज़ें करता रहता है।''*

गुलाब उनके पति अभिनेता फ्रैंक लॉटन की तरफ से आये थे और हम सब जानते हैं कि यह शादी कितनी खूबसूरत और सफल है।

क्या आप भी पीएर, डॉलिन, लॉटन या इन अन्य आदमियों जैसे हैं? अगर नहीं है, तो उनके जैसा बनने की कोशिश कीजिए। यह हैं *आशिकाना व्यक्तित्व।* उनके लिए ज़िन्दगी हर तरह से खुश, सफल और अदभुत है। वे इन चीज़ों को अपनी ओर आकर्षित करते हैं।

स्पेनिश लोग गुलाब फैंकते हैं, आज कल के बच्चे बीटल्स पर जेली बीन्स फैंकते हैं, पर हर कोई अंदाज़ में मोहब्बत ज़ाहिर कर रहा है। जहां मोहब्बत होती है, वहाँ गतिशील आकर्षण भी होता है। इसी तरह से आप जीतते हैं।

अमरीका के कॉलेज जाने वाले लड़के-लड़कियों, हॉलीवुड के अभिनेता-अभिनेत्रियों और बूढ़े अमरीकी करोड़पतियों के मन में आशिक़ी बहुत लम्बे समय तक जिंदा रहती है। उन्हें हर उम्र में प्यार होता रहता है।

सोलोमन के लिए कहा जाता था कि उसे हज़ारों बार प्यार हुआ था और उसकी हज़ारों रानियाँ थी, फिर भी किसी कारणवश उसे धरती का *सबसे ज्ञानी व्यक्ति* कहा गया है। मेरे विचार से यह इसलिए कहा जाता था क्योंकि जब भी वो प्यार करते थे उसका अंदाज़ बेहद आशिकाना होता था, और आशिक़ी जीवन में इतनी महत्वपूर्ण है कि उन्हें ज्ञानी व्यक्ति समझा जाता था।

हर शहर की अपनी रूमानियत होती है, हर गाँव और मन अपने एक पागलपन भरे पल से गुज़रता है। इन पलों पर ध्यान दीजिए, इनका इंतज़ार कीजिए। रूमानियत या आशिक़ी आपको घर में भी मिल सकती है। आशिक़ी तो कहीं भी मिल सकती है। आपके पास बस

उसके जादू को पहचानने वाली नज़र होनी चाहिए।

द वॉइस ऑफ प्रौफेसी (भविष्यवाणी की आवाज़) नाम का प्रोग्राम रेडियो पर अच्छे आध्यात्मिक किस्से सुनाता है। इसी शो की एक कहानी में जिक्र हुआ एक तोहफे का जो एक लड़की के पिता ने उसके होने वाले पति को शादी के दिन दिया।

वह एक सोने की घड़ी थी और उस पर खूबसूरत अक्षरों में लिखा था: "*बी नाईस टू सारह*" (सारह के साथ अच्छे से रहना)

जब भी वह युवक अपनी घड़ी को देखता है, उसे ये शब्द याद आते हैं। मेरे विचार से ये बहुत ही सुन्दर भेंट थी। द वॉइस ऑफ प्रौफेसी पर ज़िन्दगी से जुड़ी हुई बातें होती हैं और यह ख्याल बहुत रुमानी और प्यारा है।

बहुत से औरतों की शादी कम तनख्वाह वाले पति से हुई है। वह घर पर खाना बनाती हैं, कपड़े धोती हैं, खरीदारी करती हैं और काम पर भी जाती हैं। उनके पास स्वयं को टीवी पर दिखने वाली औरतों जितना सुन्दर और आकर्षक बनाने का समय नहीं होता। वे अब थोड़ी सी रूखी हो गयी है, कभी कभी चिड़चिड़ी भी हो जाती है। उसकी संभोग और आकर्षण में भी दिलचस्पी कम हो गयी है और अब उसके जीवन में कोई आशिक़ी नहीं है। फिर भी, आज तक उसके मन में दूसरों जैसे ही भावनाएं हैं वो भी एक मोहब्बत भरी ज़िन्दगी चाहती है, वो भी चाहती है उसकी तारीफ़ हो और उसके प्यार के लिए कोई जतन करे। इसके लिए उस महिला को कुछ करना होगा, दीवारें तोड़नी होगी, प्यार करना होगा और जीना होगा। अगर आप जीवन से तंग आ गए हैं, तो आप आशिकाना नहीं बन सकते। ये परेशानी उस महिला को अंततः डॉक्टर के दरवाज़े पर पहुंचा देंगी। उसका मानसिक संतुलन बिगड़ जाएगा।

नैपोलियन अपनी जोसफीन से प्यार करता था, हालांकि वो बहुत सुन्दर नहीं थी। उसके दांत ठीक नहीं थे। कुछ या तो टूटे हुए थे और या थोड़े बाहर थे। फिर जोसफीन ने क्या किया? कहते हैं कि जब भी वो नैपोलियन से बात करती थी, अपने मुंह पर एक खूबसूरत लेस का रूमाल बाँध लेती थी और अपनी आँखों से मुस्कुराती थी। यह भी कहा जाता है कि वो अक्सर अपने सुन्दर, कोमल अधोवस्त्र कुर्सी पर, बिस्तर पर यां यूँ ही ज़मीन पर फेंक देती थी। पर हमेशा, उनके ये वस्त्र यूँ ही प्रदर्शन पर रहते थे। और क्यों नहीं? क्या खूबसूरत चीज़ों का हमेशा अलमारी के किसी कोने में छिपे रहना ज़रूरी है? कोई भी औरत ऐसा कर सकती है, और जोसफीन जैसी मोहब्बत अपनी ज़िन्दगी में ला सकती है।

एक लेखक रहना क्लोएट उनसे मिलने आये एक पत्रकार ने उनसे कहा, "मुझे देखो, क्या मैं सुन्दर हूँ?"

उसने उसे विनम्र रूप से देखा और कहा, ''मेरे विचार से आप आकर्षक हैं।''

''वही तो ! मैं *सुन्दर* नहीं हूँ, पर फिर भी मुझे जो पति मिला है, वह हज़ारों में से एक है!''

वह आगे कहती है कि सुन्दर लड़कियों को आदमी ज़्यादा जल्दी तो मिल जाते हैं, पर उसे लम्बे समय तक *साथ रखने* के लिए स्वयं को आकर्षक और रूमानी बनाना पड़ता है। *टू कैच अ मैन* (आदमी को फाँसना) किताब की लेखिका कहती है, ''आपको दिलकश चीज़ों का भी विशेषज्ञ बनना होगा। इत्र और कपड़ों से ले कर चांदनी तक का उत्तम उपयोग आना चाहिए आपको।'' क्लोएट हमेशा रंग-बिरंगे कपड़े पहनती हैं और सजी-धजी रहती हैं।

ये सच है। ये सब अदभुत रूप से सच है और जब आप इन सब चीज़ों को पहली बार आजमाएंगी तो खुद भी इनका असर जान जाएँगी।

अगर आपका *व्यक्तित्व रूमानी है,* तो फिर चाहे वो इतालियन हो, स्पेनिश हो, फ्रांसीसी हो या अग्रेज़, वह कहेगा, ''आई लव यू''। आप हमेशा *यादगार* रहेंगी।

जो भी आदमी या औरत रूमानी बनने की कोशिश करता है वो रुडोल्फ वैलेंटिनो और बीटल्स की तरह लोगों को अपनी ओर आकर्षित करेगा।

फिल्मी सितारा विक्टर मचयोर की गर्लफ्रेंड एक हार्ट सर्जन की बेटी है। विक्टर ने उसे तोहफे में दिल के आकार का हीरों और रूबी से जड़ा लॉकेट दिया। उस पर लिखा था, ''*आज कल से ज़्यादा प्यार करता हूँ तुमसे !*'' है न रूमानी? हो सकता है कि आपकी हीरे खरीदने की क्षमता न हो, पर इन शब्दों के साथ तो एक सादा सा सोने का लॉकेट भीजादू दिखा सकता है।

छोटे-छोटे फूलों से बने दिल के आकार के गुलदस्ते भी बनते हैं। एक ब्रेसलेट पर आठ चमकते दिल, या फिर एक बिस्तर की चादर पर कढ़े हुए दिल और गुलाब। दिल के आकार का साबुन, दिल के आकार की परफ्यूम बोतल, या फिर रात के कपड़ों के दिल के आकार के कवर, आने वाले बच्चे के लिए सेफ्टी पिन, रिबन इत्यादि चीज़ों को संजोये दिल के आकार की भेंट। रसोई के लिए दिल के आकार के डिब्बे, एप्रन पर बिना दिल ! इस किस्म की छोटी-मोटी घरेलू चीज़ें होते हुए, किसी भी आदमी या औरत को बिना आशिक़ी के जीवन गुज़ारने की ज़रूरत नहीं है।

अभिनेत्री दाना विनटर याद करती हैं, ''मैं उससे सिर्फ़ एक बार मिली थी। उसने सर झुकाया, मेरा हाथ लिया और उसे चूम लिया। एक पल में वापस पुराने रूमानी युग में पहुँच गई।'' यूरोप इस किस्म का प्रेम प्रदर्शन आम बात है। पेरिस में अक्सर प्रेमी सड़क पर ही एक दूसरे को चुम्बन दे देते हैं और कोई उनकी ओर ध्यान भी नहीं देता। अंग्रेजी बोलने वाले देशों में सार्वजनिक, या निजी जगहों पर भी, रूमानी होना इतना आम नहीं है।

और चूँकि यहाँ चुम्बन की बात हो रही है, जब एक लड़की, एक लड़के को चूमने के बाद उसे देख कर हंस पड़ती है और कहती है, ''अरे, तुम्हारे पूरे चेहरे पर लिपस्टिक लगी है!'' *रूमानी पल उस समयदम तोड़ देता है।*

चुम्बन के बारे में कभी न हँसे। चुम्बन आशिकाना होता है और आशिक़ी कोई मज़ाक नहीं है। यह बहुत ही जादुई और प्यारा एहसास है। इसकी कद्र करें, इसे अचरज और आदर से सम्मान दें।

चूमना प्रेमियों के लिए बहुत ख़ास और अनमोल होता है। जीवन के कुछ सबसे प्यारे पल, गलत समय पर आई हंसी की वजह से दम तोड़ देते हैं। चुम्बन भी इसी का एक उदहारण है। कभी ये किसी प्यारी शाम के लिए शुक्रिया कहता है, तो कभी अलविदा कहने के ग़म को ज़ाहिर करता है, कभी ये उस अनुराग को व्यक्त करता है जिसे आप शब्दों में कह सकते, ये है एक निजी *जादू।*

जो इस निजी पल का ढिंढोरा जो सारी दुनिया में पीट दें, वो आशिकाना नहीं होते।

अगर आप कभी ताज महल जाएँगे तो देखेंगे कि वहाँ, आज भी उस खूबसूरत प्रेम कहानी की एक अजीब सी गुंजन है। उन दो प्यार करने वालों की कब्र के पास खड़े हो कर, धीरे से उनका नाम पुकारिएगा। पूरी इमारत के हर होने में वो दो नाम एक कोमल सी आवाज़ में गूँज उठेंगे। और अंततः आपको कुछ ऐसे शब्द सुनाई देंगे, *''प्यार है, प्यार है!''* फिर कुछ समय बाद ये शब्द भी उन्हें दरों दीवारों में खो जायेंगे।

यह होती है *आशिक़ी।*

नीचे लिखी सुर्खी *नौटिंघम गार्डियन जरनल* नाम के एक अखबार से आई है: *''मन को पढ़ने वाले ने नौटिंघम में छिपा पता ढूँढ निकाला'' वो बिलकुल असमान्य, और थोड़ा सा डरावना भी ! मैं हमेशा सोचता था कि अगर और कुछ नहीं तो एक आदमी के विचार तो उसकी निजी संपत्ति होते हैं। पर फिर मैं अल कुरान से मिला, वो इस हफ्ते नौटिंघम आए थे। कल अपने शो के दौरान उन्होंने अपनी साख को दाव पर लगा कर एक अजीब प्रयोग किया। उन्होंने ऐसा इसलिए किया क्योंकि, लोग अक्सर टैलीपैथी और मन को पढ़ने वाली कलाओं को ले कर संदेह में रहते हैं और उन्हें झूठा नाटक भी मानते हैं।*

इसीलिए अल कुरान ने अपनी विद्या की एक कठिन परीक्षा ली। उन्होंने मेरे एक सहकर्मी से कहा कि वो एक पन्ने पर कोई ऐसा पता लिखे, जो शहर के केंद्र से दो मील के दायरे के भीतर हो, और फिर वो इस पते को एक लिफाफे में बंद कर दे। फिर इस लिफाफे को एक और लिफाफे में बंद कर, मुझे थमा दिया गया। फिर मैं इस प्रयोग का साक्षी बनने बाहर

चला गया।

कुरान ने वादा किया था कि बिना पता देखे ही वह इस चिट्ठी को इस पते पर पहुंचा देंगे। (मुमकिन था कि ये चिट्ठी कोई प्रेम पत्र हो!) उन्होंने मुझसे पूछा, ''क्या आप जानते हैं कि यह जगह कहाँ है?'' मैंने उत्तर दिया, ''हाँ'' ''तो फिर मेरे साथ, गाड़ी में पीछे बैठिए।''

मैं जानता था कि उस लिफाफे पर 47, हैम्पडन स्ट्रीट पर रहने वाले एक मित्र का पता था। गाड़ी हमारे फोटोग्राफर चला रहे थे। कुरान ने उनसे कहा, ''मिडलैंड स्टेशन चलिए।'' ज़ाहिर है कि हम गलत दिशा में जा रहे थे। पर मैंने और फोटोग्राफर ने कोई प्रतिक्रिया नहीं दी।

''हम लोअर पार्लियामेंट स्ट्रीट से हो कर, लंदन रोड पर चल दिए। कोरान आपको जादूगरों की तरह नहीं देखते, कम से कम वैसे तो बिलकुल नहीं जैसे जादूगरों की छवि हमारे दिमाग में है। उन्होंने एक साफ-सुथरा इस्त्री किया सूट-पैंट पहना था, और उस समय वो अपने सुनहरे सिगरेट के डिब्बे से निकली एक सिगरेट पी रहे थे।

तभी वह अचानक बोले, ''यहाँ दायें हाथ पर मोड़िये। शहर के केंद्र तक जाइए और वहां से एम्पायर थिएटर की ओर ले लीजिए।'' यह रास्ता सीधा हैम्पडन स्ट्रीट की ओर जाता था!

रास्ते में हमने लगभग हर मुद्दे पर बातें की.... कुछ पलों के लिए हम फिर से गलत दिशा में जाने लगे, पर कुरान ने कहा, ''क्या आप कृपया कर, गाड़ी को पीछे मोड़ेंगे?'' उन्होंने हमें ड्राईडन स्ट्रीट पहुँचने की दिशा बताई, और वहीं पहले बायें हाथ पर था हैम्पडन स्ट्रीट!

जैसे ही हम इस मोड़ से गुज़रे, कुरान ने कहा, ''हमें यहीं उतरना है।'' मैंने उन्हें लिफाफा थमाया। उन्होंने पूरे मनोबल से उसे लिया और सीधा पहुंच गए नंबर 37 पर, पर फिर उन्होंने अपना मन बदल लिया।

वो नंबर 47 के सामने से गुज़र कर सीधे नंबर 49 पर पहुँच गए। फिर उन्होंने विचार में अपनी ठोढ़ी पर हाथ मला (क्या यही उनके जादू का राज़ ?) और फिर वापस नंबर 47 पर चले गए। उन्होंने वहां पहुँचते घोषणा की, ''मुझे यकीन है कि यह सही घर है, और वह (जे) महिला यहीं रहती है।''

कुरान के लिए यह जीत का पल था, और उनके प्रयोग के दर्शकों के लिए यह रोमांच भरा पल था। कैसे किया उन्होंने यह?

''मन पढ़ कर! तुम्हे पता था कि कहाँ जाना है और तुम्ही ने मुझे रास्ता भी दिखाया। हालांकि तुम्हे इस बात का अंदाजा नहीं हुआ। मैंने तुम्हारे मन की प्रतिक्रिया पढ़ी। तब भी जब तुमने मुझे भटकाने की कोशिश की।''

ये थी उस अखबार की कहानी। क्या मैंने कहा था कि यह कहानी आशिकाना हो सकती है। वैसे एक जवान महिला तो थी वहां।

20 सेहत जो लाती है जादू

ऐसा क्यों होता है कि मानवता के अलग-अलग वर्ग के लोगों में भिन्न-भिन्न शारीरिक विशेषताएं होती है ? कुछ लोग बीमार और विकृत दीखते हैं और दूसरे जगमगाती सेहत का उत्तम उदहारण लगते हैं? यह बहुत हद तक निर्भर करता है हमारे सोचने और खाने की आदतों पर।

कुछ लोग बस ज़िन्दगी को जकड़े हुए हैं और जादू करने के काबिल नहीं है। पर जादूगर होने के नाते आपको, पूर्णतः सतर्क और सेहतमंद रहना होगा। जादूगर को पता होता है, तंदरुस्त रहने का सबसे अच्छा तरीका क्या है और कैसे जीवन काल को बढ़ा कर, बहुत, बहुत लंबा करना है। आपका चलाया हुआ दुनिया भर का जादू बेअसर है, यदि आप इस जादू को जीने के लिए स्वस्थ नहीं है या फिर बहुत लम्बे समय तक जी ही नहीं सकते। यदि आप ने अपने जादू का अद्भुतप्रदर्शन करना शुरू कर दिया है (और अब तक आपको इतना सक्षम हो जाना चाहिए), तो फिर अपनी सफलता के फल को चखने के लिए आपका पूर्णतः स्वस्थ ज़रूरी है।

जब आप सही खुराक लेते है, तो आप कह सकते हैं, "चला गया वो दर्द, वो थकान, वो आलस जो मार रहा था मुझे।" फिर आप कभी बिस्तर में सुबह दो पल और की नींद के लिए करवटें नहीं बदलेंगे। आप मुर्गे की बांग के साथ ही जिंदा होने की ख़ुशी में गुनगुनाते हुए उठ बैठेंगे।

आप फिर कभी चिड़चिड़ा नहीं महसूस करेंगे। थकान क्या होती है, यह तो आपको पता

भी होगा। उत्तम होगा आपका अस्तित्व। आपके लिए ज़िन्दगी विशाल होगी। ''खेत जब लहलहा रहे हैं, मेरे भाई, तो तू काहे मरना चाहे?'' जब आपका स्वास्थ अच्छा होगा, आप भी अच्छा महसूस करेंगे। आपका स्विमिंग पूल, आपकी गाड़ी रोल्स रॉयस, आपका जहाज़, आपका महल सा घर। आपके जितने भी सपने आपके जादू से पूरे हुए हैं। अगर आप बीमार और थके हुए हैं तो उन सब का क्या मतलब ? अगर आप बूढा और कमज़ोर महसूस करेंगी, तो अपने नए खजाने का लुत्फ़ कैसे उठा पायेंगे?

जवानी ! कालातीत जवानी। ये चाहिए आपको, सदा रहने वाली सुन्दरता और स्वास्थ्य!

क्या आप अपनी जवानी खो रहे हैं? कैसे खो रहे हैं आप इसे ? और क्यों? यदि बहुत देर तक इस जवानी को भुला दिया, तो फिर ये कभी लौट कर नहीं आएगी? अगर आपको यह एहसास है कि आप उतने जवान नहीं है जितने जीवन के आनंद भरे दिनों में थे, यदि आपको सचमुच समझ आ रहा है कि आप बूढ़े हो रहे हैं, अगर आपको लग रहा है कि यह महफिल का आखिरी डांस है, जिसे आप जीना भी चाहते हैं, लेकिन थक भी बहुत गए हैं, तो फिर *'कीजिए कुछ इस बारे में'*।

100 साल के ऊपर उम्र तक भी इंसान तंदरुस्त और दिल से जवान रह सकता है। बहुत से लोग ऐसा करते हैं। ये सिर्फ़ जीवन के प्रति आपके रवैये और आपकी सोच पर निर्भर नहीं करता, यह निर्भर करता है *आपके खान-पान पर* ! कुछ ऐस खाने के उत्पाद होते हैं, जो जादू को जगाने और करते रहने के लिए आपको बहुत शक्ति देते हैं। कुछ खाने के पदार्थ ऐसे भी होते जो आपके मन को सुन्न कर देते हैं और आपके दिमाग पर धीमे ज़हर सा काम करते हैं। इन पदार्थों के सेवन से आप कभी भी जादू को नहीं जगा सकते।

आपके स्वास्थ्य की योजना में जादू को सबसे बड़ा भागीदार बनने दीजिये। आप जादूगर हैं और आपके पास उस स्वास्थ्य और सुन्दरता को पाने की क्षमता है जो दुनिया ने पहले कभी न देखी हो। आप चाहे तो अपने मन को सच्ची शान्ति भी प्रदान कर सकते हैं।

तो पहले हम खाने की बात करते हैं। हम सबसे ज़्यादा क्या खाते हैं? ब्रेड

इस बात पर तब से बेहस चल रही है, जबसे नीरो ने रोम को ब्रेड खाना सिखाया। नीरो और उसके दरबार को सफेद ब्रेड पसंद थी। क्या भूरी या सफेद ब्रेड की ख़ुरका में कोई ख़ास अंतर होता भी है?

मेरे विचार से, होता है। कुछ दिन पहले एक औरत ने मुझसे कहा, ''मेरे बेटे और बेटी ने मेंढकों के कुछ अंडे इक्कट्ठा किये हैं, अब वो उन्हें मेंढक के रूप में परिवर्तित होता देखना चाहते हैं। मेरे बेटे ने कटोरी में उन्हें *सफेद ब्रेड* दी और मेरे बेटी ने उन्हें *भूरी ब्रेड* दी।

अगली दिन मेरे बेटे के अंडे *मर चुके थे* और मेरी बेटी के अंडे अब भी *विकसित हो रहे थे।''*

आप अधिक मात्र में सफेद डबल रोटी का सेवन करते हैं। सफेद ब्रेड का रंग रासायनिक तरीकों से सफेद बनता है और मुमकिन है कि ये रसायन आपकी ब्रेड और आप पर वही असर कर रहे हैं। जो इन्होने उन अण्डों पर किया। आप इस बात से सहमत नहीं हैं? हो सकता है कि धीरे धीरे आपके मन के उस 'कुछ' को मार रहे हों जो जादू करता है। वो अनमोल 'कुछ'। मैं यह नहीं कह रहा कि ऐसा है, पर ऐसा होने की संभावना ज़रूर है।

हमारे लिए सबसे अच्छी होती है गेंहू की बनी भूरी ब्रेड। गेंहू के दाने का सबसे पौष्टिक भाग होता है, सफेद ब्रेड बनाने वाले इस भाग को जानवरों के चारे इत्यादि के लिए प्रयोग में ले लेते हैं या बेच देते हैं। इसीलिए सफेद ब्रेड सस्ती भी होती है, क्योंकि उत्पादन में कम खर्च होता है।

क्या हम भूरी गेंहू की ब्रेड की जगह मैदा की सफेद ब्रेड खा कर, अपनी खुराक पर कुछ असर डालते हैं? साइल एसोसिएशन के मिस्टर सी। डोनाल्ड विल्सन का जवाब है, ''हाँ! ब्रेड की मिल के लोग गेंहू से 30 प्रतिशत पौष्टिकता निकाल लेते हैं।'' इस तरह से, अगर हमारी ब्रेड में थोड़ा गेंहू पड़ा भी जाए तब भी, हम उन ज़रूरी विटामिन्स को हमेशा के लिये खो बैठते हैं। जब प्राकृतिक खाने में रसायन मिलाते या मिलावट करते हैं, तो उसका स्वास्थ्य के लिए हानिकारक होना तो स्वाभाविक ही है। भारतीय, अफ्रीकी और हुन्ज़ा लोग की इतनी अच्छी सेहत क्यों होती है? क्यूँकि इन सभ्यताओं के लोग धरती से उगा, शुद्ध खाना खाते हैं। अपने मन के जादू को जगाने के लिए आपको इन बातों के बारे में विचार करना होगा।

बहुत लोग चीनी के शौक़ीन होते हैं। क्या आपने चीनी के बारे में कभी सोचा है? आप सफेद चीनी पसंद करते हैं, है ना ? *कैलिफोर्नियन फार्मर* नाम की पत्रिक में एक लेख छपा था, जिसमें सफेद चीनी को कीटनाशक के रूप में असरदार बताया गया था। लेख के अनुसार इस सलाह के पीछे वैज्ञानिक कारण भी है:

''यूनाइटेड स्टेट्स डिपार्टमेंट ऑफ एग्रीकल्चर (अमरीका का खेती विभाग) के वैज्ञानिकों ने पाया है कि यदि साधारण चीनी को मिट्टी में मिला दें तो वो नेमाटोडस नाम के कीड़े का सफाया कर देती है। नेमाटोड को मारने वाला यह पहला कीटनाशक होगा जो जानवरों के लिए घातक नहीं है और मिट्टी से कोई मिलावट भी नहीं छोड़ता।

चीनी कीड़ों को मार देती है...''

चीनी इन्सासों के लिए *धीमा ज़हर* है, पर धीमा-धीमा करके भी मरना कौन चाहता है? चीनी आपके दिमाग की बत्ती को धीरे धीरे बुझाती होगी। फिर एक दिन ऐसा आयेगा जब

जादू करना तो दूर, आप ठीक से सोच भी नहीं पाएँगे। *'सफाया करती है'*, इन शब्दों पर गौर कीजिए। क्या आप ये ख़तरा उठाना चाहते हैं?

यदि आपको चीनी खानी है, तो शुद्ध भूरी चीनी खाइए जिसमें सफेदी के कोई रसायन नहीं है। बेहतर होगा कि मीठे के लिए केवल ताज़े, शुद्ध शहद का इस्तेमाल करें।

और पानी के बारे में क्या विचार है? स्वास्थ्य विभाग ने अब पानी में *सोडियम फ्लोराइड* डालने की अनुमति देदी है। *फ्लोराइड* क्या होता है? अप्राकृतिक रूप से बना *सोडियम फ्लोराइड* एक बहुत ज़हरीला प्रोटोप्लास्मिक *ज़हर* होता है, जो आर्सेनिक से 13 गुना अधिक घातक है। *आर्सेनिक से भी घातक।* आप चाहें तो इसे *चूहों को मारने की दवा* कह लें, कोई फ़र्क़ नहीं पड़ेगा।

सौ साल के होने पर परिस के डर गुएनिओत ने घोषणा की, "आदमी मरता नहीं, आत्मा हत्या करता है।" धीरे-धीरे, आप स्वयं की हत्या कर रहे हैं।

अधिकतर लोग जानते ही नहीं कि अच्छे और *स्वच्छ* पानी का स्वाद क्या होता है। आम पानी का स्वाद क्लोरीन मिला कर मार दिया जाता है। कुँए का पानी साफ, सुन्दर स्वादिष्ट होता है। एक गाँव वाले ने उन अधिकारियों को अपने घर में नहीं आने दिया, जो चाहते थे कि वो सार्वजनिक पानी इस्तेमाल करे। उसके पास अपना खुद का कुआँ था और पिछले तीस सालों से उसी का पानी पी रहा है। उसकी बीवी सिर्फ़ एक बार बीमार पड़ी थी, जब वह किसी दोस्त के घर रुकी। उसने सार्वजनिक पानी पीया और उसके चेहरे पर लाल चकत्ते निकल आए।

मैं ऐसे लोगों को भी जानता हूँ, जो बारीश का पानी पी कर भी स्वस्थ हैं। मैं ऐसे लोगों को जानता हूँ जो गठिया से परेशान थे, लेकिन जब उन्होंने सिर्फ़ कुँए का पानी पीना शुरू किया उनके सब दर्द गायब हो गए। बहुत से गांव वाले आपको ऐसी ही कहानियां सुनाएँगे।

जब उस महल से घर का चित्रण करते हैं, तब गार्डेन में एक कुँए का भी चित्र बनाइए। अपने जादू की शक्ति को खोने का ख़तरा मत उठाइए।

खाने का अध्ययन कीजिए और जानिए कि आपके लिए क्या सेहतमंद है। अपनी खुराक में गाजर और गाजर का जूस ज़रूर शामिल करें। गाजर आँखों और दृष्टि के लिए बहुत अच्छी होती है। जंग के समय रात को विमान उड़ाने वाले बहुत से पायलट अपनी दृष्टि सुधारने के लिए गाजर खाते थे। जो प्यारी चीज़ें आपको मिलने वाली हैं, क्या उन्हें अपनी आँखों से नहीं देखना चाहेंगे आप ?

प्याज दुनिया के सबसे पुराने खाद्य पदार्थों में से एक है। कहा जाता कि मिश्र में पिरामिड

बनाने वाले मजदूर भी प्याज खाते थे।

आपको भी ढ़ेरों प्याज खाना चाहिए। यह शुद्धिकरण के लिए अच्छा होता हैं। यदि है वो अंगारों पर चलने वाले लोग जो मन और शरीर के शुद्धिकरण के लिए प्रयास करते हैं।

यदि आप बीमारियों से छुटकारा पाना चाहते हैं रोगों को दूर रखना चाहते हैं, तो आपको लहसुन का भी सेवन करना चाहिए। मिश्र के लोग पांच हज़ार साल पहले भी लहसुन के गुणों को जानते थे। आठ सौ साल पुराने भारतीय लेखों में भी लहसुन का जिक्र है।

लहसुन एक शक्तिशाली प्राकृतिक शुद्धिकरण तत्व है। लन्दन के प्लेग के दौरान एक आदमी सड़कों पर घूमता हुआ कहता था, "घर की लाशों को बाहर ले आओ।" यह आदमी खुद प्लेग से बचने के लिए सदा मुँह में लहसुन का एक टुकडा रखता था। महामारी के दौरान हमेशा लहसुन खाएँ। प्लेग के दौरान, लन्दन के बहुत से घर लहसुन की वजह से ही बचे थे। कहते हैं की पीसी हुई अदरक का भी इतना ही महत्व होता है। बहुत लोग अपनी एल (जौ की शराब) के ऊपर भी इसे छिड़क लेते हैं।

सभी जड़ी बूटियाँ, सबसे अनमोल होती हैं। खुरासानी अजवायन। इंग्लैंड में हर साल 12000 टन से अधिक खुरासानी अजवायन का उत्पादन होता है। लेकिन इसकी बहुत कम मात्र का सेवन होता है। संतरों की तुलना में खुरासानी अजवायन में चार गुना विटामिन सी होता है। बहुत से फलों और सब्जियों से ज़्यादा आयरन, कैल्शियम और फॉस्फोरस खुरासानी अजवायन में होता है। रोम के सारथी अपने घोड़ों को खुरासानी अजवायन की अच्छी खुराक देते थे। न केवल इससे उनके घोड़ों को लंबा दौड़ने की क्षमता मिलती थी, इससे वह जंग के लिए भी तैयार हो जाते थे। इससे किसी सम्मान से अधिक कीमती माना गया। ये गौरव और ख्याति का प्रतीक माना जाता था। इस्थमियन खेलों में आने वाले लोगों को खुरासानी अजवायन की खुराक दी जाती थी और जीतने वाले को खुरासानी अजवायन के हार से सम्मानित किया जाता था। कुछ साल पहले पोलैंड में 'मिस हर्ब' बनने वाली सुन्दरी को खुरासानी अजवायन का हार दिया गया था।

धार्मिक रीति रिवाजों में *शुद्धिकरण* के लिए खुरासानी अजवायन का सेवन होता है। फिर से *शुद्धिकरण।* इस बात को कभी मत भूलना। हम निरंतर *शुद्धि* को ही अपना उद्देश्य बना रहे हैं। आपका मन और शरीर जितने स्वच्छ होंगे, आपके लिए सबसे ऊँचे मकाम पर पहुँच कर जादू करना उतना ही आसान होगा। हर दिन एक कच्चा प्याज खाएं और जितना खुरासानी अजवायन खा सकें उतना खाएँ। इन दोनों चीज़ों का बहुत महत्व है। आपका खाना जितना शुद्ध होगा, आप उतने ही संवेदनशील बनते जाएँगे और जादूगर के लिए यह ज़रूरी है।

आपको अवश्य ही *संवेदनशील* होना चाहिए।

नारियल से हम मेलों में तो खेलते हैं, पर हम दुकान में जा कर नारियल को खरीदते नहीं। क्या आप जानते हैं कि यदि आप किसी द्वीप पर फँस जाएँ और आपके पास खाने या पीने के लिए नारियल और उसके पानी के सिवाय कुछ नहीं हो, तब भी आप केवल इस खुराक की ही मदद से एक लंबा और स्वस्थ जीवन जी सकते हैं? नारियल की गुठली और दूध में बहुत पोषण होता है। कैसल के हेस्सन में रहने वाला हरमन ब्रिंकमैन बहुत लम्बे समय तक केवल नारियलों पर ही जिंदा रहा था। उसने जंजीबार और केन्या में चार महीने बिताए और इस दौरान उसे न तो कोई बीमारी हुई और न ही उसे कभी डॉक्टर की ज़रूरत पड़ी। खाने और पीने के लिए नारियल सबसे उम्दा पदार्थों में से एक है। यदि इन सबके नियमित सेवन के लिए आपको अपने खान-पान में क्रान्ति भी लानी पड़े, तो लाइए, क्योंकि ये सब चीज़ें आपकी लम्बी स्वस्थ उम्र के लिए ज़रूरी हैं। चाहें तो ऐसी अनगिनत फल और सब्जियां बताये जा सकते हैं जो आपके लिए अनिवार्य है और आपको रोज़ खाने चाहिए। ब्लैंक करंट, संतरे, सेब, केले और अच्छा पनीर, सभी आपके लिए अनिवार्य हैं। सही खाने के विषय का अध्ययन करें और उसे अपने खान-पान में सम्मिलित करें। अपने मन के जादू को जगाने के लिए आपकी सेहत आम जन से भी बेहतर होनी चाहिए।

एक गोरिल्ला को अपनी असीमित ताकत कहाँ से मिलती है? मूंगफलियों और अखरोट जैसे पदार्थो से ! यदि आप थके हुए हैं तो खजूर भी आपको फिर से चुस्त बना सकते हैं। मेरी फेहरिस्त तो बहुत लम्बी है, पर मैं चाहता हूँ कि आप स्वयं इन चीज़ों का अध्ययन करें। मैं बस इतना कहूँगा कि इस प्रक्रिया के लिए सही सेहत अनिवार्य है। जादू के लिए आपको अच्छे मन और शरीर की आवश्यकता है और जवान रहेंगे तो अपने भौतिक खजानों का लम्बे समय तक आनंद ले पायेंगे।

जादू चलाने के लिए आपको *शाकाहारी* बनने की ज़रूरत तो नहीं है, पर यदि मांस का सेवन नहीं करेंगे तो आत्मा कि *शुद्धि* में मदद मिलेगी। मैं जितना लम्बा जीता हूँ, उतना ही आश्वस्त होता जाता हूँ कि करोड़ों आदमियों और औरतों की सेहत जैसी हो सकती है, वास्तविकता में उसकी परछाई भर ही है।

दुनिया का सबसे मशहूर शाकाहारी, हमारे सबसे बेहतर लेखकों और चिंतकों में से एक था। ये थे जॉर्ज बर्नार्ड शॉ। उन्हें उनके डॉक्टरों ने कहा था कि यदि वह माँस नहीं खाएँगे तो मर जाएँगे। उन्होंने क्या किया? उन्होंने निडर होकर उत्तर दिया, *"चलिए, एक प्रयोग करते हैं। पर यदि मैं जिंदा रह गया, तो फिर मैं उम्मीद करता हूँ कि आप सब भी शाकाहारी बन जाएँगे।"*

उनकी मृत्यु बहुत सालों बाद वृद्ध अवस्था में ही हुई। उन्होंने लिखा है: *"मेरी परिस्थिति गंभीर है। मुझे गाय का मांस खाने की कीमत पर ज़िन्दगी भेंट की जा रही हैं, पर आदमखोर बनने से अच्छा तो मर जाना है....*" वो अपने गठीले शरीर के लिए जाने जाते थे और उन्होंने बताया है कि वो दोपहर के खाने के अंत में हमेशा एक सेब या संतरा खाते थे। हिन्दुस्तानी फकीर और तिब्बती योगी जो केवल शाकाहारी खुराक पर ही अदभुत चमत्कार कर दिखाते हैं, उन्हें देख कर अचरज होता है कि क्यों हम लोग ही मांस खाने के लिए इतने उत्सुक हैं।

डॉ. एलन इ. बनिक ने इस शानदार देश (हुन्ज़ा वादी, अब उत्तरी पाकिस्तान और अफगानिस्तान में) में लम्बे जीवनकाल का रहस्य ढूँढ लिया था। उनकी सफलता का एक कारण यह है कि वो 2000 साल तक दुनिया से अलग, सम्पूर्ण एकांत में रह रहे थे। वह इस दुनिया में तो हैं, पर इस दुनिया के नही हैं। हुन्ज़ाकुतों ने उस डॉक्टर को प्राकृतिक ढंग से खेती सिखाई और डॉक्टर घर आ कर अपना खाना पूर्णत: प्राकृतिक तरीके से स्वयं ही उगाने लगे। उनके खाने में वो पोषण होता है, जो उनकी कीटाणुओं से पूरी तरह रक्षा करता है। यदि हम भी कीटनाशकों और ज़हर के छिड़काव के इस पागलपन को छोड़ दें, तो हमें भी ऐसा ही फ़ायदा होगा। उनके देश में कभी कोई बीमारी पैर नहीं जमा सकी है। प्राकृतिक खाद के सहारे ही वह अपनी सब्जियां और फल उगाते हैं। उनकी शक्ति अदभुत है। यह कहा जाता है कि इस कबीले में अस्सी साल के लोग भी पैंसठ मील चल कर लौट सकते हैं और फिर दुबारा काम पर लग सकते हैं और वो लोग सीधा चलते हैं, बिना कमर झुकाए।

वो खुमानी गुठली समेत ही खा जाते हैं। कहते हैं कि गुठली तो सबसे पौष्टिक भाग होता है। वो बहुत से ड्राई फ्रूट भी खाते हैं। वो सुबह पांच बजे उठते हैं और जल्दी सो जाते हैं।

और *एकांत* के बारे में मत भूलिएगा। इसीलिए साधना आपके लिए अच्छी होती है, आप स्वयं को एकांत में ले जा कर, *सोचते* हैं।

वायलन वादक यहुदी मेनूहिन की प्राकृतिक खाने में इतनी आस्था कि उन्होंने एक दुकान खोली है जहां केवल पूर्णत: प्राकृतिक ढंग से उगाया गया खाना ही मिलता है। यहूदी सुन्दर और सच्चा इंसान है और उसका मन भी बहुत अच्छा है। उनकी क्षमता को मैं पसंद करता हूँ। ऑर्गेनिक फूड सोसाइटी के अन्य सदस्यों के साथ यहूदी, "प्राकृतिक परिस्थितियों मे उगा स्वच्छ स्वाद और पोषण भरा खाना" बेचता है।

क्या हम सब कीटनाशकों के ज़हर से धीरे धीरे मर रहे हैं? यहूदी विशेषज्ञ डॉ फ्रैंक बिकनैल मानते हैं, हाँ।

यहूदी मेनूहिन मानते हैं, हाँ। मैं मानता हूँ, हाँ।

मेरा मानना है कि जब तक आपका खान पान सही नहीं होगा तब तक आपका मन सतर्क नहीं रह सकता और आपका शरीर स्वस्थ नहीं रह सकता। लंबा जीवन जी कर, अपनीमहनत का फल भोगने के हेतुआपके अपने खाने पर ध्यान देना चाहिए। केवल उन्ही चीज़ों का सेवन करें जो आपको एक लंबा स्वस्थ जीवन दे सकती हैं।

जब सत्तर साल की उम्र में चार्ली चैप्लिन की ग्यारहवीं संतान हुई, तब दुनिया ने अचरज किया।

चार्ली की क्षमता और ऊर्जा, उनके आधी उम्र के आदमी के समान है। वो आज भी व्यायाम के लिए स्विमिंग करते हैं और टेनिस खेलते हैं। पर सबसे महत्वपूर्ण बात है कि वो केवल सही भोजन खाते हैं। अंतरराष्ट्रीय स्टार पर मान्यता प्राप्त पोषण विशेष्य डॉ। रॉबर्ट आर ग्रॉस ने हाल ही में घोषणा की, कि चार्ली जिस खुराक का सेवन करते आए हैं, उससे अधिक सेहतमंद खुराक उन्होंने कभी नहीं देखी। उनका भोजन हैं: बहुत से फल, सलाद पत्ता सलाद में खायी जाने वाली शाक, मीठी लाल शिमला मिर्च, खीरे, खुरासानी अजवायन, गाजर और टमाटर, इसके साथ बेक्ड आलू, चावल, दाल सोयाबीन और प्राकृतिक चीज़।

डॉ. ग्रास कहते हैं कि ऐसा खाना हमें बुढापे में भी जीवंत रखता है।

मशहूर फिल्मी सितारे डेविड निवेन के लिए सुर्खियाँ छपती है – *सदाबहार निवेन के लिए समय रुकता* है। 1966 डेविड का बतौर फिल्म अभिनेता बत्तीसवाँ साल होगा, फिर भी कहा जाता है जब भी इनसे मिलो ये पहले से ज़्यादा जवान लगते हैं। वो हॉलीवुड के सबसे अमीर और ताकतवर लोगों में से एक हैं और ये भी प्राकृतिक खाने के पक्षधर हैं। वो इतने जवान दिखते हैं। कि उन्हें भी मुड़ मुड़ कर देखते हैं। इंसान कुप्रथा, कुपोषण और धीमे ज़हर से उम्र के साथ स्वयं की हत्या करता जाता है। जादूगर के रूप में आपको जानना होगा कि सही खाना क्या है और सदा जवान रहने का निर्णय भी लेना होगा।

मैं चाहूंगा कि आपके पास अच्छे आहार से सम्बंधित पुस्तकों का भंडार हो और आप उन्हें इतनी बार पढ़ लें, कि वो आपका हिस्सा बन जाएँ। किसी चीज़ को आधा अधूरा करने से किसी का भला नहीं होता। *आपका सारा आहार सही होना चाहिए।*

क्या आप जानते हैं कि प्राचीन ग्रीस में लोग दो सौ साल या उससे भी अधिक जीते थे? वह अंत तक, बिना एक भी सफेद बाल के, सशक्त रहते थे। ये सब अपनी हमें जस्टिन गिलास की किताब में याद दिलाया गया, वो ये भी बताते हैं कि लन्दन में ही थॉमस पार्क 207 सालों तक जिंदा रहा था। जब आप उम्र पर किताबें इकट्ठी कर, उन्हें पढ़ना शुरू करेंगे तो जानेंगे कि ऐसे लाखों लोग हैं जो सौ वर्ष से अधिक जिए हैं।

क्या यह अदभुत और लम्बा जीवन पाने के लिए सभी को शाकाहारी बनना होगा?

क्या शाकाहारी होना जादू में हमारी मदद करता है/ शाकाहारी बनना बहुत मदद करता हैं, क्योंकि इससे अपना शरीर स्वच्छ होता है और आत्मा शुद्ध। ये आपकी और आपके अन्तर्मन के बीच बातचीत में ख़ास मदद करता है। भारीपन को दूर कर, ये आपके कदम फिर से बेफ़िक्र और फुदकते हुए बना देता है।

यह हमारे लिए ज़रूरत तो नहीं, पर फ़ायदा है। जब आप अधिक संवेदनशील होते हैं, आप अधिक गहराई से महसूस करते हैं और आप और कोमल हो जाते हैं। माँस खाने वाले अक्सर आक्रामक हो जाते हैं और उन्हें गुस्सा इतनी जल्दी आता है कि वो आसानी से परेशान भी हो जाते हैं।

दुनिया के कुछ सबसे ताकतवर लोग शाकाहारी हैं और यकीनन दुनिया के सबसे शक्तिशाली जानवर भी शाकाहारी हैं। गोरिल्ला नट खाता है, घोड़ा गांस नहीं खाता, न ही हाथी खाता है। यदि आप ताकत के लिए माँस खा रहे हैं, तो बहुत बड़ी गलती कर रहे हैं।

परदे पर टार्ज़न बने वाले जॉनी वाइसमुलर कभी माँस नहीं खाते थे। पुराने ज़माने के मशहूर फिल्म स्टार जॉर्ज आरलिस भी शाकाहारी थे। आज इहंस्पेक्टर माईग्रेट के नाम से मशहूर रूपर्ट डेविस भी सख्त रूप से शाकाहारी है। वो सभी अच्छे आहार लेता है, जैसे कि लहसुन, खुरासानी अजवायन, सलाद और जड़ी बूटियों वाला ऑम्लेट इत्यादि।

आप शायद सोच रहें हो कि बिना माँस का खाना बहुत नीरस होता है। मैं एक महिला को जानता हूँ जिन्होंने लार्ड और लेडी डॉव्डिंग के घर खाना खाया था। वे दोनों शुद्ध शाकाहारी, पर फिर भी वो महिला आज भी उस खाने की तारीफें करती नहीं थकथी, "मैं वो खाना कभी नहीं भूल सकती। इससे अच्छा खाना मैंने कभी नहीं खाया।" लेडी डॉव्डिंग *ब्यूटी विथोउट क्रुएल्टी* (क्रूरता रहित सुन्दरता) अभियान से जुड़ी है और जानवरों के अधिकारों के लिए बेहतरीन काम कर रही हैं। क्या वो जादू कर सकती हैं? एक समय उनके घर में बहुत से चूहे आ गए थे। उन्होंने उनसे कहा, *"मैं तुमसे बहुत प्यार करती हूँ। कृपया कर के दूर चले जाओ।"* वो चले गए, सब के सब, बहुत जल्दी ! मैंने लोगों को ततैये से ऐसे ही बातें करते हुए सुना है। लेडी डॉव्डिंग की आवाज़ में अवश्य ही जादू है, वो हमेशा विनम्रता, स्पष्टता और प्यार से बोलती हैं। मेरे विचार से ये शब्दों की शक्ति का अदभुत प्रदर्शन है।

स्वस्थ रहने के लिए अच्छे खान पान से अधिक पोषण की ज़रुरत है। नहाइए और नहाइए और फिर थोड़ा और नहाइए। ऑलिव ऑयल का स्नान, नमक का स्नान, समुद्र के पानी का स्नान, दूध और वाइन का स्नान और बहुत से अलग-अलग शरीर को आराम देने वीले

स्नान, आपकी लम्बी उम्र और सेहत के लिए आवश्यक हैं।

जब रोम और ग्रीक की सभ्यताएं अपने चरम पर थी, तब इन दोनों ही सभ्यताओं के लोग स्नान के प्रति समर्पित थे।

क्या आप जानते प्राचीन रोम में आठ सौ पचास सार्वजनिक स्नान-गृह पाए गए हैं? एक ही शहर में आठ सौ पचास सार्वजनिक स्नान-गृह ! सोचिए इस बारे में। रोम और ग्रीक के लोग हम लोगों से कहीं ज़्यादा स्नान का आनंद उठाते थे और वो लोग बहुत सुन्दर लोगों की नस्ल थी।

केवल साबुन और पानी काफी नहीं है। रोम में स्नान के भिन्न चरण होते थे, शुरुआत होती थी ठंडे पानी के स्नान से। इसके बाद गुनगुने पानी से स्नान होता था और फिर गर्म पानी से, इसके पश्चात् नहाने वाले के जिस्म की मालिश होती थी और अंतत: उस पर तेल लगाया जाता था।

प्राचीन काल में फ्रांस की सुंदरियां भी शुद्धिकरण के लिए सबसे उत्तम स्नान की विधि खोजने की प्रतिस्पर्द्धा में लगी रहती थी।

रोज़ाना स्नान लम्बे जीवन के लिए अनिवार्य है। यह बात पूरी तरह सच्ची और आजमाई हुई है। एक प्रयोग के बारे में बताता हूँ। सर विलियम अरबुदनोट रॉकफेलर केंद्र गए थे, वहाँ डॉ. एलेकसिस कार्रेल ने उन्हें वो टिश्यू/टिश्यू दिखाए जिन्हें उन्होंने हाल ही में माइक्रोस्कोप के नीचे उगाया था। यह देखा गया कि जब वो टिश्यू के इन टुकड़ों को दिन में एक बार पोषण देते थे *और साफ़ करते थे, तो उनका विकास होता रहता था। परन्तु जब वो उन्हें दिन में एक बार पोषण देते और दो दिन में एक बार साफ़ करते, तब यही टिश्यू कमज़ोर हो कर, दम तोड़ देते थे।*

यदि हम प्रति दिन स्नान न करें, तो हमारा शरीर सड़ने लगता है। डॉक्टर ने कहा, ''इससे ये प्रमाणित होता है, कि यदि टिश्यू का नियमित रूप से पोषण मिलें *और उन्हें साफ़ रखा जाए,* तो वो निरंतर विकसित होते जाएँगे।''

मानव शरीर जीवित कोशिकाओं का संकलन है। इन सभी कोशिकाओं वो नियमित रूप से नहलाना अनिवार्य है। मैं इस मुद्दे पर और भी बोल सकता हूँ, पर मेरे विचार से मैंने आपको स्नान का महत्व समझा दिया है। मैं चाहता हूँ आप जादू करने के काबिल बनें। मैंने यह सब पन्ने आपको राह दिखाने के लिए ही लिखे हैं और मैं नहीं चाहूंगा कि कोई आनिवार्य काम न कर के आप अपने जादू के प्रदर्शन में विफल हो जाएँ।

लम्बी उम्र का एक और राज़ है, *हर रोज़, सुबह शाम, सिर से पाँव तक* की मालिश।

आपकी जवान जिंदादिली को बढ़ाने और बनाए रखने का ये सबसे आसान तरीका है। हम जब भी गिरते हैं, तो चोटिल जगह को मलते हैं। यह हमारे लिए एक स्वाभाविक प्रतिक्रिया है। *प्रकृति* चाहती है कि हम अपने शरीर की मालिश करें।

आप कपड़े पहन कर शरीर की मालिश नहीं कर सकते। यदि आपको यह ठीक से करना हैं, तो आपको निर्वस्त्र होना ही होगा।

एक बार जब आप मालिश की स्फूर्ति का अनुभव कर लेंगे, तो आपको इस लत लग जाएगी। अपने मन में छिपे जादू को जगाने के लिए, आप अपने शरीर और मन को स्वस्थ बनाने का निरंतर अभ्यास कर रहे हैं, अब इस कोशिश में नियमित मालिश को भी जोड़ दीजिए। इससे आपको तंदुरुस्ती मिलती है, जिसकी मदद से आप अपनी सफलता का पूरी तरह आनंद ले सकते हैं। जिसकी मदद से आप दूसरे के लिए भी अच्छा उदहारण बन सकते हैं। जिसकी मदद से लोग आपकी प्रशंसा करेंगे और आपका विश्वास करेंगे। जिसकी मदद से आप *आकर्षित* कर पाएँगे।

मालिश आपके लिए स्वास्थ, शक्ति और लम्बी उम्र ले कर आती है। मालिश आपको कुशल बनाती है।

मालिश से आपके शरीर के सभी अंगों, मांस पेशियों और शरीर के अन्य भागों का ताल-मेल बनता है और आपका शरीर सशक्त बनता है। यदि इसका नियगित रूप से लाभ उठाया जाए, तो मालिश कराने वाले को शानदार स्वास्थ्य और ऊर्जा मिलती हैं। यदि आप नियमित रूप से निर्वस्त्र हो कर (आप ऐसा स्नान कक्ष में कर सकते हैं), अपनी मालिश करें, तो गुज़रते सालों के साथ आपके स्वास्थ्य का पतन नहीं होगा।

शुरुआत कीजिए अपने हाथों पर थोड़ा सा पाउडर छिड़ककर, फिर अपने हाथों से अपने शरीर को चमकाइए। ऐसा करने से आप तरोताज़ा महसूस करेंगे, आपके शरीर के प्राकृतिक रूप से चिकना कर आप त्वचा को कोमल और मलमली बनाएगा। जब आपको इस मालिश का अभ्यास हो जाए, आप तेल की मालिश शुरू कर सकते हैं और जब आपका शरीर धूप और हवा का आदि हो जाए, तो बर्फ की मालिश भी आज़मा सकते हैं।

मालिश में बहुत से रोगों के उपचार छिपे होते हैं, मालिश करने वाले की कोमल उँगलियाँ चिकित्सीय विशेषताएं होती हैं। एक नौ साल का बच्चे का उदहारण लीजिए। उसके पैरों की जान जा रही थी, पर मालिश से उसका उपचार हो गया। बहुत जल्द वह दिन भी आ गया जब वो लड़का आसानी से खेल-कूद कर सकता था।

एक महिला का पैर टूट गया था और इतना अकड़ गया था कि वह उसे हिला भी नहीं

पा रही थी, उन्होंने पैर की मालिश करवाई और अब वो बिना छड़ी के ही चलती है।

एक युवक व्हीलचेयर पर था, वो रीढ़ की हड्डी को समर्थन देती हुई एक जैकेट पहनता था और डॉक्टरों ने कहा था कि वो कभी भी इस जैकेट को नहीं उतार पाएगा। कुछ हफ्ते लम्बे मालिश के उपचार के बाद ही उसने इस जैकेट को उतार फेंका और आज वो अपने दफ़्तर साइकिल पर जाता है।

हाथ पैरों की मालिश ने कसी हुई नसों को आराम दिया है और रक्तचाप को ठीक किया है। मालिश से मानव शरीर को एक महत्वपूर्ण ऊर्जा मिलती है और बाकि काम प्रकृति कर देती है।

मालिश आपको ग्रीक भगवानों से शान्ति और संतुलन प्रदान करती है और हर किस्म की अधीरता को दूर करती है। मालिश आपकी हर नस और मांसपेशी को जीवंत कर, उनका लय-ताल ठीक करती है। मालिश से आपका शरीर गा उठता है।

स्वास्थ्य को पाने का कोई शॉर्टकट नहीं है। स्वास्थ्य को जीवन भर नियमों के निरंतर पालन, मालिश और सही खुराक के ज़रिये पाया और रखा जाता है।

आपके सेहत के लिए समुद्र का नमक भी बहुत गुणकारी है और वो बहुत सस्ता भी है, उसका भरपूर प्रयोग कीजिए। चाहें तो इसे फिज़ूल खर्च भी कीजिए। करतब दिखाने वाले अक्सर अपने सर के ऊपर पर एक हाथ से व्यक्ति को उठा कर लोगों को अचंभित कर देते हैं, ये लोग रोज़ अपनी मांस पेशियों को मज़बूत करने के नमक से अपने हाथों की मालिश करते हैं। आप चाहें तो आप टेबल साल्ट का भी प्रयोग कर सकते हैं।

नृत्य भी आपके लिए बहुत अच्छा है। जो भी अपने स्वास्थ्य की कद्र करता है उसे करना चाहिए। नृत्य हमें संतुलन, लय, शरीर और मस्तिष्क का ताल-मेल और आत्म-नियंत्रण सिखाता है। नृत्य आपको खूबसूरत चीज़ों को खूबसूरती से करने की प्रेरणा देता है और अदभुत प्रकार से मन को शांति प्रदान करता है। सभी जादूगर अपने जादू को ख़ूबसूरती से अंजाम देते हैं। जादूगरनी क्लौडिंन बहुत ही लावण्य मुद्राओं के साथ से एक के बाद एक जादू करती जाती हैं। उनके हाथों की मुद्राएँ तो अपने आप में एक कविता सुनाती हैं। पर वह ऐसा करने वाली अकेली नहीं हैं। सभी जादूगरों की तकनीक के पीछे एक जबरदस्त अंदाज़ होता है। वह कुछ भी बेढ़ंगे तरीके से नहीं करते। इन मुद्राओं को देख कर, उनका अध्ययन करना चाहिए और जादूगर के रूप में आपको इन मुद्राओं का उस्ताद बनना होगा।

एक मशहूर नर्तक की कहानी सुनिए। सात साल के पतले से लड़के 'रेड' मैककार्थि से कोई भी बात करें तो वो चौंक जाता था। हर कुछ पलों में उसके पैर कांपते थे और वो

अपने गर्दन को झटका दे दर्द से आँखें भींच लेता था। उसकी स्थिति इतनी खराब थी, कि उसे स्कूल से घर भेजना पड़ा।

सेंट वाईटसिस डांस नाम की बीमारी का यह सबसे बुरा उदहारण था। बड़ा हो कर यह ओलम्पिक में खेलने वाला खिलाड़ी बना और साथ ही साथ एक महान सुन्दर नर्तक भी जो केवल एक छोटी धोती पहन कर नाचता था। (उसके शरीर पर हवा लग पाती थी)

नृत्य से यह मोहित हो गया था और बारह महीने बाद ही यह बेहतरीन नर्तक बन गया था और उसकी भयंकर बीमारी के सभी लक्षण गायब हो गए। उसने अपने शरीर की लय-ताल को बिठा लिया था और अपने शरीर को भरपूर ताज़ी हवा और धूप भी दी थी। इस तरह उसने वह कर दिखाया जो डॉक्टर नहीं कर सके थे।

यह उम्मीदहीन विकलंग, 'रेड' मैककार्थि, बर्फ पर नाचने वाला सिल्वर *फैंटम* बन गया। शिकागों के वर्ल्ड फेयर में उसने हज़ारों लोगों को अपने बैरल पर कूदने वाले करतब से अचंभित कर दिया था। पंद्रह उन्नीस इंच ऊँचे लम्बे बैरलों में से वो बारह पर छलांग लगाता था, एक छलांग लगा कर हवा में एक गुलाटी खा कर, हर बार के पैर के बल अगले बैरल को छूता, यह करतब इससे पहले कभी किसी ने करने की कोशिश नहीं की है। उसने ऐसी 24, 862 छलांगे लगाईं। नाचगाने से उसकी झिझक और बीमारी पूरी तरह गायब हो गयीं, नृत्य आपके लिए भी ऐसे ही परिणाम ले कर आ सकता है।

जिस तरह से समुद्र किनारे एक लहर के बाद दूसरी लहर आती है, दिन के बाद रात आती है और चार मौसम एक दूसरे के पीछे चलते हैं, उसी प्रकार जीवन हमेशा एक ताल पर चलता है। आप भी इस तरह ताल बना सकते हैं, ताल खुली हवा और धुप की तरह हैं। युवा अवस्था में बने रहने के लिए और जीवंत रूप से स्वस्थ रहने का ये सबसे उत्तम उपाय है। रस्सी कूदना भी स्वास्थ के लिए बहुत अच्छा है।

जैसे-जैसे आप अच्छी खुराक, मालिश, नृत्य, रस्सी कूद कर, अपने स्वास्थ्य के लिए अनिवार्य कदम उठाते जाएँगे, आप स्वयं में परिवर्तन देखने लगेंगे। आपका मन सतर्करहने लगेगा। जीवन के प्रति आपका नजरिया सकारात्मक हो जाएगा और आप वैसे जीने लगेंगे जैसे की आपको जीना चाहिए। आप जो भी चाहते हैं हर कठिनाई के बावजूद सही समय पर उसे करने के काबिल बन सकते हैं। सभी बाधाएं हट जायेंगी, आप अपने मन का जादू जगाने में सफल होंगे, क्योंकि ये सब चीज़ें आपको सकारात्मक बनाएँगी, चुम्बकीय बनायेंगी, और मन पर नियंत्रण करना सिखाएँगी। आप सोच में पड़ जायेंगे कि ये सब चीज़ें आपने पहले क्यों नहीं की !

फिटनेस मैगज़ीन अक्टूबर 1958 के संस्करण से कुछ शब्द :

यकीनन, वह जादूगर होने के साथ-साथ मनोवैज्ञानिक भी है और उन्होंने बहुत गणमान्य श्रोताओं के सामने कैंब्रिज विश्वविद्यालय में लेक्चर भी दिया है। उसका मानना है कि शारीरिक विकास में भी मन की महत्वपूर्ण भूमिका होती है।

अल कुरान कहते हैं: "हम आज़ाद लोग हैं, हमें आज़ादी है हम चाहें तो केवल अपनी पसंद का खाना खाएं या फिर सोच समझकर स्वस्थ एवं पौष्टिक खाना खाएँ। हमें आजादी है, चाहें सितारों तक जाएँ और या अपने निजी नर्क में उतर जाएँ।"

21 समय का जादू

सभी को जादू के लिए समय निकालना आना चाहिए। मैं जानता हूँ हमारे पास और भी काम हैं। खरीदारी, पार्टियाँ, छुट्टियाँ, फिल्में, थिएटर, पड़ोसियों के साथ खाने पर जाना है, सेहत बनाने के लिए व्यायाम, किताबें पढ़नी हैं, गार्डन संभालना है, छत की सफाई करनी है, अपने लिए एक पल का भी तो समय नहीं है आपके पास। पर जादूगर को समय चाहिए, इस जीवनकाल में जादू कर पाने के लिए आपको समय निकालना ही होगा। यह तो निश्चित है, कि हर दिन आपको साधना के लिए समय निकालना ही होगा। आपको अपने अन्तर्मन से बातें करने के लिए समय निकालना ही होगा। आपके अपने अन्तर्मन की बातें सुनने के लिए समय निकालना ही होगा। आपको अपने सपनों की नोटबुक में चित्र चिपकाने और उन्हें देखने के लिए समय निकालना ही होगा और ये जो शब्द मैं लिख रहा हूँ उन्हें बार-बार पढ़ने के लिए भी आपको समय निकालना ही होगा। तब तक, जब तक ये शब्द आपके अस्तित्व का हिस्सा न बन जाएँ।

जी हाँ, यदि आप आपकी चाहत में दम है, तो आप हमेशा इन क़ामों के लिए समय निकाल सकते हैं। यदि आप जादू चलाने के लिए दृढ़ हैं, तो आप साधना के लिए समय निकाल सकते हैं। आप अपने निजी कक्ष में समय पर लौटने के लिए वक़्त निकाल सकते हैं। यदि आप चाहते हैं कि अपने मानसिक चित्रण की शक्ति से सिन्ड्रैला के रथ में परिवर्तित हुए कद्दुओं को बच्चों का खेल साबित कर दें, तो आप अपने को सपनों की किताब में देखने का समय निकाल सकते हैं।

समय, वक़्त! कभी नहीं लगता कि यह हमारे पास काफी है। उम्र के इस दयनीय पड़ाव को कहते हैं, ''मुझे सोचने का समय नहीं मिला।''

समय सबसे जादुई चीज़ है। कुछ भी करके आपको इसे (समय) निकालना ही होगा।

एक समय किसी के घर के बाथरूम में मैंने एक चार हेंगर देखे। इस में हफ्ते के दिनों के नाम लिखे थे, सोमवार, मंगलवार आदि। हर दिन के नीचे कपड़े टंगे थे, जिन्हें मेरे मित्र उस दिन पहनने की योजना बना चुके थे।

उस दिन सोमवार था। मैं देखा कि अगले दिन ये मिस्टर फलां-फलां नीले रंग का सूट और नीली-सफेद धारियों वाली टाई पहनेंगे, मोज़े ग्रे होंगे, जूते काले और हाथ पर टंगा होगा ग्रे टॉपकोट। जैसे कि यूँ ही बिना सोचे डाल लिया हो।

उसने मुझे बताया कि, ''इस चार्ट के आने से पहले मैं हर बाथरूम में *पांच मिनट* व्यर्थ करता था, यह सोचने में कि मैं आज क्या पहनुंगा।'' फिर उसने मेरी ओर देखा और कहा, ''मैं तुम्हें सलाह देता हूँ, कि अपनी किताब में इसका ज़िक्र ज़रूर करना! *पूरे पांच मिनट*। लोगों को भी ऐसा ही करने की सलाह देना।''

मैं बहुत से ऐसे आदमियों और औरतों को जानता हूँ जिनकी नज़र में सुन्दर दिखना और अक्सर कपड़े बदलना, समृद्धि की निशानी है। किसी मीटिंग में कभी दुबारा वही कपड़े न पहनें जो आपने पिछली बार पहने थे। ये लोग भी अपनी कपड़ों की अलमारी में एक ऐसा ही चार्ट रखते हैं। शायद सुनने में बचकाना लगे पर इसी तरह हर रोज़ पांच-पांच मिनट यहाँ वहां के कामों में बचाकर आप पूरा एक घंटा बचा सकते हैं।

हाँ, मुमकिन है कि फिलहाल आपको ये बातें न केवल बचकानी बल्कि बेवकूफी और बेतुकी भी लगें। यह फिज़ूल का व्यायाम भी लग सकता है। पर सफल व्यापारी और अन्य लोग, *समय निकालने* के लिए यही करते हैं।

जब आप एक व्यस्त व्यक्ति होते हैं जिसके पास बहुत सा काम है, जिसे बहुत से लोगों से मिलना है, तब समय को व्यवस्थित करना सीख जाते हैं। आपको *समय निकालने* के लिए बहुत से अजीब चीज़ें करनी पड़ती हैं, दिन, महीने, साल, में इस तरह बहुत घंटे बच सकते हैं।

आप कहेंगे, ''मेरे पास तो इतने कपड़े ही नहीं हैं।''

पर जब आपके मन में जादू जाग जाएगा, तब तो आपके पास इतने ही कपड़े होंगे, है ना ? और ये प्रणाली आप दूसरे कामों पर भी लागू कर सकते हैं।

मैं एक महिला को जानता हूँ जो मेहमान नवाज़ी में खासी निपुण हैं। वह एक नोटबुक में

केवल पिछली दावतों में बने खाने के फेहरिस्त और अपने मेहमानों की पसंद और नापसंद की लिस्ट लिखती हैं। इसीलिए जब भी वो कोई दावत देती तो उन्हें ये सोचने में *समय नहीं व्यर्थ* करना पड़ता की ये खाना उन्हें पसंद आएगा या नहीं, या फिर इसे वो पहले भी परोस चुकी हैं या नहीं। मेहमान नवाजी के साथ-साथ भी वह अपने लिए समय निकाल लेती हैं।

समय कितनी जल्दी बीत जाता है। इस ख्याल से हम सभी ग्रस्त रहते हैं। हेज़लिट कहते हैं: ''किसी मेले के जोकर की तरह हम अचम्भे और आश्चर्य से भरे हुए हैं, घर लौटने का तो खयाल ही नहीं हैं, न इस बात की चिंता है कि जल्द रात हो जाएगी।''

''खुल कर जीयो उसे, जो खर्च करने वाले हों!'' खय्याम की रुबायत के इन शब्दों को फलसफा आपका फलसफा बन सकता है। आज बाहर सैर पर जाइए। उसी समान, घिसे पिटे रूटीन से हटेंगे तो देखेंगे कि दिन बहुत, बहुत, बहुत लम्बा होता है। स्वयं को बहुत सी सैर भेंट कीजिए, या तो जीवन स्वतः ही लंबा हो जाएगा या आपको लम्बा लगने लगेगा। दिन भर एक जगह बैठ कर, दिन प्रति दिन वही काम करने से आपको लगता है कि समय कितनी जल्दी बीत रहा है। समानता हत्या करती है समय की। इस राह पर पागलपन मिलेगा। बहुत से रईस लोग अक्सर एक दिन छुट्टी ले कर कहीं दूर चले जाते हैं। इस जीवन की परेशानियों को एकांत में हल करते हैं।

आप कहेंगे, ''किन्तु मेरे पास समय है ही नहीं!'' मैंने कितनी बार ये शब्द सुने हैं। लेकिन समय तो निकालना ही होगा स्वास्थ्यवर्धक आराम के लिए। मन का जादू जगाने के लिए और सोचने के लिए। इन चीज़ों के लिए समय निकालना अत्यंत ज़रूरी है। चाहे आपका सुबह से शाम तक भाग दौड़ में ही बीत जाए, पर अंततः वो आपको आपकी मंजिल के करीब नहीं ला रहा है। वो आप में जादू नहीं, मानसिक असंतुलन ला रहा है।

जिस तरह से एक पियानो वादक को पैडरेवस्की बनने में समय लगता है और घोड़ों और कुत्तों को रेस के योग्य बनने के लिए सालों प्रशिक्षण लेना पड़ता है, उसी प्रकार आपको अभी एक उत्तम और चलाक जादूगर बनने के लिए लंबा प्रयास करना होगा।

हम में से ज्यादातर लोगों को आवश्यकता है ठीक होने के लिए एक योजना बनाने की, एक ऐसी योजना जो हमें नव जीवन और ऊर्जा प्रदान करेगी, हमारी आँखों की चमक और हमारे कदमों की रफ्तार लौटा देगी।

आपके पास हर काम के लिए एक प्रणाली, एक चार्ट, एक निर्धारित प्रक्रिया होनी चाहिए, जिससे एक पल भी बर्बाद न हो। आपके पास पर्याप्त ताज़ी हवा है, उसमें सांस लीजिए। सांस लेना और हवा की उपलब्धता, ये दो चीज़ें हमारी शरीर को मज़बूत, स्वस्थ

और जादुई बनाए रखने के लिए अनिवार्य है। आप एक बीमार मन से जादू नहीं कर सकते। आप को पहले स्वस्थ बनना होगा। एक बीमार आदमी सही सोच से स्वयं का स्वस्थ बना सकता है, परन्तु जादूगर बनने के लिए सर्वप्रथम स्वस्थ होना ज़रूरी है।

समय की आंधी में हमारे परिचित भले पत्तियों से बिखर जाएँ, पर जब तक हमारी अपनी सेहत का पतन आरम्भ नहीं होता, जब तक हमारे अपने सुख और शक्ति पर असर नहीं होता, हम सही मायने में सोचना शुरू नहीं करते।

शुरूआत कीजिए अपनी दिनचर्या विश्लेषण से और देखिए कि आप कितने समय बर्बाद करते हैं। कुछ समय के प्रति जागरूक लोगों को छोड़ कर, हम सभी समय की बर्बादी करते हैं। बहुत सी चीज़े ऐसी है जिन्हें आप सालों से करने की योजना बनारहे हैं। आप नई भाषा सीखना चाहते हैं, नयी ड्रेस बनाना चाहते हैं, नया प्रमोशन पाना चाहते हैं, घर में काम करवाना, गार्डन में...

हर हफ्ते की ताश पार्टी क्यों न महीने में सिर्फ दो बार रखा जाए ? आपकी एक शाम ऐसे ही बच जाएगी। जो मिनट आप इस प्रकार बचाएँगे, उनका उपयोग आप अपने मन को शक्तिशाली और सकारात्मक मन बनाने में कर सकते हैं।

आप चाहें तो हफ्ते में एक बार एक समय का खाना भी कम कर सकते हैं। शाम की चाय की खुराक बढ़ा कर, या फिर शाम की चाय की जगह केवल देर रात को डिनर ले कर। इस तरह से एक यो दो टाइम के खाने को छाड़ने से आपको आधा घंटा और मिल जाएगा।

समय नहीं है, बड़ा ही हल्का बहाना है। आप को समय नियंत्रित करना आना चाहिए, प्रति दिन आनंदमय रूप से गहरी सांसे भरने के लिए समय निकालिए। आपको समय के हाथ की कठपुतली बनकर नहीं रहना है। आप की खिड़की के पर्दों के पार एक खूबसूरत बाग है। ताज़ी हवा और एकांत की एक सुन्दर जगह, पर आप उसे कभी देखते ही नहीं। कम से कम उस समय तो बिलकुल नहीं। आप बस करवट बदल कर, फिर सो जाते हैं। अब शायद फुटबॉल खेलने के सिवाय किसी और चीज़ के लिए समय ही नहीं है।

कोशिश कीजिए जल्दी उठने की। एक बार इस कठिन कृत्य पर विजय प्राप्त कर ली, तो फिर आप के पास नाश्ते से पहले उस काम को करने का समय होगा जो आप बहुत वक़्त से करना चाह रहे हैं।

''मुझे ये करना... मुझे वो करना है,'' इन शब्दों की माला जपने से ज़्यादा बुरा कुछ हो ही नहीं सकता।

पहले कहीं, ''एक दिन मैं ज़रूर...'' पर फिर एक आपको वो मशहूर बहाना आ जाएगा, ''पर कभी समय ही नहीं होता मेरे पास!''

जीवन का नाम है कर्म करना और कर्महीन बने रहने का अर्थ मौत। कर्म तो होना ही चाहिए और *वो भी अभी*! घड़ी की टिक टिक के साथ ही आपका अंत भी करीब आता जा रहा है, क्यों इस अंत कि ओर थके-हारे कदम बढ़ाना चाहते हो तुम?

आप कितने साल जी लिए हैं यह मायने नहीं रखता। मायने रखता है कि आप कितने साल और जियेंगे, *या फिर आप जिंदा है भी या नहीं?*

आज का दिन आपको सशक्त और सुखी बनाने वाला है, क्यों न इसकी शुरुआत जादू के लिए समय निकालकर करें? जीने में कीजिए *जिंदा* होने, में फ़र्क होता है।

मैं बहुत से लोगों को जानता हूँ जो शादी 'करनेवाले हैं', जब उनके पास समय होगा। वे लोग ख़त 'लिखनेवाले हैं', 'गाने वाले हैं', प्रार्थना 'करनेवाले हैं', घूमने 'जानेवाले हैं', न जाने क्या-क्या 'करनेवाले हैं', *जब उनके पास समय होगा।* इससे आगे वो बढ़े नहीं है और न ही बढ़ेंगे, क्योंकि अवसर तो उनके पास हर दिन होता है।

एक विद्यालय है, जिसके छात्र अपने पैरों की उगलियों के बल चल कर, हवा में गोला बनाते हुए दोहराते हैं, ''हम पूरी दुनिया घूमने वाले हैं।'' यह एक स्वास्थ्य विद्यालय, पर कम से कम इस क्रिया से छात्रों के मन में इस विचार की छाप तो पड़ती है। उन्हें प्रेरणा मिलती और मन की आकांक्षा बढ़ती है।

इसी जादू ने मुझे दुनिया के बहुत से भागों की सैर कराई है और मैं चाहता हूँ कि आप भी ऐसा ही करें। यह एक अदभुत अनुभव होता है, यदि आपने दुनिया नहीं घूमी तो आपको नहीं पता की आपने क्या खोया है। घूमने का ख्याल भर ही, एक स्वस्थ मन की निशानी है। कोई अचरज नहीं कि इस विद्यालय ने इस क्रिया के लिए यही कामना चुनी।

यदि आप समय निकालने का दृढ़ निश्चय कर लें, तो आप गज़ब सफलता पा सकते हैं। अगले शनिवार बिल के साथ गोल्फ खेलने मत जाइए और सोमवार को उस ग्रह प्रवेश में भी मत जाइए। इन कुछ चीज़ों के लिए न में सिर हिला दीजिए और निकालिए समय व जादू!

और अपने दिल में घूमने का चस्का बिठा लीजिए। छुट्टी वाले दिन पास के रिसोर्ट में जाइए, मौसम की फ़िक्र मत कीजिए, या चाहें ता पहाड़ों में जाइए। इन साधारण चीज़ों के साथ शुरूआत कीजिए। एक बार पैर में चक्कर पड़ गया, तो आप और भी बड़े रोमांच का हिस्सा बनेंगे। पर कहीं जा कर, पहला कदम तो उठाइए।

सोचिए इस बारे में! टिकट, ट्रेन, अटैची की पैकिंग और दिन की इस उकताने वाली

समानता से छुटकारा! कितनी उत्सुकता है इन शब्दों में, ''अगले हफ़्ते हम शहर से बाहर जा रहे हैं!'' क्या रोमांच है, चाहे सफर छोटा सा ही हो, आपके लिए ये बड़ी बात होगी। मैं बहुत सफर करता हूँ, इसीलिए जानता हूँ और यह केवल शुरुआत से पहले की कहानी है। कदम बढ़ाना, समय निकालना, इन सब के बाद आती है विदेश यात्रा। थकान को थकने दीजिए और भगाइए दूर! उस जगह तक भगाते जाइए, जहां आप पहुंचना चाहते हैं और जब घूमना आपके खून में आ जाएगा, आपका हिस्सा बन जाएगा। *आकर्षण का नियम* आपको एक बड़े अंतरराष्ट्रीय रोमांच की ओर स्वत: ही खींच लेगा।

यही है सही समय, यही है नियत समय। किसी भी युग में लोगों के पास दुनिया घूमने का ये अवसर नहीं था तो हमारे पास आज है। रोज़ के घिसे पिटे चक्कर से निकले और सीधे बैठे प्लेन में, या फिर एक आरामदेह ट्रेन में, या एक डीलक्स बस में... पुराने समय में ऐसी बातें तो कोई सोच भी नहीं सकता था! और जब आप जादू चलाना सीख जाएँगे, आप अपनी गाड़ी में सैर करेंगे।

जाइए, अदभुत जगहें देखिए।

''उस समय मैं खुश था, हालाँकि मुझे इस बात का एहसास नहीं था।'' मैंने यह शब्द न जाने कितनी बार सुने हैं। लोग मुड़ कर बीते हुऐ कल को देखते हैं, या कभी आने वाले कल को देखते हैं, पर कभी भी आज को नहीं देखते। इस पल में आपके आसपास और आपके अन्दर जो कुछ भी घट रहा है, उसके प्रति जागरूक रहिए।

''कल करूंगा,'' यह रवैया गलत है। जो लोग कुछ उपलब्ध करते हैं, *वो समय को अनुशासित करते हैं।* कुछ भी बर्बाद नहीं होता। हर चीज़ का सदुपयोग होता है। दूसरे भी निश्चय करते हैं कि किसी चीज़ को बस अभी करेंगे और फिर टीवी देखने या टेनिस खेलने में व्यस्त हो जाते हैं। जिस चीज़ को आप न जाने कब से करना चाहते हैं, अभी कीजिए, *अपनी योजनाएं अभी बनाइए,* अपने अन्तर्मन से आज बात कीजिए, अभी, कल नहीं। आपके मन में अपेक्षा की भावना जागेगी। जीवन के कंकरों पर अपने पैरों को घसीटीए ये मत, इन्हें नाचने दीजिए। जैसे बीते हैं, वैसा ही मिलता है। यदि आज आप आने वाले अच्छी चीज़ों की अपेक्षा में प्रफुल्लित हैं, तो फिर समय के साथ-साथ आप इन चीज़ों का आनंद भी लेंगे, आप आज और हर दिन जीवन को नाचते-गाते जीना चाहेंगे और इस प्रकार आप स्वयं को ब्रह्मांड की सही तरंगों से जोड़ लेंगे। आप उस चुम्बकीय शक्ति को जन्म देंगे, जो आपका हर सपना सच कर देगी। पर उस अपेक्षा को महसूस करने का समय अभी है, न कल, न अगले हफ्ते। कभी-कभी आपके आनंद और अपेक्षा का परिणाम रातों रात ही मिल जाता है। परन्तु

यदि आपके जीवन में पल आनंद यो कोई गहरी भावना नहीं है, तो फिर अपनी शक्ति के प्रदर्शन के लिए समय उपयुक्त नहीं है, भावना बहुत महत्वपूर्ण है, पर इस पल की भावना, आने वाले या बीते हुए कल की भावना नहीं।

समय से जादू करवाने के लिए, आपको अपनी भावना को प्रशस्त करना होगा। आप को आज ही उत्साह और खुशी से भरना होगा। आज जो है, उससे ज़्यादा समय आपको कभी नहीं मिलेगा। बात ये है कि आप चौबीस घंटों को कैसे गुजारते हैं।

आपको अपनी कार जल्दी चाहिए, घर जल्दी चाहिए, इस ख्याल से आप जितना उत्सुक होते हैं, उतनी ही जल्दी आपकी कामना पूरी होगी।

एंगस ओगिलवी ने राजकुमारी अलेक्सांड्रा से शादी की थी। एंगस अक्सर रात में केवल तीन घंटे ही सोते हैं, कहा जाता है कि वह नींद को समय की बर्बादी समझते हैं। जब वो अधिक व्यस्त होते हैं, तब वह बहुत बार बिना सोये ही काम करते रहते हैं।

पर उनकी *एकांत* में बहुत श्रद्धा है, ख़ास तौर से स्कॉटलैंड में जहां एकांत और खूबसूरती दोनों साथ में मिलते हैं। सबसे व्यस्त और सफल व्यक्ति भी एकांत के लिए समय निकालता है। आपको भी यह करना ही होगा। आपको भी *समय निकालना होगा*। सभी अच्छे चरित्र एकांत में समय बिताकर ही अच्छे बनते हैं।

इस ख़याल से हार मत मानिए कि आपके पास समय नहीं है। यदि अपने मन का जादू जगाने के लिए समय नहीं है, तो फिर दिन में कहीं न कहीं आप कुछ मिनट व्यर्थ बहा रहे हैं। आप समय बर्बाद कर रहे हैं, उसे अपने विकास के लिए इस्तेमाल नहीं कर रहे। कल क्या था और क्या हो सकता था, इस बात का शोक मनाने में समय न बिताएं। कल क्या होगा इसके डर में भी समय न बिताएं। *एक बार में एक ही दिन को जियें* और चौबीस घंटों का सदुपयोग करें।

हर नए दिन को इस विश्वास के साथ शुरू कीजिए कि जीने के लिए यह दिन अच्छा है। कारलायल कहते थे:

''समय मत बर्बाद करो, यह रही सारी धरती, सारा अम्बर और हमारे पास इन्हें देखने के लिए आँखें हैं!''

समय के सदुपयोग का अर्थ है दिशा का ज्ञान। इसमें आपका अन्तर्मन बहुत मददगार साबित होगा। आप एकांत में जा कर, सही दिशा के बारे में पूछिए। यदि आप ध्यान से सुनेंगे, तो आपको अपना उत्तर मिलेगा और आप जान जाएँगे की क्या सही है।

यदि आपके पास समय नहीं है, तो आप कभी सच में खुश नहीं रह पायेंगे। ''मुझे ये

करना है....'' की सनक आपको थका देगी। अपने समय का बजट बनाइए। निश्चय कीजिए कि समय आपका स्वामी नहीं है।

एक लेखक ने एक बेहतरीन और मशहूर किताब लिखते हुए, यह रवैया अपनाया उन्होंने खुद से कहा कि अगर पांच महीने बाद उनके मन की हर बड़ी इच्छा पूरी हो जाए, तो यह उनके लिए बहुत अच्छा होगा।

इसीलिए उसने पांच महीने में इन इच्छाओं को पूरा करने की योजना बनाई। उसे किताब ख़त्म करने में पांच महीने लगने वाले थे। उन्होंने योजना बनाई, कि अगले एक सौ तिरेपन दिनों तक वह पूरीतरह जिंदा रहेंगे, पर बाकि दुनिया के लिए मरे समान होंगे। यह योजना कितनी ज़्यादा अजीब लगती है, पर नामुमकिन तो नहीं है ना?

बालज़ाक ने कर भी दिखाया और करते क्यों नहीं? *ला कामेडीये ह्यूमेंन* के लेखक ने स्वयं को कई दिनों तक एक अपनी कहानी और कॉफी कि केतली के साथ कमरे में बंद रखा। अंत में उनका कमरा, किसी जंग का मैदान से दिख रहा था। पर वह सफल हो गए थे।

कौनराड ने भी यही किया था। उन्होंने स्वयं को बाहरी दुनिया से अलग अपनी स्टडी में बंद कर लिया और जब तक उनका मकसद पूरा नहीं हो गया, वह बाहर नहीं आए। जब उनकी किताब ख़त्म हुई, तो उन्होंने उसे नाम दिया *विक्ट्री* (जीत)।

अगर आपको पता है कि आप पांच महीने में सफल हो जाएँगे, तो क्या फ़र्क पड़ता है कि आपका मकसद कितना मुश्किल है या कितना भिन्न है? एक सौ तिरेपन दिन ! लेखक ने कहा, ''अगर मैं मरा होऊँगा तो लोगों को मुझे न देखने की, मुझसे बात न करने की और कभी मेरे साथ फिर कभी न हंसने की आदत डालनी पड़ेगी। वो जल्द ही सीख जाएँगे।''

पांच महीने ! कॉफी शॉप और बार में कोर्स गप्पे नहीं। कोई भी दरवाज़ा खटका कर पूछता नहीं था कि उसे और पन्ने चाहिए या नहीं और अगर नहीं चाहिए तो क्यों नहीं चाहिए? उसने खुद से कहा, ''अब मैं किसी के लिए भी घर पर नहीं हूँ।'' न कोई मुझे दिन के खाने पर बुलाएगा, न चाय पर, न बिलियर्ड खेलने, न शराब पीने, न रात के खाने पर ही ! न मैं किसी डिस्क में नाचने जाऊँगा। न मैं इस बारे में ही सोचूंगा कि आज कौन से कपड़े पहनने हैं, या नहाना कब है।

लोग ज़िन्दगी की तेज़ रफ्तार की भागदौड़ में सफल नहीं बनते, वे सफल बनते हैं एकांत में परिश्रम कर के, फिर चाहे यह एकांत पांच साल लंबा हो, पांच महीने या पांच मिनट।

इस ख्याल के साथ ही वह लेखक मुस्कुरा उठा। मुस्कुरा उठा यह सोच कर कि नाश्ते के बाद उसे तैयार नहीं होना, वह अपने ड्रेसिंग गाउन में ही एक सिगरेट ले कर मुस्कुरा सकता

है, बिना किसी कारण के मुस्कुरा सकता है। कोई उसे बेवकूफ नहीं कहेगा। क्योंकि उसे देखने के लिए कोई होगा ही नहीं और पांच महीने के आखिरी दिन, यह दुनिया उसकी उँगलियों पर होगी। जैसे की आप जान ही गए होंगे, उसकी किताब को बहुत सफलता मिली! उसने *समय निकाल* लिया था। जहां चाह होती है, वहाँ राह भी होती है। आप भी समय निकाल सकते हैं। मैंने भी यह किया है, जब मुझे कोई ऐसा जादू करना होता है जिसके लिए मुझे एकांत और चिंतन की आवश्यकता होती है।

हम कहते हैं कि हम किसी के बुलाने पर जाएँगे, यदि हमारे पास समय हुआ। हम कहते हैं कि हम यह या वह *करेंगे,* यदि हमारे पास समय हुआ। फिर भी, हम चाहें तो हम जा सकते हैं और हम भी *कर* सकते हैं। ये बात हम जानते हैं।

आपने कितनी बार लोगों को कहते हुए सुना है, ''मैं बहुत व्यस्त हूँ, ख़त लिखने का समय नहीं है, दोस्ती के लिए समय नहीं!'' वो लोग मिलने नहीं आ सकते, फोन नहीं कर सकते, धन्यवाद नहीं कह सके, बधाई नहीं दे सकते। समय नहीं है... बहुत थकान है... बहुत व्यस्त है... मन ही नहीं है!

पर क्या ये लोग सचमुच दूसरों से ज़्यादा व्यस्त है? मेरे विचार से, नहीं।

ये वे लोग हैं जो समय *बर्बाद* करते हैं। ये लोग हैं जो रात को रोज़ साढ़े नौ बजे सो जाते हैं, क्योंकि उनके पास करने को कुछ और नहीं होता।

जे.बी प्रीस्टली ने अपनी एक किताब में इस रवैये की बुराई दर्शाई है। उनकी नायिका लन्दन की अपने मिडलैंड की कसबे से तुलना करते हुए कहती है:

''हम सोने से डरते हैं। हम कोशिश करते हैं शाम को खुल कर जीने की, उम्मीद करते हैं कि आज हमारी मुलाक़ात होगी उस दिव्य सच से... प्यार, दोस्ती, हंसी, ख़ूबसूरती, ज्ञान। अगर इन में से कुछ भी नहीं मिलता, तो भी हम कोशिश करते रहते हैं, इस उम्मीद में कि यह हमें मिलेंगे। *घर जा कर सो जाना, तो हार मानना हुआ।*''

यह बिलकुल सच है। यदि हम ये सोच कर दिन के अंत सोते हैं कि अब करने को कुछ नहीं बचा, तो असफलता है। आप जादू को पीठ दिखा रहे हैं। हम हर जगह ऐसे लोगों से मिलते हैं जो जादू को पीठ दिखा रहे हैं। वे शराब पीते हैं, ताश खेलते हैं, रेडियों के गानों पर नाचते हैं, फिर ताश के पत्ते बाँटते हैं, स्वेटर बुनते हैं, समय गुज़ारने के लिए ये लोग कुछ भी करते हैं। *समय गुजारना,* समय तो वो तत्व है जिससे जीवन बना है।

समय को गुजरने मत दीजिए। वो गुज़र गया, तो जादू का अवसर भी गुज़र जाएगा। हर पल से अपने और अपने लोगों के लिए कुछ अदभुत माँगिए । लम्बी से लम्बी ज़िन्दगी भी,

दरअसल बस सलाम और अलविदा है। दिल की बातों को सलाम कहिये और पछतावे को अलविदा कहिये।

नैंसी जय ने एक अच्छी कहानी लिखी है जिसे पढ़ कर समय की एहमियत का एहसास होता है। इस कहानी में एक युवा लड़का और लड़की एक दूसरे से प्यार करते थे। लड़का अभी शादी नहीं करना चाहता था। उसे लगता था अभी *तो बहुत वक़्त* है। ऐसा नहीं था मिक्की शादी करने में वित्तीय रूप से सक्षम नहीं था। ऐसा भी नहीं था कि उसे अपनी गर्लफ्रेंड से प्यार नहीं था। उसका कहना था, ''अभी हम बहुत जवान हैं।''

फिर कुछ हुआ। एक रात उसने कहा, ''मैं गुड नाईट कहने अन्दर आ रहा हूँ।

उस लड़की, मैरी ने कहा, ''तुम्हे दुकान से गुज़रना होगा।''

फिर वह लड़की लाइट जलाने लगी, मिक्की ने कहा, ''लाइट की ज़रूरत किसे है?''

फिर जब वे एक दूसरे की बाहों में गुड नाईट कह रहे थे, एक पड़ोसी के घर में लाइट जली और मिक्की चौंक गया।

और उसने देखा कि उसके पैर के नीचे, कुछ बड़े और कुछ लम्बे, कुछ तैयार और कुछ अब भी बन रहे कतार से ताबूत रखे थे।

मिक्की ने कहा, ''मैरी, तुम्हे मुझसे जल्द शादी करनी होगी।''

मुझे यह कहानी पसंद है। यह इतनी स्वाभाविक है, उन ताबूतों ने मिक्की को समय की कद्र सिखाई।

''एक और दिन गुज़र गया और आज भी कुछ नहीं हुआ। बहुत जल्द सभी दिन बीत जाएँगे और कभी कुछ नहीं होगा।''

आप आज जी लिए, अपने खाने से लेकर नहाने तक और प्यार से दुःख तक सभी चीजों को अनुभव कर लिया। आपने गप्पे मारी, देर रात तक नाचे और फिर सुबह उठ कर जीवन को सलाम भी किया, पर फिर भी आप समय से पीछे हैं।

दिन गुज़र गया है और आप चाहते हैं कि कैसे भी समय की सुइयों को वापस मोड़ दे, फिर से कल में चल जाएँ।

कल वापस मिल जाए, तो आप कुछ अलग करेंगे। आप एक पल भी नहीं गँवाएंगे। अचानक आपको एहसास हुआ है कि ज़िन्दगी बीत रही है, बहुत जल्द शायद ख़त्म भी हो जाए। घड़ी की टिक टिक संकेत हैं, जो बीत गया वो लौट कर नहीं आता।

डर आपको जकड़ लेता है।

आप ज़िन्दगी जीने ही वाले थे कल, अगले हफ़्ते, अगले साल, कभी भी आज नहीं।

रेनर बार्टन की लघु कहानी से ये शब्द हैं: ''वो था समय का जमूरा।'' यह बात आज हम सब पर ही लागू होती है।

अचानक स्कालसन को उसके बंधन का एहसास हुआ और उसने पहले बार उस रस्सी को देखा जिसने उसे आज तक बांधे रखा था।

फिर भी स्कालसन सफल बनने में कामयाब हुआ, इस बात को कोई नहीं झुठला सकता। उसने अपने पीछे सौ हज़ार छोड़े थे... हाँ, उसने बहुत पैसे कमाए थे आर कैसे? उसने हमेशा ध्यान दिया कि उसीकी घड़ी सही समय दिखा रही है और उस घड़ी ज़रिये वह भी समय का सही उपयोग कर रहा है।

स्कालसन ने सिर उठा कर, चारों ओर देखा। इतनी सारी किताबें और उन्हें पढ़ने का समय कभी था ही नहीं। क्या था उनके अन्दर, क्या गँवा दिया था उसने ? और उन पर्दों के पीछे, उसका बगीचा था, एक खूबसूरत जगह, लेकिन वह मुश्किल से ही कभी वहाँ जाता था। *समय नहीं था*, किसी चीज़ के लिए कभी समय नहीं था, सिवाय उन कामों जिन्हें करने की उसने योजना बनायी थी।

समय ने उसके जीवन को ले लिया था, *समय के पीछे दौड़ते-दौड़ते आज अंत* आ गया था।

स्कालसन तभी झटके से उठा। अंत?

और इसी तरह से कहानी आगे बढ़ती है। आप भी के पीछे भाग-भाग कर दम तोड़ सकते हैं।। हर रोज़ आपके पास जो जादू घटता उसका अनुभव किये बिना ही मर सकते हैं आप। हम सब एक ऐसी पत्नी को जानते हैं जो अपने पति से कहती है, ''तुम दूसरे पतियों जैसे क्यों नहीं बन सकते। हमेशा काम, काम, काम, काम! क्या मैं कोई एहमियत नहीं रखती तुम्हारे जीवन में?''

किसी दिन जब मैं बहुत पैसे कमा लूंगा... ''पर'' ''किसी दिन'' कभी नहीं आता।

आप जताते हैं कि यदि परिस्थितियां अलग होती तो आप अलग तरह से जीते। आज भी मस्ती करते। पर आप परिस्थितियों को बदलने की कोशिश नहीं करते। आप भी भीड़ के साथ स्वर मिलाकर कहते हैं मैं करूंगा और फिर कुछ नहीं करते, कहीं नहीं जाते, कुछ नहीं देखते।

आपके पास चाँद को निहारने का समय नहीं है, डिनर के लिए तैयार होने का समय नहीं है, शो देखने का, किसी प्रिय को 'जीते रहो' कहने का भी समय नहीं है। आप तो पैसे कमाने में ही इतने व्यस्त हैं। पर थोड़ी सी साधना से आप जादू सीख सकते हैं और बिना गुलामी किये धन पा सकते हैं। बिना कठिन परिश्रम किए।

क्या आपके लिए यह शब्द 'मस्ती' अनजान है? क्या आपका ज़मीर इतना भटक गया है कि जब तक अपने दादा-दादी जितनी कमर तोड़ मेहनत न करें तो आपको अपराध-बोध होता है?

यह आपकी ख़ुशी के लिए जानलेवा है। यह गलत है। आपके दादा-दादी के ज़माने से अब तक दसियों नयी खोज हो चुकी हैं, अब दिन रात, महीने दर महीने पापड़ बेलने की आवश्यकता नहीं है। अब हम जीवन में रोमांच और प्यार के लिए जगह बना सकते हैं। हम जी रहे हैं वायु के युग में, वह युग जिसमें सारी दुनिया मन की शक्ति को पहचानती है। अब आप जादू चला सकते हैं, अपनी हर कामना मन की शक्ति से पूरी कर सकते हैं, आप को गुलाम बनने की ज़रूरत नहीं है। बिना गुलामी के ही आपको इनाम मिलेगा। आपको केवल अपनी सोच और रवैये को सही करना होगा।

आपको अपने जीवन को इस तरह व्यवस्थित करना होगा, जिससे आपके पास जादू के लिए समय रहे। फिर आपके पास *जीवन* कमाने की भी ऊर्जा होगी और जीने की भी ! मैं फिर दोहराता हूँ, *आपको समय निकालना होगा।* जादू से तालमेल बिठाना होगा, समय तलाशना होगा आपको। यह कहना कि मैं बसंत में शुरुआत करूँगा और फिर पुराने ढर्रे पर काम करना किसी के फायदे में नहीं है। क्या लाभ है इस ख्याले को घसीटना, कि बसंत आते मैं बदल जाऊँगा, अध्ययन करूंगा और अपने सपनों का जादूगर बनूँगा। नहीं, यह सब करने का समय *अभी* है। अभी से स्वयं को उस व्यक्ति के रूप में देखें जो सब कुछ अपने ढंग से करता है। आप ऐसे इंसान बनने का मन बना लीजिए, फिर आप देखेंगे कि एक पल भी ज़ाया नहीं जाएगा, क्योंकि कोई भी काम आप टालेंगे नहीं। आप जो भी करना चाहते हैं, *अभी* करेंगे। या कम से कम, *अभी* ही उसे करने की एक योजना बनाएँगे। जब यह रवैया अपना लेंगे, तो आपके मन को संतोष का अनुभव होगा। जीवन की राहें नई बन जायेंगी। अब तक आपने जादू के बारे में जो सीखा है उसे याद रखिए और अब उस पर अमल करने के लिए समय निकालिए। यदि आपको तंदरुस्त, शक्तिशाली, खुश, धनी और *जिंदा* रहना है, तो जादू के अध्ययन के लिए *समय निकालना* आवश्यक है। जादूगर बनने में समय लगता है। बहुत सारा समय। आपको चिंतन करना होगा। जादू के लिए समय निकालने की समस्या पर आपको चिंतन करना होगा, ध्यान केन्द्रित कीजिए जादू से मिलने वाली ख़ुशी और सफलता पर, अपनी दिशा और जीवन जो आपको दे रहा है उस पर। जितना कम चिंतन करेंगे, उतनी ही आपके जादूगर बनने की संभावना कम होती जाएगी।

जादू आपके लिए नहीं है? ज़्यादा ही मुश्किल है? जादू आपके लिए ही है। मैं दिल से

दोहरा रहा हूँ, "*जादू आपके लिए ही है।*" इस ख्याल को आपने त्याग दिया, तो आप अपने जीवन का सबसे सुझाव त्याग देंगे। *समय निकालिए* और जादू को आजमाइए।

जब लोग दिनचर्या की दलदल में फंस जाते हैं, वे नए अनुभवों से डरते हैं। हज़ारों लोग उस गड्ढे के किनारे पर खड़े हैं जो उन्होंने अपने विचारों, शब्दों और क्रियाओं से अपने लिए खोदा है। हो सकता है उन सब के लिए बहुत देर हो गई है। आप उस दलदल में मत जाइए। जादू का पूरा आनंद चखने से पहले बूढ़े मत होना।

जा योजनाएं पिछले हफ़्ते से अटकी पड़ी है उनका समाधान आज ही कीरिए। रास्ते में जो भी आए, *आप अपनी राह से मत हटिए।*

समय बीत जाता है? नहीं।

दु:ख तो ये है, कि समय यहीं रहता है। *हम* चले जाते हैं।

हेनरी ऑस्टिन डॉबसन ने कहा था कि समय अनमोल है और उसका पूरा फ़ायदा उठाइए। इस ख्याल से कभी पीछे मत हटिए कि आपके पास समय नहीं है। जब आप जीने से खुद को रोकते हैं, तब जादू की शक्ति कम हो जाती है। जब आप जीवन को लेकर उत्सुक और खुश होते हैं, जादू आसान हो जाता है।

जब समय गुज़र जाता है, तो उसके साथ और क्या गुज़रता है ? अवसर।

आज की सबसे बड़ी समस्या है: आपको जो साल मिले हैं उनका सदुपयोग कैसे करेंगे आप? समय के खत्म होने से पहले, बहुत कम लोगों को समय की एहमियत का एहसास होता है। फिर वे निराशा में सोचते हैं, "प्लीज, पंद्रह मिनट और !" वो एक और साल, एक और महीने, हीरों जैसे मिनटों से जेड एक और सुनहरे घंटे के लिए कुछ भी दे सकते हैं। हर चौबीस मिनटों में आपके पास अवसर आता है, चाहें तो तारों पर चढ़ जाएँ या अपने निजी नरक में उतर जाएँ। यह किताब आपको तारों की राह दिखाती है और हमारी सबसे पहली ज़रूरत है समय।

मैं *समय के प्रति बहुत ज़ागरूक* हूँ। एक जादूगर के लिए यह अनिवार्य है।

शो के लाइव टेलीकास्ट से पहले स्टूडियो की घड़ी का अखिरी मिनट बीत रहा होता है। उस पल में मेरा मन उस जगमगाते स्टेज से बहुत दूर होता है। मैं उन करोड़ों परिवारों के बारे में सोच रहा होता हूँ जो मेरे साथ टी.वी. पर जुड़ने वाले हैं। मैं सोच रहा होता हूँ कि मेरे जादू पर वे क्या प्रतिक्रिया देंगे, मेरा जादू आज समय और दूरी की बाधा को तोड़ देगा।

फिर मैं बाहर आता हूँ, उस भीड़ के बीच जिसमें कोई मेरा ऑटोग्राफ चाहता है और कोई हाथ मिलाकर मुझे मेरे अदभुत शो के लिए धन्यवाद कहने के लिए इंतज़ार कर रहा है।

मेरा शो समय की बर्बादी नहीं। कोई जादू करना चाहता है, कोई मन पढ़ना चाहता है और कोई भविष्य देखना चाहता है। मैंने आज शो पर उन्हें इस जादू की एक झलक दिखाई। नहीं, मैं कभी *समय* बर्बाद नहीं करता।

22 मदद लीजिए अपने शौक की

अपने मन के जादू को जगाने के लिए समय का सदुपयोग बहुत ज़रूरी है, इस बार में मैं बहुत कुछ कह चुका हूँ (आप शायद सोचें कि कुछ ज़्यादा ही)। पर एक पल के लिए भी मैं ये नहीं चाहूँगा, कि साठ सैकेण्ड्स के सदुपयोग के लिए आप अपनी कोई अभिरुचि त्याग दें। बिलकुल भी नहीं। यदि आपकी अधिकतर दिलचस्पी आपकी अभिरुचि की ओर ही केन्द्रित है, तो फिर ये ही दिलचस्पी आपकी मानसिक शक्ति को बढ़ाने में आपकी बहुत मदद कर सकती है।

लोगों की अभिरुचियाँ उनकी चरित्र के अनुसार भिन्न होती है। जो चीज़ किसी एक को बेहद पसंद होना चाहिए और क्या नहीं, इस सिलसिले में कोई नियम बनाना ठीक नहीं होगा। बस इतना ही कहना कि आपके मस्तिष्क को समय-समय पर आराम देना है, ताकि आपका अंतमन कमान संभाल सके, यदि आपकी रूचि ऐसा करने में सक्षम है तो फिर इससे कोई फ़र्क नहीं पड़ता कि इस रुचि की विशेताएँ क्या हैं। फिर भी दूसरों की अभिरुचि का अवालोकन अच्छी बात है, क्या आप कुछ ऐसा देखें जिसमें आपकी भी दिलचस्पी हो।

मुझे हास्य अभिनेता डेविड किंग के विचार पसंद है। उन्होंने अपने छत के कमरे में एक बहुत बड़ी खिलौने की रेल रखी है और उसके आस पास के गाँव का मॉडल स्वयं तैयार किया है। उनके पास कुछ 13 रेल के डिब्बे हैं और उन्होंने अपने गांव में नन्हें-नन्हें घर भी हैं। पहाड़, वादियाँ और चर्च भी है। किंग का मानना है कि खिलोने की रेल दुनिया की सबसे आरामदायक रूचि है, रेल दुनिया की सबसे आरामदायक रूचि है और वो अपना खाली

समय इस रेल के साथ ही बिताते हैं। अब उनके पास 700 फीट से भी लम्बी पटरी है। वो इन्हें और भी बढ़ा रहे हैं, क्योंकि वो उसे बेसमेंट के कमरों तक बिछाना चाहते हैं। पुराने टिन के डब्बे से ट्रेन के गैस टंकी पर आप हँस सकते हैं, पर यह बहुत वास्तविक लगती है।

हाँ, किंग के पास खेलने का समय है और इससे उसे फ़ायदा होता है। वह अमरीका और विदेश में बहुत सफल है।

पर आप ट्रेन से खेलने में क्यों रूचि रखेंगे? आपका सवाल जायज़ है। मेरा जवाब होगा: सोचिए रेल कि पटरी बिछा कर ट्रेन को चलाने में कितना ध्यान लगाना पड़ता है, जब आपके मस्तिष्क का ध्यान आपकी चिंता से हट कर खेल में लगेगा, तब आपका अन्तर्मन उस समस्या का हल ढूँढ सकेगा। हालांकि किंग की सभी ट्रेनें काम कर रही हैं, ये सुनिश्चित करने के लिए कि वो आपस में टकराएँ नहीं, ध्यान रखना पड़ता है और ध्यान केन्द्रित करने की कला जादूगर बनने के लिए भी तो ज़रूरी है, है ना ? आप जिस समय आराम करते हैं, अब आप उन पलों की मदद से भी अपने मन के जादू को जगा सकते हैं।

मज़ाक की बात नहीं है। आपकी रूचि आपकी मदद कर सकती है, यदि आप डेविड किंग की तरह उसे समझदारी से चुनें।

साल भर में 1000000 मॉडल ट्रेन खिलोने बिक जाते हैं। बहुत से आदमी इन ट्रेनों के आस पास की बौनी दुनिया में रहते हैं। मिस्टर मैकमिलन, लार्ड ब्राबज़ोन और पीटर कुशिंग, सभी के पास खिलौने की ट्रेने हैं। एक कंपनी निर्देशक के पास, कहते हैं कि 75000 डॉलर से भी मंहगी खिलौने की ट्रेन है। इस अभिरूचि को अपनाने वाले आप अकेले जादूगर नहीं होंगे।

खिलौने की ट्रेनों के अलावा पीटर कुशिंग को सचमुच की ट्रेनों में भी बहुत दिलचस्पी है। वह छुट्टियों में ट्रेन स्पॉटिंग (स्टेशनों पर खड़े हो कर वहां आने वाले ट्रेनों का मॉडल नंबर और इंजन नंबर लिखना) के लिए जाना चाहते हैं। रेलगाड़ियाँ उन्हें हमेशा से मोहित करती आयी है।

एक और अभिरूचि के बारे में बात करते हैं, यह भी आपकी जादूगर बनने में मदद करेंगी। जिस तरह से खिलोने की ट्रेन आती है, उसी तरह खिलौने के सिपाही भी आते हैं। पीटर के पास इन सिपाहियों का बहुत बड़ा संकलन है। बचपन से उन्होंने इन 2 इंच लम्बे खिलौनों को इकट्ठा किया है। यदि आप उनके घर के स्टूडियो में जाएँगे, तो उन्हें अपने खिलौने के चौकीदार के साथ समय गुजारते हुए पा सकते हैं। इस किस्म की उनके पास कुछ दो हज़ार रंग बिरंगी प्रतिमाएं हैं। रोम सभ्यता से ले कर द्वितीय विश्व युद्ध तक, सभी किस्म के सिपाही हैं उनके पास।

यह पूरा संकलन उनके स्टूडियो में गिलास की अलमारी में सजा हुआ है।

सबसे बड़ी अलमारी में, पीटर उन सिपाहियों को रखता है जिनकी वेश भूषा हर तरह से उनके *किरदार के अनुकूल होती* है। पीटर के काम में भी इन सिपाहियों की झलक मिलती है। ये खूबसूरत सिपाही, जिनकी सुन्दरता पर यकीन करने के लिए आपको इन्हें देखना होगा।

मुझे यह अभिरुचि भी पसंद है। इससे *ज़ागरूकता* बढ़ती है (सभी वर्दियां भिन्न रंगों की होती हैं) हर जादूगर की अवलोकन क्षमता उच्च कोटि की होनी चाहिए। नज़र का बारीक होना बहुत ज़रूरी है और ये बात मैं आपको पहले भी कह चुका हूँ।

पीटर *ज़ागरूक* हैं! जब वह छोटे लड़के थे, उनके साथ एच.जी. वेल्स खेलने आते थे। वेल्स को भी खिलौने के सिपाहियों में बहुत रूचि थी। उन्होंने बच्चों के लिए एक किताब भी लिखी थी, उन्हें यह समझाने के उद्देश्य से कि जंग कितनी भयानक और बुरी होती है। साथ में वे दोनों अदभुत खेल खेलते थे, जो पीटर के अनुसार उसे हमेशा याद रहेंगे।

जादूगर के लिए सबसे अच्छी मौज-मस्ती वही होती है जो आपकी सीख को पुख्ता करे, जैसे की जागरूकता, रंग, ध्यान और बारीक अवलोकन।

इस माहौल में जो आधुनिक इतिहास के बारे में जानते हैं, आप आराम भी कर सकते हैं और सीख भी सकते हैं। आप हमेशा लोगों को समझते रहते हैं, और इस बार ये लोग सिपाही हैं और, इस संकलन के रूप में आपके पास अपने दोस्तों को दिखाने के लिए भी कुछ ऐसा ज्ञानवर्धक है, जिसे देख थके हुए दिमाग को आराम मिलता है। लड़ने वाले सिपाहियों का विपरीत है शान्ति। शान्ति आपके शुद्धिकरण प्रशिक्षण का अभिन्न अंग है और होने वाले जादूगर के लिए अनिवार्य है। शुद्ध, प्यारी और अच्छी वाली चीज़ों के बारे में विचार करना, बहुत गहरा ज्ञान है।

''पर इस किताब में जो दूसरे एक सौ एक काम बताएं गए हैं, क्या वे ही काफी नहीं हैं?''

यदि मानसिक असंतुलन से बचना चाहते हैं ता`आराम के लिए समय तो निकालना ही होगा।

औरतें भी जादूगर बनना चाहती हैं और उन्हें भी अभिरुचियाँ रखनी होगी। एक बेहतरीन उदहारण हैं, 130 उपन्यासों की लेखिका डेनीस रॉबिन्स, जिनका नाम अत्यंत लोकप्रिय *हार्ट ऑफ पेरिस* और *द लॉन्ग शैडो* नाम की किताबें भी दर्ज है। उन्हें गुलाब उगाने में रूचि है। वो ब्रस्ल्स से विशेष रूप से चार गुलाब की झाड़ियाँ भी लायी हैं, जिनमें बैंगनी रंग के विशेष फूल खिलते हैं। वह कहती हैं, ''मैं पहले गुलाबों का बेसब्री से इंतज़ार करती हूँ, वे मेरी ज़िन्दगी का हिस्सा हैं।''

और ये दिलचस्पी उन्हें हुई कैसे? डेनीस उत्तर देती हैं, "मुझे इस रूचि से मेरे ससुर ने मिलवाया था, जो अपने गुलाबों के लिए बहुत से इनाम जीत चुके हैं।"

आपकी दिलचस्पी उनके गुलाबों का नाम भर सुननी से ही बढ़ जाएगी: *सुल्ताना, डॉक्टर, वर्गो, मेसेज, सोनाटा, फैनटेसिया, डांस ड फ, स्टर्लिंग सिल्वर, पिक्चर और पीस और इतने अदभुत रंग हैं उनके: सिन्दूरी, नारंगी, गुलाबी, सुनहरा पीला, गहरा चमकीला गुलाबी और चीनी गुलाबी।*

एक दिन गुलाबों के साथ। इससे प्यारा और कुछ हो सकता है?

डेनीस लेखन के बीच में भी उनकों हर दिन पानी देती हैं। ये गुलाब डेनीस की जान है।

डीन होल ने कहा था: *"जिसके बगीचे में सुन्दर गुलाब हैं, उसके दिल में भी सुन्दर गुलाब होंगे।"*

मैं आपको फिर याद दिला दूँ कि फूल पाँचवे आयाम से आते हैं और ये वो आयाम है जहाँ अदभुत जादू होता है। एक गुलाब का बगीचा आपको निरंतर इस तथ्य की याद दिलाता रहेगा, जितनी बार आप इन गुलाबों का ध्यान रखेंगी, उतनी बार प्रेरित होंगी और जादू का अद्भुत प्रदर्शन दे पाएंगी। ये बहुत ही उम्दा रूचि है, आराम करने का एक शानदार तरीका। आप चाहें कोई भी रूचि अपनाएँ, पर कुछ गुलाब उगाने से तो आपको अगले आयाम तक पहुँचने में मदद ही मिलेगी। उन्हें देखेंगे तो उनसे प्यार भी हो जाएगा और उनसे प्यार कर आप अपने मन में उनका चित्र बना लेते हैं। ऐसा करने पर आपके मन से अशुद्ध विचार कम होने लगते हैं। आप अपने गुलाबों से जितना ज़्यादा प्यार करेंगी, जितना ज़्यादा समय बिताएंगी, आप उतना ही शुद्ध बनेंगे।

याद है मैंने आपको जीवन के गुलाब के बारे में बताया था? मुझे लगता है जब भी डेनीस रॉबिन्स अपने गुलाबों के बगीचे में जाती होगी, उन्हें एक नयी जीवन ऊर्जा मिलती होगी।

मैंने एक मिनट पहले रेडियो चलाया और मैंने क्या सुना? नैट कोल 'रैम्ब्लिंग रोज़' गा रहे थे। कुछ समय बाद कोई और गा रहा था, "द वाइट रोज़ ऑफ एथेंस' और 'द यल्लो राज़ ऑफ टेक्सस' और इसके बाद गाना आया, 'मूनलाइट एंड रोजेज़'! लोगों को गुलाबों के बारे में गाते हुए सुन कर भी ख़ुशी होती है।

रुचियाँ जीवन की कमियाँ पूरी करती हैं। यदि आप किसी कारण से भी तंग आ गए हैं, तो आपकी रूचि आपकी मदद कर सकती है। चिंता और गुस्से में कुढ़ने की कोई आवश्यकता नहीं है। अपने मन का जादू जगाएं और किसी ऐसी चीज़ पर ध्यान केन्द्रित करें जो आपकी आत्मा का ऊँचे आयाम पर पहुंचा देगी।

एक आदमी को लिखने को चस्का लगा, पर साहित्यिक दृष्टिकोण से उसके पास काबिलियत नहीं थी। उसने क्या किया? उसने पन्ने पर शेक्सपियर के 37 नाटक और 154 सोंनेट (कवितायें) उतार लिए। उसे इस काम में चार साल लगे। फिर उसने बाइबिल कॉपी कर ली, इस काम में उसे पांच साल लगे। उसकी तीन बहनें टीवी देखती थी, वो पन्ने पर शेकस्पीयर या बाइबिल कॉपी कर रहा होता था।

उस समय वह खेल समाचार की एक एजेंसी में काम करता था, पर इस नौकरी से वह संतुष्ट नहीं था। *उसे लेखक बनना था।* जब उसे एहसास हुआ कि उसके पास लेखन की काबिलियत नहीं है, तो उसने अपनी निष्फलता इस रूप में दूर करने की ठानी। समय के साथ, उसे इस लेखन के लिए ख्याति मिली और वह खुश हो गया।

एक और कहानी सुनिए। टॉम बर्बर ने ऑपरेशन टेबल पर अपने दोनों पैर गँवा दिए थे। पर उसने इससे हार नहीं मानी। उसकी रूचि थी चाबियों के साथ कि की-चैन इकट्ठी करना। उसके पास दुनिया भर से की-चैन हैं। स्विट्ज़रलैंड की म्यूजिकल की-चैन अनूठी है और अमरीका के नवैड़ा राज्य से एक खरे सोने की खान में काम आने वाले औजारों के रूप में बनी की-चैन भी है। वह भयंकर त्रासदी से उभरने के मनोविज्ञान को समझते हैं। उन्होंने अपने मन को जवान और आत्मा को जीवंत रख, अपने मन का जादू जगाया है। वो जिससे भी मिलते हैं, उसके लिए प्रेरणा का स्त्रोत बन जाते हैं। यदि आप अपनी दोनों टांगें खो दें, तो क्या आप ऐसा कर पाएँगे? यदि आप इस सुखी आदमी से मिलते, तो जान पाते कि जादू अदभुत चमत्कार कर सकता है।

स्टेज और टीवी के जाने माने हास्य अभिनेता मोरकाम्ब और वाइज *बीयर मैट इकट्ठे* करते हैं। उनके पास इनका बहुत बड़ा संकलन है, जिसे वह घर पर रखते हैं। इस में से आदा एरिक मोरकाम्ब के घर है और बाकि का आधा अर्नी वाइज के घर। यह एक दिलचस्प रूचि है, पर क्या इसका कोई मनोवैज्ञानिक लाभ है ? यकीनन, है! हर नए मैट के साथ उनकी *जागरूकता* प्रकट हो जाती है। आपकी आँखें भिन्न-भिन्न प्रकार के बीयर मैट को बारीकी से देखने की आदि है, इसी कारण उसे अन्य चीज़ों का भी बारीकी से अवलोकन करना आता है। अवलोकन का और चीज़ों की बारीकियों को देखने का महत्व मैं आपको बता चुका हूँ, और जो अभीरूचि अवलोकन का अभ्यास कराये वो उपयोगी है।

हर किसी के पास रूचि नहीं होती, पर जिनके पास होती है वो लोग हर किस्म के होते हैं।

इनमें से, मेरे विचार से, सबसे दिलचस्प हैं अध्यात्मिक चिकित्सक हैरी एडवर्ड्स। हैरी की उम्र सत्तर साल से ज़्यादा है, पर अपनी उम्र से वह बहुत जवान दिखते हैं। हर हफ्ते,

साल दर साल, लूले, बीमार, अंधे लोग उसके पास अपने दर्द, जोड़ों की अकड़न और अन्य अदभुत इलाजों के लिए इनकी शरण में आते हैं। हर हफ्ते हैरी के पास तकरीबन 2000 चिट्ठियाँ आती हैं। वो उनका जवाब अड़तालीस घंटों के अन्दर-अन्दर दे देते हैं और उनके उपचार के परिणाम सामने भी आये हैं।

वो *स्पिरिचुअल हीलर* नाम की पत्रिका के लिए लेख भी लिखते हैं और उन्होंने पांच किताबें भी लिखी हैं। उपचार में दिलचस्पी रखने वाले लोगों को उनकी किताब *'सायकिक हीलिंग'* अवश्य पढ़नी चाहिए।

उनके लिए किसी ने कहा है: ''मेरे विचार से कोई भी ऐसा नहीं है जिसे हैरी नापसंद करेंगे। इस आदमी में हर चीज़ से प्रेम की ऐसी क्षमता है, जिसके कारण वह टूट कर बिखर जाते, यदि उनके पास अपने प्रेम को चिकित्सा द्वारा व्यक्त करने की काबिलियत न होती। उनका घर खूबसूरत चीज़ों से भरा हुआ है फिर चाहें वो फूल हो या चित्र (जिन्हें रात में जगकर बनाते हैं।)''

आप हैरी एडवर्ड्स को एक समर्पित आदमी कह सकते हैं और सभी समर्पित लोगों की तरह वो भी खुश हैं।

तो उनकी रूचि क्या है? वह आराम कैसे करते हैं? मुझे आपको बता कर खुशी होगी: *ये जादू है।* वह ये बड़ी चालाकी से करते हैं। वो चिकित्सक बनने से पहले जादूगर ही थे और आज भी वो कभी-कभी सार्वजनिक आयोजनों में जादू का प्रदर्शन देते हैं। उनका मानना है कि जादू के लिए तीक्ष्णता व जागरूकता बहुत मददगार होती हैं। यह बहुत अदभुत बात है इतना अधिक व्यस्त व्यक्ति, जो इतना महान काम करता है, वह भी जादू के लिए समय निकाल लेता है। मुझे इस बात से बहुत ख़ुशी होती है। मैं और लोगों के बारे में जानना चाहूँगा जो जादू के लिए समय निकालते हैं, क्योंकि जब आप असली जादू में दिलचस्पी लेना आरम्भ करते हैं, तब आप *मानसिक जादू* में भी दिलचस्पी लेने लगते हैं। यदि दुनिया में इस किस्म के जादूगर होते, तो यह दुनिया बहुत बेहतर होती।

औरतें ज़रा हट कर रुचियाँ चुनती हैं। एक पत्रिका में लेख लिखने वाली बताती हैं, एक केमिस्ट की बीवी छड़ियाँ कलेक्ट करती है। प्राचीन काल, में बुरी आत्माओं को दूर रखने के लिए दीवार पर छड़ी टांगी जाती थी। हर सुबह, इन छड़ियों को साफ़ किया जाता था, यह सोच कर कि रात भर में इनके इर्द गिर्द बुरी आत्माएँ आई होंगी।

उनचास साल या अधिक उम्र की श्रीमती ग्रेस ह्यूघ्स को इन छड़ियों के लिए बड़ी कीमत प्रस्तावित की गई है। इनमें से अधिकतर छड़ियाँ *कांच* की बनी हैं। शायद अठारहवीं सदी के

आदमी इन्हें फैशन के लिए इस्तेमाल करते थे। चूँकि ये कांच की बनी है और इन पर स्पाइरल धारियां हैं, ये धूप में और बिजली की रौशनी में सतरंगी रंगों में चमकती हैं। वो इन्हें पिछले पंद्रह सालों से इकट्ठी कर रही हैं और इनसे उन्हें बहुत ख़ुशी मिलती है।

क्या आपकी कोई रूचि पंद्रह सालों तक रही है? किसी चीज़ में खोए रहने पर मन को शान्ति मिलती है, अपने संकलन को बढ़ता देख ख़ुशी मिलती और किसी मिलने वाले के चेहरे पर प्रशंसा और उत्सुकता देख कर गर्व होता है। हम सब का कोई एक शौक होना चाहिए, जिसके सहारे हम खाली समय में सुकून के कुछ पल बिता सकें। बहुत सी रुचियों की प्रदर्शनी लगती है और अक्सर परिणाम स्वरूप दौलत और शौहरत भी मिलते हैं।

यह किताब आपके मन के जादू को जगाने की बात करती है, फिर मैं क्यों चाहता हूँ रुचियाँ जगाएँ? क्योंकि मैं नहीं चाहता कि आप चिंता के बोझ तले दबे रहें, रुचियाँ आपके मन को राहत देती हैं और आपके अन्तर्मन को कमान सभांलने का मौका देती हैं। यह रचनात्मक है। इनसे आपके मन को मुश्किल के समय में एक सकारात्मक सहारा मिलता है। यदि आपके पास एक दिलचस्प रूचि है, तो आप कभी दुखी, सताये हुए या तंग नहीं होंगे।

मेरी रुचियाँ क्या हैं? *मछली पालन और पूडल कुत्ते।*

23 अद्भुत का अवलोकन

जाने माने अंग्रेज लेखक और पत्रकार, कॉली नॉक्स याद करते हैं, एक बार थिएटर में एक सज्जन उनके पास आ कर बैठ गए। जैसे ही वह बैठे, स्टेज पर से पर्दा उठ गया और नॉक्स उनका चेहरा नहीं देख पाए, परन्तु उन्हें आभास हो गया कि यह कोई ऐसा इंसान है, जिसे मैं जानना चाहूंगा।

फिर सभी आँखें रॉयल बॉक्स की ओर मुड़ गयीं। हीरे जवाहरातों और अदभुत परिधान सजी महारानी आयी।

सभी बैठ गए, पर नॉक्स के पास वाली सीट के सज्जन खड़े ही रहे। उन्होंने धीरे से, मन ही मन कहा, ''अदभुत, अदभुत! यहां सार्थक हुआ, महारानी कितनी जवान दिखती हैं।

फिर हमें बताया जाता है कि यह सज्जन दरअसल अमरीका से आये थे और यू.एस.ए. में ऐसा नज़ारा देखने को नहीं मिलता।

अब मैं आपको किस्से की विशेषता बताता हूँ। आप ने ध्यान दिया होगा कि अमरीकी सज्जन का अवलोकन अन्य लोगों से बेहतर था, इसीलिए वह ज़्यादा देर तक खड़े रहे। वो चीज़ों पर केवल नज़र नहीं डालते, वो उन्हें देखते थे। एक पल के लिए उसमें बच्चों सी ख़ुशी महसूस करने की क्षमता थी, जो हम में से अधिकतर लोग खो चुके हैं। इस कला को दो ही शब्दों में व्यक्त किया जा सकता है, ''अदभुत, अदभुत!''

जब हम बच्चे होते हैं हमारी इन्द्रियां बहुत सतर्क और जीवंत होती है। फूलों के लहलहाते

बगीचे, बाग में खिलती लिली, सुबह की ओस में चमकता मकड़ी का जाला, नया चाँद, ढलता सूरज, इन सब नजारों में हम जादू देखते हैं।

बच्चे के लिए यह दुनिया रोमांचक, अदभुत और जादुई है। पर जैसे-जैसे हम बड़े होते जाते हैं, दुनिया के प्रति हमारे मन का रोमांच कम होता जाता है। हम भूल जाते हैं कि यदि हमारे पास जादू देखने वाली आँखें हों, तो यह दुनिया आज भी उतनी ही अदभुत है।

आप को फिर से नन्हा बच्चा बनना होगा। आज रेडियो, टीवी, चमत्कारी इलाजों और अन्य चीज़ों की उपस्थिति के कारण दुनिया जितनी अजूबी है, उतनी पहले किसीभी युग में नहीं थी। यह अनिवार्य हैं, कि अपने आपपास के जादू के प्रति आप सजग रहें। इससे आपको आगे बढ़ कर, नया जादू तलाशने का उत्साह मिलेगा।

एक बात याद रखिएगा, जादू की रचना हर रोज़ करनी होती है। फिर आप भी पूरी भावना के साथ कह पायेंगे, ''अदभुत!''

पहला कदम है, चीज़ों को देखना, न कि सिर्फ उन पर नज़र डालना।

अवलोकन कीजिए। गौर से अवलोकन कीजिए।

आपने आखिरी सूर्यास्त कब देखा था? कब देखा था अचरज से आस्मां को रंग बदलते हुए पेड़ों की शाखों पर सुनहरा रंग डालते हुए?

बसंत ऋतु में कभी सुबह-सुबह बाहर जा कर दिन का स्वागत किया है? चांदनी से भी ज़्यादा अजूबा होता है सुबह की पहली किरण, दिन के किसी भी घंटे से ज़्यादा चमत्कारी होती है प्रात:काल की बेला।

कितना कुछ गँवा दिया है आपने? सुबह का संगीत, घांस पर ओस की सतरंगी बूँदें और कुछ सदाबहार लोग जो नंगे पैर इन ओस की बूंदों पर नाचते हैं। ये वह ऊर्जा है जो आपको धरती से मिलती है। क्या आपने इस आनंद को चखा है?

जब हम में से अधिकतर लोग सो रहे होते हैं, खिड़की के बाहर जादू जाग रहा होता है। पर कुछ है जो सपने में भी इस जादू को न देखने के बारे में नहीं सोच सकते।

आधुनिक चमत्कारों के इस युग में हमें अवसर मिला है अचरज के उसी बचपन वाले भाव को दोबारा पाने का, वह अचरज जो मन में जादू जगाता है। आपको अवलोकन की कला को सीखना होगा, वही कला जो अर्थर कोनन डॉयल के शर्लाक होम्स ने हमें सिखाई है। होम्स का ध्यान सबसे मामूली लगने वाली चीज़ें पर भी जाता था, सिगरेट का एक टुकड़ा, कोलर पर एक बाल, चप्पल पर मिट्टी का एक छींटा, छोटी चीज़ें जो अन्य लोग अनदेखी कर देते थे।

फिर दोहराता हूँ, अपनी आखों को प्रशिक्षण दीजिए कि वे चीज़ों पर केवल नज़र न डालें, उन्हें देखें। गहन अवलोकन जीवन में अजूबा लाता है।

अपनी आँखों को प्रशिक्षण कैसे दे सकते हैं? योगियों से सीखिए।

अपने मन का जादू जगाने के लिए और अदभुत चीज़ों को देखने के लिए, आपको जागरूकता जगानी होगी। योगी, जो इस तरह के जादुई कारनामें करने के लिए जाने जाते हैं, एक सरल तरीके से जागरूकता का अभ्यास करते हैं। वो स्वयं को इस पल में पूर्णत: जागरूक बनाने के लिए, हर क्षण सोचते हैं कि वो क्या कर रहे हैं और क्या देख रहे हैं। वो इस प्रकार की चीज़ें दोहराते हैं:

मैं एक नदी के पास से गुज़र रहा हूँ। मैं किताब पढ़ रहा हूँ।

मैं बस में सवारी कर रहा हूँ।

में झाड़ू लगा रहा हूँ। मैं सीढियां चढ़ रहा हूँ।

मैं खिड़की से बाहर देख रहा हूँ। मैं एक चिट्ठी लिख रहा हूँ।

मैं बाल बना रहा हूँ और इस तरह से हर पल का हिसाब!

और वो बार-बार ऐसी बातें भी दोहराते हैं:

एक चिड़िया गा रही है। बच्चा सो रहा है। एक बैंड गा रहा है। यह एक कार है।

ये एक मैगनीफायिंग गिलास है।

घड़ी की टिक टिक चालू है।

आप शायद सोचेंगे की क्या त्रासदी है! जीवन भर दोहराते रहना, ''ओह हाँ, ये सूरज है, ये चाँद है, ये तारे हैं, ये पेड़ है।'' और फिर आपका इस दुनिया से जाने का समय हो जाएगा, फिर आपको एहसास होगा इतने समय तक आप केवल शब्द दोहरा रहे थे। इन अदभुत नज़ारों को तो आपने देखा ही नहीं।

ऐसा नहीं है। शब्द को दोहराने से, जो आप की आँखों के सामने है वह आपके अन्तर्मन में भी छा जाता है। कुछ समय बाद, आपको शब्द दोहराने की आवश्यकता नहीं पड़ती। यह बहुत सरल है, पर यदि आप अवलोकन की शक्ति को प्रशस्त करना चाहते हैं, तो ये अनिवार्य है।

''क्या है ये ज़िन्दगी, फिक्र से भरी है
वक़्त ही नहीं कि रुक कर, नज़ारें देख लें...''

यह कवि डब्लू।एच। डेविस के शब्द हैं। उन्हें ऐसे बंजारे के रूप में जाना जाता है जो

चीज़ों को गौर से देखना जानता है। अलादीन के बड़े से बड़े जादू ने भी इन चीज़ों का आविष्कार नहीं किया था, जो हमारे इस युग में उपलब्ध हैं। रुक कर, नज़ारें देख लें!

छोटे बच्चे जैसा अवलोकन कीजिए, अपनी कल्पना काप्रयोग कीजिए। एक समय की बात है मैं एक छोटे लड़के के साथ गाँव में टहलने निकला था, उसने एक झाड़ी को देखा और कहा, ''देखो बैले हो रहा है!''

केवल एक बच्चा ही पेड़ की छाल पर ड्रैगन की खाल देख सकता है, ओस में परियों का चेहरा ढूँढ सकता है और एक बाल्टी मिट्टी से धरती पर स्वर्ग बना सकता है।

यदि आप किसी चीज़ में जादू नहीं देख सकते, तो आप बैले जैसी अद्‌भुत चीज़ों की बात कैसे कर सकते हैं?

हमारे युग की पहली मांग है आदमियों और औरतों को अचरज के उस भाव से फिर से मिलवाना, जादू में उनकी आस्था जगाना और यह विश्वास दिलाना कि वह भी साहस कर, जीत सकते हैं। यह हर मनोविज्ञानिक का कर्म है।

बाइबिल पढ़िए, यह मनोविज्ञान का सबसे महान स्त्रोत है। वह देखता था। उसने मृत लज़ेरस में जान देख ली। अंधों में दृष्टि देखी और बीमार लोगों में सेहत देखी। इस किताब के हर पन्ने पर जादू और अचरज है।

यदि आपने कभी बाइबिल नहीं पढ़ी, तो पढ़ना शुरू कीजिए।

पहली बार, पहली बार सबसे अदभुत होती है।

प्रात: चिड़ियों की पहली चहक, गर्म सुगंधित में पहला स्नान, साइकिल पर पहली सवारी!

मौसम से पहले स्ट्रॉबेरी खाने के आनंद को याद कीजिए। मटर की पहली प्लेट को देख कर मन में क्या उत्सुकता होती है। सोचिए कैसा था सुनहरी रेत और समुद्र को पहली बार देखना। पहली बार किसी से प्यार का इज़हार करना। साथ बिताई वो पहली शाम याद कीजिए!

पहली बार हमेशा मन के जादू को जगाती है और आप भी अदभुत चीज़ों की बात कर पाते हैं।

राजकुमारी अलेक्सांद्रा की शादी के बारे में किसी ने अखबार में लिखा था: ''कितनी सुन्दर दुल्हन थी! कितनी अदभुत शादी थी। इस लम्बी सर्दी में हडतालों, घोटालों और विरोध रैलियों के नजारों के बाद, भगवान का शुक्र है की प्यार भरी शादी से हमारे जीवन में कुछ रंग तो लौटा!''

जब आप अदभुत चीज़ों की बात करते हैं, आप फिर से अच्छा, जवान और दोस्ताना महसूस करते हैं। आप को चीज़ों का उत्सुकता से इंतज़तार रहता है। पर इतने सारे लोग दिन के अंत में थक जाते हैं, हार कर झल्ला जाते हैं। चिड़चिड़े हो जाते हैं। उनका जीवन मानो समाप्ति की ओर है। अवलोकन करने की तो शक्ति ही नहीं बचती।

इसी समानता से थकान का भाव आता था, ज़िन्दगी की इस कभी न बदलने वाली समानता से उकता जाते हैं आप। समय समय पर अपने मन को आम से हटा कर, ख़ास की ओर केन्द्रित करने का प्रयास करना चाहिये। यदि हम अपनी आँखों का प्रयोग करने लग जाएँ, तो फिर कभी थकान महसूस नहीं करेंगे।

आप इस जीवनकाल में जादू को अंजाम देना चाहते हैं? उस महान मनोवैज्ञानिक का ज्ञान याद रखिएगा: जैसा बनोगे, वैसा मिलेगा। अपने चारों ओर सुन्दरता देखने का दृढ़ संकल्प लीजिए, एक लम्बे समय के लिए चिंतन कीजिए, केवल नज़रे मत दौड़ाइए! चिंतन के परिणाम स्वरूप मिलने वाली समझ से आपके मन का जादू प्रशस्त होगा और जब आप इस परिवर्तन को पहचान जाएँगे, तो यह भीतर की दुनिया से बाहर की दुनिया में आ जाएगा और जब टीवी पर जैसे किसी चमत्कार को देखते हैं, तो अचरज करने की जगह उसकी पिक्चर क्वालिटी पर सवाल मत उठाइए! आज भी हज़ारों लोग हैं जो आप जितने भाग्यशाली है, उनके घरों में टीवी नहीं है। किसी ऐसे इंसान को अपने घर बुला कर उसे टीवी दिखाइए और फिर उसकी उत्सुकता और रोमांच को देखिए। टीवी को अदभुत कहिए। यदि आपको उस पर आने वाले कार्यक्रम पसंद नहीं है, तब भी चलते-बोलते चित्रों को इस चमत्कार पर तो आश्चर्य व्यक्त कर ही सकते हैं। आपके पूर्वजों को ये सुविधा उपलब्ध नहीं थी।

मैं एक ऐसे आदमी को जानता हूँ जो टीवी खरीदना तो चाहता था, पर एक ट्रेलर में रहता था। चूँकि उसके पास बिजली का कनेक्शन नहीं था, वह टीवी भी नहीं देख सकता था।

इसीलिए उसने एक बहुत बड़ा टेलिस्कोप खरीदा। उसने इस टेलिस्कोप को अपने ट्रेलर की छत पर लगा दिया। अब वो टीवी की जगह, सितारों को देखता है और इस कारण से उसने खगोल की किताबें पढ़ना भी आरम्भ कर दिया। उसके उत्साह का ठिकाना नहीं था। ब्रह्मांड, एक सीमाहीन अजूबा है यह। आस्मां तो जादू से भरा हुआ है।

जब लोक इस आदमी को देखते हैं, ''ऐसा लगता है कि यह ज़िन्दगी का लुत्फ उठाता है !'' शायद वे जलन की भावना से भी कहते हों। उस आदमी से सितारों के बारे में पूछिए, वो दिल से उत्तर देगा, ''अदभुत, अदभुत!''

वो टेलिस्कोप से जादू की तलाश करता है और एक नयी दुनिया उसकी आँखों के सामने उभर आती है।

दूसरा आदमी माइक्रोस्कोप से एक बाल, एक रुपए के टुकड़े, खून के धब्बे, सिगरेट की राख को देखता है और एक अदभुत परिवर्तन दिखाई देता है। उसकी आँखें चमक जाती हैं, उसकी पूरी काया खिल उठती है, उसके मन, शरीर और आत्मा तीनों मानो जगमगा उठते हैं। न सिर्फ़ वो जिंदा है, उसे ज़ाहिर तौर पर ज़िंदा होने की ख़ुशी भी है। एक नई दुनिया उसकी आँखों के सामने आ गई है। क्योंकि वो इस दुनिया को देख सकता है।

जब मैं सुबह अपने कुत्ते को घर से बाहर भेजता हूँ, तो वो एक पल के लिए दरवाज़े की देहलीज़ पर खड़ा हो कर सुबह की ताज़ी हवा में सांस लेता है, सुबह के उस नज़ारे, उन आवाजों और उस महक को अपने अन्दर समा लेता है। ऐसा प्रतीत होता है जैसे जादू ने उस पर एक दम असर किया हो और वो इस अजूबे का कायल हो गया हो।

फिर वो नाचता-कूदता बाहर चला जाता है, मैं जानता हूँ कि वो इस बाहर की दुनिया में बिजली सी दौड़ती ऊर्जा से वाकिफ़ है। हम भी ऐसे ही क्यों नहीं बन सकते ?

सड़क किनारे उड़ता कागज़ का एक टुकड़ा, एक बच्चे की गाड़ी पर छपाक से गिरती एक बारिश की बूँद, ये सब बच्चे के लिए जादू है। वो उन्हें देखता है और उसका देखना हमारे नज़र दौडाने से बहुत अलग है।

यदि आप अचरज के भाव को जिंदा रख सकते हैं, तो आप भी मन के जादू को जगा सकते हैं। मुमकिन है कि आप प्यार में हो और ज़िन्दगी जादू से भरी हो, पर फिर बहुत जल्द ही एक बार फिर आप अपनी नज़रें तारों से हटा कर, नाश्ते की टेबल पर जले टोस्ट, बहीखाते की किताबें और धुलने वाले कपड़ों के स्तर पर लौट आते हैं। आसमान अब हल्का नीला नहीं है, क्योंकि आप उसकी ओर ध्यान ही नहीं दे रहे।

वो पल जिनमें आपकी सांसे थम जाती हैं और आप कहते हैं, ''अदभुत, अदभुत!'' केवल गहन अवलोकन से ही आते हैं। ये वो पल होता है जब नज़रें दौड़ाने की जगह, आप रुक किसी चीज़ को ताकते हैं।

इसे कहते हैं परमआनंद और तितली सा चंचल होता है ये, एक पल में ही उड़ जाता है। पर जो इंसान मन के जादू को जगाना जानता है, उसके लिए दिन ऐसे पलों से भरा होता है।

मैं एक पायलट को जानता हूँ। उसने मुझे बताया कि बादलों के पार जा कर उसे कैसा लगता है। वह उस भाव को शब्दों में बयाँ नहीं कर पाया। साफ़ पानी में छलांग लगाने वाले आदमी को भी ऐसा ही लगता है। वह इसे शब्दों में व्यक्त नहीं कर सकता। ये है परमआनंद,

वही भावना जो महारानी को देख कर उस अमरीकन ने महसूस की थी।

जब बारिश होती है, तो बच्चे भी इसी आनंद में रम जाते हैं। वे बारिश से दूर नहीं भागते। कीचड़ से डरते नहीं, बल्कि हर गड्ढे में कूद कर छींटे उछालते हैं और ज़िन्दगी अदभुत लगती है। शायद कोई बड़ा कहे की, "फ्रेड को इतनी समझ नहीं है कि बारिश से बच कर चले?" पर जादू की दुनिया, में नासमझ वो होते हैं, जो बारिश से बचते हैं।

रॉबर्ट ब्लात्चफोर्ड याद करते हैं कि एक कैंप में वो सूर्यास्त को देख रहे थे। जब एक डॉक्टर ने उनसे आ कर पूछे कि वो क्या तक रहे हैं? तब उन्होंने कहा ढलता सूरज, तो डॉक्टर ने पूछा क्यों ?

"क्या ये देखने के लायक नहीं है?" ब्लात्चफोर्ड ने पलट कर पूछा।

डॉक्टर मुस्कुराया, उसने अपनी भोंहे ऊँची की और जवाब दिया, "अब जब ध्यान से देखता हूँ, तो यकीन होता है कि हाँ, सुन्दर है!"

सूर्यास्त... उसने अब देखा... कि सुन्दर है! फिर ब्लात्चफार्ड हमें बताते हैं कि इस जवान, पढ़े लिखे डॉक्टर ने पहले कभी सूरज को ढलते हुए ही नहीं देखा था, उसने उस पर नज़र डाली थी, पर नज़ारा क्या था ये नहीं देखा, उसने उसे 'सुन्दर' ही पाया।

अधिकतर लोगों की यही परेशानी है। वे ध्यान से नहीं देखते।

ऐसा प्रतीत होता है जैसे उनकी आँखें अन्दर ही कहीं खो गई हों। बस नज़र दौड़ा लेते हैं, नज़र भर कर कभी नहीं देखते। उनके लिए जीवन में कोई जादू नहीं है। अपने मन के पट खोल, जागरूक बन, देख कि इस अजूबी दुनिया में क्या क्या है जो तूने अब तक देखा ही नहीं है! लोगों के प्रति जागरूक मत बनिए। यदि दिन प्रति दिन केवल अपने साथी मुनष्य के ही करीब रहेंगे, तो बहुत दुखी हो जाएँगे। भूल जाइए लोगों को, कुछ देर के लिए उन्हें चेतन से ही बाहर कर दीजिए और अकेले अवलोकन कीजिए।

एक छोटा लड़का अपनी माँ के लिए समुद्र किनारे से सीप ले कर आया और बैठ कर उसे निहारने लगा। वैसे तो वह साधारण सीप थी, पर इस लड़के को उसमें कुछ ख़ास दिख रहा था। उसका रंग व आकार आकर्षक था जब भी वह उसे कान से लगाता उसे समुद्र की लहरें सुनाई देतीं।

उसकी माँ अपने पति के साथ बैठी अपने बेटे को देख रही थी। उसने अपने पति से पूछा, "रॉबर्ट, बड़े हो कर हमें क्या हो जाता है?"

उसे उस पल यह एहसास हुआ कि वह जीवन की छोटी-छोटी खुशियों के प्रति उत्साह खो चुकी थी, अब वह ख़ूबसूरती की तलाश नहीं करती थी।

जीवों पर अपनी कमेंटरी में कृष्णमूर्ति लिखते हैं:

एक दिन वेस्टमिन्स्टर इमबैंकमेंट पर चलते हुए मैंने एक छोटा सा कंकड़ उठाया, जो शायद बजरी ले जा रहे किसी ट्रक से गिर गया था। वह पत्थर इतना चिकना था और उस पर बनी लकीरें इतनी सुन्दर थी, कि मैंने उसे उठा कर अपनी जेब में रख लिया। तब से ले कर आज तक, मैं उस कंकड़ को हमेशा अपने साथ रखता हूँ, किसी भी पल उसे बाहर निकाल कर, उसकी रहस्यमयी ख़ूबसूरती को निहारता हूँ...''

उन्होंने एक छोटे से कंकड़ का अवलोकन किया। क्या आप कभी-कभी चलते-चलते ऐसे किसी टुकड़े को देखते हैं? जब आप इस हद तक अवलोकन करने लगेंगे, आप भी अदभुत बातें देखने और कहने लगेंगे। अपनी माँ के पास एक सीप लिए दौड़ कर आए उस लड़के की तरह।

जादूगर ही अदभुत को देख सकता है। वह आप से कहेगा कि आप भी ध्यान से देखिए और फिर मानो कि हवा से एक चिड़िया प्रकट हो जायेगी, कभी कभी दस बारह चिड़ियाएं आ जाएँगी, या शायद वह खरगोश हो, या फूलों का गुलदस्ता, या फिर रेशम के रंगीन रुमाल यदि आप जादूगर बनने के लिए दृढ़ संकल्प हैं, तो आज ही से अपने आसपास की चीज़ों को गौर से देखना शुरू कीजिए। इस आदत को अपना बना लीजिए और तब अवलोकन करते रहिए, जब तक आपके पास अदभुत यादों का भंडार न तैयार हो जाए। फिर इन बातों को अपने श्रोताओं को उत्साह से सुनाइए।

क्या आपको याद है, कुछ समय पहले *'एट होम'* नाम के टीवी कार्यक्रम में हमें श्रीमती गेराल्ड लग्गे के घर ले जाया गया था? मैं डार्टमाउथ की काउंटेस की बात कर रहा हूँ, वह खूबसूरत महिला जिसका नजरिया मनोवैज्ञानिक है।

वह बहुत जीवन्त थी । उन्होंने कहा था, ''शायद, मुझे हर चीज़ में ही बेहद दिलचस्पी है। मुझे *महसूस होता* है कि जब अपने से कम किस्मत वालों की मदद का अवसर मिलना सौभाग्य की बात है।''

यह एक ऐसी महिला है, जो हर परिस्थिति को सकारात्मक रूप से देखती है।

मशहूर उपन्यासकार निकोलस मोंसेरात भी इस विशेषता के धनी हैं। आपको याद होगा कि इन्होंने *द क्रुएल सी* लिखी थी।

उन्होंने निश्चय किया कि उनकी दूसरी पत्नी फिलिपा, जिन्हें लोग *'द क्रुएल शी'* भी कहते थे, उन्ही के जैसी बन जाएँगी। फिलिपा अखबार में गॉसिप लिखती थी और समाज

के लोगों की जमकर बुराइयां करती थी। उसकी इन चटपटी बातों की वजह से ही उसका अखबार बिकता था।

पर जब फिलिपा को निकोलस से प्यार हो गया और वह बदल गई। उसने अपने पुराने रवैये को त्याग दिया। अब उसके शब्दों से तीर कमान की जगह फूल बरसते हैं।

निकोलस के प्रभाव में वह भी सबमें कुछ न कुछ अच्छा देखने लगीं और लोगों को नीचा दिखाने की जगह उनकी बढ़-चढ़कर तारीफ़ करने लगीं। अब वो सबके लिए कुछ न कुछ अच्छा कहने के प्रयासों में मग्न हो गई थी। अब सब उनकी तारीफ़ करने लगे थे। जिस होटल में वे ठहरी, उन्होंने उस होटल को 'अदभुत' बताया और वहां की सर्विस की भी तारीफ़ की। जिस फिल्मी सितारे की वो अपने अखबार में बुराइयां करती थी, उसे अब उन्होंने नाम दिया, *बकरी सा सीधा।*

अब वह रूखे शब्द नहीं कहती। शहर की दहशत कहलाने वाली फिलिपा को उन्होंने पीछे छोड़ दिया है। कैसे? उन्होंने अपने नज़रिए को पैना किया और सब में केवल अच्छाई ही देखी। ये परिवर्तन *जादू* था।

शानदार फिल्म सितारे फ्रेड एस्टेयर, जिनकी जीवनी रिकॉर्ड्स आज भी हज़ारों की तादाद में बिकते हैं, भी अवलोकन की कला को जानते थे। पचास साल से नाच रहे फ्रेड की सदाबहार ऊर्जा पर सभी अचरज करते थे और इस बारे में उनका क्या कहना है? "मैं हर चीज़ को *स्वस्थ* नज़रिए से देखता हूँ।" *स्वस्थ नज़रिया...* ये है एस्टेयर की जवानी का राज़।

एम.जी.एम के निर्माता अर्थर फ्रीड ने कहा है, "इस आदमी की कोई उम्र ही नहीं है। मैं इससे सिर्फ़ दो साल बड़ा हूँ, पर आज इसके दादा की उम्र का लगता हूँ।"

जब तक आप अवलोकन नहीं करेंगे, किसी भी चीज़ को *ताज़ा* नज़रिए से या गहराई से नहीं देख पाएँगे। एक मशहूर अंग्रेजी गाने के बोलों का भावार्थ कुछ ऐसा हैं, *"मुझसे अदभुत बातें करो। मैं तुम्हे भी अदभुत समझूंगा..."* काश हम इस भावार्थ को अपना सकें, आज़मा कर देखिएगा। आप *बेहतरीन से भी बेहतर* जादूगर बनेंगे।

उस महान मनोवैज्ञानिक और जादूगर के बारे में लोगों ने क्या कहा था? *"और उसका नाम होगा अदभुत!"* (इस 9:6)

24 मन पढ़ने की भूमिका: चेहरे को पढ़ें

क्या आप अपने बैंक मेनेजर का मन पढ़ना चाहेंगे? ज़रूर चाहेंगे! पर आप नहीं मानते कि ये मुमकिन है। आप तो यह भी नहीं मानते कि किसी का भी मन पढ़ना मुमकिन है। आप नहीं मानते कि किसी इंसान के चेहरे को देख कर, पलक झपकते ही यह बताया जा सकता है कि वह क्या सोच रहा है।

दो लोग एक बार में एक ही धुन गुनगुनाना शुरू करते हैं और आप कहते हैं कि यह इत्तेफाक है। आपके सवाल पूछने से पहले ही आपके पति जवाब दे देते हैं, क्या यह भी इत्तेफाक है? ज़ाहिर सी बात है, कि यह इत्तफाक नहीं है! एक मन दुसरे मन से बातें कर रहा है।

आप बिजली, एक्स-रे किरण, रेडियो और टेलीविज़न में आस्था रखते हैं। एक समय था जब लोग इन संभावनाओं पर हँसते थे।

आप विकलांगों के लिए बनने वाले कृत्रिम अंगों में भी विश्वास करते हैं, क्योंकि आपने इन अंगों के चमत्कारी असर के बारे में अखबारों में पढ़ा है। आप फोन में भी पूरी आस्था रखते हैं, क्योंकि कल रात ही तो आपने रिसीवर उठा कर फोन कर बिल से बात की है। आप रंगीन फोटोग्राफी को भी झूठ नहीं मानते, क्योंकि जो छुट्टियों वाले चित्र बड़े ही सुन्दर रंगों में धुल कर आए हैं। आप परमाणु विज्ञान को असली मानते हैं (कोई आपको इसकी असलियत भूलने भी नहीं देगा), कई सौ लोगों को उड़ाने वाले उस हवाईजहाज़ को भी आपने देखा है। जैली फिश, धृत्व आकर्षण और धरती और सूरज के रिश्ते पर भी विश्वास करते हैं आप।

पर मन का पढ़ना आपके लिए अविश्वसनीय है। सचमुच, आप मुझे अचंभित कर रहे हैं।

आपका मन चाहे तो बड़ी से बड़ी दूरी पार कर, यह जान सकता है कि किसी आदमी के मन में क्या चल रहा है। बहुत से लोगों ने इसका अनुभव किया है। उन्होंने कुछ ऐसा किया या ऐसा लिखा, जो मीलों दूर बैठा आदमी चाहता था। उन्होंने किसी और के मन के विचार उसी एक पल में पकड़ लिया और उस पर बारीकी से अमल किया। यह बात अक्सर प्रमाणित हुई है।

कुछ लोगों के पास दूसरों के मन से बात करने की प्रतिभा होती है, परन्तु वो भी समय-समय पर विफल हो जाते हैं क्योंकि वह अपनी इस प्रतिभा को विकसित नहीं करते। वह इस बारे में न ठीक से सोचते हैं, न अचरज ही करते हैं। यदि उनके मन में दूसरों का विचार आ जाए, तो वह अपनी इस अत्यंत उपयोगी शक्ति को विकसित करने की जगह, बस मुस्कुरा कर, सिर हिला देते हैं।

बचपन से ही मैं बता सकता था कि मेरे माता पिता क्या सोच रहे हैं। समय-समय पर हर नौसिखिए की तरह मैं भी गलती करता था, अपनी काम में चूक जाता था, पर मेरे माता-पिता फौरन जान गए कि मैं दूसरे लड़कों जैसा नहीं हूँ। उन्होंने मेरी प्रतिभा को प्रोत्साहन देने कि और उसे विकसित करने की हर मुमकिन कोशिश की। बहुत छोटी उम्र से ही, मैं 'मन की बातों' पर लिखी किताबों का अध्ययन करने लगा था। समय के गुजरने के साथ हम भूल जाते हैं। *पर हमारा अन्तर्मन कभी नहीं भूलता* और बचपन में जुटाई हुई यह जानकारी हज़ारों तरह से उम्र भर मेरे काम आती रही है।

मन पढ़ने की भूमिका के रूप में, मैं सभी आदमियों और औरतों को यह सलाह दूंगा कि वे हर उस किताब को पढ़ें जिसमें लोगों की सोच के बारे में जानकारी है। जैसे की जीवनियाँ, मनोविज्ञान और चेहरे को पढ़ने की कला से सम्बंधित किताबें।

हर चरित्र का अध्ययन करें। अक्सर एक इंसान का चरित्र उसके विचारों का संकेत देता है। इस हद तक चरित्र का अध्ययन करें कि एक झलक में ही, आप किसी इंसान को समझ लें। मसलन आप जान जाएँगे कि, आपके सामने वाला इंसान स्वार्थी है या निस्वार्थ, नैतिक है या अनैतिक! क्या हम साथ में चरित्र का अध्ययन करें और देखें कि यह विद्या कैसे काम करती है और कैसे आप चरित्र के द्वारा मन को पढ़ सकते हैं?

जब तक आप इस विषय में एक तकनीक के साथ आगे नहीं बढ़ेंगे, आप निपुणता से लोगों का चरित्र नहीं पढ़ पाएँगे। यहाँ *अवलोकन* की कला आपके काम आएगी। जैसे ही आप सही मायने में लोगों का अवलोकन आरम्भ करेंगे, आप इस तकनीक का सदुपयोग कर

सकेंगे। जिस इंसान का मन आपको पढ़ना है, आपको उस इंसान में गहरी दिलचस्पी होनी चाहिए। चाहे यह दिलचस्पी कुछ ही देर की क्यों न हो। आपको अपना ध्यान पूर्णत: उस एक व्यक्ति पर केन्द्रित कर बाकी सब चीज़ों से स्वयं को अलग करना होगा। जब ये ध्यान बंध जाएगा और आपको सम्पूर्ण अवलोकन का एहसास होगा, आप जान जाएँगे कि आपको किस किस्म के विचार की अपेक्षा करनी है। यह तभी संभव होगा जब आपका चरित्र अध्ययन इतना परिपक्व हो जाए कि आप एक ही झलक में किसी का चरित्र समझने में निपुण हो जाएँ।

सदियों पहले एरिसटॉटल ने चेहरों को पढने की कला का अध्ययन किया था और यह उन्हें बहुत दिलचस्प लगी। वे इस बारे में और जानना चाहते हैं और आज भी यह कला उतनी मोहक है।

जब मैं किसी के सामने होता हूँ, तो उसकी आँखें मुझे उसका कल, आज और आने वाले कल के बारे में सब बता देती हैं। आँखों से मन के विचारों का सबसे अच्छा संकेत मिलता है। आँखें पढ़िए, आप पाएँगे कि मन पढ़ने के लिए ये बहुत ही उपयोगी हैं। लोग आँखों से बातें करते हैं। एक नज़र में ही कोई लड़की कह सकती है, ''तुम्हे और मुझे साथ होना चाहिए।'' उसका मन पढ़ना आसान है, उसने आधी बात तो बयाँ कर ही दी है।

आँखों से बात करना भी एक कला है और किसी भी भरे कमरे में यह बहुत उपयोगी साबित होती है। ''आज रात को मिलते हैं, फिर !'' ये सवाल बिना कुछ कहे ही पूछा जा सकता है और आँखों की ख़ामोशी से ही जवाब भी दिया जा सकता है।

आँखों का आकार, रंग, रूप सभी मायने रखता है और मन पढना सीखने वाले के लिए सभी अध्ययन के अदभुत विषय हैं। एक व्यक्ति की सोच अन्य लोगों की सोच से बहुत अलग होती है। सकारात्मक लोग नकारात्मक लोगों से भिन्न सोचते हैं, बीमार और सेहतमंद लोगों का भी नज़रिया अलग होता है, अमीर-गरीब, मुज़रिम-शरीफ इत्यादि की विचारधारा भी अलग होती है। तेज़ी से इन सब चीज़ों का अनुमान लगाना आसान नहीं है, पर अभ्यास के साथ-साथ आप बेहतर होते जाएँगे। मैंने बचपन से ही शुरूआत कर दी थी, इसलिए मुझे सालों का अभ्यास है और यदि आप मन के जादू को जगाना चाहते हैं अभी शुरू कीजिए। बस, ट्रेन, बार, रेस्टोरेंट आदि में लोगों का अवलोकन कीजिए। अभ्यास कीजिए। अभ्यास। अभ्यास। अभ्यास। अवलोकन को दिनचर्या का हिस्सा बना लीजिए और तब तक अभ्यास करते रहिये जब तक यह स्वाभाविक आदत न बन जाए। एक व्यक्ति के चेहरे को सामने से, साइड से और पीछे से भी देखिए। अपना निष्कर्ष निकालने से पहले, चेहरे की हर बारीकी को पढ़िए। कुछ समय बाद आप पलक झपकते ही निष्कर्ष पर पहुंचना घातक नहीं होगा,

और बहुत समय बाद पलक झपकते ही, हर बार आप सोलह आने सही निष्कर्ष पर पहुंचेगे। फिर एक दिन आएगा जब सच में एक नज़र में आप लोगों को जानने लगेंगे।

याद रखिए, सबसे महत्वपूर्ण होती है आँखें, क्योंकि ये झूठ नहीं बोल सकती। यदि आपके बैंक मेनेजर की आँखें छोटी है, तो वह जिद्दी और चालाक होगा। यदि उसकी आँखें भटकती रहती हैं (लगातार आपसे दूर जाती हैं) तो उसे आपकी बात में कोई दिलचस्पी नहीं है, सिवाय इसके की आप उसकी क्या सेवा कर सकते हैं। यदि आप उसका मन पढ़ने की कोशिश करेंगे, तो उसका विचार होगा, ''तुम मेरे बारे में क्या सोचते हो?'' उसे केवल स्वयं में दिलचस्पी है, आगे बातों के लिए आप के पास अब ये आधार तो है ही।

आपके बैंक मेनेजर का खुला व्यक्तित्व हो सकता है, सख्त रवैया हो सकता है, या फिर आँखें चुराता हुआ बेईमान चरित्र हो सकता है। मुमकिन है उसकी आँखें एकदम ठंडी हो। मुझे नहीं पता। पर यदि उसकी आँखें ठंडी हैं तो आप घर जा कर अपनी पत्नी से कह सकते हैं, ''उसने तो मेरी ओर नज़र भर के देखा भी नहीं।''

आपकी आँखें दया की भीख मांग रही होंगी, पर फिलहाल हम आपकी बात नहीं करेंगे। हम बैंक मेनेजर और उसकी सोच की बात कर रहे हैं।

चौड़ी आँखों का अर्थ है कि वह जवाब देने के लिए उत्सुक है और हम उम्मीद करते हैं कि आपके मेनेजर की आँखे ऐसी ही हों।

उसकी ठोड़ी कमज़ोर है या स्थिर? जबड़ा ढीला है या कसा हुआ? क्या उसके होठ मोटे हैं? अगर हाँ, तो आप अपनी सुन्दर पत्नी को बता सकते हैं कि आपका मेनेजर आपके उधार को भूलने को भी तैयार है।

जब चेहरों की बात आती है, तो ज्यादातर लोग चार में किसी एक समूह में आते है। *अकेला, आक्रामक, आलसी* और *स्पष्ट*। और भी बहुत से प्रकार के चेहरे होते हैं, पर ये मुख्य श्रेणियां हैं। मैं इन चेहरों के आकार की व्याख्या नहीं करूंगा। परन्तु हर श्रेणी एक प्रकार के चेहरा का प्रतिनिधित्व करती है और आपको प्रत्येक प्रकार के चेहरा का अध्ययन कर, उसे दिल से समझना होगा। बाल और बालों का रंग भी मायने रखते हैं। अगर उसके बालों का रंग सुनहरा है तो मुमकिन है कि आप उसका मन पढ़ें और सुनें। *''हीरे एक औरत के सबसे अच्छे मित्र होते हैं।''*

शरीर का एक अहम् हिस्सा हैं हाथ, ये भी व्यक्तित्व का प्रतिनिधित्व करते हैं। हाथ की मुद्रा मन की बात कहती है। अपने जीवन में आपने कितने हाथ मिलाये हैं? और आपने उनका अवलोकन भी नहीं किया! आपको अवलोकन करना होगा, बारीकी से अवलोकन

करना होगा। अच्छे हाथ, बड़े हाथ, बदसूरत हाथ, सभी कुछ ऐसे महत्वपूर्ण तथ्य दर्शाते हैं जो मन पढ़ने में आपके काम आएँगे। अपने आस पास वाले लोगों के हाथ देखिए। निष्कर्ष आपकी बहुत मदद करेगा। अंगूठे देखिए, वो जो अलग निकलते हैं आरै मुड़े हुए होते हैं, वो एक आज़ाद चाह वाले इंसान के हैं। मुट्ठी में दबे अंगूठे का अर्थ है मनोबल की कमी या अभाव। एक मृत व्यक्ति, जिसका मनोबल पूर्णतः ख़त्म हो गया है, उसके अंगूठे अक्सर इसी तरह छिपे रहते हैं। यदि आपका बैंक मेनेजर भी इसी तरह अंगूठे छिपा कर बैठा है, तो उधार की फिक्र छोड़ कर, नया खाता खोल लीजिए, आपको रोकने का मनोबल मैनेजर में नहीं है। पर जैसा कि आप स्वयं अवलोकन से समझेंगे, बैंक मैनेजर ऐसे नहीं होते। आप देखेंगे कि उनके लिए हर छोटे उधार की बहुत एहमियत होती है।

सभी महान पेंटर, डॉक्टर और सर्जन हाथों की एहमियत को जानते और समझते हैं। हाथ आपको हज़ारों कहानियाँ सुना सकते हैं और एक चरित्र को समझने में बहुत मददगार साबित होते हैं। जब आप मन पढ़ने का प्रयास करेंगे, तब हाथ ही आपको दिशा दिखाएँगे।

सन्डे ग्राफिक अखबार में जॉन राल्फ ने लिखा :

क्योंकि कुरान इस बात को नहीं मानेंगे कि उनका जादू टेलिपैथी पर आधारित था, लेकिन मैं फिर भी मानता हूँ कि कुरान वैज्ञानिकों के लिए अमूल्य भेंट हैं।

क्यों? क्योंकि मुझे लगता है कि उनके पास वह शक्तियाँ हैं जिनका एहसास उन्हें स्वयं भी नहीं है।

... मैंने उनसे पूछा ''क्या उन्होंने कभी स्वयं को वैज्ञानिकों के शोध का विषय बनाया? नहीं।

क्या वे ऐसा करेंगे? नहीं।

और मेरी तस्वीर के नीचे ये शब्द लिखे थे:

''*क्या राज़ है अल कुरान की आँखों के पीछे ?*'' आँखें। आँखें। पहले आँखों को पढ़ना सीखिए, मन की सूची इन्हीं में होती है।

25 मन पढ़ने की भूमिका: अंकों का अध्ययन

क्या आप मानते हैं कि कोई एक अंक आपके लिए भाग्यशाली है, या फिर किसी अंक में, कम से कम आपके लिए तो, काला टोटका छिपा है? यदि आप ऐसा मानते हैं, तो अंक शास्त्र या फिर अंकों के अध्ययन में आपको रूचि होगी और मैं यह चाहता हूँ कि अंकों की विद्या का अध्ययन करें। अंकों से आपको व्यक्ति के व्यक्तित्व, चरित्र और उसकी पसंद-नापसंद का अंदाजा लग सकता है। यदि आप इन चीज़ों को झट से देख पाएं, तो इनकी गहरी समझ आपको मन के पढ़ने बहुत मदद करेगी।

क्या अंक किसी व्यक्ति की सोच को प्रभावित करते हैं? एक हद तक हाँ, अंक आपको उस व्यक्ति के विचारों का संकेत दे सकते हैं।

मैंने एक बार दर्शकों में से एक महिला से कहा, ''आप तीन लगती हैं!''

उन्होंने कहा नहीं, ऐसा नहीं है। मैंने कहा, ''हाँ, आप तीन हैं।'' और यह सच भी साबित हुआ। वह महिला अंक शास्त्र को नहीं समझती थी। मैं समझता हूँ और मैं सही था। उनके नंबर तीन होने के कारण, मैं उनके बारे मैं बहुत सी बातें समझ सका।

मैं अक्सर दर्शकों में से किसी महिला को स्टेज पर बुलाता हूँ, उसे एक डब्बा देता हूँ और उससे विनती करता हूँ कि वह अपने किसी प्रिय का नाम लिख कर इस डिब्बे में डाल दें। फिर हम इस डिब्बे को ताले में बंद कर देते हैं। फिर मैं उस महिला को बताता हूँ, ''आपके तीन बेटे और एक बेटी है। बेटी का नाम कैरोलीन है। अब हम डिब्बा खोलते हैं।'' और यकीनन सबके सामने, डिब्बे में से वही नाम निकलता है। मैं उसके परिवार के सदस्यों की

संख्या कैसे जानता था ? इस बात का अंदाज़ा आप लगाइए। पर मैं सही था।

अंक शास्त्र एक प्रमाणित विद्या है। हम उसे समझने का दावा नहीं कर सकते, या शायद यह भी न सोचे कि यह काम करती है, पर हम में से अधिकतर लोगों का मानना हैं कि कुछ अंक हमारे जीवन में जादू लाते हैं और कुछ बुरी किस्मत को न्यौता देते हैं।

तो फिर शुभ और अशुभ अंकों की पहचान कैसे हो?

अंक शास्त्र आपको इसका उत्तर देगा। इस उत्तर को समझना आसान भी है। इस विषय पर बहुत सी अच्छी किताबें उपलब्ध हैं।

मैं केवल आपका उत्साह वर्धन करना चाहता हूँ। मैं आपकी दिलचस्पी बढ़ाना चाहता हूँ, क्योंकि यदि मन पढ़ना आपके जादू का हिस्सा बनने वाला है, तो आपको मेरी बात सुननी होगी। मैंने इस कला का गहन अध्ययन किया है।

क्या आप अपने किसी शुभ अंक का पहचानते हैं?

शायद सात या पांच, या फिर शायद कोई हट कर अंक, जैसे की 172?

चीनी फुटबॉल खिलाड़ी टिंग शाओ-चेन को अंक चार पसंद नहीं था। क्योंकि उसकी भाषा में 'चार' शब्द वैसे ही बोला जाता था, जैसे कि 'मौत' शब्द कहा जाता है।

जब उसने 324504 नंबर का लाटरी टिकट खरीदा, तो उसने उसके बदले वो टिकट ले लिए जिसमें अंक चार नहीं था।

लकी ड्रॉ निकला, और बम्पर इनाम मिला टिकट नंबर 324504 को!

टिंग का शुभ अंक चार ही था, चाहे उसे यह बात पसंद हो या नहीं। आप किसी आदमी से इस तरह पैसों की बात कीजिए और आप फौरन जान जाएँगे की उसके मन में क्या है। या फिर यह जानने के बहुत करीब आ जाएँगे।

याना, आज की तारीख में टीवी और स्टेज की सबसे सुन्दर गायिका है। उनका कहना है कि उनके जीवन के सभी शुभ अंक, चार से गुणा होते हैं। इसलिए वो चार-चार की संख्या में काम करती हैं। चार सैंडविच खाती हैं, एक बार में चार घूँट भरती हैं, फूलदान में चार फूल रखती हैं इत्यादि। उनका मानना है कि चार उनका शुभ अंक है। किसी चार अंक के व्यक्ति को ड्रिंक्स पर ले जाइए, यदि वो चार घूँट नहीं भी भरे तो भी आप देखेंगे कि वह चार ड्रिंक मंगाएगा। जब आप चार अंक वालों की विशेषताएं जान जाएँगे, तो आपको उनके विचारों का संकेत भी मिल जाएगा।

चार आपका अशुभ अंक भी हो सकता है। मुमकिन है कि आपके लिए अंक चार अशुभ हो। हो सकता है आपका कोई करीबी चार तारीख को गुज़र गया हो, आप तेरह (एक और

तीन का जोड़ है चार) तारीख को बीमार पड़े हो और उसके परिणामस्वरूप आपने अपनी नौकरी गँवा दी हो.... जी हाँ, महीने की चौथी तारीख पर। आपको लगता है ये अशुभ अंक आपका पीछा कर रहा है। आपको इस अंक का डर इस हद तक जकड़ लेता है कि आप चार अंक वाली हर तारीख से भयभीत रहते हैं। बचकानी बात है, है ना?

चलिए नंबर चालीस में चार के अंक को देखते हैं। बाइबिल में अंक चालीस अक्सर आता है। मोसेस चालीस दिनों तक पर्वत पर थे, एलिजाह को रेवन चिड़ियों ने चालीस दिन तक खाना खिलाया था, बाढ़ वाली बारिश चालीस दिन तक आई थी, चालीस दिनों के बाद नोआह ने अपनी नाव का दरवाज़ा खोला था।

क्या यह बात आपको सोचने पर मजबूर नहीं करती? क्या आप अंकों अध्ययन नहीं करना चाहेंगे?

चलिए आगे बढ़ते हैं। नीनेवाह के पास पछताने के लिए चालीस दिन थे, हमारे भगवान् ने चालीस दिन तक आराम किया, कब्र से उठने के चालीस दिनों बाद यीशु ने दर्शन दिए थे।

चालीसवें अंक को यूँ ही नहीं चुना गया था, इसके पीछे एक कारण था।

संत स्विथिन का दिन प्रतीक है चालीस दिनों तक चलने वाले सूखे या बारिश का।

क्वारंटाइन चालीस दिन तक चला था।

प्राचीन भौतिक वैज्ञानिक चालीसवें अंक से बहुत सी अजीब बातें जोड़ते हैं, पारस पत्थर और जीवन के सत् को प्रकट होने में चालीस दिन लगते हैं।

आपको मानना ही होगा कि अंकों का अपना एक अलग महत्व है। यदि मैं आपको बोर कर रहा हूँ, तो आप 'फोर्टी विंक्स' (चालीस झपकियाँ, झपकी के लिए अंग्रेजी कहावत) ले सकते हैं।

सुनहरे टच वाला लकी जैक ह्यलटन प्रीमियम बांड खरीदने वाला पहला व्यक्ति था। उसका ब्रांड ग्यारवें नंबर का था, एक से दस अंक के ब्रांड दूसरे गणमान्य नागरिकों को दिए गये थे।

उसने कहा, "ग्यारह मेरे लिए शुभ है। अगले साल मैं पैंसठ साल का हो जाऊँगा, छः और पांच जोड़िये तो आपको ग्यारह मिलेगा।"

क्या आप अपने दोस्तों, रिश्तेदारों, सहकर्मियों, बिज़नस पार्टनर्स, फेरीवालों, मंत्रियों और डॉक्टर का शुभ अंक जानते हैं? ज़ाहिर है की नहीं जानते, आप ने कभी इस बारे में विचार ही नहीं किया। क्यों करेंगे ? पर एक ऐसा जादूगर हाने के नाते जो सबसे बड़ा जादू करने वाला है (मन को पढ़ना), आपको अपने आस पास के लोगों के बारे में हर मुमकिन

जानकारी जुटाने के निरंतर प्रयास करने होंगे। यह आपको लोगों का मन पढ़ने में मदद करेगा।

व्यवसाय में भी अंकों का प्रयोग होता है। फेट (किस्मत) मैगजीन का यह नाम इसलिए पड़ा क्योंकि, अंग्रेजी अक्षरमाला के अनुसार एफ.ए.टी.इ. अक्षरों का जोड़ होता है चौदह। एक और चार का जोड़ है पांच: वो अंक जिसे यात्रा का प्रतीक माना जाता है। फेट मैगजीन के विषयों में से एक विषय है ब्रह्मांड की यात्रा। मैगजीन स्वयं भी देश और विदेश में यात्रा करती है।

चौदह में दो सात भी आते हैं (सात दुनी चौदह) और जैसा की हर पासा फेंकने वाला जानता है, सात ऐतिहासिक और धार्मिक रूप से अत्यंत शुभ अंक है। नाविक अक्सर अपने नाव के अंक जोड़ते हैं। लोय्ड के शो पर दिखाते हैं कि हर नाव का अपना एक अंक होता है। जिस जहाज़ के अंकों का जोड़ सात होता है, उसे भाग्यशाली माना जाता है। जिस जहाज़ में पांच अंक होता हैं और लम्बी यात्रा पर जाता है और अक्सर समुद्र में ही रहता है। यदि अंकों का जोड़ है आठ तो उसका अर्थ होता है तूफ़ान और असुरक्षा और जब नाविक ये देखते हैं तो इस जहाज़ को किसी और तट पर भेज देते हैं।

क्या आप नहीं जानते थे कि अंकों का विशेष महत्व होता है। उनकी वजह से बहुत फ़र्क पड़ता है? मैं आपको ये कहानियां इसी उद्देश्य से सुना रहा हूँ, जिससे आपको अंक शास्त्र का अध्ययन करने के लिए प्रभावित कर सकूँ। मैं जानता हूँ कि ये आपकी बहुत मदद कर सकता है।

खूबसूरत सतहे और फिल्म अदाकार एन टॉड मानती हैं कि उनके जीवन की हर बड़ी चीज़ सात के अंक से जुडी हैं। वह हॉलीवुड गई थी । महीने की 27 तारीख को, सवाइल थिएटर में उनका पहला शो था 17 तारीख को, उनके आज तक सात ऑपरेशन हो चुके हैं और अब वो द *सेवेंथ* (सातवाँ घूंघट) नाम की फिल्म में हीरोइन बनी हैं। अपने कड़े पर भी वह सात अंक का पेंडेण्ट पहनती हैं।

मेमफीस के जे।एल वारटन के लिए सात जीवन का संकेत ही बन गया था। उसके माता और पिता दोनों ही अपने-अपने परिवारों में सात-सात भाई-बहनों में से एक थे, उसके सात साले हैं और सात सालियाँ।

उसके सात बेटे हुए और नाती-पोते भी सात ही थे।

इस विद्या का सतही अध्ययन मत कीजिए, इस गहराई से समझिए और पढ़िए।

सात एक आध्यात्मिक और धार्मिक अंक है, यह अंक चार और तीन से बनता है और पाईथोगोरियन के लिए यह अंक सदा से ही भाग्यशाली रहे हैं।

बाइबिल के अनुसार दुनिया बनने में सात दिन लगे थे, हफ़्ते में सात दिन होते हैं, सात क्रियाएँ है, भगवान की प्रार्थना सात भागों में बनती हुई है, एक आदमी की उम्र में सात पड़ाव होते हैं, इत्यादि। धर्म में सात का बहुत महत्व है।

जॉर्डन ने नामन को सात डुबकियाँ लगाने के निर्देश दिए थे, एलिजाह ने अपने नौकर को बारिश देखने सात बार भेजा था, सात दुनी चौदह इस्रायली मिश्र गए थे। उनका कारावास भी उतना ही लंबा चला, सात दुनी चौदह ही बुज़ुर्ग थे। मिश्र के राजा ने सपने में सात गाय और मक्के के सात दानें देखे थे। जेरिको के चारों ओर सात पंडित, सात ट्रम्पेट ले कर चलते थे और हर सातवें दिन वो ऐसा सात बार करते थे। सैमसन की शादी की दावत सात दिन चलती है।

बाइबिल की वह किताब जिसमें दुनिया के अंत का जिक्र है, उसमें भी एशिया के सात चर्चों, सात मोमबत्तियाँ, सात सितारों, सात शहनाइयों, सात आत्माओं, सात सींघों, सात शीशियां, सात महामारियां और सात प्रकृति होती है।

इंग्लैंड, स्कॉटलैंड, वेल्स, आयरलैंड, फ्रांस, स्पेन और इटली के मुख्य संत सात है। माँ मैरी के सात गम हैं, क्रॉस पर यीशु ने सात बार बोला था। दुनिया में सात अजूबे हैं, इत्यादि।

जाने माने लेखक और पत्रकार फ्रैंक क्रू ने कहा, ‘‘मेरे जीवन के हर महत्वपूर्ण और शुभ मौके पर तीन अंक ने महत्वपूर्ण भूमिक निभाई है। गली में मेरा घर तीन नंबर का है, अपार्टमेंट में रहा तब भी तीसरा अपार्टमेंट मिला और मैं घर जाने के लिए तीस नंबर की बस पकड़ता हूँ। मेरी शादी तीन तारीख़ को बारह बजे (एक और दो, तीन) हुई थी।

‘‘जब भी चिट्ठी पत्री में कुछ महत्वपूर्ण आता है तो महीने की तीसरी, तेहरवीं या तीसवीं तारीख़ को तीन बजे आता है। हाँ, यह सच है। जब प्रकाशकों और संपादकों ने मेरा लेख मंज़ूर किया है, तब चिट्ठी हमेशा तीसरी तारीख़ की होती है, या कोई ऐसी तारिख जो तीन गुणा हो सके।

त्रिमूर्ति का अंक तीन है और इसे बहुत शुभ अंक मानते हैं और मेरे जीवन में यह बात सच हुई है।

मैंने अक्सर अपने बस के टिकट को जोड़ कर देखा है, परिणाम सदा ही तीन आता है। अब मैंने गिनती ही छोड़ दी है। कोई मुझे चित्र भेजता है, तो इन चित्रों के साथ दो चिट्ठियाँ और आती हैं। यदि कोई मुझे एक किताब भेजता है तो मैं जानता हूँ कि दो किताबें और आनेवाली हैं, क्योंकि मेरे जीवन में सभी कुछ तीन तिगाड़ा होता है। चाहे फिर बात बड़ी हो या छोटी।’’

दिलचस्प है, है ना?

ग्रीक रेखागणितज्ञ पाईथोग्रस तीन को उत्तम अंक मानते थे, क्योंकि यह 'आरम्भ, मध्य और अंत' का प्रतीक है। ब्रह्मा के तीन सिर है और प्राचीन काल में लोग मानते थे कि इस दुनिया के तीन देव हैं: बृहस्पति, वरुण और लाभ (तीन ग्रहों के नाम)। ग्रीक पुराणों के अनुसार, फेट तीन हैं, फ्यूरी तीन हैं, ग्रेस तीन हैं, नाईलस ने जिस झरने से पानी निकाला था उस पर तीन अप्सराओं का राज था। हर जीव के तीन भाग होते हैं: मन, शरीर और आत्मा। दुनिया के तीन भाग है: धरती, जल और वायु। मनुष्य के तीन शत्रु हैं: दुनिया, मांस और शैतान। इसाई धर्म में तीन इनायतें हैं: आस्था, उम्मीद और दान। प्रकृति के तीन साम्राज्य हैं: खनिज, सब्जी और जानवर, चर्च के रंग तीन हैं: लाल, पीला और नीला। क्रोस पर तीन भाषाओं में लिखा था: हिब्रू, ग्रीक और लैटिन। जॉब के तीन मित्र थे, अब्राहम को तीन स्वर्गदूतों ने रोका था, नेब्युशड्नेज्ज़र ने तीन आदमियों को भट्टी में झोंक दिया था, मोसेस तीन महीने तक छिपा रहा था, सैमसम ने डेलीलाह का तीन बार में जाक बनाया था, एलिजाह ने बच्चे की ओर तीन बार बढ़कर, उसे जीवनदान दिया था, डेविड के राज्य में तीन साल तक सूखा रहा था, अहब के राज्य में भी ऐसा ही था। पर्वत पर तीन आदमी परिवर्तित हुए थे और तीन दर्शक थे। हर नौवीं (तीन गुना तीन) लहर सबसे बड़ी मानी जाती है और भी बहुत सी बातें जो मैंने इस फेहरिस्त में शामिल नहीं की हैं।

मशहूर स्टेज और फिल्मी सितारे जैरी डेस्मंड का मानना था कि तेरह अंक उनके लिए शुभ है। उन्हें इस बात पर इतना विश्वास था कि उन्होंने अपने नाम के आगे एक और 'इ' लगा कर अपने स्टेज नाम को तेहर अक्षरों का बना लिया।

फिल्मी सितारे पीटर कुशिंग का भी यही मानना है।

वो अक्सर तेहरवें कमरे में ठहरते हैं और थिएटर और हवाई जहाज़ में भी तेरह नंबर की सीट चुनते हैं।

उनका कहना है, ''तेरह ताख के शुक्रवार को मेरे साथ हमेशा कुछ शुभ होता है। साल दर साल, इस तारीख को मुझे एक प्यारा सा सरप्राइज मिलता है।''

डगलस वेंनेर का शुभ अंक इकतीस है। अपने इकतीसवें जन्मदिन पर वो इकतीस लोगोंके साथ इकतीस सीटों वाले कोच में बैठ कर, इक्कतीस दिनों के लिए इकतीस टूर ले जाने की अर्जी देने गए। उनकी अर्जी मंज़ूर हो गयी। वहीं चाईल में एक पटाखों की फैक्टरी ने बिना तेहर अंक की भागीदारी के ही अपनी स्थापना की। वहां एक धमाके में आठ लोग मारे गए और मालिक ने बताया कि तेरह नंबर की सड़क पर ये धमाका नवम्बर की तेरह तारीख को

हुआ था और उसी दिन कर्मचारियों की *संख्य बढ़ कर* तेरह कर दी गई थी।

अजीब हैं, पर सच है।

तेरह आपका अंक नहीं है तो आप इसे नहीं चुनेंगे, चाहे कुछ हो जाए आप तेरह नंबरी का घर नहीं खरीदेंगे।

आपको ये विचार इसलिए आया, क्योंकि दो हज़ार साल पहले लास्ट सपर पर, गुरुवार को तेरहवाँ मेहमान बैठा था।

इटालियन कभी भी लाटरी में तेरह अंकों का प्रयोग नहीं करते। पेरिस में कोई भी घर तेरह अंक वाला नहीं होता।

एक नया नवेला जोड़ा अपने हनीमून पर न्यूयॉर्क आया था। उनकी ख़ुशी का कोई ठिकाना हीं नहीं था।

पर उन्हें धक्का तब लगा जब उनके कमरे का नंबर निकला तेरह।

दुल्हन बोली, "हम अपना हनीमून तेरह नंबर के कमरे मैं कैसे बिता सकते हैं?"

उसके पति ने दूसरे कमरे का इंतज़ाम किया और उन्हें अट्ठावन नंबर का कमरा मिला। क्या ये चलेगा।

जी, ज़रूर चलेगा, उन्होंने ख़ुशी से कहा।

उनका हनीमून बहुत ही अच्छा बीता और वो घर लौट आए। फिर उन्हें ख्याल आया, की अट्ठावन यानी पांच और आठ, जिसका जोड़ होता है तेरह।

वे हंसने लगे।

क्या मैंने आपकी दिलचस्पी बढायी? मुझे उम्मीद है, हाँ।

यदि आप अंक शास्त्र का गंभीरता से अध्ययन करेंगे, तो आपको कभी पछतावा नहीं होगा। आप भी जल्द ही मेरे तरह कहेंगे, "आप तीन लगते हैं!"

मैंने अक्सर लोगों को बताया है की वे किस नंबर के घर में रहते हैं, उनके परिवार में बच्चे कितने हैं और उनके जीवन में इसका-उसका अंक क्या है और मैं हमेशा सही होता हूँ। जैसा की मैंने, पिछले अध्याय में कहा था, एक से सौ तक कोई भी अंक चुन लीजिए, मैं बता दूंगा कि वो अंक कौनसा है। अंक। अंक। कैसे अजूबी पहेली है ना? हर अंक की अपनी कहानी होती है और जब आप ये कहानी जान जाते हैं, तो एक ही नज़र में उस अंक से जुड़े हर इंसान के राज़ आपके आँखों के सामने होंगे। ध्यान से अध्ययन कीजिए, बहुत काम आएगा।

26 मन पढ़ने की भूमिका: ज्योतिषशास्त्र

क्या सितारे हमारे जीवन में अहम् भूमिका निभाते हैं? क्या सितारों की दिशा और मानवता पर उनका प्रभाव देख कर, भविष्य जाना जा सकता है? क्या एक व्यक्ति की राशि जान कर हम उसके चरित्र का अंदाजा लगा सकते हैं?

बेशक हाँ ! ज्योतिषशास्त्र बहुत पुरानी विद्या है, हिन्दू, चीनी, मिश्र इत्यादि सभी प्राचीन सभ्यताओं का अभिन्न अंग रही है ये विद्या और मध्य काल में यूरोप पर भी इसका प्रभाव रहा है।

पंद्रहवीं सदी में अरब ज्योतिष को यूरोप में लेकर आए और फिर ज्योतिषी इतने महत्वपूर्ण और प्रभावशाली हो गए कि कोई भी दरबार अपने ज्योतिषी के बिना अधूरा होता था, उनकी आज्ञा के बिना कोई राजा खाना नहीं खाता था और जंग पर तभी जाता था सितारें सही दिशा में हों।

रोम सभ्यता के बेबीलोन शहर में सितारों की चाल को पढ़ने का पहला प्रयास हुआ था। एक समय पर टैसीटस और जोहान केप्लर जैसे ज्ञानी इस विद्या में आस्था रखते थे। कुछ परिवारों में हर सदस्य की कुंडली ज्योतिषी से बनवाई जाती थी।

टैसीटस कौन था? वो रोम का इतिहासकार था, जिसे चरित्र पढने की काबिलियत हासिल थी।

और जोहान केप्लर? ये एक मशहूर खगोल शास्त्री हैं। वह एक अँधेरे टेंट में रह कर

ब्रह्मांड के चित्र खींचते थे। उन्होंने उन कानूनों की खोज की जिनके अंतर्गत ब्रह्मांड में ग्रह घुमते हैं, इन्हें केप्लेर के नियम कहा जाता है।

प्राचीन काल के ज्योतिषियों का मानना था कि सितारे ही हमारी किस्मत निर्धारित करते हैं।

ज्योतिष विद्या के अनुसार एक व्यक्ति के जन्म के दौरान जो सितारे क्षितिज पर होते हैं, उसके जीवन काल में जब भी ये सितारे चढ़ते हैं उसका समय शुभ होता है। वो तंदरुस्त, स्वस्थ व भाग्यशाली रहता है। परन्तु जब यही सितारे गर्दिश में होते हैं, तब वह व्यक्ति भी अँधेरे में रहता है और दुर्भाग्य की मार झेलता है।

मैं सितारों में आपकी दिलचस्पी बढ़ाकर, आपको बताना चाहता हूँ कि यह विद्या मन पढ़ने में कैसे उपयोगी साबित होती है।

पाश्चात्य ज्योतिष के अनुसार ब्रह्मांड, उत्तर और दक्षिण छोरों से बनने वाले दो गोलाकार रेखाओं के माध्यम से बारह भागों में बंटा हुआ है। इन सभी भागों को 'हाउस' यानी घर कहते हैं। इन बारह घरों के बारह उपयोग होते हैं: 1) *जीवन का घर* 2) *किस्मत और धन का घर* 3) *भाइयों का घर* 4) *माता-पिता और रिश्तेदारों का घर* 5) *संतान का घर* 6) *सेहत* 7) *शादी* 8) *मृत्यु* 9) *धर्म* 10) *गौरव* 11) *मित्र* 12) *शत्रु*।

ज्योतिष का महत्व इससे भी बहुत गहरा है। परन्तु मैं आपको केवल इतना इसलिए बता रहा हूँ, क्योंकि बहुत से लोग सितारों और जीवन में उनकी भूमिका के बारे में कुछ भी नहीं जानते। मैं आपको इनके बारे में इसलिए बता रहा हूँ, क्योंकि सितारों की दिशा भी किसी व्यक्ति के मन को पढ़ने में बहुत मददगार साबित होती है, यदि आप इसे पूरी तरह समझ कर, इसमें निपुण हो जाएँ।

नेल सेंट जॉन मोंटेग मेरी एक मित्र से फोन पर बात कर रहीं थी। वह उनसे कभी नहीं मिली थी और उनके बारे में केवल इतना जानती थी कि वह एक लेखिका हैं। कुछ देर बात करने के बाद, उसने अचानक कहा, ''हाँ! ज़ाहिर सी बात है, आप कन्या राशि की जो हैं!''

मेरी मित्र को समझ ही नहीं आया कि नेल यह कैसे जान गयी, क्योंकि वह बिलकुल सही थी।

यदि आपको ज्योतिष का अच्छा ज्ञान हो तो आप किसी इंसान की बातों से ही उसकी राशि बता सकते हैं।

जब आपको ज्योतिष का ज्ञान होता है, आप आसानी से हर राशि के मुख्य चरित्र पहचान जाते हैं। आप समझ जाएँगे की एक राशि में पैदा हुआ व्यक्ति, एक विशेष किस्म के चरित्र

का स्वामी होगा। आप उनकी विशेषताएं, उनकी सेहत, उनकी वित्तीय आदतें, उनके भविष्य की योजनाएं, सभी कुछ जान जाएँगे। जिस तरह से चाँद समुद्र की लहरों पर असर करता है, सितारे लोगों पर असर करते हैं। सितारे पढ़कर आप बता सकते हैं की किससे शादी करने पर जीवन भी की ख़ुशी मिलेगी।

आप एक इंसान का चेहरा, माथा, आँखें, नाक और मुंह गौर से देखेंगे, तो ही आप उनके बारे में बहुत कुछ जान जाएँगे। अंक शास्त्र के अध्ययन में आप सफल रहे तो आप उनका अंक जान जाएँगे और फिर हर अंक की अपनी कहानी तो होती ही है। आप उनके बारे में थोड़ा और जान जाएँगे। फिर आता है, ज्योतिष ज्ञान और बता पाएँगे उस व्यक्ति की राशि। क्योंकि आप हर राशि से जुड़ी विशेषताओं, कामनाओं, बर्ताव इत्यादि को जानते हैं। अब इन तीन विद्याओं की मदद से उसके पास उस व्यक्ति के मन का पूरा चित्र बन जाएगा। इस किस्म के मन में क्या विचार चल रहे हैं, आप समझ जाएँगे। आधी जंग तो अब आपने जीत ली।

चलिए धनु राशि के एक व्यक्ति का अध्ययन करते हैं। आप जानते हैं धनु रहस्यमयी होते हैं, वह अपनी हार-जीत दूसरों से विरले ही बाँटते हैं। मुमकिन है कि रहस्य का पर्दा उठाने पर वो अधिक तरक्की करेंगे, पर एक तरह से ये उनकी शर्म है जो उन्हें रोक लेती है। वह अपना ढोल नहीं पीटते, जो की आज की दुनिया में अनिवार्य ही बन गया है।

आप जानते हैं की समय-समय पर उनके पास असाधारण मानसिक ऊर्जा होती है। वो पैसों की समझ रखते हैं और वित्तीय मसलों को अच्छे से संभाल सकते हैं। आप जानते हैं की वे सहासी होते हैं और किसी भी मुश्किल का बहादुरी से सामना करते हैं।

आप जानते हैं कि उन्हें घर पर बहुत गर्व, है और वे उसे हमेशा साफ़ और सुन्दर रखते हैं। आप जानते हैं कि धनु राशि के लोग तूफ़ान से डरते हैं। उन्हें किसी भी किस्म की हिंसा या धमाके पसंद नहीं।

आप जानते हैं कि वे गठिया से पीड़ित हैं और वे आसानी से घबरा जाते हैं। यदि उन्हें स्टेज पर जा कर किसी भी मशहूर हस्ती से मिलना पड़े तो उन्हें डर लगता है या बहुत घबराहट होती है।

आप जानते हैं उन्हें अपनी खुराक में फल खाने की आवश्यकता है, उन्हें सांसे भरने का अभ्यास करने की ज़रूरत है। आप जानते हैं उनकी धातु टिन है, उनका पत्थर पुखराज, शुभ अंक और शुभ दिन गुरूवार है।

तो क्या? अब आपको उनका मन पढ़ने के लिए एक ठोस नींव मिल गई है। यदि हर राशि का अर्थ याद कर लेंगे, तो उसके विशेषताओं के लोगों में पहचानने लगेंगे। यदि बात

रोमांच की चल रही है, तो आप जानते हैं धनु राशि का व्यक्ति साहसी विचार सोच रहा है। वह कुछ भी करने की हिम्मत रखते हैं। मैं क्या कहना चाह रहा हूँ, आप समझ रहे हैं। हैं ना?

मुमकिन है कि आपको विश्वास दिलाना मुश्किल है? पर आप यह तो मानते हैं ना कि आज के युग में बहुत लोग अपना राशिफल पढ़ते हैं और उसमें आस्था रखते हैं?

क्या एक ही दिन, एक ही समय, एक ही साल में जन्में लोग, एक सी ज़िन्दगी जीते हैं? मैं आपको एक कहानी सुनाता हूँ। यह कहानी अक्टूबर 24, 1956 को एक दैनिक पत्रिका में प्रकाशित हुई थी। यह कहानी थी दो आदमियों की जॉन डिल और होरेस टवाइवी की, इन दोनों का जन्म शेफ्फील्ड में, अक्टूबर 18, 1891 की तारिख पर, ठीक सुबह के नौ बजे हुआ था।

वो दोनों ही किराया कलेक्टर बने।

पैंसठ साल के होने पर आज वो दोनों चीफ रेंट कलेक्टर हैं, वो रिटायर हुए और फिर उन्हें एक दूसरे के अस्तित्व और उनके जीवन की समानता के बारे में पता चला।

मैं कोई महत्वपूर्ण कार्य तभी करता हूँ, जब सितारों की दिशा सही होती है। पूर्णिमा से पहले मैं कोई भी आवश्यक काम करने के बारे में सोच भी नहीं सकता।

यह प्रक्रिया मेरे लिए इतनी सार्थक है कि मैं सितारों की दिशा का बहीखाता रखने के लिए एक विशेष डायरी रखता हूँ, मैं फौरन देख पाता हूँ किस तारिख का ध्यान रखना है और किस से बचना है।

जब मैं दोस्तों को दावत पर बुलाता हूँ, तो उनकी राशियाँ भी देखता हूँ, ताकि दो भिन्न प्रकार के व्यक्तित्वों के बीच तकरार न हो। मैं वो दिन चुनता हूँ जिस दिन कुछ खुशनुमा होने के आसार सबसे ज़्यादा हैं।

आपको शायद इस बात में ज़्यादा दिलचस्पी न हो कि मैं क्या करता हूँ। पर लोग अक्सर मेरे कंधे पर हाथ रख कर कहते हैं, *"कुरान, तुम इतने भाग्यशाली क्यों हो?"*

यदि आप मशहूर हस्तियों के सितारे पढ़ेंगे, तो देखेंगे कि सितारे कितना सच बोलते हैं। मशहूर फिल्म स्टार ब्रिजिट बारडॉट की राशि तुला थी। इस राशिवाले लोग बहुत सुन्दर होते हैं और उन्हें जीवन में हर सुन्दर चीज़ की चाह होती है और घटिया चीज़ें उन्हें नापसंद हैं। मकर राशि के लोग महत्वाकांक्षी होते हैं और अपनी सफलताके शिखर को वो जीवन में थोड़ा देर से पाते हैं। वो हमेशा जवान रहते हैं। जिन ज्योतिषियों ने ये भविष्यवाणियाँ की थी, वो नहीं जानते थे की 5 जनवरी 1876 को जन्मे डॉ कोनराड एडेनौअर आज भी जिंदा

होंगे और उनके साथ मकर, डॉ अल्बर्ट श्वाईटज़र जिनका जन्म 14 जनवरी 1875 को हुआ था, वो भी जिंदा होंगे।

मकर राशि के ग्लैडस्टोन की मृत्यु अठास्सी वर्ष की आयु में हुई थी और लोय्ड जॉर्ज की मृत्यु बयासी साल की उम्र में हुई थी। उन दोनों का ही जीवन लंबा और गतिशील था। कैरी ग्रांट की उम्र कैंटरब्री के आर्चबिशप डॉ रामसे से भी अधिक है। परन्तु आज भी वो शारीरिक रूप से जवान दिखते हैं।

वृश्चिक राशि में जन्मे लोग शक्तिशाली बनना चाहते हैं, पर अपने नहीं, दूसरों की भलाई के लिए। मोंटोगोमेरी, नेहरु, डे गौल सभी वृश्चिक राशि से हैं और इन सब के कुछ ही दिन बाद जन्मे थे सर विंस्टन चर्चिल।

क्या आप प्रभावित हुए? अदभुत बातें हैं, है ना?

ख़ुशचेव मेष राशि के थे। तो क्या। ? "मेष राशि के लोग अपना काम मनोबल और रफ्तार के साथ करते हैं? उनके फैसले आवेग में लिए जाते हैं और उनका पूरा व्यक्तित्व जीवंत होता है।" क्या खुशचेव ऐसे ही हैं? श्रीमान हेरोल्ड विल्सन अक्सर एक एकल द्वीप पर जा कर, सम्पूर्ण एकांत में रहते हैं। उनकी राशि है मीन, मेरी राशि! और विल्सन की तरह मुझे भी भीड़ पसंद नहीं, मुझे समय-समय पर अकेला रहना पसंद है और मेरे काम के लिए यह आवश्यक भी है। इस राशि में जन्मे बहुत से लोग समाज से बचते हैं।

बहुत से लोग जो अपना पूरा जीवन सितारों की चाल के अनुसार बिताते हैं, पर आप उनके बारे में नहीं जानते। क्योंकि ये लोग इस बात का ढिंढोरा नहीं पीटते।

जानी मानी टीवी अदाकारा कैथेरिन बॉयल के बहुत चाहने वाले हैं। कहा जाता हैं, कि केटी कोई भी नया काम लेने से पहले सितारों की दिशा देखती है, उसकी ज्योतिष विद्या और जीवन पर उसके प्रभाव में गहरी आस्था है। बहुत समय से वो सितारों का अध्ययन करती आई हैं।

वह कहती हैं, "स्कूल में एक दोस्त ज्योतिष विद्या का एक पर्चा लायी थी। उसमें लिखा था मेरी राशि मिथुन हैं और उसमें लिखा था मिथुन राशि के लोगों की विशेषताएं होती है: दोहरा व्यक्तित्व, जल्दी चढ़ने उतरने वाला गुस्सा और एक जिज्ञासु मन। तब से मेरी ज्योतिष पर अटूट आस्था बन गयी। तब से अब तक मैंने ज्योतिष का अध्ययन किया है और आज मैं इसे एक पुरानी विद्या मान कर इसका आदर करती हूँ।

डार्टमाउथ की काउंटेस वेस्टमिनिस्टर परिषद की सदस्य हैं और उनकी भी सितारों में आस्था है।

वह कहती हैं, ''मैं अक्सर दिन की शुरुआत से पहले राशि फल देखती हूँ। मेरी राशि कन्या है और मेरे पति की राशि वृषभ है। विशेषज्ञ कहते हैं कि हमारा जोड़ा उत्तम होता है।''

ब्रिटेन के बेहतरीन गायक है लुसिल ग्रैहम। टीवी पर गाने वाली वह देश की पहली लड़की थी और वह भी ज्योतिष में आस्था रखती है।

आज बी.बी.सी. मशहूर ओपेरा सिंगर अडेलिना पत्ती की जीवनीबना रहा था, तब लुसिल को उनका किरदार निभाने के लिए चुना गया।

वो कहते हैं, ''आप सितारों से उपयोगी मार्गदर्शन पा सकते हैं। पर उस पर चलने के लिए आप मजबूर नहीं है। सितारे राह दिखाते हैं, धक्का नहीं देते।''

उनका मानना है कि सितारों के ज़रिये जीवन के उद्देश्य को समझा जा सकता है।

जेरी डेस्मंड को ले लीजिए, वो कर्क राशि के हैं। उन्होंने टी.वी. और फिल्मों में शौहरत पाई है। उनका मानना है कि ज़िन्दगी में सब कुछ पहले से निर्धारित होता है। इस तथ्य पर उनकी अटूट श्रद्धा है।

वह कहते हैं: ''अपने कैरियर के मुश्किल दौर में मेरा परिचय ज्योतिष से हुआ। उन दिनों में सिड फील्ड के साथ प्रदर्शन करता था और उसकी हाल ही में मौत हो गई थी। मेरे लिए निजी तौर पर और मनोरंजन के दुनिया में सभी के लिए ये एक बड़ा सदमा था। मेरी नौकरी चली गई थी और भविष्य में कोई उम्मीद भी नहीं दिख रही थी।

एक दोस्त की सलाह पर मैं अपनी कुंडली बनवाई और देखा कि अगले तीन सालों तक मैं कैसी किस्मत की उम्मीद कर सकता हूँ।

ज्योतिषी की भविष्यवाणी के अनुसार, अगले तीन साल तक एक भी अच्छा दौर नहीं था और ये बात सही साबित हुई। बहुत से लक्षण ऐसे भी थे, जो हस्पताल की ओर इशारा कर रहे थे। कुछ ही समय बाद मेरा अल्सर का ऑपरेशन हुआ।

सौभाग्य कि बात है कि अब मेरे सितारे चमकने लगे हैं। तीन साल की भविष्यवाणी सच होने के बाद, मुझे ज्योतिष की प्रभाव पर आस्था रखने के लिए किसी और प्रमाण की आवश्यकता नहीं है।''

क्या अब मैंने आपको विश्वास दिला दिया है कि ज्योतिष में दम है? ज्योतिष का मज़ाक मत उड़ाइए। उसका गंभीर अध्ययन कीजिए। मैं उम्मीद करता हूँ कि इसे आप प्रणाली का हिस्सा बनाएँगे, क्योंकि इस विद्या की मदद से आप लोगों को उस हद तक समझ पाएँगे जितना वो स्वयं भी खुद को नहीं समझते।

यदि आपको मन पढ़ने हैं तो फिर आपको इतनी जानकारी तो होनी ही चाहिए। कितने लोग सितारों की चाल के अनुसार अपनी दिनचर्या निर्धारित करते हैं? यह हम नहीं जानते। पर हम इतना देख सकते हैं, कि कुछ लोग आगे निकल जाते हैं और दूसरे पीछे छूट जाते हैं। शेक्सपियर ने कहा था, *"प्रिय ब्रूटस, कमी सितारों में नहीं है, हम में हैं। नीच वो नहीं, हम हैं।"*

याद हैं मैंने कहा था कि मैं राशिफल की चिह्नों से सजी एक सोने की अंगूठी पहनता हूँ और कभी भी उसके बिना नहीं रहता।

फेंट *मैंगजीन* से एक लेख:

अल कुरान आस्था रखते हैं। वह दुनिया के सबसे महान मन को पढ़ने वाले हैं वह कहते हैं:

"राशिफल के अध्ययन से बहुत कुछ सीखा जा सकता है।"

मेरे विचार से इंसान के जीवन और किस्मत पर राशि का गहरा प्रभाव पड़ता है। मैं कई घंटे दोस्तों और जानकारों के लिए सितारों की चाल पढ़ने में बिताता हूँ।

जब मैं सितारों की चाल पढ़ कर, ग्रहों की मुद्रा देखता हूँ, तो रोजाना के जीवन में सितारों का पूर्ण प्रभाव स्पष्ट हो जाता है। यदि आप सफलता चाहते हैं, तो सितारों के ज्ञान में आस्था रखिए।

27 मैं इसे कहता हूँ शुद्ध मनोविज्ञान

जब भी मेरे दर्शक, स्टेज पर मेरे कारनामों से अचंभित हो जाते हैं, मैं हमेशा कहता हूँ, जो मैंने किया वह केवल *शुद्ध मनोविज्ञान* है। जिसने भी मेरा प्रदर्शन देखा है, उसने मुझे यह कहते हुए सुना होगा।

मनोविज्ञान है मानव प्रकृति का अध्ययन, यह आपको बताता है कि लोग जो करते हैं, क्यों करते हैं, और जो कहते हैं वो क्यों कहते हैं।

एक लम्बे प्रेस नोटिस के आखिर की लाइनें थी :

''कुरान, जो मन पढ़ने की अपनी विद्या को मनोविज्ञान पर आधारित करते हैं, उन्होंने हज़ारों लोगों को अपने प्रदर्शन: द पॉवर ऑफ थोट (सोच की क्षमता) से अचंभित कर दिया है।''

स्टेज पत्रिका में लिखा था:

''मन पढ़ने का कितना भाग है, और कितना श्रेय जादू को जाता है, इस बात से जैसे कोई फ़र्क ही नहीं पड़ता।''

लिवरपूल इको में लिखा था:

''कुछ समय पहले कुरान ने टीवी पर सनसनी फैला दी थी। अब इसी कुरान के पास लिवरपूल के दर्शकों के लिए एक ख़ास जादू है। इस जादू का एक भाग आधारित है मनोविज्ञान पर और दूसरा भाग है मन का नियंत्रण (माइंड कण्ट्रोल)।''

मेनचेस्टर गार्डियन मेरे मन को पढ़ने के कारनामों पर निम्न शब्द छपे थे:

"अल कुरान ने स्वयं को एक बार फिर दुनिया का सबसे तेज़ माइंड रीडर साबित किया है। विनम्रता से वह अपनी इस उपलब्धि का श्रेय देते हैं मनोविज्ञान और आत्म-सुझाव को....."

मनोविज्ञान। सहज सुझाव। सीधा मन का नियंत्रण। मैं आपको ये नहीं बताऊंगा कि मैं यह कैसे करता हूँ, पर यदि आप खुद इस आज़माना चाहें तो मैं आपको कुछ सुझाव अवश्य दे सकता हूँ। एक प्रदर्शन में मैं पांच लिफाफे लेता हूँ, बहुत से दर्शकों ने इस जादू को टीवी और स्टेज पर देखा है।

एक लिफाफे में पांच डॉलर होते हैं। दर्शकों में से चार लोग, पांच में से चार लिफाफे चुन सकते हैं और यदि उनके चुने हुए लिफाफे में पांच डॉलर का नोट निकला तो वो उनका हो जाएगा।

वे चुन लेते हैं। उन्होंने लिफाफा नंबर 3, 1, 5 व 4 चुन लिया। मेरे पास दूसरे नंबर का लिफाफा है।

मुमकिन है कि मैं इन चार प्रतिभागियों पर नज़र दौड़ाता हूँ, और इनमें से एक से पूछूँ कि क्या वह मेरे लिफाफे से अपना लिफाफा बदलना चाहेगा? (वो सिंह राशि का दिखता है) इसका अर्थ है कि *वह निर्णय नहीं ले पाता। ऐसे व्यक्ति के लिए जल्दी दृढ़ता से कोई भी निश्चय करना बहुत मुश्किल है।* पर अब उसे जल्दी ही कुछ सोचना है। मैं दोहराता हूँ, "क्या कोई भी अपना लिफाफा बदलना चाहेगा?" नहीं,

सिंह राशि वाला लिफाफा नहीं बदलेगा।

लिफाफा नंबर तीन पकड़ा हुआ आदमी तो *तुला राशि का है। कभी कभी ये लोग खतरा उठाते हैं, पर कभी ज़्यादा सफल नहीं होते।* इसलिए यह भी अपने लिफाफे को थामे रहेगा।

मुझे यकीन है नंबर 1 *वृश्चिक राशि का है। उसे अपनी एहतियात पर कुछ ज़्यादा ही गर्व है।*

वह जो सोचता है वो सहीं है, वह अपना लिफाफा कभी नहीं बदलेगा। कोई भी मुझसे अपना लिफाफा नहीं बदलेगा। ठीक है, मैं उसे खोलता हूँ। और लीजिए, पांच डॉलर का नोट मेरे ही हाथ में हैं, उनके चेहरे, हाथों, और उनकी प्रतिक्रिया से मैं उन्हें जान गया था और मुझे पता था कि यही होने वाला है। मैंने सितारे और चेहरे यूँ ही तो नहीं पढ़े !

अब मैं ये नहीं कह रहा कि यह मेरी प्रणाली है, पर आपको ऐसा प्रतीत हो सकता है कि यही मेरी प्रणाली है। मैं आपको केवल इतना समझाना चाहता हूँ कि चेहरों और सितारों को पढ़ कर, आप मन को पढ़ने का एक ठोस आधार तैयार करते हैं। यह *केवल मनोविज्ञान*

है, कोई किस तरह से बर्ताव करेगा, ये उस बात की जानकारी है। मन को पढ़ना और फिर निष्कर्ष निकालना।

सितम्बर 19, 1957 का बुलेटिन में मेरे ये, शब्द छपे थे:

ऐसा प्रतीत होता है कि लोग एक ही तरह से सोचते हैं। यदि किसी के सामने आप पांच लिफाफे रख दें, तो एक आम व्यक्ति किसी एक जगह रखे लिफाफे को ही चुनेगा। इसलिए मैं बिना देखे भी बता सकता हूँ कि कौनसे लिफाफे उठाए गए हैं।

जब आप जानते हैं, तो सब कुछ काफी आसान होता है, है ना?

नहीं, मैं आपको नहीं बताऊंगा कि कैसे करना है। यह किताब मेरे जादू से सम्बंधित नहीं है, यह किताब लिखी गई आपके मन के जादू को जगाने के लिए।

मैंने देखा है कि जब मैं किसी व्यक्ति को एक से सौ के बीच किसी अंक को चुनने के लिए कहता हूँ, तो उसके व्यक्तित्व के अनुसार वो *पांच अंकों से कोई एक अंक ही चुनेगा।* इन्हें मैं दोहराते अंक कहता हूँ, यह वो अंक है जिन्हें उस व्यक्ति के मन पर ज़िन्दगी ने छाप दिया है। *शुद्ध मनोविज्ञान है।*

1957 में हैलिफैक्स डेली कुरियर एंड गार्डियन ने सितम्बर 6 को ये लेख लिखा था:

"…. औपचारिक बाते ख़त्म भी नहीं हुई थी कि, उसने मुझे एक पन्ना थमाया और उस पर अपनी जन्म तिथि लिखने को बोला। जब मैंने ऐसा किया, तो उसें पन्ने को बिना देखे फाड़ कर फेंक दिया। बातें आगे बढ़ गयीं, मैंने उसे कोई प्रोत्साहन नहीं दिया, पर फिर कुछ मिनटों बाद उसने स्वतः ही मुझे मेरी जन्म तिथि बता दी।

"कैसे ?" मैंने पूछा। उसने कहा नहीं मन नहीं पढ़ा, "बस सुझाव और मनोविज्ञान का मेल है, सच को एक पल को अक्सर दो लोगों के बीच आता है।"

"बचपन में, स्कूल में, और युवा अवस्था में भी, कुरान से सदा स्वयं को याद दिलाया की उसके पूर्वानुमान केवल तुक्के नहीं है, यह एक शक्ति है जिसका आदर करना अनिवार्य है।"

मैं लोगों को पांच श्रेणियों में बाँटता हूँ। दो उँगलियों पर होते हैं, मानसिक रूप से असंतुलित और जीनियस लोग, बीच की उँगलियों पर होते हैं: बुद्धू, आम और तेज़ दिमाग वाले लोग।

जैसे ही कोई व्यक्ति मेरी ओर आता है, मैं उसे इन तीनों में से किसी के श्रेणी में डाल देता हूँ, फिर मैं उससे अंक चुनने को कहता हूँ। मानव ठहरा आदत का पुतला, अपनी श्रेणी

अनुसार वो तीन में से अंक चुनता है। फिर उस पल मैं सुझाव, मनोविज्ञान, सच और अपने अन्तर्मन की मदद से उस अंक को जान जाता हूँ।

एक औरत अपने बच्चे का नाम लिख कर, उसे एक डब्बे में बंद कर देती है। मैं किसी से कहता हूँ, ''यह शब्दकोश लीजिए, और कमरे से बाहर जा कर एक शब्द का अर्थ देखिए।'' क्या मैंने उसे सही शब्द बताया ? हाँ। तीन बार मुझे आजमाया जाता हैं, और बिना किसी की मदद के तीन बार सही होता हूँ। मैं दर्शकों में से लोगों को शब्दकोष में से कोई भी एक शब्द चुनने को कहता हूँ, और मैं उन्हें फौरन बता देता हूँ कि उन्होंने कौनसा शब्द चुना। पर मैं नहीं बताऊंगा, कि यह मैं कैसे करता हूँ।

जो हम आँखों से देखते हैं वो उतना ही सच होता है जितनी सांताक्लॉज़ की कहानियॉ। मैं आपको बताना चाहूँगा, हालाकिं अब तक आप स्वयं ये जान गए होंगे, आँखें नहीं देखती। जब हम सपने देखते हैं तो बिना अपनी इन्द्रियों की मदद के, देख भी पाते हैं, सुन भी पाते हैं, और उन लोगों और जगहों पर जाते हैं जो दरअसल हैं ही नहीं।

आँखें तो केवल औज़ार हैं। हम जो देखते हैं वो दरअसल हमारा *दूसरा* मैं, हमारा दोहरा व्यक्तित्व होता है। ये 'मैं' होता है, जो जानता है, महसूस करता हैं, देखता है।

अपनी बात को बेहतर समझाने के लिए मैं आपको याद दिला दूँ कि अक्सर ऑपरेशन के बाद जब किसी आदमी का पैर कट जाता है, *वो उसे तब भी महसूस कर पाता है।* ये अदृश्य पैर, उसके लिए सच ही होता है।

हम सब *बिन आँखों के देख सकते* हैं। शायद आप यह बात नहीं जानते थे। जब मैं छोटा था, मेरी आंट ने अपनी सगाई की अंगूठी खो दी। वो बहुत परेशान हो गई, फिर मैंने अन्तर्मन की आँखों से देखा कि उनकी अंगूठी बेडरूम के नीचे वाली दराज़ में हैं। और वो वहीं थी। इस प्रकार, मैं हमेशा चीज़ों को देख लेता हूँ।

वो दिन भी दूर नहीं जब हम अपनी उँगलियों से *देख* पाएँगे। एडगर वौलिस जैसे बहुत लोग हैं जो एक लिफाफे को छू कर ही, उसके अन्दर लिखी बातें बता सकते हैं। वो जान जाएँगे कि इस ख़त में अच्छी खबर है या बुरी, और ये खत दुनिया के किस हिस्से से आया है। उँगलियों को महसूस कर *देखने* का प्रशिक्षण दिया जा सकता है। जिस तरह से कुछ लोग केवल दस्तानों, या मोतियों की माला को छू कर बता देते हैं कि बीते हुए कल और आने वाले कल में क्या हुआ था? हम सब भी उँगलियों की सहारे बहुत कुछ *देख* पाएँगे।

इसमें कुछ नया नहीं है। बहुत से महान हस्तियों ने इस प्रकार अदभुत परिणाम हासिल किये हैं।

बिना आँखों के देख पाना आसान है। आज़मा कर देखिए। यदि सुबह दो घंटे जल्दी उठना चाहते हैं, तो स्वयं से कहिए कि आज पांच बजे उठना है, और आप उठ जाएँगे। ठीक पांच बजे। आप बिना आँखें खोले घड़ी देखे लेंगे, और जान जाएँगे कि आप को कब उठना है? यह बहुत सरल है। बस इतना याद रखिए, कि *आस्था* पर बैठना, मन बनाना ज़रूरी है!

डॉ गिल्बर्ट स्कॉट ने एक बार बहुत प्रयोग किया ता। सुबह के चार बजे उन्होंने एक नर्स से कहा कि वो अपनी आँखें बंद करे और अपनी कल्पना से स्टेशन जाए और प्लेटफार्म पर लगी घड़ी में समय देख कर बताए।

उसने उत्तर दिया, ''चार बज कर, इक्कीस मिनट।'' उसकी आँखें बंद थी। ''नहीं'', उन्होंने जवाब दिया। ''तुम गलत हो, चार बज कर तीन मिनट हो रहे हैं।''

पर फिर वो उस घड़ी को स्टेशन ले कर गए, और देखा की वो घड़ी नौ मिनट जल्दी चल रही थी। उसे समय का एहसास कैसे हुआ? हमारे विचार मन से मन तक जा सकते हैं, परन्तु घड़ियों में तो मन नहीं होता।

इस बात का उत्तर है, वो अपनी *आँखों के बिना देख रही* थी।

पूर्वी वैज्ञानिकों ने यह प्रमाणित किया है कि आँखों पर पट्टी बाँध कर भी सुई में धागा डाला जा सकता है। 100 प्रति शत आस्था की आवश्यकता होती है, परन्तु एक से अधिक बार ऐसा संभव हुआ है।

इसी तरह बंद आँखों के सामने रखी किताब पढ़ी जा सकती है। पहले व्यक्ति को सम्मोहित किया जाता है, पर मैं याद दिला दूँ की *आत्म-सम्मोहन* भी संभव है। सम्मोहन की दशा में हम कुछ भी कर सकते हैं, एक लड़की के आँखों पर पट्टी बांधे हुए भी कुछ दूर रखी एक खुली किताब पढ़ ली थी। पर जब उसके सामने एक आदमी खड़ा हो गया, वो ये किताब नहीं पढ़ पा रही थी। जब उसने उसे उस के कंधे के ऊपर से झाँक कर किताब पढ़ने के निर्देश दिए, तब उसने सहजता से ऐसा कर लिया। *आत्म-सम्मोहन* की अवस्था में आप कोई भी चमत्कार कर सकते हैं।

एक बूढ़े साधु ने यह एक अदभुत खोज की थी। उसने पाया की *हम गालों से भी देख सकते हैं।* वैज्ञानिकों ने इस पर शोध किया, और यह सच साबित हुआ। बच्चों की आंख पर पट्टी बाँध कर, उन्हें सुई में धागा डालने का और पढ़ने का प्रशिक्षण दिया गया, वो सफल रहे। अंधे लोग भी इस काम में सफल रहे। गाल की खाल से ही उन्हें 'दृष्टि' मिल गयी। यह प्रमाणित हुआ है कि गाल में आँखों की नसें होती हैं।

और ये भी पाया गया कि यदि इस जादू से पहले साधना की जाए, तो इसे और सहजता और सरलता से किया जा सकता है। कभी-कभी तो दृष्टिहीन लोगों ने हफ्तों तक प्रशिक्षण लिया और साधना की और अपना ध्यान विकसित किया। इस तरह से, गालों की खाल को इतना संवेदनशील बनाया जाता है, कि कुछ समय बाद वे *बिना आँखों की मदद के देख पाती है।* ये लोग रंगों का भेद बताने में भी सफल हुए, सुई को गाल के पास लाकर, आँखों पर पट्टी बाँध कर भी वो व्यक्ति उसके धाँगे केरंग को देख सका। एक औरत जिसका चेहरा क्रीम और पाउडर से ढका हुआ था, ऐसा नहीं कर पायी। क्योंकि केवल साफ़ गाल से ही देखा जा सकता है। याद रखिएँगा, मैंने कहा था कि ये खोज एक बुद्ध साधू की है और बुद्ध साधना में विश्वास रखते हैं। आप भी इस चमत्कार पर अपने कक्ष में चिंतन कर सकते हैं।

नियमित रूप से बिन-आँखों की दृष्टि के विचार पर चिंतन कीजिए। और मैं आपको यकीन दिलाता हूँ कि यदि आप अपनी काबिलियत में आस्था रखते हैं, तो आसानी से आप इस कोशिश में सफल होंगे। जादू में साधना होना अनिवार्य है। अभ्यास कीजिए, और करते रहिए। इस विचार का मज़ाक के रूप में नहीं, चमत्कार के रूप में स्वागत करिए। और जल्द आँखें वो देख पाएंगी, जो उनके सामने नहीं है।

एक प्रेस रिपोर्ट में लिखा था:

एक जादूगर अपने प्रदर्शन के दौरान हर किस्म के लोगों से मिलता है। मैं उन्हें तीन श्रेणियों में बाँट देता हूँ। 10 प्रतिशत लोग होते 'डेड मुग्स', जिनके चेहरे से कुछ नही पढ़ा जा सकता, 80 प्रतिशत होते हैं आम लोग और 10 प्रतिशत होते हैं वो लोग जो सोचते हैं कि वो सब जानते हैं।

और आपके विचार से सबसे ज़्यादा धक्का लगता है इन्ही चालाक बन्दों को ! उन्हें इतना विश्वास होता है कि वे सब देख सकते हैं, कि वो जादू को आता हुआ देख ही नहीं पाते।

मैं अपनी बात दोहराता हूँ, यह *शुद्ध मनोविज्ञान है।*

आपने यह किताब पढ़ ली है। आप को शायद यह नामुमकिन लगे। शायद संघर्ष बहुत विशाल लगे।

मैं आपको याद दिला दूँ, दुनिया का सबसे महान संघर्ष के आम बढ़ई (ईसा मसीह) ने जीता था।

आगे बढ़िए, एक सहासी विशाल हृदय के साथ।